GWEN & ART NÃO ESTÃO APAIXONADOS

Lex Croucher

Gwen & Art Não Estão Apaixonados

Tradução
João Pedroso

1ª edição
Rio de Janeiro-RJ / São Paulo-SP, 2024

VERUS
EDITORA

Título original
Gwen and Art Are Not in Love

ISBN: 978-65-5924-229-0

Copyright © Lex Croucher, 2023
Publicado originalmente na Grã-Bretanha em 2023 por Bloomsbury Publishing Plc.
Todos os direitos reservados.

Mapa © Thy Bui, 2023

Tradução © Verus Editora, 2024
Direitos reservados em língua portuguesa, no Brasil, por Verus Editora. Nenhuma parte desta obra pode ser reproduzida ou transmitida por qualquer forma e/ou quaisquer meios (eletrônico ou mecânico, incluindo fotocópia e gravação) ou arquivada em qualquer sistema ou banco de dados sem permissão escrita da editora.

Verus Editora Ltda.
Rua Argentina, 171, São Cristóvão, Rio de Janeiro/RJ, 20921-380
www.veruseditora.com.br

CIP-BRASIL. CATALOGAÇÃO NA FONTE
SINDICATO NACIONAL DOS EDITORES DE LIVROS, RJ

C958g
Croucher, Lex
    Gwen e Art não estão apaixonados / Lex Croucher ; tradução João Pedroso. - 1.ed. - Rio de Janeiro : Verus, 2024.

    Tradução de: Gwen and Art are not in love
    ISBN 978-65-5924-229-0

    1. Romance inglês. I. Pedroso, João. II. Título.

23-87137
    CDD: 823
    CDU: 82-31(410.1)

Meri Gleice Rodrigues de Souza - Bibliotecária - CRB-7/6439

Revisado conforme o novo acordo ortográfico.

Seja um leitor preferencial Record.
Cadastre-se no site www.record.com.br e receba
informações sobre nossos lançamentos e nossas promoções.

Atendimento e venda direta ao leitor:
sac@record.com.br

Este aqui foi para mim

Vossa Alteza Real, o rei Allmot da Inglaterra, informa-lhes que o torneio real de Camelot se iniciará no primeiro dia das celebrações da Festa do Divino Espírito Santo.

(Por favor, desconsiderem as datas informadas em pronunciamentos anteriores. A construção estará finalizada até o dia da celebração.)

Incentivamos que combatentes de coragem e valor, os quais personificam o espírito cavalheiresco, batalhem em nome do rei em torneios de justa, disputas de arco e flecha, combates individuais e lutas corpo a corpo até que o vitorioso seja proclamado, no décimo nono dia de agosto.

Por favor, tragam as próprias espadas, maças e chicotes de armas, visto que nenhum armamento será oferecido.

Quando acordou, Gwen soube que havia tido aquele sonho de novo — e que não tinha sido *nada* discreta. Sabia disso porque estava fora de si, corpo mole e com o rosto um tanto corado; sabia que tinha feito barulho porque Agnes, a dama de companhia de cabelo escuro que dormia no quarto adjacente, estava mordendo o lábio para segurar a risada e não a olhava nos olhos por nada.

— Agnes — disse Gwen, se sentando na cama enquanto a encarava com um olhar bastante ensaiado e um tanto autoritário. — Você não tem que ir buscar água ou algo assim?

— Sim, Vossa Alteza — respondeu a moça, fazendo uma singela reverência antes de sair apressada.

Gwen suspirou enquanto olhava para o dossel da cama, feito de um veludo bordado pesado e exuberante. Havia grandes chances de ter sido um erro mandá-la sair dali tão cedo — ela era jovem, vivia com a cabeça nas nuvens e provavelmente ficaria trocando fofocas com qualquer um que encontrasse. Pelo menos as façanhas noturnas de Gwen não seriam o assunto principal correndo na boca do povo por muito tempo. Hoje não era um dia qualquer; a temporada dos torneios enfim havia começado. Quando a tarde chegasse, a empolgação já teria feito com que qualquer boato fosse esquecido pelas outras damas de companhia.

Assim que Agnes voltou com um cântaro d'água, Gwen se levantou, esticou os braços por cima da cabeça para que a túnica com que dormira fosse removida, e então ficou ali de pé bocejando e piscando sob a luz da manhã enquanto a outra a esfregava e a hidratava com óleo até ela dizer chega. Agnes tinha acabado de massagear um novo nó nos ombros de Gwen quando a porta foi aberta com tudo e um jovem alto, pálido e de cabelo cor de cobre entrou com a cabeça enterrada numa pilha de pergaminhos.

— Viu isso? — perguntou ele, sem nem tirar os olhos do papel.

— Hum. Gabriel — respondeu Gwen, encarando-o desacreditada. — Eu não estou vestida.

— Não? — Gabriel ergueu os olhos e franziu o cenho por um breve instante, como se ela tivesse tirado as roupas só para incomodá-lo. — Ah. Minhas desculpas.

— Os gregos escreveram um monte de peças sobre esse tipo de coisa — disse Gwen, enquanto Agnes, cuja pele clara estava corada de um rosa delicado, vinha apressada com um vestido para cobri-la.

Era bem capaz que o rosto corado não tivesse muito a ver com a indecência da situação, mas com o fato de que quase toda mulher na corte mantinha uma quedinha persistente pelo irmão de Gwen. Muitas haviam tentado chamar a atenção dele e, até então, todas tinham falhado. Gabriel não era um homem de muitas palavras, a menos que se tratasse de Gwen. E ela sempre empunhara isso como motivo de orgulho.

— Os gregos escreveram um monte de peças sobre colocar vestidos? — perguntou ele, ainda de cenho franzido, enquanto Agnes puxava o vestido pela cabeça de Gwen sem a menor elegância.

— Não — respondeu ela, emergindo com um bocado de cabelo preso na boca. — Você não está enten... Por acaso está me ouvindo? Foi você quem entrou no *meu* quarto, sabe? — Ele virou o pedaço de pergaminho para ler o outro lado, não dando o menor indício de que havia escutado uma palavra sequer. — Gabriel. *Gabe*. Você ouviu alguma coisa? Talvez o som de uma voz espectral pairando no ar? Quase como se eu estivesse falando.

— Espera aí, G — pediu o rapaz, e levantou a mão para indicar que precisava de um instante. Gwen pensou a respeito e decidiu que ele não merecia. — *Ai*.

Ela tinha pegado uma das sandálias brocadas que Agnes lhe oferecera e jogado nele com uma força considerável.

— Por favor, vá direto ao assunto.

— Ah... tudo bem, então — respondeu Gabriel, ainda massageando a cabeça. — O pai está me mandando olhar as contas com o lorde Stafford... basicamente os custos da temporada de torneio, mas é que também vi *isso aqui* e pensei... — Ele foi perdendo a linha de raciocínio enquanto lhe entregava o pergaminho para que ela pudesse ler.

Agnes, com muita habilidade, começou a moldar em tranças o longo cabelo ruivo de Gwen enquanto os olhos dela rapidamente vagavam página abaixo e absorviam a vasta lista de itens. Baús cheios de seda e tecidos damasco, um antiguíssimo jogo de jantar adornado de joias, incontáveis vasos de porcelana... todos listados para sair dos cofres da Coroa nos meses seguintes. Tudo fez sentido quando ela chegou ao fim e viu a anotação que indicava o enorme tapete bíblico de Rute e Noemi, o qual, no momento, estava pendurado em seus aposentos.

— É o meu dote, Gabe — disse ela, devagar. — O meu *dote*.

— Pelo que parece, chegou aquele momento da vida — respondeu Gabriel, com um sorriso empático.

— Merda — disse Gwen, se sentando com tudo na ponta da cama.

— Merda mesmo — concordou ele.

Na teoria, ser nubente desde o nascimento poderia ter sido um conforto para Gwen, ainda mais de alguém com idade tão parecida. Pois isso significava que não haveria nenhuma surpresa desagradável; nenhuma aliança política para ser firmada por meio do matrimônio com algum velho ranzinza da nobreza. Dos males o menor, etcétera e tal.

Infelizmente, os males não eram só força de expressão no que dizia respeito ao homem para quem sua mão fora prometida. Arthur Delacey, herdeiro do título de lorde de Maidvale, era (na opinião de Gwen) o diabo em pessoa.

Os dois haviam se conhecido no dia em que ela nascera, quando mal passava de um camarãozinho e, ainda assim, já era nubente de Arthur, que tinha dois anos à época e fora levado para Camelot na companhia dos pais e centenas de outras famílias que cortejavam favores junto à Coroa. Gwen conseguia imaginar direitinho o rosto pequeno e afrontoso de Arthur fazendo careta para ela no berço, já desapontado. No passado, vivia pensando se os pais tinham chegado a considerar se comprometer de tal modo que iriam chamá-la de *Guinevere*, para combinar com o nome dele, mas acabaram amarelando bem a tempo e escolheram *Gwendoline*, para evitar atrelar o nome da filha ao legado constrangedor de casos extraconjugais que vinha com a primeira opção.

A primeira lembrança verdadeira que Gwen tinha era de Gabriel surrupiando para ela um pedaço de bolo de mel quentinho e cheiroso, do lado de fora das cozinhas, para evitar uma birra antes do jantar.

A segunda lembrança era de Arthur lhe roubando essa fatia. Dezesseis anos haviam se passado, e a raiva por causa do bolo de mel continuava ali.

Junto com outras coisas mais.

Ele tinha puxado o cabelo de Gwen na missa. Zombado dela sem parar em festins. Feito com que ela caísse na frente de cada lorde e lady entojados do reino, e depois, todo arrogante, ficado por perto enquanto ela estava lá, esparramada na calçada com um joelho ralado. As primeiras movimentações do verão significavam que uma visita de Arthur estava chegando, então ela aprendeu a temer as manhãs mais límpidas e os espinheiros que floresciam. Em seu nono aniversário, Gwen tentara ser mais esperta e, com a ajuda de Gabriel para esticar certa quantidade de linha fina ao longo da porta, plantou uma armadilha do lado de fora do quarto dele; o tombo foi espetacular e o garoto quebrou o pulso em dois lugares. Uma semana depois, os guardas o apanharam tentando empurrar, com uma mão só, um gato selvagem pela janela do quarto dela.

Naquele setembro, a rainha, de forma muito gentil, sugerira que talvez fosse melhor separá-los por enquanto. Gwen ficara tão feliz com a notícia que passou o dia inteiro saltitando ao redor do castelo, contaminada pela perspectiva de verões sem a presença de Arthur. Os saltos pararam abruptamente quando, naquela noite, acabara ouvindo o pai falar do garoto como seu "nubente".

— Gabe — perguntara ela, depois de encontrá-lo em seu canto favorito da biblioteca. — O que é *nubente*?

— É a pessoa com quem você vai se casar — respondera Gabriel, erguendo o olhar do livro.

— Era o que eu temia — dissera ela, carrancuda. — Quem é a sua nubente?

— Eu não tenho uma.

— Isso não é justo.

— Pois é. — O rapaz suspirara. — Acho que não é mesmo.

Cafés da manhã em família, os quais no passado eram algo garantido na vida de Gwen, tinham se tornado mais raros nos últimos anos. O equilíbrio planejado com todo o cuidado entre vida pessoal e trabalho, que outrora permitia que o rei passasse tempo discutindo economia com o filho ou jogando ligeiras partidas de xadrez com a filha, havia se desintegrado conforme as tensões iam se intensificando pelo reino. Agora, do raiar do dia até a hora do jantar, ele e a rainha tinham a agenda cheia de reuniões, audiências públicas e conferências com representantes diplomatas. Gwen e Gabriel tinham se adaptado. Costumavam tomar café da manhã sozinhos na sacada coberta, um oásis de calmaria no castelo movimentado.

O restante do dia de Gwen seguia um planejamento rigoroso, que ela mesma montava. Depois do café, era hora da caminhada matinal, na qual Agnes, em silêncio e nada empolgada, ia logo atrás; o almoço costumava ser servido em seus aposentos e, em seguida, havia leitura e treino de harpa. O fim da tarde era sempre dedicado a seus bordados. Gwen, meticulosa que só, andava costurando buquês de rosas brancas e não-me-esqueças azuis num enorme cobertor fazia três anos, a mando da mãe, que dissera algo a respeito de "cama de casal" e "noite de núpcias", coisas que a princesa decidira ignorar na mesma hora. Gwen gostava de bordar (gostava da convicção, da repetição tranquilizante e da simetria) e, com agulha em mão, era fácil acalmar a cabeça e, de propósito, deixar para lá o problema que envolvia o destino da peça.

O jantar às vezes acontecia nos cômodos privados da família, mas não era raro que o pai insistisse para que Gwen marchasse até o Grande Salão com ele e comesse sob uma centena de olhos a encarando, já que o espaço ficava lotado até às vigas com cortesãos, escudeiros e outras variações de parasitas.

Ela estimava essas manhãs, quando eram só ela e Gabriel na sacada sob a marquise repleta de clêmatis e madressilvas, onde podia empurrar as sobras do café para o lado e passar uma boa meia hora destruindo o irmão no xadrez antes de voltar para a sucessão familiar de seu dia.

Naquela manhã, Gabriel estava particularmente fora de forma. Mesmo que continuasse abalada pelo choque de seu dote, Gwen o encurralou em nada mais nada menos do que dez minutos.

— Você está jogando mal de propósito ou porque está com pena de mim? — perguntou, enquanto ele franzia o cenho para as peças.

Gwen amava xadrez. Era um jogo que exercitava algum músculo escondido, alguma parte de seu cérebro que costumava ficar dormente. Como resultado, era astuta, implacável e mal deixava espaço para que o oponente se divertisse, nem que por um instante sequer.

— Nem todo mundo vive pelos triunfos e derrotas, pelo sucesso e pelo fracasso épico dos quadradinhos brancos e pretos — respondeu Gabriel, enquanto, de forma ineficaz, empurrava uma torre de volta para onde estivera duas jogadas antes. — Desculpa. É só que sou ruim *mesmo* no xadrez.

— Nem o seu *gato* é tão ruim assim no xadrez — zombou Gwen. — E, falando nisso, xeque-mate.

— Pois é. Que beleza. Você obliterou de vez meu senso de valor próprio, que já era bem tênue.

— Não vem querendo me fazer ficar com pena logo agora que estou me preparando para jogar a derrota bem na sua fuça, isso não é nada esportivo da sua parte.

Gabriel apenas suspirou, se recostou de volta na cadeira e semicerrou os olhos por sobre as ameias. Gwen seguiu o olhar do irmão. A vista do lado norte do castelo, que abrigava os aposentos reais, não era entulhada com o caos da cidade. Dali, era possível ver o pomar, a falcoaria e, lá nos campos para além da muralha externa, o topo de uma grande estrutura de madeira que, ao longo dos meses anteriores, fora aos trancos e barrancos ficando maior. Como formigas, trabalhadores ficavam para lá e para cá ao redor da construção, deixando tudo pronto para a temporada de torneios que se aproximava. O céu era de um azul nublado, com uma temperatura já quente para o fim da primavera e flores que caíam em pencas das árvores para se amontoarem no fosso. Em circunstâncias diferentes, seria um dia delicioso em todos os aspectos.

— Talvez ele tenha melhorado — disse Gabriel depois de um tempo, pois sabia muito bem no que a irmã estava pensando, sem nem precisar perguntar. — Faz anos que você não o vê.

— Vi ele ano passado — argumentou Gwen. — De longe. No Festim de São Miguel, quando aquele conde tenebroso hospedou a gente, e você ficou em casa por conta da gripe.

— E...?

— *E* ele zombou de mim do outro lado do salão, sussurrou alguma coisa no ouvido de um pajem. Os dois riram tanto que quase caíram.

— Não dá para saber se ele estava rindo de você.

— Ele apontou. Deu um sorriso sarcástico. E fez... uma imitação.

— De quê?

— Da minha dança.

— Ah — disse Gabriel. — Bom...

— Se não for para ajudar, então fica quieto — respondeu Gwen e, desanimada, se inclinou sobre a mesa à frente.

— Sinto muito. — Sem jeito, Gabriel esticou o braço para fazer carinho no cabelo da irmã. — Sinto mesmo. Você sabe que eu ajudaria se pudesse.

Ela sabia. O irmão tinha o coração mole demais; *jamais* a obrigaria a se casar por ganho político, não importava o quanto fosse necessário. Um dia Gabe seria rei, e teria que tomar essas decisões. Gwen sabia que era o maior pavor dele. Ao longo dos anos, houve sussurros nada discretos por aí de que Gabriel era fraco demais, gentil demais e *quieto* demais para governar. O pai tentava sem sucesso encorajá-lo a se portar com mais impetuosidade e convicção. O jeito dele de lidar com tudo isso era recuar para dentro dos livros e da contabilidade do reino sempre que possível, no que parecia ser uma esperança de que, se desaparecesse no mais distante e empoeirado confim do castelo, talvez todo mundo o esquecesse e coroassem alguma outra pessoa em seu lugar.

Para Gwen, isso era relativamente improvável.

— Como ele estava? — perguntou Gabriel, e Gwen ficou confusa por um instante antes de se lembrar de que estavam discutindo o assunto de que menos gostava.

— Parecendo o escudeiro do satanás — respondeu ela, o que fez o irmão arquear uma sobrancelha. — Ah, sei lá. Convencido? Pretensioso? Antipático? Deixou o cabelo crescer e ficava jogando de um lado para o outro, tentando fazer as moças ficarem vermelhas.

— E elas ficaram?

— Você sabe que sim — respondeu Gwen, de mau humor. — Agnes deixou escapar que ele anda deixando um rastro de devastação pelo interior.

— Ouvi a mesma coisa, na verdade. Donzelas desfloradas. Estalagens com estoque de bebidas zerado. Árvores arrancadas.

— Você acha que o pai ficou sabendo? — perguntou Gwen, cheia de esperança.

— Só por alto, talvez — respondeu, e voltou a se reclinar na cadeira. — Mas nada significativo. Não o suficiente para fazê-lo renegar um acordo selado décadas atrás.

Ela suspirou.

— Gabriel. Quanto ouro eu teria que te dar para você me assassinar?

Ele deu um sorriso um tanto triste.

— Gwendoline, não é nada pessoal, é só que eu simplesmente não consigo. Mas bem que isso seria como matar dois coelhos com uma cajadada só, né?

Gwen deu uma risada sombria.

— Eu não iria tão longe a ponto de achar que eles o dispensariam dos compromissos reais por causa de uma coisinha de nada como sororicídio.

— Não mesmo — concordou Gabriel. — Mas talvez pensem duas vezes antes de colocar uma espada na minha mão, então já seria alguma coisa, né?

A porta para a sacada foi aberta tão de repente que os dois se assustaram. Lorde Stafford, o mordomo cheio de pompa do pai deles, ficou ali com uma expressão exagerada de tormento. O sujeito vestia meias num tom tão agressivo de verde-limão que Gwen precisou piscar algumas vezes para recuperar cem por cento a visão.

— Vossa Alteza Real — disse para Gabriel, parecendo desesperado. — A cerimônia.

— Ai, meu Deus do céu — disse o rapaz, antes de se levantar num rompante e derrubar o tabuleiro de xadrez. — Desculpa! Esqueci. Estou indo, estou indo.

Stafford deu um passo para o lado para abrir espaço e então abaixou o olhar até Gwen, que havia se ajoelhado para recolher as peças de xadrez.

— Estão lhe esperando também.

— Bom, já que você está falando desse *jeitinho* — disse ela, se levantando bem devagar de propósito. — Como é que eu poderia recusar?

A temporada de torneios só começava para valer dali a mais uma semana, mas a cerimônia de abertura reunia todos os cavaleiros e famílias da nobreza mais cedo para que pudessem avaliar uns aos outros, planejar cortejos e começar a apostar dinheiro, animais agrícolas e esposas nos resultados dos eventos. As enormes arquibancadas ao norte do castelo, dispostas ao redor de uma grande arena que poderia ser configurada para abrigar as justas, os combates corpo a corpo, duelos individuais e concursos de arco e flecha, eram montadas todo ano. Como de costume, haviam passado por atrasos na montagem, e a estrutura ficaria pronta pouco antes do primeiro evento, então a cerimônia de abertura aconteceria no maior pátio do castelo, que ficava mais ao sul. Esperava-se que Gwen ficasse na sacada real, a qual era usada para discursos, aparições e acenos em família inexplicavelmente populares, e tinha vista para tudo isso.

Quando criança, ela nunca se interessara muito na temporada de torneios; gostava de rotina, amava repetir os planos a bel-prazer todo dia, e os torneios a atrapalhavam tanto que Gwen ficava de mau humor todo verão. Às vezes, até tentava ler um livro no colo enquanto cavaleiros lutavam em busca da validação de seu pai a poucos metros de distância. Nos últimos anos, porém, ela havia encontrado certos aspectos do torneio que valiam uma trégua.

Quando chegou à sacada, seus pais já estavam sentados em tronos de madeira que haviam sido trazidos para a ocasião. Gabriel, sentado com as costas eretas ao lado do pai, tentava sorrir. Ela foi até o lado da mãe, se acomodou e deu um aceno meio sem emoção e um tanto informal para a multidão lá embaixo.

— Seja lá o que você estiver fazendo com a mão — disse a rainha pelo canto da boca —, pare imediatamente.

O pátio, retangular e com chão de paralelepípedos, era grande. Abrigava a entrada para o Grande Salão numa ponta e, na outra, uma passagem em forma de arco que levava a um pátio menor, onde ficavam os estábulos. As laterais do espaço estavam abarrotadas de cortesãos em suas melhores roupas, enquanto os cavaleiros eram anunciados um por um e entravam, em meio a vivas ou uma vaia e outra, por sob o arco com estandartes de suas casas e patrocinadores.

Aquilo pareceu durar horas. Gwen sentia o interesse esmaecendo e sua postura murchando contra o encosto duro da cadeira.

— Um número bem inesperado de cultistas entre os competidores — disse a rainha, baixinho, quando alguém entrou e foi recebido por uma salva de palmas menos do que empolgada.

— Inesperado, mas bem-vindo — respondeu o rei, enquanto acompanhava com o olhar o último cavaleiro que atravessava bruscamente o pátio. — Pedi a Stafford que garantisse que nos esforçássemos para superar a divisão, e pelo visto parece que o trabalho duro dele valeu a pena.

— Bom, seu primo não está aqui — disse a rainha. O competidor seguinte foi apresentado, e ela semicerrou os olhos quando o viu. — Ah... mas vejo que ele mandou seu cachorro. — Gwen observou quando sir Marlin, pálido e quase transparente, entrou no recinto sem esboçar sorriso. Por meio de fofocas sussurradas, o sujeito era mais conhecido como "o Faca", já que era baixo, esguio e tinha uma sede de sangue fora do normal. As relações entre o rei e lorde Willard, patrocinador e suserano do Faca, eram um tanto tensas, para dizer o mínimo; pois, quando o rei anterior morrera sem deixar nenhum herdeiro direto, houvera uma breve escaramuça por poder na qual Willard se declarara interessado no trono, mesmo que a coroa já tivesse sido prometida ao pai de Gwen. Willard se empolgara com o apoio de muitos cultistas arturianos — pessoas que acreditavam do fundo do coração na magia do rei Arthur, em seus ajudantes encantados, nas histórias que os bons cristãos haviam, fazia muito tempo, decidido que não passavam de fábulas e lendas — e acabou se tornando uma ameaça até que bem legítima. A possibilidade de uma batalha de verdade fora reprimida pela invasão oportuna do rei da Noruega, que havia almejado sua própria fatia da Inglaterra, mas acabara sendo perseguido quando a maior parte da nobreza se uniu ao pai de Gwen para mantê-lo longe.

Não era como se isso fosse algo propício a gerar encontros felizes da família. Inclusive, Gwen vira lorde Willard uma única vez até então, e não gostara nem um pouco do sujeito; era muito alto, com um rosto sombrio e brusco, e aquela capa escura enorme que usava, com símbolos cultistas costurados por toda parte, o fazia parecer um morcego mal-humorado.

Sir Marlin atravessou o pátio sob o som de aplausos escassos e mais do que apenas alguns sussurros baixos. Um par de gêmeos corpulentos e joviais foi anunciado em seguida, eram os sirs Beldish e Beldish, e então houve uma pausa antes do furor de fanfarra seguinte. Gwen ouviu um murmúrio de interesse atravessar a multidão e aguçou os ouvidos.

— Essa chacota de novo, *não*, pelo amor de Deus — disse sua mãe, num suspiro.

Gwen se inclinou adiante e semicerrou os olhos para ver além do público que obscurecia o arco que levava ao pátio. Essa chacota era o ponto alto de seu verão (não, de sua *vida*) e, sendo bem sincera, a única coisa que fazia os torneios valerem a pena.

— Lady Bridget Leclair — gritou o marechal-mor, um homem barbado chamado sir Blackwood, um tanto relutante. — Da Casa Leclair.

A multidão explodiu em vaias e risos enquanto as pessoas se empurravam para ver melhor. Com o rosto impassível enquanto seu cavalo enorme a carregava pátio adentro, sob o estandarte cujo bordado parecia uma roda dourada contra um fundo de um bordô intenso, lady Leclair ignorava todos ali presentes. O cabelo liso, escuro e cortado abruptamente na testa e acima dos ombros largos deveria deixá-la ridícula, como um pajem que cresceu demais, no entanto, de algum jeito, combinava perfeitamente. Até mesmo dali de cima, Gwen era capaz de vislumbrar seu olhar firme e os espessos cílios escuros contra a tez luminosa daquela pele marrom. Graças à sua meticulosa habilidade de ouvir o que não devia, Gwen descobrira que lady Leclair era um ano mais velha e tinha ascendência tai, de uma linhagem que remontava ao Reino de Sukhothai. Da forma mais discreta possível, tentara perguntar a respeito do lugar para Gabriel, que havia pegado um livro e respondido com um discurso inútil e cheio de detalhes sobre portos comerciais.

Enquanto Gwen observava, alguém jogou uma moeda na cabeça de lady Leclair. A cavaleira nem mesmo titubeou e manteve as mãos firmes nas rédeas conforme se inclinou para a frente, acalmando o cavalo e movendo os lábios com discrição enquanto murmurava algo no ouvido do animal. Era a única cavaleira no país (e provavelmente no mundo inteiro), e aguentava toda a gritaria, empolgação e ridicularização com tanta casualidade quanto se estivesse dando um passeio pelo interior.

— Não sei por que é que temos que tolerar essa cena ridícula — começou a dizer a rainha, mas o rei ergueu uma mão para interrompê-la.

— Ela tem o direito de estar aqui, Margaret. Espere mais um ano e quem sabe ela desista.

Gwen mal os ouvia. De repente, o sonho da noite anterior estava voltando em cores vivas.

Era o primeiro dia de competição, e Gwen estava sentada nas arquibancadas da realeza. Seus pais não se encontravam ali, mas Gabriel, sim, vestindo um chapéu com uma pena enorme e recitando Chaucer sem parar no ouvido dela. Seguindo a tradição, era comum que os cavaleiros demonstrassem deferência ao rei antes que o evento começasse, se aproximando das arquibancadas para prestar reverência e receber aprovação real. E, no sonho, lady Leclair cavalgara num unicórnio direto até Gwen e a presenteara com uma única rosa cor-de-rosa e macia. Quando a princesa tentou pegar a flor, Bridget deu um sorriso malandro, esticou a mão envolta numa manopla, inclinou o queixo de Gwen em sua direção e a beijou com tanto afinco que Gabriel parara de recitar poesia e murmurara "Macacos me mordam!" enquanto caía da cadeira.

— Vossa Alteza — dissera lady Leclair, com uma voz perigosamente grave enquanto entrelaçava o cabelo de Gwen nos dedos.

— Minha nobre cavaleira — sussurrara em resposta a princesa, com a voz rouca.

Ela sabia que tinha o costume de falar enquanto dormia; soube assim que acordou que com certeza havia feito isso de novo, e que Agnes a ouvira dizendo isso. Talvez até mesmo repetidamente. Tudo o que podia fazer era torcer para que tivesse ficado apenas por aí.

Gwen nem percebeu que tinha se levantado da cadeira e agarrado a borda da sacada enquanto se embriagava com a visão de lady Leclair se aproximando, até que sua mãe pigarreou de forma nada discreta, ao que a princesa se virou e viu a família inteira a encarando. Ela soltou a mão e voltou a olhar para o pátio na mesma hora em que lady Leclair olhou para cima. Uma encarou a outra, e a cavaleira assentiu de um jeito quase imperceptível antes de apressar o cavalo para seguir em frente.

Minha nossa, pensou Gwen, enquanto, toda vermelha, voltava a se sentar. *De novo, não.*

2

O HOMEM USANDO BOTAS MUITO LARGAS IA CHUTAR A CABEÇA de Arthur caso ele não se mexesse nos próximos segundos. Essa conclusão pairou em sua mente por um instante antes de as consequências serem compreendidas de verdade, e então ele rolou para longe bem a tempo.

— *Sai daqui* — rugiu o sujeito.

— Eu já saí — respondeu Arthur, encarando-o do chão, os olhos semicerrados. — Inclusive, você me ajudou. Muita gentileza da sua parte.

— Seu insolentezinho da...

Dessa vez, Arthur viu a bota chegando com mais antecedência e, atrapalhado, se levantou. A parte da frente de sua túnica estava toda imunda de lama e, sem prestar muita atenção, ele se deu conta de que havia perdido o chapéu.

— Foi um prazer conhecer o senhor — disse, com uma meia reverência singela. — É de fato um estabelecimento muito refinado e, realmente, acima das expectativas. — Em seguida se virou para sair, mas parou quando algo lhe ocorreu. — Ah... por acaso você viu Sidney?

— E eu lá sei quem é esse tal de Sidney?

Um grito veio de algum lugar no interior da estalagem. Uma janela do térreo foi aberta com tudo e, um segundo depois, um jovem baixinho e musculoso caiu dali agarrando o que parecia ser metade de seu casaco.

— Ah — disse Arthur, feliz da vida. — Deixa para lá.

— Estou aqui — berrou Sidney, o que era um tanto redundante. — Não se preocupa. Só... só não consigo achar minha maldita... faca.

— E quem é esse aí? — vociferou o estalajadeiro de rosto vermelho. — Seu *guarda-costas* veio lutar suas batalhas por você, foi?

— Olha, você está falando num tom bem depreciativo, mas... em essência é isso mesmo.

O homem avançou para cima dele com os punhos erguidos. Na pressa de fugir, Arthur quase caiu para trás.

— Os cavalos estão nos fundos — gritou Sidney em sua direção enquanto agitava o casaco sobre a cabeça para ser mais enfático.

— Aí está você — disse Arthur, andando o mais rápido possível para o outro lado da construção.

Era possível ouvir Sidney grunhindo pelo esforço logo atrás, com dificuldade para manter o ritmo.

— Não era para você ser a distração? — perguntou ele, ofegante.

— Hum. Era. Acontece que eu... me distraí.

Quando os dois contornaram o canto da estalagem, os cavalos os olharam com feições desaprovadoras. Arthur tentou montar no animal com um salto, mas errou o cálculo e quase caiu para o outro lado.

— Tudo bem — disse Sidney, que olhava para trás com os olhos semicerrados depois de ter se esforçado para subir na sela. — Ele não vai vir.

— Que bom — comentou Arthur, enquanto dava uma meia-volta devagar com o cavalo.

— Espera aí. Agora ele está vindo. Com toda a certeza está vindo. E com um pau enorme na mão, Art. Um *pauzão*.

— Desgraçado filho da mãe — disse Arthur, antes de pressionar o calcanhar e sair num galope desajeitado estrada abaixo com Sidney em seu encalço.

Quando, duas horas mais tarde, chegaram ao extenso pátio em frente à casa principal, o sol informou que já estavam no meado da tarde. O que era um tanto desconcertante. Não era noite poucos segundos antes? E, pensando bem, por acaso isso significava que era quarta-feira?

— Hoje é quarta? — perguntou Arthur, em voz alta, quando desmontaram e entregaram os cavalos para o garoto do estábulo.

Havia um barril enorme com água da chuva na entrada dos serviçais. Os dois foram até lá e começaram a se despir para lidar com o grosso da lama.

— E como é que eu vou saber? — resmungou Sidney enquanto tirava a túnica por cima da cabeça.

— Saber coisas não é o seu trabalho?

— Não. O meu trabalho é te manter vivo. E você está vivo, não está?

— Provavelmente — respondeu Arthur, conferindo a si mesmo à procura de evidências de ferimentos mortais.

Havia um grande hematoma em seu ombro, onde o dono da estalagem havia lhe dado um soco.

— Como está meu rosto?

Sidney fez uma careta.

— Por Deus. Um *horror*. Bem ruim mesmo.

— Não, quer dizer... ficou todo machucado?

— Ah. Nesse caso, não. Só um corte na sobrancelha.

Arthur se abaixou para encarar o próprio reflexo na água do barril. Era, na realidade, um rasgo bem generoso que ainda sangrava.

— Arthur — chamou uma voz rígida de trás dele. O rapaz se virou e viu a sra. Ashworth, a mulher grisalha que no passado fora sua ama-seca, o encarando da entrada dos serviçais. — *Por que* é que você está praticamente pelado aqui no pátio?

— Boa tarde, Ashworth. Hoje é quarta?

— Por que é que você está praticamente pelado *e* sangrando?

— Não consigo entender — disse Arthur, se virando para Sidney —, por que é que ninguém da minha equipe consegue responder, indo direto ao ponto, sobre essa coisa da quarta-feira?

— É quinta-feira — informou a lavadeira com uma voz cansada ao passar por ali, ignorando o fato de que os dois rapazes estavam praticamente pelados.

— Finalmente! — exclamou ele, e ergueu as mãos para celebrar. — Deem um aumento para essa mulher.

— Não invente moda — ralhou a sra. Ashworth. — Você sabe que eu não posso fazer isso.

Em qualquer lar normal, uma antiga ama-seca não se ocuparia com essas questões de salários e aumentos (inclusive, num lar normal, seria comum que a ama-seca tivesse partido para outra quando sua criança virasse um marmanjo de dezenove anos sem nenhuma prole a caminho). Em vez disso, quando a mãe de Arthur morreu, a sra. Ashworth acabou, de forma não oficial, assumindo o papel de governanta. Houve uma breve disputa por poder quando lorde Delacey se casou de novo, mas, depois que sua segunda esposa infelizmente também faleceu, a sra. Ashworth logo assumiu as rédeas. O pai de Arthur dizia que tudo ali parecia cuidar de si mesmo, mas, quando comerciantes, bardos desafinados ou pajens desempregados apareciam procurando pela pessoa no comando, era sempre por ela que chamavam.

— Linda como sempre, Joyce — disse Sidney, sorrindo para a senhora.

— Não posso dar aumento, mas posso muito bem fazer demissões — respondeu a sra. Ashworth enquanto o encarava, desconfiada. — Guarda isso aí, rapaz... vai acabar furando o olho de alguém.

— Assim você me deixa lisonjeado — comentou Sidney, e, seguido de Arthur, foi se arrastando com relutância para colocar uma roupa dentro de casa.

— Ele está em casa? — perguntou Art à governanta ao passar, tentando manter a voz neutra.

— No escritório — respondeu ela, com aquele meneio simpático de cabeça que ele tanto odiava. — Está injuriado com alguma coisa, Art. Você por acaso deveria estar em algum lugar hoje?

Arthur vasculhou o cérebro.

— Não, acho que não. Mas... talvez? Se é quinta-feira.

— É quinta-feira, sim.

— Certo. Bom. Vou lá ver o que ele quer.

Quando entrou, já vestido e de banho tomado, o lorde de Maidvale estava sentado à mesa, escrevendo uma carta. Havia um decantador pela metade ao lado do tinteiro. Arthur vivia na esperança do dia em que seu pai confundiria um pelo outro.

As paredes do escritório eram atulhadas de retratos, brasões, papéis genealógicos antigos e uma árvore enorme da linhagem da família pintada com uma presunçosa tinta dourada de nogueira. No passado, houvera um mapa pendurado no lugar de maior destaque da parede sul. A mãe de Arthur se sentava ali com ele, deixando uma pilha de doces de água de rosas e açafrão entre os dois enquanto lhe apresentava o mundo em expansão. Ela mostrara os oceanos vastos, os continentes distantes que se esticavam em direção ao Oriente; o Irã, um lugar que, para o garotinho, existia apenas em histórias, onde seus avós haviam começado a longa jornada até a Inglaterra. Ele havia traçado linhas com os dedos rechonchudos sem entender direito. Quando chegou à idade em que tinha perguntas sobre tudo aquilo, sua mãe já tinha morrido fazia muito tempo.

Um ano após o enterro, Arthur havia se esgueirado ali dentro à procura de rastros dela, quando então descobriu que o mapa havia sumido.

Lorde Delacey, com o rosto vermelho, ergueu o olhar quando Arthur entrou.

— Por onde é que você andou? Não, melhor nem responder, porque eu não quero saber. Quer adivinhar o que estou escrevendo neste exato minuto?

— Um poema? — arriscou Arthur, com um ar solene, e se recostou na porta fechada.

— Ah, *muito* engraçado — disse o pai. — Estou escrevendo para o *rei*. Escrevendo para me *humilhar* com uma variação de "desculpa" em todos os idiomas possíveis. Por que você acha que estou fazendo isso?

— Porque o senhor é ótimo com idiomas, mas péssimo com poesia? — respondeu Arthur, ainda que soubesse que seria um erro antes mesmo que as palavras saíssem de seus lábios.

Ele desviou bem na hora que o tinteiro bateu na porta ao lado de sua cabeça. A tinta escorreu pela madeira, formou uma poça no chão e ensopou suas botas. Sabia que havia respingos no rosto, mas, mesmo assim, encarou o pai com um olhar desafiador e se recusou a erguer uma mão para se limpar.

— Era para você estar na cerimônia de abertura hoje, Arthur — sibilou o lorde, num tom ameaçador. — Eu falei um milhão de vezes. O *torneio*.

O rapaz respirou fundo para se acalmar. Seu pai não havia dito nada a respeito. Ele sabia que o torneio deveria estar próximo e que este ano sua presença era esperada, mas eles nunca tinham discutido os detalhes, então Arthur deduzira que, em algum momento, seria arrastado para aquele cômodo e informado de que era hora de ir, mas esse dia simplesmente não chegara. Acontece que... pelo visto, tinha chegado, sim, e seu pai havia deixado de lhe contar, o que, é claro, era de algum jeito culpa do *próprio* Arthur. Ele abriu a boca para discutir, mas então um caco de vidro estalou sob seu pé e o fez mudar de ideia.

— Desculpa — disse, com os dentes cerrados. — Eu esqueci.

— Quando o *nomeei*, Arthur, eu tinha as melhores expectativas...

Arthur sabia que agora era seguro parar de escutar por pelo menos alguns minutos. Não dava para ficar ouvindo os mesmíssimos monólogos sobre "linhagem" e "dinastia" o tempo inteiro; sobre Mordred, o traidor, que gerou Melehan, que por sua vez gerou uma longa estirpe de decepções perpétuas; e, principalmente, sobre todas as formas com que Arthur fracassara em honrar o legado do outrora grande rei. Arthur Pendragon, pelo que diziam um parente extremamente distante de Arthur, era uma fixação tão intensa das palestras de seu pai que, caso caísse numa fenda temporal e encontrasse esse sujeito, seu primeiro impulso seria chutá-lo bem naquela maldita távola redonda. Caso realmente tivessem feito parte da realeza, os Delacey, no decorrer dos séculos anteriores, haviam feito um ótimo trabalho em dissipar as conexões existentes. O único legado que tinham de verdade era a obsessão absurda do pai de Arthur com o sobrenome Pendragon e esses malditos discursos.

— Você vai *agora* mesmo — disse lorde Delacey, por fim, ao se levantar sobre os pés instáveis. — Mande Ashworth fazer suas malas. Você vai passar o verão lá.

— Como é que é? — indagou o rapaz, ajeitando a postura. — O *verão*? O verão *inteiro*?

— Você deve começar a cortejar formalmente a princesa Gwendoline — disse ele, enquanto o filho o encarava boquiaberto. — Fecha essa boca, Arthur. Já passou da hora de você crescer, parar de ser tão egoísta assim e fazer algo de valor com a sua vida. Você deve ser agradável e ganhar a confiança dela. Precisa ser a personificação de um noivo devoto. E espero que me escreva... *Olha para mim enquanto estou falando...* Que me escreva, Arthur, para contar de qualquer acontecimento em Camelot. Não deixe nada de fora.

Naquele momento, Arthur poderia ter dito algo a respeito da ânsia vergonhosa que o pai tinha de coletar fofocas como um cortesão entediado e cabeça-oca, mas o decantador de vinho parecia pesado o bastante para causar um estrago feio, então em vez disso o rapaz simplesmente assentiu e se virou para sair.

— *Inútil* — ouviu o pai resmungar enquanto fechava a porta.

Arthur encontrou Sidney nos jardins jogando migalhas de pão para um esquilo.

— Estamos partindo para Camelot — disse, apático. Sidney o encarou com um sorrisão. — Não venha com essa felicidade toda para cima de mim.

— É mais forte que eu. Amo uma bela cidade. Mulheres. Bebida. Banquetes. Além disso, eu nunca fui a Camelot.

— Você leva tanto jeito com as palavras.

— Além do mais — continuou Sidney, como se Arthur não tivesse falado nada —, mudar de ares talvez seja bom. Pode te ajudar a ficar menos... tristonho depois de você-sabe-quem.

— Eu não fico triste — respondeu Arthur, pegando o pedaço de pão que o colega estava jogando para dar uma mordida. — *Eca*, está velho.

— E por que você acha que eu estava jogando fora? Sem falar que ficou na boca do cachorro por um tempinho também. — Ele riu quando Arthur imediatamente cuspiu tudo no chão de pedra. — Olha os modos, Art. Nada de se comportar assim na frente da sua noiva coradinha.

Arthur fez uma careta.

— Vai lá e manda a Ashworth preparar minhas coisas para a viagem. Voltamos só em setembro.

— Você acha que eu sou o quê? — disse Sidney quando se levantou.

— Seu servo, por acaso?

— Como eu *odeio* essa piada — respondeu Arthur, desanimado. — Pega todo o vinho que conseguir carregar. Vai ser um verão bem longo.

*

Os pertences deles foram enviados de antemão, e depois de terem passado pelas estradas rurais ao redor da propriedade Maidvale era basicamente seguir reto toda vida pela longa estrada que levava a Camelot, o que significava que poderiam só apontar os cavalos na direção certa e relaxar.

— Quando foi a última vez que você a viu? — perguntou Sidney, se inclinando sobre o vão que os separava enquanto vagavam lado a lado para passar a garrafa de vinho a Arthur.

— Não sei. Deve fazer anos — respondeu ele, e tomou um longo gole para criar coragem.

— Ela não é feia — comentou Sidney. — Pelo menos é o que me dizem.

— Não. A personalidade é que é o problema — falou Arthur, com um ar sombrio. — Você sabia que ela quebrou meu pulso?

— Se eu *sabia*? Isso já deve estar gravado no meu crânio. Você só me contou umas cem vezes.

— E nunca mais voltou ao normal — continuou Arthur, sentindo uma dor fantasma conforme chegavam mais perto do castelo. — É por isso que não consigo segurar a espada direito.

— Ah, sim — disse Sidney, rindo. — *Com certeza* é esse o motivo.

— Ela é um terror, Sid. Nunca vi alguém tão imerso na própria *majestade*. A garota tinha cinco anos e já ficava marchando por aí querendo me dar ordens e correndo para contar mentiras de mim para o meu pai. Quando ficamos mais velhos, ela começou a escrever um monte de coisinhas horríveis sobre mim no diário e depois o escondia debaixo de uma árvore que nem um esquilo desnorteado quando achava que eu não estava olhando.

— Bom — disse o colega, tentando consolá-lo. — Vocês não são mais crianças, não é? Quem sabe ela mudou.

— Duvido. É capaz de ela ter piorado.

— É isso aí, pensamento positivo. Agora bebe — disse Sidney.

Era madrugada quando os dois atravessaram o fosso; foi necessária certa explicação para que os guardas abrissem o portão, enquanto Sidney vasculhava os bolsos para encontrar a carta com o selo de lorde Delacey, mas, com relutância, os funcionários do rei acabaram abrindo espaço para que os jovens trôpegos de Maidvale cavalgassem para dentro do pátio do castelo.

— Certo — disse Arthur, e balançou a cabeça como se quisesse clarear as ideias.

— Certo o quê?

— Estábulos... para a direita. Eita, *merda*. Sid, eu vou cair!

Em seguida, Arthur caiu com força sobre o ombro machucado e rolou até ficar de costas enquanto xingava fluentemente. Um peão de estábulo passou com toda a educação por cima dele, pegou o cavalo e Arthur ouviu dois conjuntos de cascos trotando com suavidade para longe. Sabia que precisava se levantar, mas não conseguia encontrar força ou motivação para isso.

— Você parece um saco de batatas — comentou Sidney, que apareceu em seu campo de visão e lhe ofereceu um braço.

— Será que você pode ir na frente e dizer... dizer que chegamos e que precisamos de quartos? — pediu Arthur enquanto era erguido. — Vou ficar aqui.

— No pátio? No escuro? — indagou Sidney.

— Vou evitar entrar, na medida do que for fisicamente possível — respondeu, se sentando num barril que ficava num lugar bem oportuno. — É autopreservação. Sabe como é.

— Na verdade não sei, não — respondeu Sidney, que deu de ombros e caminhou cheio de si em direção à porta mais próxima.

Tudo parecia igual à última vez que Arthur estivera ali, mas, de certa forma, menor, o que ele deduziu que devia fazer sentido, já que naquela época tinha onze anos, era magricela e pelo menos uns trinta centímetros mais baixo. Nesse tempo, havia desenvolvido um rancor longínquo por cada rocha decadente nas paredes do lugar, por cada estandarte, tecido pendurado e maçaneta solta. Estava mais para uma prisão do que um castelo.

A única vantagem era que o pai não tinha vindo junto e, ocupado daquele jeito com o que pareciam reuniões vitais com gente de quem

Arthur nunca ouvira falar, era provável que não aparecesse por semanas. Esse pensamento por si só era o suficiente para deixá-lo um tanto mais animado.

Havia pão sendo assado ali por perto, e Arthur só foi perceber como estava faminto quando se levantou por instinto para seguir o cheiro. Com o corpo enrijecido devido às horas no cavalo, atravessou o pátio e desceu as escadas em direção ao labirinto de corredores que levavam às cozinhas.

Quando chegou à porta, já preparando na cabeça as amenidades charmosas necessárias para conquistar o lanchinho, trombou com tanta força em alguém saindo dali que perdeu o equilíbrio, tropeçou para trás e bateu a cabeça com força no chão de pedra. Algo estranhamente macio o atingiu no rosto enquanto ficava lá, deitado com as orelhas zunindo graças ao impacto. Quando abriu os olhos, um tanto atordoado, viu que estava cercado pelo que pareciam ser bolinhas de marzipã enrolado.

— No chão de novo — comentou consigo. — Que maravilha.

— De novo?

Arthur tentou se sentar e estremeceu quando uma dor lancinante lhe atravessou a cabeça. Tentou de novo, mais devagar dessa vez, e então abriu um olho com cautela. Um jovem ruivo alto e desajeitado estava de pé à sua frente, segurando um prato vazio que parecia em algum momento ter abrigado uma quantidade significativa de marzipã. A mente de Arthur acelerou para entender o que estava vendo, e então tudo se encaixou: era o príncipe Gabriel. Mais velho, mais alto, agora parecendo que tinha só mandíbula, sobrancelhas e cotovelos, mas com certeza era ele. Na última vez que o vira, o garoto e Gwendoline podiam muito bem ser gêmeos.

Não mais. Ele era um homem agora. O futuro rei, na verdade. Boquiaberto para Arthur. Em suas vestes de dormir.

— Boa noite, Gabriel — disse, enquanto tentava se levantar com o máximo de dignidade levando em consideração que havia marzipã esmagado caindo de seu cabelo.

— Arthur Delacey? É você?

A vontade de dizer "não" era forte.

— Sim. Oi. Sou eu.

— Percebi — disse Gabriel, de cenho franzido. — Está perdido?

— Com fome — respondeu Arthur, enquanto ajeitava as roupas.

— Bêbado — comentou o príncipe, em voz neutra.

O filho do lorde deu de ombros.

— É proibido ficar bêbado e com fome ao mesmo tempo, por acaso? E por que você está carregando o suprimento de marzipã do país inteiro?

— Eu também estava com fome — respondeu Gabriel, encarando a bagunça no chão com um olhar melancólico.

— Ah. Pois é. Eu vou entrar lá. Quer que... Talvez tenha mais, ou...

— Não — respondeu Gabriel rigidamente, e entregou o prato vazio como se Arthur fosse um serviçal. — Boa noite, Arthur.

— Um prazer como sempre, Gabriel — disse Arthur, e teve a impressão de ouvir o príncipe respirar fundo enquanto saía. Depois, ficou ali sozinho no corredor, de repente, se sentindo muito idiota. — Santinho do pau oco desgraçado — falou para consolar a si mesmo antes de continuar sua busca por pão.

Querer coisas era perigoso, algo com o qual Gwen já não estava acostumada.

Na verdade, a única coisa que ela realmente quisera nos últimos anos era que a deixassem em paz.

Sua mãe travava uma guerra constante contra esse pequeno e precário desejo, mas Gwen o mantivera vivo, se recusando a ter um maior envolvimento com as damas na corte, a fazer amizade com a prole de famílias importantes como Agnes ou a, de qualquer forma que fosse, se preparar para a vida como a futura lady de Maidvale. Ela não entendia o porquê, já que não tinha a menor intenção de mudar. De jeito nenhum pararia de fazer sua caminhada diária, de trabalhar em seu bordado à tarde ou de passar a maior parte do dia na própria companhia; nem mesmo depois que se casasse.

Se pensasse demais sobre o fato de seu único desejo sincero ser a ausência de algo, talvez acabasse ficando deprimida, então Gwen simplesmente ignorava o assunto por completo. Se atinha à rotina. Era o que a fazia se sentir segura. Se não lhe permitiriam desejar nada para si, então ela achava que deveria pelo menos ter esse direito.

Lady Leclair era um problema. Olhá-la parecia muito com querer alguma coisa.

No caminho para o café da manhã em família, no dia seguinte à cerimônia de abertura, Gwen decidiu, talvez pela quingentésima vez desde o primeiro momento em que colocara os olhos na cavaleira da Casa Leclair, que era melhor não pensar nisso também.

Tinha coisas muito mais urgentes com que se preocupar.

— Pai — começou ela, enquanto observava o rei erguer uma carta, semicerrar os olhos para o texto e deixar cair no papel uma bela quantidade de queijo cremoso no processo —, faz um tempinho que ando querendo falar com o senhor sobre Arthur Delacey.

— Na verdade — disse o rei, limpando um pouco do queijo com um guardanapo —, *eu* é que ando querendo falar com *você* sobre Arthur Delacey.

— Bom. É. Só acho que a gente devia conversar direitinho antes de tomar alguma medida drástica. Será que é realmente a melhor...

O rei suspirou e levantou o dedo indicador, um sinal poucas vezes utilizado com a família, mas conhecido universalmente como uma exigência de silêncio imediato.

— Ele vai passar o verão aqui, Gwendoline. Já passou, e muito, da hora de vocês se reaproximarem. Afinal, você já tem quase dezoito anos... deve ter desconfiado que esse momento ia chegar.

— Eu tinha a esperança — começou Gwen, escolhendo as palavras com cuidado — de que as circunstâncias que levaram ao acordo pudessem ter mudado.

O pai não parecia insensível à situação, mas infelizmente também não parecia prestes a mudar de ideia.

— Você sabe que o lorde e a lady de Maidvale me deram um apoio imensurável quando assumi o trono, Gwendoline. E isso sem falar de como Delacey é cultista dos pés à cabeça e podia muito bem ter apoiado... outro. Você também sabe que sou um homem de palavra.

— Então, por causa de uma velha aliança que nem nos beneficia mais, eu tenho que sofrer?

— Nós ainda nos beneficiamos, *sim* — respondeu o rei, olhando com serenidade para a filha. — O lorde Delacey pode não ser mais tão poderoso como já foi um dia, mas agora não é o momento para perturbar nem ele nem ninguém daquela facção. E você não precisa *sofrer*. Você precisa se casar.

— É a mesma coisa — respondeu Gwen, sentindo as bochechas esquentarem.

— Gwendoline — chamou a rainha. A princesa esperou, pouco esperançosa, para ver se a mãe a ajudaria. — Será que dá para você, por favor, *parar* de arrancar as cutículas?

Gwen colocou as duas mãos embaixo da mesa e as cerrou em punhos.

— Pai, ouvi alguns rumores... particularmente *desagradáveis* a respeito do comportamento de Arthur Delacey durante o último ano, e tive um breve encontro com ele na noite passada que basicamente os confirmou — disse Gabriel, baixinho.

— Sim — disse Gwen, dando uma olhada grata para o irmão antes de aproveitar a oportunidade para apelar ao bom senso do pai. — Entendo que o senhor deu a sua palavra, mas será que não deveríamos colocar na balança o benefício de honrar o acordo e os possíveis prejuízos que isso pode gerar? Os danos para a Coroa? Para nossa reputação? — Para *mim*, acrescentou Gwen em pensamento.

— Nada disso — respondeu a mãe, com uma expressão exasperada. — Você já não é mais criança, Gwendoline. Já passou da hora de aceitar tanto as responsabilidades de Arthur quanto as suas como futura dama da casa e das terras dele.

— Eu não vou me mudar para a casa e para as terras dele! — exclamou Gwen. — Vou ficar aqui na corte. Então, sendo bem sincera, não entendo qual o motivo.

— O *motivo* — disse a rainha, num tom ácido — é que talvez você não tenha escolha! E ainda assim as pessoas vão esperar que você continue ajudando a gerenciar os assuntos dele...

— Eu sei que você não é do tipo que muda de ideia — interrompeu o rei, com um pouco mais de empatia, enquanto rompia o selo de uma nova carta com a faca —, mas dê uma chance ao rapaz. Talvez ele te surpreenda. E... por favor, *tente* não quebrar nenhum osso dele dessa vez.

— Não posso prometer nada — murmurou Gwen.

No entanto, seu pai já estava imerso de volta na correspondência, e sua mãe, comendo envolta num silêncio perturbador.

— Você o viu? — perguntou a Gabriel assim que saíram do salão de jantar. — Vocês conversaram?

— Mais ou menos — respondeu o príncipe, já caminhando automaticamente em direção à biblioteca.

— Como é que se fala *mais ou menos* com alguém?

— Era de madrugada e ele estava tentando roubar comida das cozinhas. Ah, e ele caiu. Não dá para dizer que foi uma interação muito brilhante.

— Ele caiu? — perguntou Gwen. — Como eu queria ter visto isso.

— Não se preocupa — respondeu Gabriel, sem rodeios. — Não tenho dúvida de que ele vai repetir a performance.

Gwen teve sucesso em evitar Arthur o dia inteiro. Ficou dando voltas intermináveis pelos jardins na companhia de Agnes, conversando de forma forçada mas educada, depois se retirou para almoçar e passou uma tarde solitária em seus aposentos, onde ficou boa parte do tempo suspirando e tamborilando os dedos em qualquer coisa.

Quando a chamaram para a ceia no Grande Salão, Gwen sabia que não conseguiria mais postergar a visão de seu nubente. Sendo assim, mandou Agnes pegar seu melhor vestido de primavera, feito de tecido damasco em tons delicados de rosa e dourado, trançar seu cabelo para cima, longe do rosto, e perpassar flores de cerejeira entre os fios. Quando encontrou Gabriel a caminho do jantar, tão atrasado quanto ela, o rapaz arqueou uma das sobrancelhas.

— Você está bonita — disse o príncipe, de forma incisiva.

— Ah, cala essa boca.

Percebeu que ele também se esforçara: vestia um gibão azul bordado que ela não reconhecia, e tinha até penteado o cabelo.

— Foi Elyan quem escolheu a sua roupa? E esse casaco aí?

Gabriel olhou para baixo como se nunca tivesse visto aquela peça na vida.

— Hm? Não. Ele voltou para Stafford.

Lorde Stafford cuidava dos assuntos da família real, e o fardo de sua vida era a forma como Gabriel recusava todo novo serviçal que lhe era designado. Nenhum durava mais do que uma semana antes que Gabriel ficasse horrorizado demais com a familiaridade e a proximidade e, discretamente, os mandasse trabalhar em algum outro lugar. Assim, ele acabava tomando conta de si por mais ou menos um mês, numa paz gloriosa, enquanto Stafford arranjava outro substituto fadado àquele ciclo.

O salão estava lotado. A maioria das pessoas que tinha vindo assistir à cerimônia de abertura também havia sido chamada para jantar com o rei à noite, o que significava que as extensas mesas de madeira estavam transbordando de convidados que, sem jeito algum, derramavam vinho, gritavam uns para os outros e se empurravam para ficarem mais confortáveis. Gwen deduziu que Arthur estaria no meio daquela bagunça e se sentiu um tanto presunçosa por poder passar pela multidão e caminhar direto para a mesa real na parte elevada, mas parou abruptamente quando viu quem estava sentado ao lado de um dos dois únicos assentos vazios.

— Te dou tudo o que tenho — disse ela, baixinho, para Gabriel. — Te dou...

— Sente do meu lado, Vossa Alteza — chamou lorde Stafford, pomposo como sempre e com uma quantidade desconcertante de penas de pavão no chapéu. — Tem algo que quero discutir com o senhor.

Gwen sabia que ele não estava falando com ela. Stafford nunca, *nunca* falava com ela.

— Claro — respondeu Gabriel, todo educado, e foi até a cadeira sem ousar olhar para a irmã mais atrás, que não teve escolha a não ser se sentar ao lado de Arthur.

A princesa se dignou a dar uma olhada rápida no rapaz e ficou feliz ao ver como ele estava um caco; tinha sombras escuras embaixo dos olhos e um corte com uma aparência péssima na testa. Carrancudo, encarava a sopa e, mesmo que não tenha dito nada quando ela se sentou ao seu lado, Gwen viu os ombros dele ficarem tensos.

Tinha vindo cem por cento preparada para ignorá-lo a noite inteira, mas, à esquerda, sua mãe estava envolvida numa conversa com o rei e, quando Gwen foi tentar se inclinar para participar da discussão, o pai percebeu e arqueou a sobrancelha como quem sabia muito bem o que estava acontecendo. Resignada com seu destino, ela voltou a se recostar no assento.

— Arthur — disse Gwen, sem rodeios.

— Sim — respondeu ele, na mesma entonação.

— Foi uma viagem difícil?

— Nem se compara com o destino — respondeu o rapaz, com um sorriso tenso.

— Mas que surpresa empolgante te encontrar na minha mesa.

— Vai por mim, a ideia não foi minha — revelou ele, um tanto melancólico, pegando a bebida. — Sua mãe me encurralou quando eu estava entrando. Nem mesmo deixou Sid vir comigo.

— Quem é Sid?

— Sidney Fitzgilbert. Meu guarda-costas pessoal. Aquele baixinho feioso bem ali. — Então gesticulou em direção a uma das longas mesas e Gwen viu um homem atarracado, de cabelo escuro e que de feio não tinha nada erguer a mão para acenar de volta, todo empolgado. Era um sujeito pálido, mas ligeiramente queimado pelo sol, e que estava com o queixo todo sujo de cozido. Ela não acenou de volta.

— Encantador.

— Ele é mesmo. Um raio de sol. Comparado a algumas pessoas.

— Ah, *faça-me o favor* — desdenhou Gwen, finalmente perdendo a paciência. — Você tem dezenove anos agora, não onze. Pelo menos tenta se comportar que nem gente.

Ele se virou para encará-la com puro desprezo nos olhos semicerrados, analisando-a de cima a baixo, sem pressa, e então voltando a olhá-la no rosto.

— Não — respondeu. — Acho que não vou tentar, não.

— Você vai passar o verão inteiro aqui, Arthur — disse Gwen. — É bem capaz de você ficar aqui *para sempre*.

— Pois é. Só por Deus. Acho que você tem razão — comentou ele, suspirando e olhando em volta. — Preciso achar um jeito de sobreviver a isso. De encarar de cabeça erguida. — A princesa estava prestes a assentir e dizer algo vagamente positivo quando ele gesticulou para uma serviçal que passava por ali. — Um pouco de vinho, por favor, e pode continuar mandando. Pelo verão inteiro. — Ele se virou para Gwen e deu um sorriso doce e completamente artificial. — Talvez até *para sempre*.

— Ah, vai para o inferno, Arthur — sibilou ela.

E Arthur ergueu o copo recém-preenchido num brinde zombeteiro.

— Aí está a Gwendoline que eu conheço.

Ficaram sentados em silêncio até a rainha se inclinar para falar com Arthur. Ele imediatamente ajeitou a postura e respondeu a todas as perguntas com muita educação, de um jeito que até chegava a ser charmoso; *sim*, continuava lendo, *não*, claro que ter sido chamado para passar o verão ali não era uma imposição, e, *sim*, ainda amava dançar. Gwen ficou ainda mais irritada. Ele era capaz, *sim*, de bancar o simpático, só não com ela.

Depois do jantar, haveria música. A essa altura da noite, Gwen normalmente conseguia dar uma fugidinha com a desculpa de que tinha torcido o tornozelo ou, então, proferindo uma miscelânea de "problemas de mulheres" enquanto todo mundo agarrava seus parceiros e corria para dançar. Acontece que, quando tentou ir em direção à saída, sua mãe fechou a mão ao redor de seu braço como se fosse uma prensa.

— Dance com seu convidado, Gwen — ordenou a mulher, com um sorriso conciso.

— Mãe — respondeu Gwen, séria —, chame os guardas. Ele me ameaçou com uma faca.

— Eu já te *falei* para não dizer mais essas coisas — ralhou a rainha, antes de pegá-la pelos ombros e conduzi-la até as pessoas dançando. — O coitado do sobrinho do lorde Stafford quase sujou a calça quando o pegaram aquela vez.

— Tomara que ele me mate mesmo — disse Gwen, carrancuda. — Aí a senhora vai se arrepender.

Ela podia jurar que, enquanto a mãe se afastava, a ouviu murmurando: *Eu não contaria com isso.*

Gabriel, é óbvio, não precisava dançar. Ficou sentado, ouvindo lorde Stafford e assentindo em intervalos regulares. Ela pensou, não pela primeira vez, que o irmão iria *amar* ter como única obrigação se casar. O príncipe não era nubente de ninguém em particular; poderia encontrar uma pessoa gentil, reflexiva e estudiosa assim como ele, e então se recolher para uma das casas da Coroa no interior, adotar uma centena de gatos e passar o resto de seus dias em paz.

Mas essa não era a herança dele. Filhos reais representavam uma promessa, carregavam a esperança e a glória de sua linhagem, mesmo que com relutância. Já as filhas reais nasciam para ser prometidas a um outro alguém.

O outro alguém de Gwen já estava ali, na fila dos homens, à espera dela. A princesa se perguntou como foi que a mãe havia encontrado tempo para forçá-lo a dançar também, já que estava tão ocupada encurralando a própria filha. Talvez a rainha tivesse trazido cúmplices.

Arthur não parecia estar particularmente adorando aquilo tudo, mas quando a música começou o rapaz não teve nada de ficar arrastando os pés. Dançou com uma elegância fluida que Gwen não conseguiu deixar de invejar. Odiava o fato de ele dançar bem enquanto ela vivia a poucos centímetros de colocar em perigo os dedos do pé de alguém. Odiara aquele sorriso debochado quando tiveram que dar as mãos; a risadinha cruel que ouviu quando errou um passo e quase se meteu no meio do casal que estava ao lado.

E, acima de tudo, odiava o quanto dançar a fazia ter que o encarar. Ele era bonito, *sim*, isso não tinha como negar — no entanto, conhecer aquela personalidade terrível obliterava qualquer ponto que a beleza concedia a ele. O cabelo era quase preto e caía liso até os ombros; sua pele era de um marrom luminoso, mesmo que o verão ainda não houvesse chegado, o que fazia parecer que ele já andava passando bastante tempo a céu aberto. O corte na sobrancelha, a aparência de quem não havia dormido direito, o singelo hematoma que ela agora percebia em sua têmpora... tudo isso deveria deixá-lo muito menos bonito, mas só servia para elevar aquele charme devasso. Gwen ficou satisfeita ao perceber que pelo menos ainda era mais alta.

As outras garotas (todas as meninas na fila, na verdade) estavam olhando para Arthur, e ele sabia muito bem disso. Gwen não conseguia nem imaginar o que viam nesse garoto horrível que havia se tornado um homem horrível, enviado até ali para atormentá-la pelo resto da vida. Assim que a música parou, ela se afastou sem nem olhar para trás e foi direto para Gabriel, que estava de pé ao lado da mesa real, ainda conversando com lorde Stafford. O príncipe deu uma única olhada na expressão da irmã e pediu licença.

— Você está bem? — perguntou ele, depois de lorde Stafford ter se afastado.

— Do que é que Stafford estava conversando com você? — perguntou Gwen, ansiosa em busca de distração.

— De guerra — respondeu Gabe, com o semblante sombrio.

— Com quem?

— Entre nós mesmos. Os cultistas estão ficando inquietos. Os católicos também. Por enquanto, o pai está conseguindo manter tudo sob controle. — Gabriel se reclinou contra um pilar de carvalho ornamental enquanto os dois viam o povo começar a dançar de novo. — Se bem que, pela cara do Arthur Delacey, se precisarmos acabar com alguém, se for preciso destruir de verdade a energia vital de alguma pessoa, você é a mulher perfeita para o trabalho.

Arthur também tinha se afastado das pessoas dançando. Agora, estava sentado com Sidney, seu guarda-costas coberto de cozido (no entanto, Gwen percebeu que o sujeito tinha localizado os restos de comida e os removido), conversando baixinho enquanto olhava todos em volta. Quando notou a princesa o encarando, revirou os olhos como uma criança enquanto Sidney escondeu o riso num copo de cerveja.

— Você não pode ir lá e dar uma lição nele ou alguma coisa assim? — exigiu Gwen ao irmão, que continuava encarando Arthur.

— *Quê?* Hum. Não. É bem capaz de isso gerar um pequeno incidente político.

— Pois então cause um dos grandes. Por mim. Ele insultou a minha honra.

— É sério?

— Olha, não. Mas ele foi bem arrogante comigo.

Gabriel deu um sorriso torto.

— Você vai sobreviver.

Duas das damas que estavam ao lado de Gwen na fila de dança vieram rindo até eles, aparentemente para falar com a princesa, mas, na realidade, acabaram mordendo o lábio e ficando delicadamente coradas na frente de Gabriel, que não deu a mínima, a ponto de chegar a bocejar. Gwen também teve que morder o lábio para segurar a risada. Ver mulheres se jogarem para cima do irmão enquanto ele, com toda a educação, fixava o olhar nas lajotas do chão ou pigarreava só para fazer um comentário a respeito de impostos, ou da cor incomum da sopa do jantar, era um de seus passatempos favoritos. Essas moças eram tão obstinadas que chegavam a ser surpreendentes; e, como um mero bocejo não bastava para mantê-las longe, as duas ficaram pairando por ali um tempão antes de desistirem.

— Não foi dessa vez — disse para as garotas quando enfim se retiraram, e as duas a encararam com olhares afiados como adagas.

— Esse é o tipo de coisa que você tinha que dizer só dentro da sua cabeça, G — repreendeu Gabriel, distraído. — Por que não vai para a cama? Você não precisa ficar.

Gwen deu de ombros.

— Serei torturada ou por esta dança hoje ou por nossa mãe amanhã de manhã.

— Olha, então por que você não vai lá fora pegar um arzinho, pelo menos? Eu distraio ela.

Depois de um tapinha agradecido no ombro do irmão, a princesa saiu apressada do salão em direção ao pátio sul. Um silêncio misericordioso se instaurava ao abafar dos sons da folia e Gwen atravessava o terreno em meio ao ar gelado e impregnado de fumaça de madeira. Ela estava vagando rumo aos estábulos — para seu muito paciente e compreensivo cavalo, Winifred — quando viu alguém saindo de lá e vindo bem em sua direção.

Não havia nenhuma explicação lógica para sua reação ao perceber quem a pessoa era. Antes que qualquer pensamento racional conseguisse se comunicar com seus braços e pernas, ela se escondeu atrás de uma mureta.

Lady Leclair não estava mais com a armadura que Gwen a vira usando no dia anterior, mas continuava deslumbrante numa túnica simples e calções masculinos. A cavaleira havia amarrado o cabelo meio sem jeito para que não caísse no rosto, enrolado as mangas de forma que os músculos retesados de seus antebraços ficassem à mostra e estava com um borrão de alguma coisa escura (talvez lama, talvez esterco de cavalo) nas maçãs do rosto.

Gwen nunca vira algo tão magnífico na vida.

Lady Leclair esticou os membros até os ossos estalarem, soltou um suspiro de satisfação que na mesma hora transformou a mente de Gwen em gelatina, parou de repente, como se tivesse se lembrado de alguma coisa, e se virou abruptamente para voltar aos estábulos. Parecia menos imponente sem a armadura (de jeito nenhum era mais alta do que Gwen e não tinha um porte muito grande), mas ainda assim havia uma solidez a seu respeito, como se ela fosse feita de qualquer coisa mais forte do que aquilo que havia gerado a princesa.

Gwen continuou agachada de um jeito um tanto humilhante até mesmo depois de a cavaleira ter ido embora, paralisada bem ali, e só foi se dar conta de que seria melhor se mexer quando sentiu uma câimbra começar a escalar por sua perna.

Tinha acabado de se recompor e voltar para dentro quando ouviu mais passos se aproximando, vindos da direção oposta.

Os passos foram ficando mais altos, e Arthur Delacey apareceu cambaleando. Um dos funcionários do rei, um sujeito loiro, talvez chamado Mark ou Michael, vinha aos tropeços atrás dele enquanto se segurava em seu braço de um jeito bem familiar. Ela tentou identificar de quem se tratava... um assistente do mestre das matilhas, talvez? Enquanto observava, Arthur olhou em volta do pátio, que até pouco tempo antes estava vazio, puxou o jovem para uma alcova escura, entre os estábulos e o portão, e o *beijou*.

O queixo de Gwen caiu.

Com os olhos bem fechados, Arthur sorria preguiçosamente e pressionava a boca na mandíbula de Mark ou Michael enquanto deslizava a mão para dentro da túnica do outro homem. O sujeito dos cachorros fechou os olhos, inclinou a cabeça para trás para que o cabelo saísse de seu rosto e, parecendo completamente à vontade, permitiu que seu pescoço fosse beijado. Gwen ficou tão chocada que esqueceu que estava tentando se esconder e, quando Arthur olhou naquela direção, encarou-a diretamente nos olhos.

Ele empurrou o rapaz para longe, murmurou algo grosseiro e num piscar de olhos Mark ou Michael havia sumido. Arthur ficou lá sozinho, ajeitando o cabelo, as bochechas rapidamente ganhando uma nova cor. Então olhou de volta para Gwen enquanto tensionava a mandíbula como se estivesse tentando invocar as palavras certas, mas fracassando. E então os dois deram um pulo.

Lady Leclair tinha voltado a sair dos estábulos, agora com uma jaqueta pendurada sobre o ombro. Sem nem pensar, Gwen voltou ao esconderijo atrás da mureta, o rosto pegando fogo, e ficou ouvindo os passos sem pressa da cavaleira, que caminhava em direção às cozinhas.

Quando ela teve coragem de se levantar, Arthur estava parado bem à sua frente.

— Que bela noite — comentou ele, com a voz tensa, enquanto ficava abrindo e fechando as mãos ao lado do corpo, esperando uma resposta.

— Arthur — sussurrou Gwen depois de um momento. — Era um *menino*. Você estava beijando um *menino*.

— Era, é? — perguntou Arthur, agora soando um tanto em pânico. — Não, acho que não. Eu teria percebido.

— Pensei que fosse óbvio. Você praticamente estava com a mão no...

— *Certo* — sibilou ele. — Certo. Era um menino. Parabéns, você é um gênio. Vamos acabar com isso de uma vez... Você quer me humilhar publicamente agora ou me mandar de volta para o meu pai cuidar disso? De qualquer jeito, tenho certeza de que vão te deixar assistir.

— Ah — exclamou Gwen. — *Ah*.

Ela continuava tentando entender tudo aquilo; essa fugidinha descarada para um lugar em que qualquer pessoa poderia pegá-lo com a boca na botija, essa coisa de beijar meninos que ele estava executando com tanta habilidade, como se fizesse isso o tempo todo. E provavelmente fazia o tempo todo *mesmo*.

— E o que é que a madame estava fazendo me *espionando*, afinal de contas? — vociferou Arthur, com tanta raiva que a deixou indignada.

— Eu não estava te *espionando*. Estava só... — E fez um gesto amplo em direção aos estábulos.

O olhar dele acompanhou a mão da princesa e depois, sob as sobrancelhas franzidas de quem parecia estar resolvendo um quebra-cabeça, voltou direto para o rosto dela. Foi aí que Gwen percebeu seu erro.

— Quem era aquela garota? — perguntou ele, devagar.

— Que garota? — indagou Gwen, e percebeu que o tom histérico que havia notado na voz de Arthur havia aparecido de surpresa em seu próprio timbre.

— Você sabe muito bem de que garota estou falando — respondeu Arthur, arregalando os olhos. — Você estava espionando *ela*.

— Não sei do que você está falando — disse Gwen, mas algo a havia traído (Deus, Merlin, o universo), porque sua voz não soou nada convincente, o que o deixou com uma expressão de triunfo.

Ele *sabia*. Claro que sabia.

Era uma coisa que nem passaria pela cabeça da maioria das pessoas, mas... ele estava beijando um menino meio segundo atrás, não estava?

— Certo — disse Arthur, e era possível ver o pânico se dissipando. — *Certo*.

— Eu... Olha, não sei exatamente o que você acha que descobriu aqui, mas...

— Que tal a gente falar disso num lugar mais privado, hein?

Em seguida, ele se virou e atravessou o pátio.

Com o aspecto de alguém que fora condenado a uma morte extremamente dolorosa, Gwen o seguiu.

4

Arthur tinha achado que os guardas pudessem impedi-lo, e certamente o encararam com desconfiança quando ele atravessou a porta dos serviçais com Gwendoline vindo relutante logo atrás, mas ela deve ter dado algum sinal imperceptível para que recuassem, porque ninguém os seguiu ou tentou dar em Arthur um tapa estalado por ousar ficar sozinho com a princesa. *Caso* tenham considerado a possibilidade de que ele talvez estivesse levando-a para manchar sua virtude, não pareceram se importar (talvez até achassem que a virtude dela precisasse mesmo de uma manchinha).

Arthur localizou a porta para o porão e a abriu com um floreio.

— Que é isso? — perguntou Gwen, enojada, quando ele pegou uma tocha acesa da parede e começou a descer os degraus em direção à escuridão.

— Como assim, "que é isso"? Você mora aqui, não mora?

— Não tenho o hábito — respondeu Gwendoline, tropeçando na escada ao se apressar para manter o ritmo — de sair abrindo portas misteriosas e entrando em túneis escuros com homens pouco confiáveis.

— Pois deveria tentar ter, porque é capaz de isso te deixar um pouco menos nervosinha — disse Arthur quando chegaram à base. — Enfim, de *porta misteriosa* isso aqui não tem nada. É uma adega. Por favor, me diz que você sabia dessa adega. — O brilho da tocha iluminava fileiras e mais fileiras de barris gigantescos que se estendiam até perder de vista na penumbra. O cheiro era de carvalho envelhecido, poeira e álcool, o que, de certa forma, acalmou o nervosismo de Arthur.

— E por que eu saberia? — zombou Gwendoline.

Ela era obrigada a ficar bem perto dele para não sair da área de claridade, e era evidente que não estava nada feliz com isso.

— É onde fica o *vinho* — respondeu Arthur, incrédulo.

— Ai, nossa, *que burrinha* — ironizou a princesa, envolvendo a si mesma com os braços e, um tanto incerta, olhando para o recinto em volta. — Eu não bebo. Dá para agilizar e falar de uma vez seja lá o que você quer dizer? É frio aqui embaixo.

Ele se recostou num barril com uma indiferença ensaiada e a analisou por um momento. Gwen parecia viver tensa e irritada, mas agora seu rosto realmente parecia em perigo de desmoronar.

— Vamos só combinar de ser sinceros um com o outro — sugeriu ele, devagar. — Você consegue?

— Como assim? — perguntou Gwendoline, mesmo que soubesse muito bem do que se tratava.

— Você estava bisbilhotando atrás de uma mureta...

— Eu não estava *bisbilhotando.*

— Certo. Digamos então que você estava se *apoiando com muita elegância, graça e dignidade,* como convém a sua nobre casa, atrás daquela mureta e espiando aquela mulher.

— Eu estava... tomando um ar — respondeu ela, rápido demais. — E por um acaso aconteceu de...

— O que ela é? Uma serviçal? Ajudante de cozinha? Lavadeira?

— É uma *cavaleira,* na verdade — vociferou Gwendoline, nervosa. — Lady Bridget Leclair.

Arthur segurou uma risada frente à expressão furiosa dela.

— Um belo nome.

Gwen levou a mão à testa e fechou os olhos. Pareceu estar pensando tanto que chegava a doer; o esforço era palpável. Quando voltou a abri-los, encarou Arthur com um olhar extremamente gélido.

— Seja lá o que você *acha* que viu — disse, à medida que ia escolhendo as palavras com cuidado —, eu vi algo pelo menos dez vezes mais... interessante. Então, se eu fosse você, não iria ficar jogando acusações por aí.

— Não estou te *acusando* de nada, sua despótica — disse Arthur. — Você sabe uma coisa minha e eu acredito que sei uma coisa sua, que pode até ser diferente nos detalhes superficiais, mas que na realidade é bem parecida. Seria muito bom para *nós dois* que essas informações ficassem no particular.

— Se eu falar para o meu pai o que eu vi...

— Eu diria que te vi comendo *lady Bridget* com os olhos. Se bem que... eu bem que posso dar uma embelezada na história. Incluir alguns detalhes sórdidos.

— Ele não acreditaria em você — zombou Gwendoline, mas, por conta do nervosismo, estava puxando a manga do vestido.

— Ele acreditaria o bastante para manter ela longe de você — disse Arthur, com uma convicção que não se sustentava de verdade. — E acho que acreditaria o bastante para ficar de olhos *bem abertos* com você daqui para frente.

— Mesmo que você tenha visto o que inventou nessa sua cabeça aí que viu, o que *não aconteceu*, nem todo mundo é estúpido a ponto de sair por aí... expondo sentimentos particulares em público e ficar passando a mão no corpo inteiro do *Mark* do *canil*...

— Olha, então o azar é seu. E o nome dele é *Mitchell*.

— É...?

— Hum... acho que é.

— Pelo amor de *Deus*, Arthur. Vai dormir. Amanhã a gente conversa — exclamou Gwendoline.

Ela arrancou a tocha das mãos dele e, com passos cuidadosos e planejados que acabaram atrapalhando sua atitude desapegada, partiu em direção às escadas. Ele nem se mexeu enquanto era engolido pelas sombras.

— Não sei se você está com moral para ficar dando ordens nesse momento, Gwendoline.

Ela se virou na porta, o rosto iluminado pela tocha tremulante, e o encarou com extremo desdém.

— Para você é *Vossa Alteza*.

— Peço desculpas, *Bosta* Alteza — respondeu Arthur, mas a porta já havia sido fechada com força, então ele gritou para um cômodo vazio.

*

O verão ainda nem havia começado direito para as coisas já terem dado tão errado assim. A situação requeria pensar rápido, o que costumava ser o ponto de forte de Arthur, mas ele havia usado vinho como uma bengala esta noite, e suas habilidades de raciocínio dedutivo tinham sido prejudicadas.

— Você está ferrado — apontou Sidney, enquanto o observava andando para lá e para cá em seus aposentos, como um cão de caça preso e cambaleante.

— Muito útil da sua parte — comentou Arthur, esfregando o rosto com uma mão. — É que esse é o ponto... Se eu tivesse um pedacinho de qualquer coisa tangível para usar contra ela, uma migalhinha profana que fosse, neste momento eu estaria rindo. Mas ela é tão chata. Tão, *tão* chata. E ainda por cima, se ela *estivesse* aprontando alguma coisa, a única pessoa que saberia seria o príncipe, que sempre foi um ajudante tenebroso dela quando éramos crianças.

— Então ela não contaria para... sei lá, um amigo?

— *Que amigo?* — indagou Arthur, com toda a sinceridade.

Sidney coçou o pescoço e pareceu ficar pensativo.

— Nem um mísero amigo? Nenhuma panelinha de princesas com quem ela faz festas do pijama? Nem mesmo alguém com quem conversa por carta?

— Não. A única pessoa para quem ela já escreveu na vida enquanto eu fiquei aqui foi... epa, espera. Espera um minutinho aí. Já sei. Você é um gênio.

— Eu sei — respondeu Sidney. — Por quê?

— Vem comigo — disse Arthur, se sentindo renovado com o vigor de alguém que logo mais poderia ter em mãos material para uma chantagem impagável. — Use as suas piores calças. Ah... deixa para lá, você já está com elas. Vamos *cavar*.

A manhã seguinte chegou tão límpida e ensolarada que chegava a ser irritante. Arthur não tinha conseguido dormir muito bem, e o clima deslumbrante parecia uma afronta pessoal. Alguém havia trazido um recado até seus aposentos e, então, Sidney leu para ele em voz alta a solicitação de que se encontrasse com Gwen no pomar com toda a discrição possível e o quanto antes.

— *Bem* linda essa garota que trouxe o comunicado — disse Sidney, enfiando um pãozinho açucarado na boca. — Acho que estou apaixonado.

Arthur não fez nada além de dar um tapinha no braço do colega e exigir um pãozinho para si.

Quando chegaram ao portão para o pomar, que era murado por todos os lados, Arthur se virou para Sidney com uma expressão da mais profunda agonia.

— Minha nossa, Art, é uma menina de dezesseis anos, não uma hora de tortura — disse Sidney, meio grosseiro.

— Ela tem dezessete. E eu escolheria a tortura num piscar de olhos — respondeu Arthur, mas, corajoso que só, endireitou os ombros mesmo assim e entrou.

O pomar era grande e organizado, com fileiras caprichadas de árvores que derramavam nuvens rodopiantes de flores sempre que a brisa batia. Gwendoline caminhava sem pressa pela fileira do meio, indo na direção dele acompanhada por uma mulher de cabelo castanho-escuro, delicada e baixinha, que provavelmente era a responsável por fazer os olhinhos de Sidney brilharem. A moça foi dispensada sem demora e, quando passou de cabeça baixa, Arthur lhe deu um sorriso e a viu ficar corada, o que foi satisfatório.

— Qual o nome dela? — perguntou quando alcançou a princesa.

— Quê?

Hoje Gwen vestia o azul do céu e estava com o cabelo preso numa trança intrincada que atravessava o topo de sua cabeça e parecia, para quem estivesse levemente de ressaca e semicerrando os olhos, uma coroa. Será que o cabelo repuxado com força demais era o motivo de ela viver tão esquentadinha?

— A *garota*. Cabelo castanho. Vestido cinza. Umas mãozinhas lindas.

— Caramba, por que é que você estava olhando para as *mãos* dela?

— É só que eu me interesso pelas pessoas — respondeu Arthur.

Ele se deu conta de que uma bela quantidade de flores já havia pousado em seu cabelo e, por isso, estava tentando removê-las.

— Aposto que se interessa mesmo — comentou Gwendoline, séria.

— Ah, claro, é isso aí, sou um pervertido e um criminoso só porque olhei para as mãos de alguém — vociferou o rapaz. — Será que dá para andarmos? Enquanto conversamos? Afinal de contas, você me chamou aqui porque queria conversar, não foi?

— Está bem — concordou ela, como se andar não fosse para pessoas de sua estirpe, mesmo que pouquíssimo tempo atrás estivesse caminhando sem ter sido obrigada. Assim, começaram, sem jeito, a percorrer o caminho o mais distante possível um do outro sem que acabassem esbarrando numa árvore. — Não consigo enxergar nenhum motivo lógico para não contar ao meu pai o que vi ontem à noite. Seja lá o que você falar a meu respeito, ele não vai acreditar. E aí o noivado acabaria e a gente poderia deixar tudo isso para trás.

— Certo — disse Arthur, o medo amargando sua língua. — Bom. Acho que não adianta apelar para o seu senso de humanidade, né?

— Ah, *faça-me o favor*. Ele não vai contar exatamente o *porquê* para o seu pai. E aí nós dois nos livraríamos dessa bagunça, e cada um ficaria livre para seguir o próprio caminho e nunca mais se ver...

Ela continuava falando, mas Arthur já não estava ouvindo. Sabia com certeza absoluta que não faria a menor diferença o motivo que o pai de Gwendoline desse ou deixasse de dar para romper o acordo. Seu pai iria... bom, não dava nem para *imaginar* o que ele faria. E, como se tratava de um sujeito com uma imaginação para lá de vívida, a situação ficava mais do que um pouco preocupante.

— Foi o que eu pensei que você diria — argumentou Arthur, mesmo que não fizesse a menor ideia do que ela havia acabado de falar. Ele se esforçou para manter a voz firme. — E por isso tirei um tempo para dar uma pensadinha ontem à noite. E depois saí para dar uma caminhadinha.

— Uma pensadinha e uma caminhadinha? — perguntou Gwendoline. — Mas que coisa, o que é que você está...

Arthur apresentou sua evidência com um gesto teatral. O floreio tinha grandes chances de ter sido desnecessário, mas foi gratificante mesmo assim. Gwen corou, assumiu a interessante cor de uma beterraba e parou de andar.

— Mas... você... como foi que você...

Arthur pigarreou e abriu o caderno de couro rachado fazendo uma reverência adequada à ocasião. Esse prêmio, afinal de contas, não tinha sido fácil de conseguir. Não havia como ter certeza de que aquele maldito diário ainda estaria *lá* depois de tantos anos, e eles precisaram cavar debaixo de algumas tantas árvores antes de encontrarem a certa.

— *Querido diário* — começou a ler Arthur —, *há um rosto novo no torneio. Ela é forte, corajosa e tem cabelo escuro e olhos castanhos. Eu a acho muito bonita. Dizem por aí que é filha única e que o pai não viu motivo nenhum para não a tratar como faria com um filho homem. Seu nome é Bridget Leclair e, na verdade, ela é uma lady, mas quer ser uma cavaleira...* Meu Deus do céu, ninguém nunca te ensinou que é mais importante agir do que falar?... *então passou o ano inteiro viajando pelo país para participar dos torneios. Não sei por que, mas eu queria beijá-la.*

Arthur parou depois disso, mas não porque tinha perdido o embalo, e sim porque Gwen pulou para pegar o diário e ele precisou dar um passo ligeiro para trás.

— Eu não... — disse ela, ainda tão roxa que chegava a ser preocupante. — Você não pode...

— Bom, essa é a questão, né? — disse Arthur, tranquilo, e em seguida enfiou o diário na calça, onde tinha quase certeza de que ficaria seguro. — Querer, eu *não* quero, mas poder, eu posso, sim. Já arranquei umas páginas particularmente condenatórias daquele verão e dei para o Sidney guardar em segurança.

Tinha sido como encontrar ouro. Ele se preparara para descobrir que os diários haviam sido queimados muito tempo atrás, ou para achar parágrafos e mais parágrafos cheios da mais pura trivialidade (e havia *mesmo* muita bobagem), mas, então, ali estava, em textos vergonhosamente bem-

-organizados com a data de três anos antes, pouco antes do aniversário de quinze anos de Gwendoline; o último verão em que ela levara a caneta até o pergaminho.

— Não faz isso — disse Gwen, finalmente encontrando as palavras.

— Eu não faço se você não fizer.

Houve um longo instante de silêncio, durante o qual ele chegou a se questionar se poderia ter julgado mal a situação.

— Está bem — respondeu ela, por fim.

Os ombros de Arthur relaxaram de alívio antes de ele lembrar que tentava passar a impressão de que era ele quem estava no comando dessa carruagem.

— Que bom. Foi o que pensei. — Voltou a caminhar e, depois de uma pausa, Gwendoline o seguiu. — Não tem necessidade de a gente baixar o nível assim. E, como um gesto de boa fé, que tal se concordássemos em... nos ajudar? Com essa questão.

— Que questão? — perguntou ela, a voz ainda tensa de raiva.

— Você sabe. Ficar de olho um no outro. Ou não, dependendo do caso. Eu faço vista grossa para seja lá o que você apronte e você faz o mesmo por mim.

— Eu não *apronto* nada — argumentou Gwendoline, indignada.

— Olha, isso infelizmente já deu para perceber — disse Arthur para a princesa, com uma sobrancelha arqueada. — Mas se por acaso você levantar a saia e sair pela cidade durante a noite, eu... sei lá... te daria cobertura se você também fizer isso por mim.

— Não preciso que você me dê *cobertura* — ralhou a princesa, mas então pensou por alguns segundos e pareceu reconsiderar a ideia. — Se bem que... minha mãe e meu pai querem que esse noivado funcione. Então, se a gente passar a impressão de que as coisas estão dando certo entre nós, minha vida ficaria bem mais fácil. Eles me deixariam em paz.

— Então... é só fingirmos que nos damos bem? — perguntou Arthur, incerto.

Ele supunha que, na verdade, aquilo não era pedir muito, mas, como não conseguia olhar para a carranca da princesa sem sentir vontade de virá-la para o outro lado, parecia algo monumental.

— Isso. Fingimos que o grande plano deles está funcionando, que estamos... nos dando *bem*. Uma distração clássica.

— Meu pai vai ficar em êxtase.

— O meu também — disse Gwendoline, desanimada.

— Mas e se eles falarem "certo, eles obviamente não vão se matar se ficarem num quarto sozinhos, então que tal arranjarmos a data do casamento para comemorar"?

— Sei lá. Aí a gente se casa, eu acho.

— Perfeito — exclamou Arthur. — Fico contente que exista um final feliz para isso tudo. Se tivermos sorte, uns insurgentes vão aparecer e matar todos nós na cama antes da hora do "aceito".

— Não me deixa sonhar. Só vai tornar a realidade ainda pior.

Ele a encarou. A princesa estava olhando sem interesse algum para os galhos de uma macieira lá no alto, e parecia quase tão infeliz quanto Arthur se sentia.

— Negócio fechado, então — disse ele, ávido para encerrar a discussão o quanto antes para poder conquistar seu sonho de se afundar numa cama.

— Fechado, mas com algumas ressalvas. Ninguém pode te flagrar com... pessoas. Porque isso vai minar o plano todo. Você não pode fazer nada para me envergonhar. Se precisar sair, tenta ser... sei lá, discreto. — Desconfiada, ela o encarou. Parecia estar pensando que ele nem uma vez sequer havia sido discreto na vida. — E você não pode contar para ninguém. A gente tem que fazer parecer que é de verdade.

— Eu tenho que contar para Sidney — disse Arthur, rápido. — Se a gente começar a ficar puxando o saco um do outro, ele vai acabar percebendo de qualquer jeito.

— Vai. Pois é. Acredito que... Gabriel precisa saber pelo menos alguma parte do plano. Acho que não dá para confiar na Agnes, mesmo que eu a faça jurar de pés juntos que vai manter segredo...

— *Ahá*. Agnes. É o nome dela. A de cabelo castanho-escuro.

— Para de brincadeira, Arthur.

— Está bem — disse ele, seco. — Nós devíamos fingir que estamos nos encontrando escondidos. Como se fosse impossível ficarmos longe um do outro. Mas temos que fazer isso de modo a deixar bem na cara, para a fofoca se espalhar. Rápido e eficaz, porque aí não vamos precisar passar muito tempo juntos de verdade.

— Tudo bem. Mas os primeiros eventos do torneio começam na semana que vem, e somos obrigados a ser vistos por lá. Então já vamos nos preparando.

Gwendoline olhou para o portão e Arthur seguiu seu olhar. Dava para ver nitidamente Sidney falando com Agnes do outro lado. Ela estava segurando um pãozinho açucarado e parecia encantada.

— Pode ir — disse a princesa.

Furioso por ela achar que tinha a autoridade para *dispensá-lo*, Arthur meio que quis ficar só para irritá-la, mas sua cabeça continuava latejando, o sol brilhava forte demais e ele queria muito um pãozinho.

— Que seja — grunhiu ele antes de se virar e começar a se afastar, preocupado com a possibilidade de que sua magnífica demonstração de raiva pudesse ter sido levemente afetada pela chuva de pétalas que caía de seus ombros conforme andava.

5

Gwen nunca fora lá muito interessada no oculto, mas, naquele momento, teria trocado o reino inteiro do pai por qualquer migalhinha patética de magia arturiana.

Só o necessário para voltar no tempo, correr até o pomar e remover aquele maldito diário antes que o objeto pudesse parar nas mãos de Arthur. Tremia de raiva cada vez que pensava a respeito, mas não estava zangada com ele (pelo menos, não mais do que o normal). Estava furiosa *consigo mesma*.

Deveria ter queimado tudo anos atrás, mas aquelas páginas eram o único lugar em que se permitira dar voz a seus segredos mais bem guardados. Alguma parte sua gostava de ter um registro da primeira vez que a viu, dos breves encontros, de qualquer pedacinho de lady Leclair que fora capaz de coletar. E eram pouquíssimos: um aceno de cabeça do outro lado do pátio quando Bridget ainda era, tecnicamente, uma escudeira que vivia às sombras de um cavaleiro de um condado vizinho; olhadas ligeiras na direção de Gwen na hora de reverenciar o rei durante o torneio; um incidente no qual sir Blackwood, o marechal-mor, tropeçara na própria bainha e as duas foram as únicas a rir.

E também tinha colecionado rumores, comentários avulsos e pontas soltas de histórias que ouvira por acaso. Diziam por aí que, aos doze anos, lady Leclair conseguia derrotar dois homens adultos. Que ela falava seis idiomas. Que um peão de estábulo uma vez tentara dar uma passada de mão nela num torneio regional e levara seis semanas para voltar a usar as pernas direito. Tudo o que Gwen ouvira a respeito de lady Leclair só servia para fazê-la querer saber mais.

Estivera lá na primeira vez que a cavaleira entrou nas justas; com o coração na mão, assistira-a ser eliminada na primeira rodada sob um coro de vaias e zombarias, o que só serviu para que, no ano seguinte, sua vitória fosse ainda mais doce — e ela continuou vencendo por semanas a fio até que foi derrubada de forma violenta do cavalo e obrigada a se retirar. Gwen era capaz de jurar que, numa única vez, quando estava sentada ao lado do pai nas arquibancadas reais durante uma noite dourada de agosto, pegou Bridget a encarando intensamente quando achou que a princesa não estava prestando atenção.

Todas essas lembranças agora estavam manchadas, graças a Arthur.

Parecia errado esconder de Gabriel os detalhes mais delicados do que acontecera, mas vê-lo se sentando à frente dela no salão de jantar privado naquela noite, abatido e exausto pelo dia cheio de compromissos da realeza, a fez hesitar. Gwen andava hesitando assim havia anos, sempre incerta quanto a como conversar com ele a respeito de lady Leclair, e de vez em quando testava o clima com um comentário breve sobre a armadura escolhida pela cavaleira ou sua destreza em batalha, mas nunca conseguia dar o passo seguinte. Tinha certeza de que *contaria* tudo em algum momento — era sua obrigação, já que nunca escondera nada do irmão por tanto tempo assim —, mas, como sempre, falou para si mesma que simplesmente não era a hora certa.

Os pais deles haviam sido chamados para um jantar privado com o arcebispo ancião de Camelot, então Gwen contou para o irmão mais ou menos metade do que transcorrera desde a última vez que tinham se falado, e os furos na história eram perceptíveis mesmo com suas tentativas de encobri-los.

— G, eu não consigo entender muito bem a crueldade nesse plano — disse ele, coçando a têmpora.

— Precisa que eu explique de novo? — perguntou ela, antes de morder uma groselha e franzir o nariz quando a acidez inundou sua boca.

— Não, eu captei o básico, é só que... você pegou ele beijando alguém? E agora vai acobertá-lo? Por quê?

— Por causa do meu coração bom, talvez? — sugeriu a princesa, e Gabriel arqueou uma sobrancelha. — Ele concordou em se comportar que nem gente, Gabe. Vai ajudar a tirar a mãe e o pai de cima de mim.

— Mas, se você simplesmente *explicasse* que o Arthur anda aprontando, é bem provável que os dois cancelassem tudo. O que é que você não está me contando?

Ele parecia muito, mas muito cansado, o que fazia Gwen se sentir ainda pior pela mentira. Ela olhou para o prato à frente, do qual havia apenas beliscado, e sentiu um nó repentino na garganta.

— Não é nada — respondeu ela, e tentou dar um sorriso, mas tudo o que conseguiu foi fazer uma careta. — Eu só queria um pouco de paz, e... esse parece o jeito mais fácil.

— Então tudo bem — disse ele, devagar, e todo sem jeito se esticou para fazer carinho no braço da irmã, o que a fez rir. — Mas você sabe que se precisar...

— Sim. Eu sei. É só que... Está tudo bem, Gabe. Eu sei o que estou fazendo.

Gabriel pensou a respeito por um instante, suspirou e pegou um damasco.

— Então — disse o príncipe. — Você e o Arthur? Pombinhos apaixonados agora? — Gwen colocou a cabeça nas mãos e assentiu. — Bem, isso vai ser interessante.

— Que *roupa* é essa?

Arthur vestia um casaco elaborado feito de veludo molhado e com ornamentos de ouro polido. Caminhando ao seu lado, num vestido simples cor de pêssego, Gwen parecia distintamente inferior.

— Esse não foi um ponto de partida muito bom — respondeu ele, dando um sorriso agradável para ela.

Estavam rumo ao norte, para além do pomar e em direção à ponte levadiça que os levaria para fora do castelo, a caminho da área do torneio. Gwen viu a mãe olhar para trás, avistá-los e dar um sorriso de aprovação conforme atravessavam o fosso. Depois, uma frota de guardas os apressou por uma entrada dos fundos e os escoltou até seus lugares na bancada real. O rei e a rainha se sentaram primeiro, orgulhosos dos tronos intrépidos construídos apenas para uso ao ar livre, absurdamente mais luxuosos comparados às fileiras apertadas de bancos estreitos nas outras arquibancadas.

Excalibur, a espada ornamental, já estava posicionada em seu pequeno pedestal, bem à frente de seu pai. Era grande e ornamentada, modelada a partir da original, que se salientava de um pedaço de pedra roxa reluzente. A pessoa que vencesse o torneio recebia a oportunidade de segurá-la por um breve instante durante a cerimônia de encerramento enquanto a multidão a celebrava, e então o objeto era bruscamente reivindicado para que ninguém o deixasse cair nem tentasse arrancá-lo da pedra e se autoproclamasse rei.

Gwen se sentou com Gabriel à direita e Arthur, ainda com aquele sorriso irritantemente gracioso no rosto, à esquerda. Ela viu um murmúrio de interesse atravessar a multidão, e resistiu ao anseio de revirar os olhos. Claro que todos ficariam murmurando. Ela nunca veio acompanhada ao torneio. Arthur era uma novidade, e devia estar *amando* aquilo. Uma rápida olhada para o lado confirmou essa teoria quando ele, num movimento planejado, passou a mão pelo cabelo e depois se virou devagar para que seu rosto ficasse de perfil, parando abruptamente quando encontrou o olhar de Gwen.

— Que foi?

— Já terminou o *teatrinho*?

A grosseria pareceu não surtir efeito.

— Põe a mão no meu braço — disse ele, baixinho, e ela bufou.

— Obrigada, mas não estou tão desesperada assim.

— Olha, eu diria que você está, *sim*, mas isso é assunto para outra hora. Põe a mão no meu braço e dá uma risada como se eu tivesse falado alguma coisa absurdamente engraçada. Para os seus pais. Para o povo.

— Por que é que *você* não põe a mão no *meu* branco e dá uma risada como se *eu* tivesse falado alguma coisa extremamente engraçada? — sibilou Gwen, indignada. — Inclusive é até mais realista. Não dá para parecer que eu estou sucumbindo ao seu charme se isso é algo que nem existe.

Ela esperou uma tréplica, mas em vez disso sentiu a mão de Arthur repousar com gentileza em seu cotovelo. Ele se inclinou em sua direção, como se os dois estivessem profundamente envolvidos numa reunião particular e amorosa, depois jogou a cabeça para trás de um jeito gracioso e riu.

— Ele é bom nesse negócio — disse Gabriel, baixinho, no outro ouvido da irmã. Gwen vacilou.

— Para de ficar assistindo — repreendeu ela, os dentes cerrados.

— Mas ele não mentiu — afirmou Arthur, e deu uma piscadela para o príncipe, que pareceu ficar perplexo e logo se ajeitou para voltar a olhar para a arena.

— Você não me venha com piscadinha para cima *dele*, não — exclamou Gwen. — O objetivo é fazer parecer que *a gente* está se dando bem, e não que isso aqui é algum tipo de... balbúrdia levemente incestuosa.

— A sua mente me assusta de verdade — rebateu Arthur, voltando a se recostar no assento. — Meu Deus... aquilo é... não é a Excalibur?

— A Excalibur real foi perdida — respondeu ela, devagar, como se estivesse explicando algo a um bebê. — Mas você com certeza deve ter visto a substituta aqui quando era criança, não?

— Você ficaria surpresa com o quanto eu não presto atenção nas coisas que não me interessam — disse ele, mesmo que parecesse, *sim*, interessado na espada, já que estava esticando o pescoço para vê-la melhor. — E *por que* é que ela está numa rocha? Uma mulher esquisita não tirou isso aí de um lago?

— Os relatos a respeito de como a espada foi obtida variam — explicou Gabriel, com a voz de quem parecia estar tentando não sorrir. Gwen ficou surpresa ao vê-lo assim tão falante (se bem que ele nunca perdia uma oportunidade de dissertar sobre assuntos arturianos). — Além disso, seria bem difícil presentear alguém com um lago.

Arthur franziu o cenho.

— Então aquilo ali é o quê? Uma segunda versão da Excalibur?

— Na verdade — respondeu o príncipe —, é a nona Excalibur.

— *Nona?* — balbuciou ele, como se fosse a coisa mais hilária que já tinha ouvido. — O que aconteceu com as Excaliburs dois a oito?

— Sei lá... acabaram perdendo todas — disse Gwen, mal-humorada. — Em apostas, ou simplesmente... em batalha. Para de *rir*, pelo amor de Deus. Alguém roubou a oitava e deve ter vendido para algum cultista arturiano por aí, mas já faz anos que estamos com a nona.

— Ai, meu *Deus*. Qualquer um pode simplesmente... puxar a espada dali e se declarar rei?

— Não — respondeu a princesa. — Bom, acho que deve ter sido feita para que ninguém consiga tirá-la dali... mas aí iriam querer que meu pai conseguisse, caso fosse preciso tirá-la de lá. Sério, Arthur, para de *rir*, fica quieto...

A alegria de Arthur foi drenada quando os primeiros cavaleiros a se encararem no combate corpo a corpo foram anunciados pelo marechal-mor sob o som de fanfarra e aplausos.

Gwen ouviu com atenção até perceber que apenas dois nomes de *sirs* genéricos foram convocados.

— Ela está na segunda rodada — falou Arthur, enfim recomposto, e Gwen se virou com pressa para encará-lo.

— Quê?

— Dei uma volta pelo acampamento dos competidores antes de te encontrar. Ela está na segunda rodada e vai lutar contra um velhinho com uma pena de pato no capacete.

— Não faço ideia do que você está falando — vociferou ela.

— Isso seria bem mais convincente se tivesse mais de uma pessoa competindo a quem eu pudesse me referir no feminino — disse Arthur devagar.

A princesa percebeu que estava corando e se endireitou um pouco para manter a compostura.

Os dois cavaleiros se aproximaram da arquibancada real com o capacete em mãos. Como não conseguiam se ajoelhar de armadura, fizeram uma reverência desajeitada, e o pai de Gwen inclinou a cabeça afavelmente em resposta. Uma mulher na primeira fileira de uma arquibancada próxima jogou uma prenda: um ramo de flores. O presente passou longe do combatente para qual fora destinado, e então o sujeito, triste que só, ficou encarando-o no chão, incapaz de alcançá-lo sem tombar.

— E por que é que você estava lá atrás com os competidores, afinal de contas? — perguntou Gwen pelo canto da boca.

— Recrutando talentos — respondeu Arthur, sorrindo.

A reação horrorizada da princesa foi interrompida pelo brado da multidão quando dois cavaleiros receberam o sinal para erguer suas espadas e lutar. Um rodeou o outro por alguns instantes antes do mais alto avançar para dar um golpe, e então, de repente, estavam engalfinhados, acertando investidas desajeitadas que conseguiam ressoar até mesmo sobre o som dos espectadores.

— Não tem nada de arte nisso aqui — zombou Arthur, se reclinando de volta no assento com um braço pendurado para fora da cadeira como se quisesse parecer cansado de um jeito artístico. — Seria melhor colocar armadura em dois ursos e deixar os bichos lutarem.

— Em Londres fazem isso — informou Gwen, assistindo conforme o maior dos homens atingiu o menor na cabeça usando a parte achatada da lâmina com tanta força que o sujeito acabou de joelhos. — Se você está tão certo de que é *fácil*, por que não participa? Tenho certeza de que o meu irmão te empresta uma espada e uma armadura. Ele mal as usa e tem várias de reserva.

— Err... não empresto, não — disse Gabriel do outro lado dela.

O cavaleiro vitorioso levou a lâmina ao pescoço do oponente. Por um instante, pareceu considerar a possibilidade de usá-la de forma letal, mas então as trombetas rapidamente ressoaram e as arquibancadas efervesceram em aplausos e vaias quando o vencedor foi anunciado.

— Eu não falei que era *fácil*, falei que não tinha nada de artístico. Além do mais, não consigo segurar a espada direito... Fico me perguntando por que será... — Ele pareceu ponderar a respeito. — Ah, *eu* sei, sim, *deve* ter alguma coisa a ver com aquela vez que uma ruivinha sádica partiu meu braço no meio quando eu era uma criança indefesa.

— Você nunca foi criança — sibilou Gwen em resposta. — Você era um demônio.

Ela havia levado a mão até a boca, e um momento depois a princesa se deu conta de que estava, em um ato de agonia, mordendo a pele viva ao redor da unha. No mesmo instante, ela tirou a mão de seu próprio alcance e a colocou debaixo de perna.

— Não me lembro de ter quebrado nenhum osso *seu* — respondeu ele, irritado.

— Não foi por falta de *tentativa* — rebateu Gwen, mas as trombetas haviam começado de novo, gerando um pico de empolgação em seu peito.

Lady Bridget Leclair foi anunciada em meio a uma cacofonia de zombaria e risadas. Ela cavalgou até a arena com uma postura e comportamento que não deixavam transparecer qualquer sinal de inquietação com a forma como estava sendo recebida.

O marechal-mor não tinha anunciado o adversário dela. Houve uma pausa esquisita na qual o barulho foi diminuindo, e então ele pigarreou.

— Hoje, lutando contra ela... *sir Marlin de Coombelile*.

— O *Faca*? — Gwen se virou para Gabriel. — Não era para ela lutar contra o *Faca*.

— Quem é esse tal de Faca? — exigiu saber Arthur.

A plateia gritou quando sir Marlin, numa armadura tão escura e lustrosa que parecia quase líquida, caminhou até ficar ao lado de lady Leclair. Ele era mais baixo (e, dali de cima, parecia mais magro também), mas Gwen ainda assim ficou nervosa por lady Leclair enquanto assistia aos dois se aproximarem da arquibancada real.

— Ah. Deve ser esse, então — disse Arthur, quando o Faca tirou o capacete e ajeitou o cabelo para tirá-lo da frente do rosto pálido. — Ele é bem baixinho.

— Você também é — vociferou Gwen.

A princesa não conseguia tirar os olhos de lady Leclair; estava saboreando a rara oportunidade de encará-la abertamente. Quando a cavaleira tirou o capacete, não parecia nem um pouco assustada, muito embora, avaliando com mais atenção, sua mandíbula estivesse levemente tensionada. O cabelo fora amarrado num pequeno coque, e por um instante Gwen pensou no quanto gostaria de ver as madeixas caírem, libertas do nó.

— Eu sou mais alto que você — argumentou Arthur, a voz aguda de indignação.

— Você tem a mesma altura que eu — sibilou ela. — Agora *cala a boca*.

— Você que é bizarramente alta para uma mulher — murmurou Arthur assim que os competidores se aproximaram.

Os dois fizeram reverências; sir Marlin de modo superficial e lady Leclair com as mãos unidas, como se fazendo uma prece. Em resposta, o rei assentiu antes de dar um sorriso que parecia mais animado do que o de antes. Os competidores estavam prestes a se virarem quando Bridget percebeu o olhar de Gwen. A princesa foi lenta demais para fingir que não estava encarando, e teve a impressão de ver um canto da boca da cavaleira se levantar ligeiramente, como se tivesse achado aquilo divertido.

— Lady Leclair — chamou Arthur de repente, interrompendo os procedimentos. Gwen congelou, o coração martelando o peito num frenesi. — Por favor — disse ele, e então deu para Bridget seu mais charmoso sorriso. — Lute por *mim*.

Em seguida, se inclinou adiante para presenteá-la com uma única flor amarela levemente amassada.

A multidão irrompeu em risadas. Bridget parou por um momento, e então se esticou para pegar a prenda. Para Gwen, a sensação era a de que conseguia ouvir o próprio sangue circular na cabeça. Quando os competidores se afastaram para assumir posição, todos os demais se acomodaram sem dificuldade de volta a seus assentos, mas a princesa continuou empertigada e rígida. Seu pai estava franzindo o cenho para ela. Gabriel fazia a mesma coisa com Arthur.

— Mas que merda foi essa? — perguntou ela através de dentes cerrados.

— Participação do público — murmurou Arthur, com o sorriso inabalável. Gwen queria *tanto* empurrá-lo da cadeira. — O que é que esse tal de *Faca* tem de especial, afinal de contas?

— Faz anos que ele não compete — respondeu Gabriel, e a princesa se virou para dar uma encarada no irmão por estar interagindo com Arthur logo depois de o rapaz ter sido tão infame. — Porque na última vez que participou ele matou uma pessoa. Aparentemente não foi de propósito, já que o homem morreu por conta dos ferimentos depois de sair da arena.

— O sujeito parece encantador — comentou Arthur.

— Ele continuou na disputa para tentar ganhar o torneio — disse Gwen, relutante. — Foi muita falta de bom senso. E depois, quando chegou aos embates corpo a corpo, todos se uniram contra ele e deram uma bela surra. Tenho certeza de que você deve estar acostumado a passar por isso.

— Ele luta em nome de quem? — perguntou Arthur, ignorando-a. — Quem é que patrocina um *assassino* numa competição de facadas?

— O primo de segundo grau do nosso pai — respondeu Gabriel, baixinho. — Lorde Willard.

— Ah. Claro. Pelo que sei, minha mãe odiava esse homem. Parece que, se não fosse por ela, meu pai teria apoiado o Willard e os outros cultistas, e não o *seu* pai, quando o velho rei morreu... E pensa comigo, a gente nunca teria acabado como nubentes. Quer dizer, você também nunca nem teria nascido... o que seria não apenas bom, mas a melhor coisa do mundo.

— *O que* você está fazendo? — sibilou Gwen. — Isso é traição. Você está falando de *traição* diretamente com a realeza.

— Calminha aí. Eu não tinha a intenção de *cometer* nenhum crime de traição, mas você bem que faz a ideia soar tentadora — disse Arthur, num tom tranquilo. — Agora, se não se importa... minha lady está prestes a lutar.

Gwen se empertigou de raiva com o "minha lady", mas também não queria perder nenhum instante da luta. Sendo assim, se virou para a frente de novo à medida que as trombetas soaram sinalizando que lady Leclair e sir Marlin deveriam começar.

No ano anterior, durante a terceira disputa, Gwen vira Bridget competir contra alguém muito maior e muito mais alto. A princesa ficara enjoada de nervosismo ao vê-los circundando um ao outro, certa de que lady Leclair não conseguiria sair da arena com todos os membros intactos. Em vez disso, a cavaleira fora ligeira e sutil nos movimentos — conseguira usar o peso e a falta de velocidade do oponente muito maior a seu próprio favor — e saíra triunfante. O público tinha vaiado da mesma forma, claro. *Sempre* a vaiavam em combates individuais.

Ela sempre ia muito bem nas justas, e por algum motivo a audiência parecia não se importar muito com o fato de que se tratava de uma mulher quando havia uma lança de cavalaria embaixo de seu braço. Gwen queria que a estivessem assistindo numa justa agora. Em vez disso, teve que ver o Faca fingir ir para o lado e então saltar à frente para atacar.

Se a luta entre os competidores anteriores foi indigna e atrapalhada, essa era o extremo oposto. Tanto lady Leclair quanto sir Marlin vestiam armaduras mais leves e finas, as quais favoreciam a velocidade em vez da força. Bridget não avançava apenas com a espada. Usava o corpo inteiro: cotovelos, joelhos e até mesmo um chute no momento certo. Ela acertou alguns golpes, mas era impossível ser ágil de verdade empunhando uma espada e um escudo. Quando Bridget tentou acertá-lo de novo, o Faca deu um passo impecável para o lado, prendeu-a pela perna e a fez cair com tudo no chão. Ela se esforçou para se levantar, e ele a deixou tentar por alguns segundos antes de erguer a espada e levá-la até o capacete da oponente com tanta força que as pessoas na plateia exclamaram em lamento.

— Ela já está no chão — disse Gwen, olhando para o pai, que estava falando com a rainha. — Eles deveriam parar.

— Eles não vão parar enquanto ela continuar tentando se levantar — disse Gabriel, assentindo em direção à lady Leclair, que, de fato, lutava para se recompor.

O Faca olhou para o marechal-mor, que não esboçou reação alguma, e então, quase preguiçosamente, levantou um pé e pisoteou com força a mão da cavaleira enquanto ela tentava pegar a espada.

— Fica *no chão* — disse Gwen, apertando os dedos na barreira de madeira à frente. — Por que é que ela não fica *no chão*?

— Imagino que não seja do feitio dela — respondeu Arthur, com uma indiferença irritante.

Lady Leclair conseguiu se erguer sobre um único joelho, mas o Faca a atingiu de novo e a fez cair de quatro na terra. Mesmo das arquibancadas, Gwen conseguia ver o peito arfando debaixo da armadura. Sir Marlin a avaliou com um interesse predatório e aguçado, e então chutou com força a lateral de seu corpo.

— Ela nem mesmo está armada agora — disse Gwen, a voz mais alta, levando as mãos até a boca.

O Faca deu um passo lento e intencional para trás, e a chutou de novo. Gwen sentiu o impacto do golpe atravessar-lhe o corpo como se fosse *ela* quem estivesse no chão. O capacete de lady Leclair afrouxara, bloqueando sua visão. A cavaleira esticou uma mão trêmula para tentar removê-lo, e Gwen viu que havia sangue escorrendo de seu rosto. A multidão continuava grunhindo por mais. Sir Marlin se abaixou para puxar Bridget pelo cabelo e a arrastou em sua direção enquanto os pés dela se debatiam em busca de apoio. Ele levantou a espada como se quisesse talhar o pescoço exposto da cavaleira. Gwen ofegou por trás dos dedos, mas então o marechal-mor finalmente fez o sinal para que soassem as trombetas, e a luta chegou ao fim.

As antigas regras da cortesia ditavam que cavaleiros deveriam ser nobres e modestos na vitória, mas Gwen não ficou nem um pouco surpresa quando, em vez de ajudar lady Leclair a se levantar, sir Marlin a deixou onde estava. Ele caminhou até as arquibancadas, tirou o capacete e fez uma reverência breve para o rei antes de sair com um sorriso profundamente presunçoso no rosto. Bridget se levantou com cautela, e seu escudeiro se apressou para ajudá-la. Enquanto voltavam para as tendas dos competidores numa lentidão agonizante, Gwen vislumbrou a flor amarela de Arthur esmagada e abandonada no chão de terra.

— Uma gente muito agradável esse seu povo — comentou Arthur, já que as pessoas estavam, lógico, rindo.

— Posso falar com você? — pediu Gwen, a voz tensa. — Em particular.

— Mas é *óbvio*, meu amor — respondeu ele antes de se levantar e oferecer um braço.

Gwen não tinha escolha a não ser aceitá-lo, por mais que tocar nele a enojasse. A princesa viu a mãe erguer o olhar para os dois enquanto saíam, mas tudo que fez foi sorrir novamente ao ver que estavam se dando bem. A rainha não tinha como ouvir o que Gwen, furiosa, sussurrava para Arthur conforme se encaminhavam para a saída na parte de trás da arquibancada.

— Seu *desgraçado*... Você trouxe aquela flor só pra me irritar e humilhar lady Leclair, como se o povo precisasse de mais um motivo pra *rir* dela...

— Calma aí — disse ele, puxando o braço no mesmíssimo momento em que ela foi desenganchar o seu próprio. — Preciso informá-la de que foi totalmente por *sua* causa, e não por ela.

— Ah, que *maravilha*. Já que você estava só tentando *me* humilhar, então tudo bem. — Gwen fumegava. — O que aconteceu com o nosso acordo? Você ficou chamando toda a atenção para ela; era mais fácil ter contado para a cidade inteira que tem algo estranho acontecendo. Tem *certeza* de que não contou para ninguém?

— Não! Meu Deus do céu, você é tão paranoica que chega a ficar delirante, está precisando...

Houve uma comoção perto dos guardas que ficavam de vigia na entrada. Gwen olhou para cima e viu quando o guarda-costas de Arthur tentou passar pelos homens, olhou para Arthur e, irritado, ergueu as mãos quando não lhe deram autorização.

— Tudo bem — gritou Arthur. — Ele está comigo.

Só um dos guardas se virou para olhá-lo.

— E quem você pensa que é?

— Ele está comigo — afirmou Gwen, relutante, dando um passo adiante.

Os guardas abriram caminho e deixaram Sidney passar. O rapaz percebeu os braços cruzados da princesa e o sorriso debochado de Arthur e deu uma risada baixinha.

— Briguinha de casal, é?

— *Como é que é?* — inquiriu Gwen, encarando-o sem conseguir acreditar. — Com quem exatamente você pensa que está falando?

— Minhas desculpas — disse Sidney, e abaixou ligeiramente a cabeça. — Briguinha de casal, é, Vossa Alteza?

— Vou explicar bem uma coisa — disse ela, se virando para Arthur e brandindo um dedo para ele. — Você não deve tentar me envergonhar, não deve fazer essas piadinhas *hilárias* e não deve envolver... — a princesa abaixou a voz de forma significativa — a *lady Leclair* em nenhuma parte dessas suas brincadeiras doentias...

— Olá — disse Gabriel, aparecendo ao lado da irmã. — Me mandaram aqui para garantir que você não fique desacompanhada. — Ele olhou para Sidney. — Quem é esse?

— Sidney Fitzgilbert, Vossa Alteza. — E fez uma reverência profunda sem que ninguém pedisse.

— Ah, então *ele* merece o "Vossa Alteza"? — disse Gwen, cercando-o. — Seu arrogantezinho descarado...

Sidney deu um passo para o lado e foi para trás de Arthur.

— É para você *me* proteger — disse Arthur, indignado. — Que merda é essa?

— Isso está fora do meu escopo. Ela não vai te matar, mas parece que está prestes a começar a dar cutucões.

— Eu não teria tanta certeza — sibilou Gwen, e se aproximou — de que eu não vou te matar.

— Xi... — disse Arthur, cansado. — Ela virou uma fera.

A princesa poderia muito bem dar um tapa em um dos dois (qualquer um serviria), mas Gabriel pôs com gentileza a mão em seu ombro e, em vez disso, ela só soltou um gritinho de frustração.

— Isso não está ajudando — disse Gabriel, e olhou diretamente para Arthur. — Para de ficar provocando a minha irmã.

Arthur o encarou com um olhar desafiador e arqueou as sobrancelhas numa provocação silenciosa.

Gwen já estava de saco cheio. Ela se virou e saiu batendo os pés. Dois guardas logo se retiraram do grupo e passaram a segui-la a caminho da ponte levadiça. A raiva era tanta que a princesa nem prestava atenção em para onde estava indo. Quando alguém apareceu em seu caminho, precisou parar tão de repente que quase tropeçou. No mesmo instante, havia um guarda a seu lado para segurá-la e o outro sacou a arma entre Gwen e o atacante em potencial.

Lady Bridget Leclair parecia esgotada. Estava com um hematoma terrível que já começava a deixar a bochecha roxa, um corte no lábio e com o canto de um olho escurecendo onde o capacete deve ter entrado em contato com o osso. Ela estremecia ao respirar, e Gwen não conseguia nem imaginar como seu corpo devia estar machucado debaixo da túnica. A cavaleira levou um momento para perceber com quem quase havia colidido e, quando se deu conta, ajeitou a postura apesar dos ferimentos. Gwen enfiou uma das tranças atrás da orelha e torceu para que não tivesse ficado toda vermelha.

— Vossa Alteza — disse ela, estremecendo ao fazer uma reverência e se esforçando para voltar a se erguer.

Sem pensar, a princesa esticou a mão, mas Bridget ergueu uma palma para impedi-la. A manga de sua túnica escorregara até o cotovelo, revelando a pele marrom e reluzente sobre músculos rijos.

Mãos, pensou Gwen, em histeria. *Mãos...* e *braços* também.

— Bridg... er, lady Leclair — disse Gwen. — Como você está? Quer dizer, parece...

— Estou bem — mentiu a cavaleira, fazendo uma careta ao redor do lábio cortado. — Peço perdão... o sir Marlin foi muito minucioso.

O cabelo dela, Gwen percebeu, não passara muito tempo confinado. Mechas escapavam, onduladas e encharcadas de suor por encostar em suas bochechas.

— Ele não devia ter continuado batendo em você — disse a princesa, impulsiva. — Enquanto você já estava no chão.

— Bom, talvez não — respondeu Bridget, com a voz carregada de dor. — Mas eu entrei numa luta, e uma luta foi o que recebi.

— Suponho que esteja certa — disse Gwen, ciente de que agora com certeza estava corando. — Eu vou... Boa sorte no restante das suas provas.

— Obrigada.

Aquele sorrisinho malandro que percebera no rosto dela antes havia retornado, mesmo que provavelmente a fizesse sentir dor. Era tão sutil que quase poderia ser coisa de sua cabeça. Quando Gwen foi se retirar, Bridget levantou a mão de novo — nem perto de tocá-la, mas o bastante para fazê-la parar mesmo assim.

— E... por favor, agradeça ao seu pretendente. Pela prenda.

— Ele não é meu pretendente — respondeu Gwen rápido, antes de perceber como isso pareceria ridículo, já que estavam tentando convencer todos em Camelot do contrário. — Quer dizer... é. Obrigada. Vou agradecer.

— Ele não é seu pretendente — repetiu Bridget, enquanto mantinha um contato visual tão firme que Gwen achava que poderia muito bem matá-la.

A princesa não fazia ideia do que responder. Quando Bridget recolheu a mão e deu um passo para trás, ela simplesmente assentiu de um jeito esquisito e então continuou seguindo encosta acima em direção à ponte levadiça.

Passou o resto do dia se perguntando o que será que aquilo poderia significar.

6

Arthur gostava de seus aposentos em Camelot. O espaço principal era atulhado, mas confortável, preenchido por uma mesa, o catre de Sidney e duas poltronas bem acolchoadas perto da lareira. O quarto adjacente continha um dossel tão imenso que chegava a ser uma extravagância. A melhor parte era o pequeno terraço, com o tamanho perfeito para que ele e Sidney tomassem café da manhã ali. O fato de que os aposentos dos convidados fossem completamente separados da ala da família real com certeza também ajudava. Seus quartos, inclusive, ficavam o mais longe possível do de Gwen neste lado do castelo. Arthur se perguntava se Gwen o escolhera para ele por esse motivo.

— Isso aqui é bacana — disse Sidney enquanto eles comiam. — Poderia muito bem me acostumar.

— Com o quê? Acordar comigo toda manhã? Se quer casar comigo, é só pedir — disse Arthur, com a boca cheia de pão. — Resolveria um monte dos meus problemas atuais.

— Estou falando da vista — respondeu Sidney. — Você não ia conseguir se casar comigo. Eu seria muita areia para o seu cavalinho. Romanticamente falando.

— Às vezes eu acho que você esquece que sou seu patrão — disse Arthur, engolindo o pão e esticando o braço para pegar um copo de cerveja. — Eu poderia te fazer ser punido com um castigo rigoroso por dizer essas coisas.

— Humm — murmurou Sidney. — Pensando bem, acho que você daria conta direitinho, sim.

Arthur bufou.

— Você não anda correndo atrás daquela dama de companhia? Não fica jogando pãezinhos açucarados nela?

— Ah, a Agnes — disse ele, com um suspiro sonhador. — Não me deixam chegar nem perto daquela parte do castelo. Mas, enfim, estou ocupado demais correndo atrás de *você* e vendo princesas na puberdade gritando no meio da sua fuça.

— Bom — disse Arthur, e suspirou por motivos completamente diferentes. — Considere-se livre de responsabilidades hoje. Não vou sair das muralhas do castelo, pois para o almoço vão me obrigar a ir para uma audiência com o rei.

— Para mim, isso parece ter um belo potencial de dar problema.

— Quanto problema eu sou capaz de arranjar sem sair das muralhas? — perguntou Arthur, indignado.

Sidney apontou um dedo firme para ele.

— Essas palavras vão voltar para mim mais tarde num momento de lucidez enquanto eu te vir ser algemado ou içado para fora do fosso.

— Beleza, Sid, você *não* está livre das suas responsabilidades, então. Te incumbo de ir até a cidade e localizar o melhor estabelecimento para a gente beber em uma data posterior. É para avaliar com cuidado, contar as entradas, as saídas e...

— Experimentar todas as libações? — perguntou Sidney, todo esperançoso, ficando empolgado.

— Experimenta todas as malditas libações que você quiser — respondeu Arthur, sorrindo. Sidney se levantou de imediato, desapareceu de volta no quarto e voltou segundos depois trajando seu casaco mais limpo.

— Ah, certo. Você está indo agora, então?

— Nada melhor do que o agora — respondeu Sidney, pegando seu copo para tomar o restante da cerveja.

— Sid, são dez da manhã. — Sidney ficou pairando por ali como se estivesse esperando mais alguma advertência. — Quero dizer, é só que estou *impressionado*. Vai fundo. Tenta não fazer a mulherada chorar.

— De pena de mim? — perguntou Sidney, apalpando os bolsos para se certificar de que tinha dinheiro o suficiente.

— Você não pode ficar terminando as minhas piadas — reclamou Arthur, irritado. — Elas são basicamente tudo o que eu tenho.

Em casa, sua principal ocupação eram as responsabilidades, ou, melhor dizendo, a tentativa de evitá-las. Seu pai desistira de tentar envolvê-lo na política ou nas minúcias de cuidar dos assuntos da família quando percebeu que, não importava o quanto gritasse, ameaçasse ou jogasse coisas, o filho continuava determinadamente desinteressado. Assim, em vez de arrastá-lo para reuniões ou levá-lo para jantares polvilhados de gente importante, lorde Delacey se contentara em flagelar Arthur verbalmente sempre que seus caminhos se cruzavam. No que dizia respeito ao pai dele, o noivado com Gwendoline era a única prova de que Arthur um dia já tinha se mostrado útil para outra pessoa viva. Como resposta para tudo isso, Arthur ficava fora de casa o máximo possível sem acabar sendo, tecnicamente, classificado como um fugitivo.

Como resultado, até mesmo um castelo tão vasto quanto Camelot parecia sufocante e claustrofóbico. Depois de se vestir, Arthur começou a caminhar sem rumo ao redor do palácio, explorando as áreas que não conhecera durante a primeira semana e tentando se localizar apenas de memória. Havia dois pátios no norte do castelo, além de um maior ao sul. Tinha uma vaga lembrança de que o arsenal ficava anexado ao pátio da ala noroeste, e ficou satisfeito quando foi conferir e descobriu que estava certo. Em outras ocasiões, a memória o deixou na mão. Ele acabava correndo até lugares sem saída depois de virar esquinas e de ir até o fim de galerias longas e empoeiradas, e sempre que se aproximava dos aposentos mais ao norte do castelo os guardas meneavam a cabeça para que ele voltasse ao local de onde tinha vindo. Gwen nitidamente não os avisara de que Arthur deveria desfrutar de privilégios especiais.

Até que havia bastante gente transitando por ali, e todos pareciam ter um trabalho a fazer. Muitos assentiam quando ele passava, e Arthur os cumprimentava enquanto se perguntava quem eram. Imaginava que uma equipe grande e variada de moradores do castelo era necessária para manter tudo funcionando, mas não fazia ideia de para onde, por exemplo, os dois jovens carregando um caixote de estátuas de cavalinhos poderiam estar indo com tanta urgência.

Arthur chegou até um recinto externo fortificado e na mesma hora se sentiu mais perdido do que nunca. Tudo parecia ter mudado de lugar desde sua infância; pelo visto, o pomar era uma das únicas coisas que permaneceram imutáveis. Todo tipo de construções novas havia sido erguido ou realocado, e ele passou a tentar catalogá-las. Depósito de gelo, pombal, forja, despensa. Quase por acidente, abriu uma porta pequena e desconhecida numa parede externa, a qual parecia não ter nada de mais, e tropeçou para dentro de um jardim tão lindo que o fez parar de forma abrupta.

Era um jardim de roseiras, parcialmente sombreado por treliças de madeira suspensas e cobertas por rosas-trepadeiras amareladas e macias em floração. Os canteiros elevados ficavam dispostos em diamantes concêntricos, interrompidos por pequenas esculturas e bancos de pedra. Era um local completamente privado, com apenas uma entrada e nada que permitisse vê-lo de cima. No centro do jardim havia uma grande estátua. Antes de alcançá-la, Arthur sabia muito bem quem estaria franzindo o cenho para ele.

O rei Arthur já tinha visto dias melhores. Seu nariz estava lascado e dois de seus dedos tinham se quebrado. A barba, esculpida com detalhes surpreendentes, continuava intacta; na verdade, o rosto quase ficava obscurecido por completo por cerdas meticulosamente entalhadas, e os olhos brilhantes encaravam o exterior sob sobrancelhas enormes. Arthur esticou o braço e tocou a superfície áspera e bem desgastada da espada de pedra que as mãos do rei agarravam. Era quase tão alta quanto ele.

— Pois como vai, seu velho maldito — disse, num tom franco. — Trepou com alguma das suas irmãs nos últimos tempos?

Arthur ficou em choque quando a estátua pareceu emitir um barulho em resposta, mas o mistério foi resolvido pela chegada repentina de um gato ruivo malhado e magricelo e todo acabadinho, que encostou a cabeça com carinho na escultura antes de abandoná-la pelo Arthur de carne e osso, se enrolando entre suas pernas.

— Como foi que você entrou aqui, hein? — perguntou ele, se abaixando para oferecer a mão. Maravilhado, o gato fechou os olhos e pressionou o narizinho rosado na sua palma. — A caminho de corromper as gatas de raça da realeza, imagino.

Arthur fez um carinho debaixo do queixo que levou o bichano a ronronar alto e então morder seu dedo indicador. O rapaz falou um palavrão e puxou a mão de volta, mas não estava saindo sangue. O gato parecia supersatisfeito consigo.

— Gostei de você — disse, num tom aprovador. — Tente não acabar morto.

Em algum lugar ao longe, um sino começou a soar e Arthur sentiu um nó no estômago. Depois de passar a manhã inteira vagando por aí para passar o tempo, de algum jeito tinha conseguido se atrasar.

À medida que saía correndo do pátio, quase foi derrubado por um relampejo de pelo alaranjado deslizando entre seus tornozelos. Arthur apertou o passo em direção aos edifícios principais enquanto tentava ajeitar o cabelo e a túnica. Foi só quando chegou à porta leste, ofegante por ter tentado manter o meio trote, que percebeu o gato ainda em seu encalço.

— Vai embora, seu demoniozinho — ralhou olhando para trás.

O bichano ronronou para ele, e então foi para a direção oposta conforme os guardas deixavam Arthur entrar. Ao passo que se aproximava do labirinto de cômodos que constituíam os gabinetes privados e as câmaras diurnas do rei, ele desacelerou na esperança de que não estivesse visivelmente suado demais. Permitiram que entrasse sem cerimônia, e instantes depois ele estava de pé na extremidade de uma sala revestida de painéis de madeira dominada por uma mesa enorme. O rei estava sentado sozinho na ponta do outro lado.

A mesa era retangular. *Extremamente* retangular, pensou Arthur. Como se o rei quisesse provar alguma coisa com isso.

— Vejo que está admirando o móvel — disse o rei, depois de erguer os olhos por um breve momento dos papéis.

— Vossa Majestade — disse Arthur, e se lembrou de fazer uma reverência.

— Sim, sim, olá, Arthur. Sente-se.

De frente a pelo menos quinze cadeiras, e sem ter a menor ideia do que seria apropriado, o rapaz ficou ali parado por um segundo antes de se sentar a três assentos do rei, o que parecia uma distância segura e respeitosa.

Houve um silêncio bem demorado. Arthur, que lembrou com clareza que a palavra "almoço" havia sido mencionada, olhou cheio de esperança em direção à porta para conferir se a sustância vinha chegando. Mas não era o caso.

— Na última vez que você esteve aqui — disse o rei, finalmente — colocou fogo em alguma coisa.

Arthur olhou para as mãos e fez uma careta.

— Pois é. Quer dizer... minhas desculpas.

— Você se lembra de que coisa era essa?

O rapaz fingiu pensar a respeito.

— Hum... acredito que foi na sua esposa, Majestade.

— Exato — respondeu o rei, a voz controlada. — E foi apenas o raciocínio rápido do meu filho que impediu o vestido dela de ser tomado pelas chamas.

— Na verdade, Vossa Majestade, foi *Gwendoline* quem acendeu a vela no... Deixa para lá — murmurou Arthur, ao ver a expressão no rosto do homem e repensar suas objeções.

— Há um momento e um lugar para refletir a respeito do passado — disse o rei, enquanto, pensativo, observava Arthur. — Acredito firmemente que devemos respeitar o que já aconteceu, mas nos certificar que aprendemos com o que passou. Devemos emular o bem, reconhecer o mal e sempre aspirar em direção ao progresso.

— Certo — disse o rapaz, sem muita certeza do rumo que a conversa estava tomando. — Concordo.

— Ouvi de muitas fontes, sendo a principal delas a minha filha, que desde que nos encontramos pela última vez, Arthur, a sua conduta em geral tem sido menos do que exemplar. Tanto que foi uma agradável surpresa descobrir que, nos poucos dias em que você esteve aqui, ninguém importante para mim foi incendiado... ainda.

Arthur abriu a boca para responder, mas se deu conta de que não tinha nada a dizer em sua própria defesa.

— Tenho um grande respeito pela sua família, Arthur, e sou grato pelo apoio contínuo de seu pai desde que sua mãe veio a falecer. Eu e ela éramos grandes amigos e aliados, e foi uma perda que me doeu muito... muito embora, é claro, não tanto quanto doeu para você. Foi bondade de seu pai ficar ao meu lado depois de ela ter partido, já que... bom, já que ele é mais da persuasão arturiana do que qualquer outra coisa. O sangue que corre nas suas veias, rapaz, fez Camelot ser o que era...

— Não exatamente — falou Arthur, e percebeu tarde demais que o havia interrompido, o que ficava bem próximo ao topo na lista de coisas que não deviam ser feitas com reis.

— Não...?

— Só quis dizer que... caso exista algum resquício do sangue de Arthur Pendragon em mim, Majestade, ele é tão diluído que já nem faz mais diferença.

Para sua surpresa, o rei deixou uma risada sucinta escapar.

— Bom. Seu pai sempre teve muito orgulho da origem dele, não importa o quanto essa linhagem esteja distante hoje em dia. Você faz parte do tecido da Inglaterra, e ajudará a escrever o futuro desta nação. O que nos traz ao assunto em questão. — Desconfortável, Arthur se remexeu no assento. Ele sempre temia chegar ao *assunto em questão*. — Deixe no passado qualquer batalha que esteja travando, Arthur. Você será o lorde de Maidvale. Será o marido da minha filha. Não me faça viver para me arrepender da escolha que fiz quando Gwendoline nasceu. Porque, se isso acontecer, pode ter certeza... você se arrependerá dez vezes mais.

Havia uma certa quantidade de coisas que Arthur considerou dizer em resposta, mas a sanidade prevaleceu.

— Sim, Vossa Majestade. Eu... agradeço. Compreendo.

— Muito bem — disse o rei. Ele puxou os papéis de volta para si e por um segundo Arthur ficou ali sentado, todo sem jeito, observando-o. O rei voltou a erguer o olhar e pareceu um tanto confuso por ainda vê-lo ali. — Você está dispensado.

Arthur não precisou ouvir duas vezes.

*

Quando Sidney voltou para os aposentos, Arthur tinha passado as três horas anteriores deitado com a cara enterrada na cama. Depois de se retirar da reunião com o rei, ouvira arranhados estranhos na porta e, quando a abriu, ficou chocado ao ver que o gatinho ruivo havia dado um jeito de achá-lo. Observou o bichano entrar furtivamente no quarto e pular na cama para tirar uma soneca, e então chegara à conclusão de que o gato tinha a ideia certa a respeito de como passar o restante do dia.

— Quem é esse? — perguntou Sidney, cutucando o pescoço de Arthur e depois gesticulando para o bicho.

— Meu gato — respondeu ele, como se aquilo devesse ser óbvio.

— Certo — disse Sidney, desconfiado. — E qual o nome dele?

Arthur virou a cabeça e semicerrou os olhos para o bichano, que no momento estava em cima da fronha de seda do travesseiro se lambendo em lugares lamentáveis.

— Lúcifer.

— A reunião foi boa, então? — perguntou Sidney, fazendo uma garrafa de vinho aparecer, a qual colocou na mesa de Arthur.

Ele também tirou o casaco e então começou a se livrar de uma série de adagas pequenas que gostava de carregar sem chamar atenção.

— O rei acha que, se eu tentar *de verdade*, posso virar um homem tão bom quanto o meu pai — respondeu, indiferente.

— Ai — disse Sidney, estremecendo com empatia. — Quer ouvir minha opinião sobre a grande cidade de Camelot? — Arthur assentiu, e seu colega se sentou na ponta da cama. — É um fim de mundo. Está tudo caindo aos pedaços. Mas até que tem algumas estalagens boas. Avaliei cada uma delas.

— Não deixa o rei te ouvir chamando esse lugar de fim de mundo — avisou Arthur, se esticando para fazer carinho no gato. — É o projeto de estimação dele.

— Beleza, é uma cidade *com potencial* — corrigiu Sidney. — Ele devia era ter ficado em Winchester, como todo mundo fez pelos últimos dez milhões de anos, ou dado uma chance para Londres, caso quisesse modernizar, mas teve que dar uma última chance para essa velha relíquia aqui.

— Muito bem, agora você me convenceu — disse Arthur, puxando a mão de volta quando o gato tentou arranhá-la. — Preciso que leve um recado para mim. Vamos sair hoje à noite.

— Vamos sair ou *sair*?

— O que é que *você* acha?

Sidney apenas suspirou, pegou uma das adagas e a colocou de volta no cinto.

Franzindo o cenho, Arthur bateu na porta pela segunda vez.

— Ela sabe que a gente está a caminho — disse para Sidney, que deu de ombros. — O guarda nos deixou passar.

Estava prestes a bater pela terceira vez quando a porta foi aberta. Um rosto lindo com um punhado de sardas pálidas sobre a ponte do nariz levemente empinado os olhava com cautela pela fresta.

— Boa noite, Agnes — disse Arthur. — Acredito que estavam nos esperando, não?

— Meu lorde — disse Agnes, com uma singela reverência. Em seguida, abriu a porta por completo para que eles passassem.

— Poxa vida — exclamou Sidney, quando entraram num quarto que tinha pelo menos duas vezes o tamanho do que aquele em que estavam. Havia uma mesa de jantar com seis lugares, um conjunto de estantes de livros que iam do chão ao teto e uma lareira enorme com flores e querubins fazendo careta esculpidos por toda a parte. Cadeiras macias e acolchoadas ficavam dispostas de maneira ordenada ao redor da lareira, onde havia um tapete macio que parecia extremamente caro. No canto havia um catre muito bem acolchoado, com cobertores e almofadas empilhados com cuidado. Era organizado *demais*. O único sinal de vida era um vaso cheio de jacintos na cômoda perto da janela. — É um quarto e *tanto*.

— Vossa Alteza encontrará os senhores em um instante — anunciou Agnes, sorrindo toda tímida para Sidney, antes de se retirar por uma porta adjacente.

— De jeito nenhum que ela leu tudo isso — comentou Sidney, e foi até as estantes para pegar um livro aleatório.

— Eu não teria tanta certeza — rebateu Arthur, antes de se lançar numa das poltronas e imediatamente colocar os pés em cima do estofamento. — Ela não tem mais nada para fazer.

— Olá — disse Gwendoline, com cautela, da porta.

Seus olhos passaram de Sidney mexendo nos livros para as botas de Arthur na poltrona, mas Agnes estava presente, então a princesa só ofereceu um sorriso amarelo e nada convincente aos dois.

— Boa noite. Vinho? — ofereceu Arthur, apontando para Sidney, que soltou o livro e com um floreio apresentou uma garrafa.

— Agnes — chamou Gwendoline, com certo esforço. — Você poderia, por favor, servir um pouco de vinho para os rapazes, e depois... depois você está dispensada.

Agnes parecia chocada.

— Mas... a senhorita quer que eu a deixe *sozinha* com ele? — perguntou ela, a voz se transformando num sussurro alto.

— Quero — respondeu Gwen, com firmeza.

Agnes a obedeceu e depois saiu, olhando para trás com olhos arregalados de espanto.

— Por que é que ela precisava sair? — perguntou Sidney, num tom que parecia genuinamente desapontado, virando quase o vinho todo num único gole.

— Tira o pé da minha poltrona — vociferou Gwendoline, irritada. Como manter a paz temporariamente era de seu interesse, Arthur fez o que lhe foi pedido. — Mandá-la sair é bem mais eficaz do que manter a garota aqui ouvindo a gente fingir que se gosta. Se os guardas não contarem, então a *Agnes* com certeza o fará. Vai falar para os amigos nobres na corte. Amanhã o castelo inteirinho vai saber que estamos sendo terrivelmente indecorosos, já que estamos *tão* perdidamente apaixonados.

— Você não vai querer nem um pouco de vinho, então — disse Sidney. Gwendoline o encarou com um olhar fulminante.

— Vou voltar para o meu quarto e ler — informou ela. — Podem ficar aqui e beber o quanto quiserem. Só me contem quando nosso grande romance se der por encerrado esta noite.

— Ah, na verdade — disse Arthur, se levantando e indo até o espelho na parede do outro lado para dar uma conferida em seu reflexo. — Estamos de saída.

Ele pegou um pedaço de fita do bolso e, com destreza, a usou para amarrar o cabelo num nó na altura da nuca.

— Como assim, estão de saída? — perguntou Gwendoline, cruzando os braços. — Pensei que o objetivo disso tudo fosse parecer que estamos tendo uma... uma noite clandestina juntos. Como é que isso vai funcionar se você nem sequer estiver aqui?

Sidney foi até as janelas e, um tanto metódico, começou a checá-las, abrindo uma por uma e então colocando a cabeça para fora a fim de analisar os arredores antes de seguir para a seguinte.

— Achei — anunciou.

— Eu até perguntaria se você já saiu por alguma dessas janelas, mas seria estupidez da minha parte, não? — perguntou Arthur, colocando a mão no bolso para puxar um chapéu todo amassado e de abas largas decorado com uma pena.

Ele esticou a peça com as mãos e então a deixou quase acima dos olhos.

— Se eu já saí pela *janela*? — questionou Gwendoline, incrédula.

— Foi o que pensei.

Então ele tirou o casaco e, depois de virá-lo do avesso, o vestiu de novo. O lado de fora era de um cetim verde-escuro bordado, mas o forro era marrom e discreto.

— Tem uma parte arriscada em que a alvenaria está caindo aos pedaços, mas tirando isso é fácil — disse Sidney. — Quer que eu deixe isso aqui ou devo levar?

Ele segurava a garrafa de vinho.

— Mas... as pessoas vão *ver* vocês — balbuciou a princesa. — Só para começar, tem os guardas...

— Ah — exclamou Arthur, num tom de sabichão. — É aí que você se engana. Porque a gente cronometrou, e tem um intervalinho delicioso nas patrulhas que dura o tempo perfeito para que dois jovens impetuosos e presunçosos deem o fora daqui.

— Bom, mas e os guardas no portão? — argumentou Gwen. — Eles com certeza vão ver vocês.

— E vão dizer o quê? — rebateu Arthur. Sidney tinha posto a rolha de volta na garrafa, a qual enfiara na jaqueta, e se lançado para o peitoril da janela. Concentrado com a ponta da língua para fora, ele olhou para fora e avaliou a distância antes de pular e sumir de vista. — Que um serviçal e um homem não identificado vestindo um chapéu cafonérrimo passaram por eles e fugiram noite adentro? Que *horror*. A Agnes e os guardas lá de fora vão continuar achando que *eu* estou aqui te encontrando em segredo.

— Mas... — Gwendoline tentou de novo. — Para *onde* vocês vão?

Arthur subiu depois de Sidney e então, sobre o peitoril, olhou para trás e sorriu para ela.

— Vamos *sair* — respondeu, se divertindo com a expressão meio furiosa e meio perplexa no rosto de Gwen antes de ele encontrar o próximo apoio para o pé e sumir de vista.

A alegria pura e genuína que sentiu por irritá-la o impulsionou durante todo o trajeto para fora dos portões, para além dos guardas e morro abaixo, até chegarem às ruas movimentadas de Camelot. Eram estreitas e sinuosas, se cruzavam entre si e davam em pontos sem saída que não faziam o menor sentido. Havia fileiras de casas decrépitas que, de repente e de modo dramático, eram interrompidas por grandes estátuas de Galahad segurando o graal com força ou de Gauvain usando sua pequena cinta verde. Tudo cheirava a carne queimada, palha suja e fumaça de madeira. Parecia que estavam andando em outro beco sem saída quando enfim chegaram na estalagem escolhida por Sidney.

Os dois se acomodaram em banquetas bambas num canto dos fundos e ficaram vendo todo tipo de gente competir pela atenção do estalajadeiro, rindo, gritando e derramando bebida no chão já encharcado de cerveja. Arthur pegou uma taça de vinho, e depois outra, ciente de que não deveria, mas encontrando dificuldade para se importar com isso. Ele sentiu o dia deslizar para longe até chegar ao ponto em que a conversa com o rei poderia muito bem ter acontecido com outra pessoa que, por sua vez, lhe repassou a história. Sidney continuava trazendo bebidas, Arthur continuava tomando tudo e, quando um velho começou a cantar uma música extremamente explícita, típica de momentos de bebedeira, ele se juntou com entusiasmo e ficou levantando as mãos como se estivesse conduzindo a multidão.

Bem quando estava ficando cansado e a última taça de vinho começava a parecer fermentar em sua barriga, Arthur viu um garoto de cabelo cor de areia o observando do bar. O rapaz lhe parecia tão familiar que chegava a doer. Por um instante, pensou que fosse um fantasma de seu passado que, de algum jeito, o seguira até Camelot. Piscou algumas vezes e percebeu que o sujeito era, *sim*, familiar, muito embora não se tratasse do fantasma em questão. Mitchell, do banquete, abaixou a cabeça e ficou um tanto rosa quando o percebeu encarando de volta.

Sidney disse alguma coisa em seu ouvido, mas Arthur não estava ouvindo. Quando voltou a erguer o olhar, Mitchell o olhava com curiosidade. Enquanto Arthur observava, o rapaz arqueou as sobrancelhas e então assentiu em direção à porta dos fundos, que dava num beco apertado. Sidney olhou de Arthur para o bar e compreendeu incrivelmente rápido toda a situação.

— É... Você sabe que não é ele — disse, baixinho.

Arthur deu de ombros.

— Não, mas... eu sei quem é. Ele trabalha com os cachorros.

— Com os cachorros, é? Bom, essa festa vai ser seu enterro. Dez minutos — disse Sidney, e trocou de lugar para poder ficar de olho na porta.

Arthur viu quando Mitchell usou os ombros para abrir caminho pela multidão até a saída e desapareceu beco adentro sem nem olhar para trás. Ele secou o restante da taça, ajeitou a jaqueta e então o seguiu.

7

GWEN ESTAVA DESESPERADA PARA SE DEITAR.

Tinha ficado fingindo para si mesma que o livro era *tão* brilhante a ponto de impedi-la de ir dormir, mas na realidade ela havia lido a mesma linha cinco vezes seguidas sem absorver uma palavra sequer. Quanto mais tempo Arthur passava fora, mais irritada ficava. Quando deu por si, percebeu que estava tentando ouvir sinais de seu retorno — gritos bêbados lá de baixo, talvez, ou o berro de alguém perdendo o suporte do pé e despencando para uma morte mais do que oportuna — e se surpreendeu quando o único aviso de que a chegada dele era iminente foi o som de alguém xingando baixinho logo abaixo da janela. Um segundo depois, Arthur tombou quarto adentro. Já não mais vestia o casaco, e o chapéu estava imundo, como se tivesse caído repetidas vezes e sido colocado de volta na cabeça.

— Boa noite — disse ele, do chão.

Gwen fechou o livro com força e se levantou.

— Pelo amor de Deus, Arthur, você sumiu por horas. Cadê o seu... cadê o Sidney?

— Lamentavelmente — respondeu ele, enquanto se levantava com certo esforço —, ele estava bêbado demais para escalar.

— Ah, e você não? — Gwen o encarava com um olhar reprovador.

— Eu estou aqui, não estou? — argumentou Arthur, mal-humorado, e tirou o chapéu.

A maior parte do cabelo já havia se afrouxado do coque, mas ele desamarrou o restante e afastou as mechas de seu rosto corado.

— Diz para a Agnes que ela pode voltar — ordenou Gwen, e ficou observando-o cambalear até a porta. — Ela está na câmara das damas, pouco antes dos guardas. E... nós vamos para as justas amanhã bem cedo. Me encontre no saguão.

Arthur não deu nenhum sinal de que tinha escutado.

— Um prazer como sempre, Gwendoline. Espero que tenha gostado do livro.

— Tanto quanto você gostou de se *desmoralizar*, disso eu tenho certeza — sibilou ela, relutante em deixá-lo colocar o ponto-final na conversa.

— Você nem imagina — disse ele, olhando para trás, antes de fechar a porta.

No café da manhã, Gwen estava praticamente dormindo sobre a comida. Seus pais conversavam com lorde Stafford, que estava ao lado do rei vestido em escarlate e com uma expressão muitíssimo ansiosa. Num dia normal, valeria a pena escutar na surdina o que estavam discutindo, mas nesta manhã tudo de que Gwen era capaz era recostar a cabeça numa das mãos e fingir ouvir Gabriel, que falava sobre oscilações de mercado.

— É maravilhoso o quanto o pão pode nos dizer a respeito da sociedade — dizia o irmão enquanto apontava para uma passagem num livro.

— Pão — repetiu ela, e pegou um pedaço para enfiar na boca. — *Maravilhoso.*

— Gwendoline, por favor, não fale de boca cheia — ordenou a mãe do outro lado da mesa. — Além disso, eu gostaria de ter uma conversinha quando você terminar de comer.

Gwen ajeitou um pouco a postura. Estava esperando por uma conversa como essa, mas talvez não tão cedo.

Dez minutos mais tarde, seu pai se levantou para sair com Stafford, deu um beijou na rainha no meio do caminho e, por um breve instante, passou a mão sobre a cabeça de Gwen, tanto para cumprimentá-la quanto para se despedir. Gabriel só percebeu que também deveria sair quando a mãe deles pigarreou alto. O garoto fechou o livro com força e saiu do cômodo enquanto encarava Gwen com curiosidade, que revirou os olhos em resposta.

— Acabei de ouvir algo perturbador sobre um visitante nos seus aposentos noite passada — contou ela, juntando a ponta dos dedos e avaliando Gwen com um olhar firme.

— Eu não... Quem foi que contou isso para a senhora? Foi a Agnes? — perguntou a princesa, já ficando vermelha.

— Não, não foi a *Agnes*. Stafford foi informado de que...

— O lorde *Stafford*? Ele estava colando a orelha na porta dos meus aposentos? — perguntou Gwen, irritada.

Não importava que *ela* soubesse que não havia feito nada de errado, ou que esse tenha sido o plano desde o começo; ainda assim, continuava se sentindo terrivelmente desconfortável em saber o que todas as *outras* pessoas deviam estar pensando. Enquanto entendia que esse tipo de coisa era, sim, parte das obrigações de Stafford, o sujeito raramente prestava tanta atenção assim nela, já que Gwen costumava não precisar de tanto cuidado.

— Ele ouviu do sir Hurst, que ficou sabendo de alguém em segredo. *Gwendoline*, foi Arthur quem visitou você ontem à noite? Nos seus *aposentos*? Desacompanhado?

— Hum... — respondeu Gwen enquanto apertava as mãos debaixo da mesa. — É, ele me visitou. Mas não ficamos *desacompanhados*, mãe. O serviçal dele estava lá, e Agnes ficou... por perto. Só nos sentamos diante da lareira e... conversamos.

Com os olhos vagando pelo rosto de Gwen, sua mãe suspirou e se recostou no assento. A rainha parecia mais pensativa do que brava, o que já era alguma coisa.

— Gwendoline, é... é uma surpresa bastante agradável vocês estarem se dando tão bem, mas devo dizer que estou abismada com o seu comportamento. *Nubente* não significa *casada*, e você precisa tomar todas as precauções...

— *Mãe* — chiou Gwen antes que a mãe pudesse continuar aquela frase tenebrosa. — Eu garanto à senhora que não há necessidade de... Nós realmente estávamos só *conversando*. Quero conhecer o homem que será meu marido. Pensei que a senhora ficaria satisfeita.

— Bom... eu estou satisfeita. Mas sinto que devo recomendar um pouco de decoro, entendeu, Gwendoline? Não precisamos do castelo inteiro falando disso.

— Mensagem recebida — disse Gwen, ainda toda vermelha.

A rainha soltou um longo suspiro sofrido, e então colocou a mão na bochecha da filha.

— Pense só... tantos anos que você passou resistindo a tudo o que uma futura noiva deve ser, se escondendo como uma reclusa... e tudo isso para nada! Espero que perceba o quanto estava sendo boba.

Gwen sentiu algo se endurecer em seu peito quando se afastou.

— Certo. Será que posso... Tenho que me encontrar com Arthur para as justas.

— Tudo bem. Seu pai e eu não estaremos lá. Vou acompanhá-lo numa audiência com a guarda do norte depois da reunião matinal dele. Então, por favor, *se comporte*.

— Eu sempre me comporto — respondeu a princesa, com sinceridade.

Arthur não estava no saguão quando deveria. Gwen esperou pelo que pareceram eras, e foi ficando mais e mais frustrada antes de sair pisando firme porta afora com os guardas se atrapalhando para acompanhar seu ritmo.

As liças da arena haviam sido erguidas para as justas de hoje. O ar já estava pungente com o cheiro de bosta de cavalo, palha pisoteada e cerveja derramada sob o sol. Sem a presença do rei, a atmosfera havia ficado ligeiramente diferente. Era mais impetuosa, mais celebratória e muito menos formal.

Era estranha a sensação de entrar na arquibancada real sozinha. Mesmo sem os pais ali, Gwen não se sentia confortável em usar um dos dois tronos e, sem jeito, se sentou em seu lugar de sempre, encarando o próprio colo quando sentiu tantos olhos a observando. Nunca tinha se acostumado com isso, mesmo que fosse uma constante durante toda sua vida. Ainda se lembrava com clareza de quando, aos sete anos, perguntara a Gabriel o porquê de todo mundo ficar encarando quando entravam num banquete no grande salão de algum visconde. Sorrindo de esguelha, ele a fizera deixar o assunto para lá e depois explicara com gentileza que, em qualquer recinto, ou, melhor dizendo, que em toda a *Inglaterra* eles eram considerados as pessoas mais importantes. Algo tão inquietante no presente quanto havia sido no passado.

Ela estava olhando com tanta determinação para as próprias mãos que levou um tempo até perceber um guarda de pé na entrada das arquibancadas tentando chamar sua atenção. Quando finalmente ergueu o olhar, ele pareceu bastante aliviado.

— Peço perdão, Vossa Alteza. Há uma... uma dama aqui que diz ter recebido um convite real para se juntar à senhorita — informou o sujeito, que parecia combalido com algum aspecto da sentença.

Perplexa, ela olhou para trás do guarda, e então ficou paralisada. Lady Bridget Leclair estava parada lá, flanqueada de guardas e olhando diretamente para Gwen. A cavaleira vestia roupas masculinas: uma túnica escura com um cinto simples e uma espada curta embainhada no quadril. O corte no lábio estava começando a sarar, e um lado de seu rosto estava manchado com um hematoma roxo e amarelo. Todos os guardas a encaravam como se ela fosse um dragão.

Gwen percebeu que também estava de queixo caído, e logo tratou de fechar a boca. De jeito nenhum enviara algum "convite real", mas dificilmente poderia mandá-la embora agora.

— Ah. Certo... Obrigada.

— Devo pedir que ela entregue as armas, Vossa Alteza?

— Não, não, tudo bem. Deixe que ela passe. — A princesa voltou a se sentar e tentou fazer parecer que estava completamente *fascinada* pelos cavaleiros sendo anunciados sob aplausos estridentes enquanto lady Leclair atravessava a longa fileira.

— Vossa Alteza — disse ela, toda sem jeito, com uma reverência singela.

Gwen apenas a encarou por um instante antes de perceber que precisava dar a ela permissão para se sentar, e assentiu de forma esquisita para o lugar à sua esquerda, onde Arthur tinha se esparramado como se tivesse nascido para se sentar ali. Bridget se acomodou com uma postura perfeita e uma convicção silenciosa. Gwen ajeitou a coluna em sua própria cadeira como se estivesse presa em algum dispositivo de tortura.

Arthur. Mas é claro. A única pessoa que teria a ousadia de mandar um convite em nome da princesa. Ela iria *matá-lo*. Era realmente inacreditável que ele não tivesse sido capaz de sair da cama para encontrá-la, mas havia tido *tempo* de planejar um plano para humilhá-la.

— Você não... não vai participar das justas de hoje? — Gwen acabou perguntando, para romper o silêncio enquanto via um dos cavaleiros tentar acalmar o cavalo, que no momento trotava bruscamente para trás e, agitado, revirava os olhos.

— Não — respondeu Bridget, devagar. — Preciso de um tempinho para me recuperar. Mas imaginei que... a senhorita fosse saber disso. O bilhete dizia que...

— Quem o levou até você? — Gwen a interrompeu, em grande parte para evitar descobrir como deve ter sido atroz seu conteúdo.

— Ah — exclamou Bridget. — Entendi. — Ela empurrou um dos ombros para trás, o qual parecia estar doendo, e Gwen ouviu um estalo. — Cabelo escuro e curto. Baixinho e entroncado.

— Sim — respondeu a princesa, a voz ameaçadora. — Sei de quem se trata. Olha, lady Leclair, eu...

Então Gwen teve que parar de falar de repente quando percebeu que os cavaleiros estavam se aproximando, desajeitados, para se apresentarem a ela no lugar de seu pai. Quando fizeram reverência sobre as selas, Gwen assentiu rigidamente em resposta, e não conseguiu sorrir direito. O silêncio entre ela e Bridget parecia muito carregado enquanto os combatentes cavalgavam para assumir suas posições.

— Não foi a senhorita quem o mandou — constatou Bridget, sem emoção alguma.

Gwen se virou, achando que a veria confusa, mas a cavaleira estava apenas a encarando com expectativa.

— Não, acho que... acho que um conhecido estava tentando me incomodar — balbuciou ela quando o marechal-mor gesticulou para que os combatentes se preparassem.

Bridget continuava a encará-la com muita intensidade.

— O que a meu respeito é tão incômodo assim? — indagou lady Leclair, com uma voz baixa e entretida que fez Gwen sentir calafrios.

O início do evento poupou Gwen de responder. Os cavaleiros incitaram os cavalos adiante e a plateia foi ficando cada vez mais alta e fervorosa até que os dois competidores se encontraram com um baque abafado. Um dos cavalos havia se assustado no último instante e, enquanto uma lança se partira, a outra desviara para bem longe do alvo. O cavaleiro cuja lança se quebrara tinha vencido a rodada sem receber um único golpe do oponente. Por outro lado, ele também estava com um pedaço de madeira lascada até que grandinho saindo pela bochecha.

Fascinada, Gwen assistiu o sujeito desmontar e seu escudeiro vir correndo para ajudá-lo. Ele tentou puxar a madeira, o que fez o público reagir com gritos e grunhidos empáticos, já que isso pareceu servir apenas para fazê-lo sangrar mais profusamente. O som do cavaleiro xingando (um tanto truncado, visto que era incapaz de mexer um lado do rosto) foi esmaecendo conforme ele caminhava em direção ao acampamento dos competidores.

— Não foi lá uma grande vitória — disse Bridget enquanto os assistia se retirarem.

— Olha, tenho certeza de que vão conseguir tirar aquilo, e depois ele vai poder comemorar. Se bem que deve ser difícil beber vinho com um buraco no rosto, já que vai só... escorrer que nem um turíbulo humano... — Gwen foi perdendo o fio da meada e desejou ter comentado apenas um "pois é".

— Não — falou Bridget, com os olhos sorrindo mesmo que a boca não esboçasse nada. — Quis dizer que... é bom trocar uns golpes. Dá energia.

— É por isso que você compete? — perguntou a princesa. — Para gozar de... energia?

Pensando melhor, a palavra "gozar" não parecia uma escolha auspiciosa, mas Bridget não pareceu notar que Gwen estava ficando cada vez mais angustiada.

— É parte do motivo — respondeu ela, levando uma mão até a boca e passando o dedão com gentileza sobre o machucado até se encolher. Ela olhou de lado para Gwen, que estava paralisada. — Eu gosto de me arriscar de vez em quando, caso o resultado valha a pena. Além do mais, é legal ter uma vitória. Não são muitas que a gente consegue.

O marechal-mor estava anunciando a próxima justa: sir Woolcott, um sujeito absolutamente gigantesco com um corcel que mal parecia capaz de suportá-lo, e...

— O Faca — sibilou Gwen assim que o reconheceu montado em seu reluzente cavalo preto, sem nem se dar ao trabalho de erguer a mão para a multidão, cuja metade já o vaiava.

Ela não suavizou a expressão quando ambos os cavaleiros se aproximaram para prestar-lhe respeito com reverências que não pareciam passar de um menear de cabeça, e semicerrou os olhos para as costas de sir Marlin enquanto este cavalgava para longe.

— Você não devia chamar ele assim — disse Bridget, calma. — O Faca. Dar um apelido sinistro só o engrandece. Faz parecer que ele é mais do que um homem.

— Vou chamar ele só de *aquele desgraçado*, então — respondeu Gwen, surpreendendo a si mesma com a própria veemência. — Só para deixar claro, eu o considero muito *menos* do que um homem.

Bridget riu baixinho.

— Ah. Imagino que não goste dele.

— Que nada, eu gosto, *sim* — disse a princesa, com furor. — Ele sempre vai lá nos meus aposentos para festas do pijama. Nós comemos doces e conversamos a respeito de com quais cavaleiros da távola redonda seria mais provável nos casarmos se eles estivessem vivos, e depois ficamos rindo da propensão deliciosa dele de ficar batendo sem parar na cabeça de pessoas que já estão no chão.

— Eu te falei que aquilo não foi pessoal — comentou Bridget.

— Foi, pessoalmente, o seu rosto que ele espancou. O seu lábio que ele cortou. Parece bem pessoal para mim.

— Falou a mulher que nunca esteve em combate.

— Você é a única mulher que já esteve em combate — contra-argumentou Gwen.

A indiferença de Bridget vacilou.

— Meu Deus. Você não acredita nisso de verdade, né?

Houve uma explosão de fanfarra e então os cascos dos cavalos estavam golpeando o chão enquanto os cavaleiros nivelavam suas lanças. *Derruba ele do cavalo*, pensou Gwen com afinco, incentivando sir Woolcott. *Chuta ele para* fora *e depois para* baixo *do cavalo*.

Quando enfim se chocaram, pareceu que suas preces tinham sido atendidas. Sir Merlin foi atingido com tamanha força que quase caiu da sela. O cavalo também perdeu o equilíbrio, e os dois pareceram ficar flutuando aos trancos e barrancos num ângulo impossível antes de tanto homem quanto besta caírem com tudo na areia. As arquibancadas irromperam em gritos para sir Woolcott, que freara o cavalo e, vitorioso, segurava a lança quebrada no alto.

O Faca continuava no chão; nem ele nem o cavalo pareciam capazes de levantar, já que estavam engalfinhados tanto um com o outro quanto nas liças. Sir Woolcott desmontou e foi se aproximando num caminhar exageradamente fanfarrão. Gwen esperava que o vencedor fosse estender a mão para ajudar o oponente, que pegasse o cabresto do cavalo e o puxasse para cima, mas em vez disso ele olhou para a multidão ao redor enquanto se banhava na adoração do público e depois, com movimentos lentos e deliberados, desembainhou sua espada.

— Ele não faria uma coisa dessas — disse Bridget, baixinho e de olhos semicerrados.

— Não faria... o quê?

— O sir Woolcott se tornou quem é em torneios locais. Não faço ideia de como ele acabou com esse título, já que com certeza não era sir algum na última vez que nos encontramos. Esses campeonatos independentes têm bem menos regras, e... bom, não é como se ele fosse o maior pensador do mundo. Ele gosta do espetáculo da violência. Não é uma combinação reconfortante. — Bridget não estava olhando para Gwen enquanto falava, mas se inclinando adiante sobre o assento, o corpo tenso e as mãos apoiadas na barreira, como se estivesse prestes a pular por cima. — Se o povo continuar aplaudindo, não dá para mensurar o que ele teria coragem de fazer. Por que o marechal-mor não manda *encerrar*?

Gwen esticou o pescoço, à procura de sir Blackwood.

— O marechal-mor não está no lugar dele — disse ela, pouco mais alto do que um suspiro.

Sir Blackwood quase nunca estava onde deveria. Até mesmo Gwen ouvira os rumores de que o marechal-mor se tornara um pinguço viciado em apostas nos últimos anos. E sabia que o pai andava ocupado demais para lidar com essa questão, mas, se chegasse aos ouvidos do rei que ele havia deixado o posto para saldar suas dívidas enquanto sangue que não precisava ser vertido era derramado na arena, o preço seria caro demais.

— Ai, meu Deus. Olha a plateia.

Estavam todos de pé, entoando o nome de sir Woolcott. O combatente havia tirado o capacete e, encorajado pelo frenesi, sorria em resposta ao público.

— Esse é o torneio do rei — pontuou Bridget, finalmente olhando para Gwen. Ela estava com uma expressão furiosa no rosto, que, por algum motivo, era difícil de encarar, como tentar olhar direto para o sol. — Todos conhecem o regulamento. Nós lutamos de acordo com as regras da cortesia.

— Meu pai não está aqui — disse Gwen, enfraquecida e gesticulando para os assentos vazios ao lado.

Bridget semicerrou os olhos.

— Então o torneio é *seu*.

A princesa conseguia entender a lógica contida na afirmação, mas na realidade se sentia tanto no comando quanto os pajens que espalhavam palha fresca entre uma disputa e outra. Nem mesmo sua dama de companhia a levava a sério. Por que é que qualquer outra pessoa a levaria?

Impotente, Gwen assistiu a sir Woolcott avançar contra o Faca, que continuava preso debaixo do cavalo, que estava em pânico.

— Anuncia o fim da rodada — pediu Bridget. — Vamos. Fala para eles pararem.

Horrorizada, Gwen olhou para ela.

— Eu não posso fazer isso. Não é... Ninguém vai me *ouvir*, de qualquer jeito.

— Ele vai matá-lo se você não fizer nada — insistiu Bridget. — *Fala* alguma coisa.

— Desculpa — respondeu a princesa, paralisada por medo e culpa. — Eu não... realmente não acho que cabe a mim.

Como é que Bridget não conseguia perceber que o que estava pedindo era impossível? E, além do mais, outra pessoa com certeza se manifestaria. Se aguentassem firme só por mais alguns segundos, algum dos outros cavaleiros interferiria, ou então o marechal-mor voltaria e as trombetas ressoariam. O Faca se levantaria, sir Woolcott receberia uma reprimenda e depois chamariam os competidores seguintes sem que houvesse nenhum dano.

— Certo — disse Bridget, apertando os dedos no corrimão. — *Certo*.

Antes mesmo que Gwen pudesse piscar, ela tinha pulado pela barreira e pousado com leveza no chão lá embaixo. Bridget desembainhou a espada do cinto e marchou a passos largos até os dois cavaleiros. A reação do público foi imediata e ensurdecedora.

Bridget se abaixou para passar pela liça e, com os ombros para trás e as mãos firmes, se posicionou com afinco entre o Faca e sir Woolcott. O vencedor da disputa, com o peito ofegante e quase tremendo de adrenalina, olhou para ela, jogou a cabeça para trás e riu.

— Você venceu, sir. Abaixa a espada — ordenou ela, com a voz tão baixa que Gwen precisou se esforçar para ouvir.

— *Você* — zombou sir Woolcott. — Você é uma chacota para este torneio.

— Se eu for, então estou prestes a ter companhia — respondeu Bridget, com calma. — Nós dois sabemos que não há honra em lutar com um homem já caído.

— Não há honra, é? — gritou ele para que todos ouvissem, brincando com a plateia ávida. — Então vamos ver qual honra eu consigo lutando com uma *vagabunda* sarnenta e exibida que não sabe seu lugar.

A multidão rugiu em aprovação. Gwen assistia à cena com o coração apertado.

Bridget tirou o cabelo da frente do rosto e ajeitou a postura bem de leve, se preparando. *Isso é ridículo,* pensou a princesa vagamente. *Ela está machucada dos pés à cabeça e nem ao menos está de armadura.*

Pensar nesse fato foi finalmente a gota d'água para que Gwen se levantasse. Quase tropeçou na bainha da roupa na pressa de ir até a ponta da arquibancada real. O guarda que estava parado lá assistia à luta hipnotizado.

— Por favor, vai atrás do marechal-mor — ordenou Gwen. Ele não conseguiu ouvi-la sobre o som da multidão, e se inclinou quando a princesa tentou de novo. — Você tem que... por favor, busque o sir Blackwood *agora.*

O guarda assentiu e chamou outro dos homens do rei. Gwen se virou de volta para a arena bem a tempo de ver sir Woolcott golpear Bridget com a espada com tanta velocidade que, quando a cavaleira se esquivou habilmente, a lâmina ficou presa com firmeza no chão de terra. Ela poderia ter atacado, mas parecia não querer machucá-lo. Tentou atingir as pernas dele para desequilibrá-lo enquanto o homem puxava a espada, mas sir Woolcott continuou de pé, firme e imóvel como uma árvore bruta.

Desesperada, Gwen olhou para trás na esperança de ver o marechal-mor voltando apressado para seu assento, mas ele não estava em lugar nenhum. Alguns dos outros cavaleiros competidores tinham vindo do acampamento e pareciam considerar interferir. Havia até alguns que já estavam pegando em armas. Gwen ouviu um embate de espadas de novo. Bridget estava no chão, segurando a lâmina em cima da cabeça enquanto sir Woolcott a pressionava para baixo, o que provocava um rangido torturante e estridente de aço contra aço.

Bridget perderia. Ele iria machucá-la, talvez até fatalmente, e nem mesmo os cavaleiros com espadas desembainhadas chegariam a tempo de impedir. De repente Gwen sentiu a cabeça perigosamente zonza enquanto a cena à frente parecia deslizar para os lados e escapar entre seus dedos... mas então ouviu uma voz ressoando pela arena.

— *Parem.*

A multidão ficou em silêncio, e todas as cabeças se viraram. Aliviada, Gwen cedeu contra a barreira de proteção. Seu pai estava ali. Seu pai viera, e Bridget seria salva.

Quando se virou, porém, não se tratava de seu pai, mas de Gabriel, de pé na entrada das arquibancadas reais, parecendo irritado e um tanto enjoado. Os guardas em ambos os lados dele estavam com as mãos firmes nas empunhaduras, e Gwen percebeu tarde demais que deveria ter ordenado que seus próprios guardas se metessem na briga.

— Parem imediatamente — ordenou Gabriel de novo, a voz carregada de indignação.

Sir Woolcott murchou, seu sorriso vacilou, e ele jogou a espada no chão. O marechal-mor enfim havia retornado, e estava olhando de Gabriel para Bridget com uma expressão de pânico à flor da pele no rosto. *Que bom*, pensou Gwen, pressionando as mãos trêmulas no peito. *Seu desgraçado inútil. Espero que seja dispensado sem uma recomendação e sem um tostão.*

Bridget se levantou com apenas um pouco de dificuldade, espanando a poeira do corpo com tanta calma que até parecia que tinha se sentado para um breve descanso, e não que tinha ficado prestes a partir dessa vida de uma forma abrupta e dramática. Mesmo machucada como estava, ela se virou para oferecer a mão a sir Marlin, que finalmente havia conseguido se desemaranhar do cavalo. O Faca semicerrou os olhos para a mão estendida, gargalhou e então deu uma cusparada alta e proposital nos pés dela.

Murmúrios e gargalhadas zombeteiros se espalharam pelas arquibancadas. Bridget abaixou o olhar para o Faca, que por sua vez ergueu o dele para vê-la, e então a cavaleira, de forma muito singela, deu de ombros (como se quisesse dizer: *você quem sabe*) e embainhou a espada antes de passar debaixo da liça e sair em direção ao marechal-mor.

Gwen ficou tão preocupada com a raiva inebriante que a inundara quando viu a insolência do Faca que levou um instante para perceber que Gabriel havia se aproximado.

— Meu Deus, Gabe, obrigada — disse ela, colocando uma mão no cotovelo do irmão. — Não sei o que teria acontecido se você não... *Obrigada*.

— Como foi que chegou nesse nível? — Agora mais de perto, era possível ver que as mãos dele tremiam. — Gwendoline. Por que é que você não falou *nada*?

— Eu... Eu ia falar, mas... não conseguia pensar e, de qualquer forma, ninguém teria me *escutado*.

Gabriel respirou fundo algumas vezes, se estabilizando.

— Se tudo o que precisei fazer foi gritar — disse ele, baixinho —, então tudo o que *você* precisava fazer era gritar.

Gwen sentiu a culpa desabrochando de forma ameaçadora em suas entranhas enquanto o irmão suspirava e a acariciava no ombro, já parecendo um tanto arrependido, como se ele tivesse culpa de colocar nela o fardo das expectativas irreais de um príncipe.

Como se ele também soubesse que no fim das contas... ela simplesmente não tinha nascido para isso.

8

Ao acordar, Arthur soube no mesmo instante que seria mais um Dia Muito Ruim. Às vezes, os dias ruins chegavam do nada e o atingiam com a força de um aríete no meio de alguma tarefa matutina qualquer, e às vezes eles eram muito fáceis de serem previstos. Uma noite de bebedeira, por exemplo, costumava ser propícia para uma manhã extremamente tenebrosa, marcada por um turbilhão de náusea e ondas de autoaversão que o deixavam sisudo, rabugento e inútil por inteiro para absolutamente todo mundo, inclusive para si mesmo. Desde tudo o que havia acontecido no verão anterior, seus piores momentos no fundo do poço, de algum jeito, pareciam ter se intensificado, como se ele tivesse destrancado a porta para novas dimensões de desgraça.

Arthur não fora encontrar Gwendoline nas justas no início da semana — tinha acordado tarde naquela manhã e não se importara em se ocupar com qualquer outra coisa, já que tinha zero intenção de ser amigável *ou* útil — e, em vez disso, tinha passado o restante do dia na cama. E a maior parte do outro dia também. Numa manhã havia recebido um bilhete extremamente arrogante, entregue a Sidney por Agnes, que havia ficado toda vermelha na hora, mas nenhuma chantagem no mundo seria capaz de transformá-lo num pretendente convincente quando ele estava se sentindo tão medonho.

Depois de certo tempo, decidira que a melhor solução seria abrir outra garrafa de vinho, e assim ele e Sidney haviam ficado acordados madrugada adentro na noite anterior jogando baralho até Arthur não conseguir mais distinguir uma rainha de copas de um seis de paus. Durante a manhã, Sidney tinha deixado um pouco de comida, mas a visão da fruta e do queijo revirou o estômago de Arthur. Ele queria pão, uma comida querida e de confiança, mas Sidney comera todo o estoque. Sério, aquilo era egoísmo. O sujeito tinha um estômago de ferro, e Arthur era conhecido por sua sensibilidade.

A ideia de sair do quarto o apavorava, mas a vida sem pão o apavorava ainda mais. Relutante e com os olhos firmes no chão, ele se esgueirou de seus aposentos até as cozinhas lá embaixo. Se recusou a cumprimentar qualquer um até que precisasse sorrir para barganhar com o padeiro, o qual, desconfiado como se Arthur estivesse prestes a fazer algum ritual obscuro envolvendo fermentação, entregou-lhe metade de um pão. O rapaz devorou o alimento enquanto caminhava, e foi deixando uma trilha de migalhas por onde passava. Estava quase nas escadas quando sentiu algo pequeno e insistente se chocar de propósito contra suas pernas.

— Olá, Lúcifer — disse Arthur, se abaixando para fazer carinho e recebendo cabeçadinhas entusiasmadas em resposta. — Deduzi que foi você que vomitou do lado da cama na noite passada. Poderia até ter sido eu, mas não me lembro de ter comido nada que tivesse uma cabeça de rato.

— Arthur? — chamou uma voz confusa, porém educada, do fim do corredor.

Ele ergueu a cabeça e viu Gabriel se aproximando com uma pilha de pergaminhos em mãos e o olhando de cima. Seus cachos estavam despenteados e desgrenhados, como se o príncipe tivesse passado a mão pelos fios, e havia uma mancha de tinta em seu queixo. No geral, a imagem não era exatamente digna de alguém da realeza.

Quando o gato, de repente negligenciado, soltou um miado escandalizado, Arthur se deu conta de que brincar com vira-latas encardidos no castelo talvez não fosse algo muito aceitável.

— Não precisa fazer essa cara de horrorizado, Gabriel — disse Arthur e, para desafiá-lo, fez carinho atrás das orelhas do gato. — Não fui *eu* que deixei esse malditozinho entrar. Ele anda me seguindo por aí faz dias e fica fazendo essa carinha de coitado. É de dar pena, na verdade. Eu o chamo de Lúcifer.

— Certo — disse Gabriel.

Ao ouvir a voz do rapaz, as orelhas de Lúcifer se contraíram. O bichano passou por debaixo da mão de Arthur, correu direto para o príncipe e começou a se esfregar contra suas botas e a emitir barulhinhos vibrantes.

— Ué. Por que foi que ele fez isso? — perguntou Arthur, de repente se sentindo ridículo sem um gato para acariciar, e se levantou.

— Deve ser porque este gato é meu — respondeu Gabriel, num tom ameno, e se abaixou para fazer carinho no bicho, o que o fez deixar cair metade da pilha de papéis. — E o nome dele é Merlin.

— *Merlin?* — Arthur estava tão irritado pelo gato já ter nome quanto horrorizado pela péssima escolha. — Aposto que o seu mago *adora* isso.

— Acho que adora mesmo — respondeu Gabriel, enquanto o gato praticamente escalava para seu ombro, tentando ficar mais perto de seu dono.

A função de mago da corte era uma tradição ancestral reintroduzida quando o pai de Gabriel assumiu o trono, e era completamente cerimonial. Enquanto os cultistas acreditavam do fundo do coração na magia *de verdade* — do tipo capaz de fazer exércitos recuarem, de transformar pessoas em pássaros e curar enfermos —, até mesmo eles tinham que admitir que ninguém demonstrara esse tipo de poder desde a época de Merlin e Morgana — e isso para quem acreditava nas lendas, o que não era o caso de Arthur. Como resultado, o mago assumiu uma função espiritual e consultiva no conselho, e nunca lhe era exigido que evocasse nem mesmo uma fagulha de feitiçaria de verdade.

— Meio acabadinho para um bicho de estimação da realeza, não acha? — perguntou Arthur, enquanto via Lúcifer (pois se *recusava* a chamá-lo de Merlin) pular para o chão e ficar de barriga para cima, sem vergonha nenhuma, esfregando as costas.

— Ele é um espírito livre — respondeu Gabriel, mais para o gato do que para Arthur. — Encontrei ele quando era filhotinho. Parecia meio perdido e nunca se acostumou muito com a vida boa. Acho que é selvagem demais. Você é do tipo que parte para a ação, né, Merlin? Ele vive implicando com os cachorros do meu pai, que são mais ou menos umas oito vezes maiores que ele. Eu só dou comida e tento limpar os ferimentos de guerra quando ele deixa.

Sem sombra de dúvidas Arthur nunca tinha escutado Gabriel falar tanto assim. O que era compreensível, já que agora o assunto era o gato. Arthur coçou o rosto, ergueu o olhar e viu o príncipe o observando.

— Você está bem? — perguntou Gabriel, o que foi outra surpresa.

O príncipe o olhava de perto, provavelmente percebendo as olheiras e o ar de desânimo, os quais hoje ele não estava vivo o bastante para disfarçar. Então franziu o cenho de novo. Arthur teria franzido o cenho em resposta, mas seu rosto doía.

— Não muito — respondeu, o que também foi uma surpresa.

Era por isso que ele não deveria ter saído do quarto, para não correr o risco de abaixar a guarda e acabar sendo escandalosamente honesto com qualquer pessoa com quem esbarrasse e acabasse demonstrando um bocadinho de interesse sequer. Afinal de contas, ele tinha uma reputação a zelar.

— Você parece... cansado.

— Você também — rebateu Arthur.

Era verdade, mas aquele praticamente era o estado padrão do príncipe. Gabriel sempre fora uma criança séria e quieta (Gwen era a única pessoa que Arthur já vira fazê-lo sorrir), e parecia que pouco mudara desde então.

— Bem. Estão me esperando no... Minha família vai voltar ao torneio hoje — disse Gabriel, devagar. — Sei que a Gwen te convidou para se juntar a ela.

No mesmo instante Arthur ficou irritado pela suposição de que havia sido *convocado* e que, portanto, deveria obedecer.

— De fato recebi o convite. Vários convites, na verdade; um com palavras mais doces do que o outro. Mas pensei mesmo foi em sair por aí, achar um homem com braços bem fortes, tipo um ferreiro ou um limpador de janelas, e pedir pra ele me segurar de ponta-cabeça no fosso até que eu esteja morto.

Gabriel parecia ter sido pego desprevenido e, em algum lugar lá no fundo, Arthur se sentiu um tantinho culpado. Mas imediatamente deixou isso para lá. Podia até ter feito um acordo com Gwen, mas ele não era nenhum cachorrinho da realeza. No mínimo, era para os dois serem semelhantes nesse tratado, e ele é que não iria sair correndo para atender a qualquer choramingo dela.

— Certo — disse Gabriel, e começou a percorrer o corredor. O gato tentou segui-lo. O príncipe olhou para o bichano, depois de volta para Arthur, e então falou: — Fica aqui, Merlin.

Por mais incrível que possa parecer, o gato parou abruptamente e, remexendo o rabo, se sentou. Ficaram os dois observando enquanto Gabriel saía de vista.

— Ai ai ai. — Arthur se virou e viu que Sidney, com os braços cruzados e uma sobrancelha arqueada, finalmente o havia alcançado. — Conheço essa cara.

— Que cara? Não tem cara nenhuma — respondeu Arthur, irritado, antes de ir até o gato e pegá-lo, ignorando seu breve protesto assustado.

— Feio ele não é — comentou Sidney enquanto, num acordo silencioso, os dois voltavam para seus aposentos. — E você ama uma ideia ruim. Essa pode ser a pior de todas até hoje.

Arthur escolheu ignorá-lo.

Os dois voltaram para seus aposentos e Arthur dormiu um sono profundo a tarde inteira com Lúcifer encolhidinho no travesseiro ao lado, ronronando e enterrando as garras em sua cabeça sempre que sentia vontade. Quando enfim abriu os olhos, o rosto de Sidney estava a poucos centímetros do seu.

— Por acaso você está querendo me seduzir? — resmungou Arthur. — Porque você está com bafo de cebola.

— Vai por mim, você saberia se essa fosse a intenção — respondeu Sidney, e se afastou um pouco. — Seria impossível não perceber. Você ficaria todo *Ó, céus, como estou sendo seduzido agora*.

— Que querido — disse Arthur, desinteressado.

— Só fui conferir se você ainda estava respirando.

— Lamento informar que estou.

— Quer sair hoje à noite ou vai ficar aqui bancando o coitado?

Ele pensou a respeito.

— Quero bancar o coitado.

— Acho que nem adianta eu perguntar o que houve, né?

Arthur se apoiou sobre os cotovelos e suspirou.

— É uma sensação meio geral e ao mesmo tempo específica. A vida, o mundo, a aflição existencial. Meu pai, a santinha da minha futura noiva, o pai *dela*. É tudo tão chato que chega a ser inacreditável, Sid. Eu mesmo estou exausto de me ouvir falando disso.

— Olha, acho que você deveria ver pelo lado bom — disse Sidney, enquanto vestia o casaco. — Morar num castelo. A cidade inteira cheia de rapazes para cobiçar. Tem tanta coisa pior que isso, Art. E você tem um gato.

— O gato nem mesmo é meu — respondeu enquanto seu colega saía. Lúcifer o encarou com um olhar acusatório, e Arthur bateu de leve no nariz do bichano. — Não foi isso que eu quis dizer.

Algumas horas mais tarde, Arthur percebeu que estava bastante entediado de ficar de mau humor. Ficou andando em círculos pelo quarto, bebeu um pouco de vinho, arrastou cadarços pelo chão para Lúcifer brincar e depois ficou magoado de verdade quando o gato também acabou se entediando e miou alto para que ele o deixasse sair. Com a porta já aberta, Arthur pensou que poderia muito bem vestir o casaco e ver se conseguia alcançar Sidney.

Parou quando chegou na escadaria. A ala real ficava logo adiante. Os bilhetes de Gwendoline andavam ficando cada vez mais rabugentos e, apesar de sua relutância, ele poderia matar dois coelhos com uma cajadada só se saísse do castelo por meio da janela dela. Arthur meio que esperava que os guardas o impedissem, mas em vez disso um deles deu um sorrisinho debochado discreto para o colega ao lado e então abriu espaço para deixá-lo passar.

Arthur bateu na porta de Gwendoline e por um instante pensou se ela estaria em algum outro lugar, mas quando Agnes permitiu sua entrada viu que a princesa estava sentada próximo à lareira, lendo. O cabelo de Gwen, normalmente amarrado em tranças para não esconder o rosto, já estava solto para a hora de dormir; e isso, de certa forma, deixava-a com uma aparência mais tranquila, que logo foi arruinada quando ela o olhou com desconfiança.

— Você nunca... sai daqui? — perguntou Arthur, gesticulando para o quarto enquanto entrava.

— E você *por acaso* comparece a onde *tem* que estar? — contra-argumentou Gwendoline, fechando o livro. — Agnes, deixe-nos a sós, por favor — acrescentou, e então, com certa relutância, a dama de companhia saiu. — Obrigada por nem se dar ao trabalho de aparecer nas justas, Arthur. E por envolver a lady Leclair *de novo*. O seu egoísmo não tem limite, não? Você não compareceu a um único evento e não respondeu a nenhum dos meus bilhetes. Sério, você é uma pessoa bem *divertida* para se ter um relacionamento de mentirinha.

— Cacete — disse ele, pensativo. — Eu me esqueci completamente disso. Dessa coisa da lady Leclair, no caso. Que bom que saiu como o planejado.

— O seu pedido de desculpas sincero e do fundo do coração foi recebido — vociferou Gwendoline. — Por que é que você não tem aparecido no jantar? Nunca mais te vi. Você ao menos está dormindo neste castelo?

— Ah, se você soubesse... — respondeu Arthur, deixando no ar, mesmo que ultimamente andasse *só dormindo*.

— Isso só vai funcionar se você estiver *aqui* de verdade, Arthur, e só se a gente fingir que... Você me dá nos nervos. — Ele deu de ombros de um jeito que sabia muito bem que era insolente. — Nós fizemos um acordo, mas daí você fica fazendo joguinhos comigo de propósito. Por que é que você não se importa?

Arthur ficou ligeiramente surpreso com a emoção na voz de Gwen. Ela parecia meio pálida, como se andasse gastando mais energia do que tinha em si.

— Tudo bem — disse ele, com um suspiro. — Certo. Estou aqui. Eu... eu me importo, *sim*.

Gwendoline o encarou por um instante, e então toda sua ira pareceu esmaecer.

— Senta — disse a princesa, sem paciência. Incapaz de conjurar a afronta necessária para desobedecer, Arthur se sentou. Dava para senti-la o encarando, então ele manteve o olhar fixo no fogo.

— Por que é que você me odeia? — perguntou ela.

A questão foi desconcertante o bastante para fazê-lo levantar a cabeça.

— E isso faz diferença?

— Faz. Prefiro não desperdiçar meu tempo com alguém que faz questão de me insultar o tempo todo.

— E se eu não quiser te contar?

— Ué — balbuciou Gwendoline. — Você *precisa* contar.

— E aí está — começou Arthur, revirando os olhos. — Olha, por mais insolente que isso possa me fazer, eu particularmente não gosto de ficar recebendo ordens.

— Eu não dou *ordens* — disse Gwendoline, rápido. — Um de nós dois tem que agir como um adulto, Arthur...

— Lá vem você de novo — disse ele, de saco cheio. — Você se escuta? Até que seria uma desculpa bem conveniente para acabar com esse noivado, mas você não é a minha *mãe*, Gwendoline.

Ela soltou um breve suspiro de frustração. Tamborilou os dedos de leve nos braços da cadeira, depois se levantou e atravessou o quarto para pegar um jarro de alguma coisa sobre a cômoda e servir um copinho para si mesma. Fosse lá o que era aquilo, exalava um cheiro bem característico de limão (e de algo levemente medicinal, como menta). Então tomou um longo gole, se virou para se recostar contra o móvel e, pensativa, ficou encarando Arthur.

— Eu nunca conheci a sua mãe.

— Quê? Não, você... conheceu, sim. Só não se lembra.

Ele mesmo *mal* lembrava, e se agarrava às partículas de lembranças com tanto afinco que chegava a se preocupar com tê-las inventado por desespero. Um cabelo comprido e escuro; o cheiro de incenso queimando nos aposentos dela; os beijos estalados na cabeça de um Arthur meio adormecido; seu pai sorrindo de verdade, sua mãe o arrastando para fora do escritório para que os três pudessem jantar juntos todas as noites, as pernas de Arthur que não alcançavam direito o chão sob a mesa. Ele tinha seis anos quando ela morreu. Gwendoline devia ter quatro.

Aquele verão era um branco total. Ele tinha perguntado à sra. Ashworth uma vez, e ela respondera que Arthur gritou tanto e por tanto tempo que seu pai mandara que o levassem para passar o dia inteiro fora, todo dia, por semanas a fio, voltando só quando o garoto, de tão exausto, se silenciara.

— Ah — exclamou Gwen. — Como ela era?

— Ela era... sei lá, a minha mãe. Não viveu o bastante para se decepcionar comigo, então só tenho lembranças agradáveis.

Gwendoline suspirou. Então pegou o jarro de novo e encheu o copo até a borda. Hesitando, repetiu a ação com um segundo copo. Quando o entregou, Arthur olhou para o líquido com desconfiança.

— Ah, pelo amor de Deus, não estou tentando te envenenar. Você não vai morrer. Bebe de uma vez — disse a princesa, irritada, e voltou a se sentar. — Você era um pesadelo sempre que vinha nos visitar, sabia? É por isso que *eu* não gostava de *você*, caso tenha interesse em saber. Você era péssimo comigo. E gostava de ser assim. Ainda gosta.

— Você praticamente pede por isso. — Arthur experimentou a bebida. Não era ruim: azeda, mas com infusão de algo gentilmente doce.

— Eu era uma criança! E era mais nova que você, te admirava, só que... te deixei andar no meu pônei novo, e aí em troca você colocou um *sapo* na minha cama.

Ele a encarou, incrédulo.

— Não foi bem assim que aconteceu.

— Foi, sim. Eu lembro que...

— Você me deixou andar no pônei para mostrar o *tanto* que era benevolente, e aí ficou brava e começou a pisotear o chão com aqueles pezinhos porque queria o bicho de volta, só que eu estava me divertindo muito e aí... aí você saiu correndo e falou para o meu pai que não gostava de mim, e que *nunca* ia gostar. Que queria que ele me levasse embora. — Arthur parou para tomar um gole. — Meu pai não engoliu essa história muito bem.

— E aí você colocou um sapo na minha cama porque levou uma bronca?

— Não, *Gwendoline*. Eu coloquei um sapo na sua cama porque meu pai me falou que eu seria inútil para ele caso os seus pais acabassem com o nosso futuro noivado — disse ele, com raiva. — Eu coloquei um sapo na sua cama porque tive que ouvir que meu único propósito neste mundo era unir nossas famílias e fazer você gostar de mim, e que, se eu não conseguisse fazer nem isso, então eu era um desperdício de espaço ainda maior do que ele tinha imaginado até então.

— Quê? — perguntou ela, num tom incisivo. — Ele não falou isso. Você tinha nove anos.

— Curioso, né. Porque eu me lembro direitinho, mesmo que ele provavelmente tenha esquecido, já que àquela altura ele bebia um monte. Mas, enfim, foi uma conversa de que eu particularmente não gostei muito.

— E por isso o sapo — disse Gwendoline, baixinho.

— E por isso a porra do sapo.

Os dois ficaram em silêncio por um instante, e a quietude só foi interrompida pelo barulho de Arthur colocando a bebida de volta na mesa. Ele passou o dedão pela borda do copo com um pouquinho de força demais. Se sentia vulnerável e exposto. Queria recolher tudo o que acabara de falar, empurrar de volta para dentro de si mesmo e não deixar nada que Gwen pudesse guardar para si ou usar contra ele.

— Eu não sabia — disse ela, enfim.

— Pelo andar da carruagem, essa tem tudo para ser a pior ressaca da minha vida — comentou Arthur, irritado. — Só para deixar claro, esse é o único motivo para eu ainda não ter pulado de cabeça janela afora para não continuar isso aqui. Estou prejudicado.

— Você bebe demais.

— Bebo mesmo, mas isso é igual a dizer que o céu é azul.

— Você não se importa?

Ele pressionou o polegar e o indicador nas pálpebras, pois, lá no fundo, queria poder empurrar os olhos para dentro do cérebro e colocar um ponto-final abrupto e sangrento nessa conversa.

— O que mais você recomendaria?

— Não tenho certeza — disse Gwen, dando uma olhada na janela. — Você vai *mesmo* sair?

— Vou — vociferou Arthur. — Não. Sei lá.

— Bem esclarecedora essa resposta. Sério, você não precisa ficar todo na defensiva com qualquer coisinha que eu falo.

— Olha quem fala.

— Meu Deus do céu... será que dá pra gente fazer uma trégua? Por, sei lá, cinco minutos? — perguntou Gwen.

Enfim, cansado demais para discutir, Arthur simplesmente deu de ombros. Se arrependeu de um dia ter entrado naquele quarto, mas até que estava bem à vontade na poltrona, e Gwen estava servindo mais limonada.

— Para onde vocês vão? Quando... saem?

— Ah, sabe como é. Para uns muquifos de péssima reputação. Casas de apostas. Brigas de galo ilegais. — Ela só fez encará-lo por cima da borda do copo. — Sei lá, normalmente... para estalagens, tavernas. Para as valetas do lado de fora das estalagens e tavernas. Por enquanto o Sidney está *bem* desapontado com o que a sua cidade encantadora tem para oferecer. Sabia que tem *dois* lugares chamados A Távola Redonda aqui? E ficam só a dez minutos um do outro.

— Não, eu não sabia. Não vou muito para a cidade, na verdade. Mas não me surpreende. Tenho quatro primos chamados Lancelot. Dois Percivais. A corte é cheia de damas nobres chamadas Morgan, ou Morgana.

— E nenhum Mordred? — perguntou Arthur, e Gwen bufou. — Que vergonha. Ele parece o mais interessante dos meus ancestrais. Mas esse povo gosta mesmo de passar um pano em todas as partes duvidosas, né? Só um incestinho de nada, coisa de família.

— Você não fica incomodado, então? De pensar em... de onde você veio?

Ele deu uma risada sarcástica.

— Hum... não. Uns cem anos atrás era bem capaz de que *todo* mundo estivesse trepando com os irmãos. O estranho era *não* trepar com os irmãos. Nem vem com essa carinha, não tem ninguém pedindo para você fazer isso *agora,* mas se bem que o seu até que...

— *Arthur.*

— Eu só sinto uma gratidão sem fim pela minha família ter esgotado os irmãos e primos de primeiro grau atraentes e se espalhado para outros reinos. Você provavelmente não teve a mesma sorte.

— Bom, meu pai não era um herdeiro de sangue do trono — disse Gwen, dando de ombros. — Só por conta do casamento. Nossa linhagem é normanda também, é claro, assim como a do antigo rei, mas pode continuar com as suas piadinhas de endogamia porque elas não fazem o menor sentido.

Arthur suspirou. Gostava muito dessas piadas.

— Eu *nunca* entendi por que foi que ele arrastou a corte para Camelot, já que ele não tem absolutamente nenhuma ligação com esse lugar que está praticamente caindo aos pedaços.

Gwen contorceu o nariz.

— Você não presta atenção em *nada* do que está acontecendo no país?

— Não se eu puder evitar.

— Quando meu pai assumiu o trono, o povo havia acabado de se unir para apoiar ele, o que inclui a sua família, para evitar o risco de o país virar a Noruega Ocidental. Mas assim que a ameaça passou, essas pessoas pararam de se sentir assim tão amigáveis. Ainda existia a rixa que o lorde Willard quis usar como vantagem para virar rei, que era a ruptura crescente entre católicos e cultistas arturianos. O próprio Willard já sossegou e selou paz com meu pai faz tempo, mas os cultistas continuam insatisfeitos.

— E por isso ele arrastou todo mundo para Camelot, como uma oferta de paz?

— Bom. Sim. Ele está tentando reparar essa divisão. Tentando fazer uma Inglaterra para todos. Tem vários cultistas na equipe dele, sabe. O lorde Stafford, por exemplo. E, claro, temos um mago, o mestre Buchanan, coisa que minha mãe acha completamente ridícula.

Arthur riu.

— E é ridículo mesmo.

— O seu pai é cultista!

— É. E minha mãe era muçulmana e o seu pai é católico.

Gwen pareceu finalmente se dar conta de que seu copo tinha ficado vazio e foi até o jarro de novo.

— E daí?

— E daí que, espiritualmente, nosso cálice transborda — respondeu Arthur. — Bom, esse cálice pode até transbordar, mas meu copo aqui está vazio. — A princesa revirou os olhos, mas o serviu mesmo assim. — A questão é que eu não preciso acreditar no que o meu pai acredita. Nem mesmo sei se eu acredito em *alguma coisa* específica.

— Eu sou católica — comentou Gwen, sem nem pensar. — Quer dizer... na verdade não estou mais indo nas missas. E meu pai nem pode reclamar direito disso, já que está tentando encorajar a liberdade religiosa. E eu parei de rezar quando... — Ela perdeu o fio da meada e, de repente, parecia envergonhada.

— Quando?

Gwen não estava olhando para ele, e sim puxando as cutículas enquanto prendia metade do lábio entre os dentes, como se estivesse tentando devorar e desfiar a si mesma dos jeitos menos eficientes possíveis.

— Eu rezava por todas aquelas coisas de sempre. Pela saúde da minha família, pelo reino. Mas aí um dia percebi que andava incluindo outras coisas também. Coisas que eu queria para mim mesma. Que eu sabia que nunca poderia ter. E aí ficou... doloroso demais, acho. Continuar pedindo e pedindo mesmo sabendo que era em vão. E as coisas que eu queria começaram a parecer... erradas. Então eu parei.

Arthur estava se esforçando muito para não sentir pena de Gwen, mas era difícil já que no momento a princesa era a personificação do ideal platônico de dó.

— Eu não diria que é *errado* ficar caidinha por uma cavaleira jovem, impetuosa e vigorosa. Eu diria que é completamente normal.

— Ah, mas claro que *você* diria isso — vociferou. Ela fechou os olhos e tirou o cabelo da frente do rosto. — Desculpa. É que eu não sei mesmo como falar dessas coisas. Nunca falei sobre isso. Não sou como você, Arthur. Você faz o que gosta, beija quem gosta e as consequências que se lasquem...

— Eu estou vivendo com as consequências neste exato momento — disse ele, amargurado. — Estou tomando suco com as consequências.

Sua boa vontade com Gwen evaporava rapidamente.

— Como é que você consegue? — perguntou Gwen.

Ela o encarava como se ele fosse algum tipo de santo padroeiro do beijo entre gente do mesmo gênero, e então Arthur cedeu, dando de ombros.

— Ninguém nunca vai se importar com as coisas que você quer tanto quanto você, Gwendoline. Então depende de você. Pode deixar tudo de lado para sempre, caso consiga conviver com isso, ou então pode vestir a cinta modeladora de adulta e exigir mais para si.

Gwen parecia não ter esperança, como se essa não fosse a resposta que andava procurando.

— Acho que não consigo.

Arthur a encarou com uma careta e então se levantou abruptamente, arrastou a cadeira para trás e se alongou.

— Olha, essa conversa foi tão deprimente que fez eu me sentir *mil vezes* melhor com a minha própria vida, então obrigado.

— Ah, então você vai *mesmo* sair? — perguntou Gwen, com uma expressão chocada.

Foi desconcertante ter conseguido manter a civilidade a ponto de ela não ficar imediatamente empolgada com a possibilidade de vê-lo partir. Para ele, fazia muito mais sentido quando os dois se odiavam com afinco. Chegava a ser perigoso o quanto essa troca tinha parecido uma conversa de verdade.

— Não. Vou voltar para os meus aposentos. Estou cansado, de mau humor e, além do mais... meu gato precisa de mim.

— Que gato? Você não tem gato coisa nenhuma. — Ele a ignorou e deu um aceno meio desanimado enquanto caminhava até a porta. — *Arthur. Que gato?*

9

Dois dias mais tarde, a frágil trégua parecia continuar em pé. Arthur havia assentido para Gwen do fim de um corredor quando não tinha ninguém por perto para exigir que eles continuassem com o teatrinho; tinha se dado ao trabalho de mandar Sidney ir responder a um recado entregue por Agnes; e naquela noite, quando Gwen saíra de seus aposentos para o jantar, ele estava à espera no topo da escadaria, de barba feita, banho tomado e, num geral, parecendo muito mais disposto do que na última vez que tinham conversado.

— Que cheiro é esse? — perguntou ela, ao aceitar o braço oferecido por Arthur.

— Ah, minha querida, é bem isso que as pessoas amam ouvir em vez de um oi.

— Não, é que… é bom — disse Gwen, rápido, ávida para manter a paz conquistada a duras penas. — Você está com o cheiro de… sei lá, algo almiscarado. E parece, tipo… uma árvore?

— *Parece tipo uma árvore* — repetiu ele, decepcionado, mas resignado.
— É laranja e sândalo. Você me mata assim. Parece tipo uma *árvore*.

— E qual parte de qualquer coisa que você acabou de falar não vem de uma árvore? — perguntou ela, indignada.

Arthur suspirou, um tanto irritado, o que Gwen não achava ser muito justo. Ela tentou, *sim*, elogiá-lo. Só não era muito boa com essas coisas.

O salão estava atulhado de convidados mais uma vez, já que o torneio continuava atraindo mais visitantes do que a princesa jamais vira. Como dama nascida em berço de ouro e assistente pessoal da princesa, Agnes deveria estar sentada em seu lugar de sempre, com as outras moças de estirpe semelhante, mas Gwen a viu secretamente ocupando um lugar na frente de Sidney e ficando corada quando o rapaz se inclinou sobre a mesa para conversar. Arthur percebera também, e então arqueou as sobrancelhas e trocou um olhar conspiratório com Gwen, o que a fez soltar um ronquinho. Ela parou de imediato quando se deu conta. Desde quando Arthur a fazia rir? Desde quando eles tinham *piadas internas*?

Gabriel chegou atrasado para a janta e, quando se sentou ao lado de Gwen, a princesa percebeu que estavam vestindo quase o mesmíssimo tom de azul.

— Gêmeos são tão antinaturais — comentou Arthur, falante.

— Não somos gêmeos — respondeu ela. — Como você sabe muito bem.

— Vocês são idênticos. — Ele espetou um pedaço de frango com o garfo e o apontou para o príncipe. — E ele deve ter só uns poucos centímetros a mais. De altura, no caso. Já que você é, para ser delicado, meio que uma gigante.

— Saber que tem a mesma altura que eu é um tópico sensível para Arthur — explicou Gwen para o irmão. — Ele fica exagerando, porque, se eu for uma mulher gigantesca, aí ele pode fingir que tem a altura normal para um homem.

Gabriel, meio sem jeito, se limitou a pigarrear e pegou o garfo.

O restante do jantar passou sem incidentes. Arthur estava se comportando muitíssimo bem e, sempre que Gwen erguia o olhar, percebia pessoas os observando. Sorrisos, cotoveladinhas para chamar atenção e cabeças assentindo na direção deles. Arthur continuava enchendo o copo dela, se inclinando para mais perto e não precisava de muitas desculpas para tocá-la no braço. Gwen se surpreendeu ao perceber que não estava incomodada. Ele tinha se tornado um mestre na arte de fazer suas conversas parecerem íntimas sem ultrapassar o limite e sem se tornarem desconfortáveis.

Mais para o fim da refeição, quando o povo tinha o costume de se afastar de seus lugares para ir em busca de entretenimento em outros cantos,

Sidney levantou a mão para chamar Arthur até onde estava sentado com Agnes. Ele foi, mas antes deu um apertozinho no ombro de Gwen.

— Isso parece estar dando certo, então — comentou Gabriel.

— Pois é... acho que sim. Você está bem? Parece... desconfiado.

— Não. Quer dizer, sim. Estou bem. É só que passei quatro horas sentado em reuniões de estratégia militar, movimentando tropas e cavalos de mentirinha num mapa da Inglaterra.

— São os cultistas de novo? — perguntou Gwen, baixinho, e ele assentiu discretamente em resposta. — A coisa está feia?

— Não. Acho que não. São só uns pequenos bolsões de... agitação, eu imagino. Parece que estão aparecendo do nada em todo canto, mas principalmente mais ao norte. A impressão é de que a situação pode sair de controle a qualquer momento, então estamos mandando homens para lá. Homens demais, acho, mas eu também nunca entendi muito de estratégia.

— Se mandarem todos os nossos homens para o norte, quem vai ficar para nos proteger aqui?

— Não sei — respondeu Gabriel. — Você, eu acho.

— Mas você falou para o pai a sua opinião? A respeito das reservas de guerra?

Pouco tempo antes, Gabriel confidenciara à irmã que achava que estavam gastando dinheiro demais com aquelas tantas batalhas. Ele queria que o pai realocasse um pouco, que se concentrasse em ajudar o povo comum da Inglaterra, mas ainda não encontrara a coragem para abordar o assunto.

— De algum jeito, a oportunidade ainda não apareceu.

Gabriel não estava olhando para Gwen, mas para alguém do outro lado do salão. À medida que Gwen terminava de comer as peras cozidas, o príncipe pediu licença e foi falar com o mago. Nos últimos tempos, ela notara que o irmão andava passando cada vez mais e mais tempo com o mestre Buchanan, que provavelmente devia ter ficado empolgado por *alguém* da família real estar se interessando pela história arturiana, mesmo que apenas de um ponto de vista acadêmico. Arthur continuava conversando com Sidney e Agnes, e disse alguma coisa que fez a dama de companhia soltar cerveja pelo nariz. Por um instante, Gwen imaginou como seria se levantar para se juntar a eles.

— Boa noite, Gwendoline.

Ela se assustou com o som da voz do pai. O rei soltou um grunhido baixinho quando se sentou na cadeira de Gabriel com uma taça na mão. Ele nem era tão velho assim, mas nos últimos tempos a idade parecia tê-lo alcançado.

— Boa noite, pai. O Gabriel falou que vocês passaram quase o dia inteiro com o conselho de guerra.

— Falou? Pois é. Acho que passamos mesmo.

— Mas o senhor não vai precisar ir?

— Para o norte? Não, acredito que não. Pelo menos não por enquanto. E com sorte, nunca.

Gwen mordeu o lábio.

— O Gabriel falou que... quer dizer, ele mencionou que vocês estavam mandando várias tropas, e fiquei pensando se...

O rei deu uma risadinha; parecia muito cansado.

— Ah. Sim, essa questão tomou uma boa parte da tarde mesmo. Não se preocupa com *isso*... Agora me conta, como é que andam as coisas com o jovem Arthur?

— Ah. Bem — respondeu Gwen, o que era praticamente verdade. — Estamos nos dando muito melhor.

— Fico feliz em ouvir isso — comentou o rei, fazendo carinho na mão da filha. — Não desejo de jeito nenhum que você seja infeliz. Sei que te coloquei numa situação complicada... mas espero que *você* saiba que eu não faria uma coisa dessas se não fosse importante de verdade. Agora mais do que nunca.

— Então a situação *está* feia? — perguntou ela. Quando Gwen era mais nova, seu pai tinha o costume de confidenciar casos menos importantes do Estado com ela durante as partidas rotineiras de xadrez, quando sua mãe não estava por perto para ouvi-lo e reclamar por ele estar enchendo a cabeça da pequena com informações inúteis. Nos últimos tempos, qualquer discussão particular a respeito do governo do país havia sido reservada apenas para Gabriel. — Com os cultistas, no caso.

Seu pai suspirou e coçou a barba.

— O problema em se comprometer — disse ele, depois de um instante — é que, normalmente, todo mundo sai perdendo. Passamos tanto tempo em cima do muro que acabamos descobrindo que construímos um reino em seu interior. — O rei deu um longo gole, que o fez ficar visivelmente mais disposto. — Ah, aí está ele. Estava pedindo ao mago para preparar as tropas de pássaros mágicos, filho?

— Não — respondeu Gabriel, enquanto se remexia desconfortável.

O rei assentiu um tanto sem jeito, e então se levantou.

— O dever me chama. O conde de Nortúmbria quer ficar azucrinando meu ouvido falando de milagres arturianos. Parece que uma gralha-do--campo falou para alguém no porto de Blyth para tomar cuidado com homens ruivos.

Depois do jantar, Gwen e Gabriel se retiraram para jogar xadrez nos aposentos dela. A princesa aproveitou a oportunidade para interrogá-lo ainda mais a respeito dos hipotéticos levantes iminentes dos cultistas, mas as respostas dele foram ficando cada vez mais enfadonhas, e a maioria culminava em "Não sei, G. Vai, é sua vez".

Era bem tarde quando Agnes, que supostamente estava no cômodo ao lado trocando as roupas de cama e ajeitando o vestido de Gwen para o dia seguinte, apareceu de capa e com uma expressão bem específica de quem não queria ser vista. Os dois irmãos se viraram para encará-la, e a dama de companhia congelou no lugar.

— Indo para algum lugar? — perguntou Gwen.

— Não — respondeu Agnes, ficando toda rosa.

— Só teve a ideia de levar a capa para dar uma voltinha pelo quarto, então?

Gabriel a encarou com um olhar de aviso — um olhar que dizia *seja gentil* — e ela suspirou.

— Você tem permissão para sair, Agnes. Eu particularmente não me importo com o que apronta à noite, desde que não me acorde quando voltar.

Houve uma batida leve na porta. A moça pareceu ficar ainda mais culpada do que antes.

— Quem é? — perguntou Gwen.

— Ninguém — respondeu Agnes, amontoando as bordas da capa com as mãos.

— *Agnes* — sibilou alguém, com um sussurro teatral bem alto. — Agnezinha, é o Sidney. Abre essa porta logo.

— Não sei o que ele está fazendo aqui — disse Agnes, ainda corada e agora com o queixo à frente, de modo desafiador.

Gwen e Gabriel se entreolharam de novo.

— Chegamos cedo demais? — perguntou Sidney, baixinho, para alguém do outro lado da porta.

— Ela falou um pouco antes da meia-noite — respondeu Arthur, sem se dar ao trabalho de abaixar a voz. — Então, na verdade, chegamos bem na hora. A menos que ela não tivesse a mínima intenção de te encontrar, e isso na verdade seja um rompimento, o que... Ah, olá, Gwendoline.

Gwen tinha atravessado o quarto e aberto a porta com tudo. Sidney estava agachado, aparentemente tentando olhar pelo buraco da fechadura, enquanto Arthur esperava mais atrás, recostado na parede. Sidney ajeitou a postura de imediato e pareceu um tanto acanhado, mas Arthur apenas assentiu para cumprimentá-la.

— O que é que *vocês* estão fazendo? — vociferou a princesa.

— Crimes — respondeu Arthur no mesmíssimo instante em que tanto Agnes quanto Sidney disseram "nada".

— Olha, pelo visto vocês fizeram um belo trabalho combinando a história — disse Gwen, cruzando os braços.

— A gente está indo para uma festa — disse Arthur, enquanto avaliava as unhas, e depois a encarou com um olhar travesso. — Agora, como é que eu explico o que é uma festa? É um lugar no qual pessoas se encontram para se divertirem, e...

— Não é uma festa — interrompeu Sidney. — Né, Agnes?

A dama de companhia levou uma mão à testa e suspirou.

— Não.

— Bom, então o que é? — perguntou Gwen.

Gabriel aparecera ao lado da irmã e assistia ao desenrolar da situação com um leve interesse.

— É o Dia de Morgana — disse Agnes, como se isso fosse explicar alguma coisa.

— Dia de Morgana? Que Morgana? A *le Fay*?

— *É*, a le Fay — respondeu Arthur, como se Gwen fosse incrivelmente lerda. — É uma reunião secreta em homenagem ao aniversário dela. Ou... algo assim.

— Vocês estão indo para a festa de aniversário de uma bruxa — pontuou a princesa. — Uma bruxa que morreu faz centenas de anos e é considerada, no mínimo, moralmente questionável.

— Esse é o ponto da coisa — disse Arthur. — Mais alguma pergunta inútil ou a gente pode ir?

— Ah, e como tenho perguntas — respondeu Gwen. — Por que é que essa festa começa no meio da noite? E qual o sentido de uma festa de aniversário para alguém que morreu?

Arthur fez menção de responder, mas Gabriel falou primeiro:

— Os arturianos mais progressistas celebram a dualidade do espírito dela. Sua capacidade para a gentileza e para a maldade. As histórias não deixam claro se ela era boa ou má, então o povo decidiu que ela era um pouquinho das duas coisas. Os cultistas mais devotos preferem Merlin, então ela acabou virando meio que um símbolo de resistência, principalmente para as mulheres. As pessoas confessam suas fraquezas para ela e celebram as suas virtudes. É um tipo de ritual.

Todos se viraram para encará-lo.

— Não sou cultista — explicou. — É só que leio bastante sobre eles. As práticas são interessantes.

— Você é estranho — disse Arthur, meneando a cabeça.

Gabriel olhou para os próprios pés; a ponta de suas orelhas tinha ficado muito rosada.

— Estamos de saída, então — disse Sidney, oferecendo o braço para Agnes. — A não ser que... vocês queiram vir?

— Eu? Para um evento cultista secreto? Em Camelot? Em meio a esse clima político?

— A Gwendoline não é de se divertir — comentou Arthur. — Vamos, não quero chegar lá depois de já terem distribuído toda aquela magia sombria das boas.

Eles já estavam quase fora do quarto quando Gwen sentiu uma aflição, um anseio, assim como havia acontecido no Grande Salão. Não conseguiu evitar e acabou pensando em todas as vezes que vira grupos de garotas rindo juntas em banquetes e bailes, em como se convencia de que não tinha nada a ver com elas, em como enterrava a parte de si mesma que silenciosamente clamava por companhia.

Talvez ela não precisasse ir atrás de *tudo* o que queria. Talvez ter esse momento já fosse o bastante, e depois fim de história.

— Eu vou — disse Gwen.

— Não vai, não — disse Arthur, parado à porta com uma expressão um tanto escandalizada.

— Eu vou, sim. — A indignação dele só serviu para fazê-la querer se impor ainda mais. — Não... não é fora do castelo, né?

— Não — respondeu Agnes, relutante. — É dentro do recinto externo fortificado, Vossa Alteza.

— Certo. Só estou indo para ficar de olho em você, Arthur, para que não faça nada imprudente. Agnes, só... só pega minha capa.

— *Não* pega a capa dela, Agnes — contrariou Arthur, com firmeza.

Agnes olhou de Arthur para Gwen. A princesa semicerrou os olhos.

— Pega. Minha. Capa.

A dama de companhia suspirou e passou por Gabriel para ir até o aposento de Gwen.

— Não sei muito bem se esse é o seu tipo de coisa — comentou Sidney, devagar.

Gwen suspeitava que Arthur tivesse dado um beliscão no braço dele para que falasse.

— Se o *povo* gosta de celebrar esse dia, então tenho certeza de que vou gostar de pelo menos alguma parte. Eu faço parte do *povo*, não?

— Não — disse Arthur, quando Agnes reapareceu e, com relutância, ajudou Gwen a vestir a capa.

— Acho que é melhor eu ir também — disse Gabriel, de repente.

— Quê? — exclamaram a princesa e Arthur em uníssono e, de algum jeito, na mesma entonação e volume.

— Só... me dá um segundo. Preciso voltar para meus aposentos e...

— Se você falar *pegar minha capa* — disse Arthur —, eu vou dar um *berro*.

Arthur insistiu que Gwen e Gabriel usassem o capuz enquanto caminhavam, e que não deveriam tirá-los em circunstância alguma, já que arriscariam "arruinar a integridade do evento".

— O que você quer dizer com isso? — perguntou a princesa, irritada mesmo que não tivesse a mínima intenção de ser vista em algum tipo de bacanal cultista de má índole.

— Você acha que eles ficariam *tranquilos* em participar de rituais sombrios e terríveis de magia se acharem que estão sendo observados pelo herdeiro do trono e pela herdeira do... Hum, você é herdeira de que mesmo? Daquela cadeira um tiquinho menor que fica do lado do trono?

— Você acha que as pessoas vão perceber? — perguntou Agnes, baixinho, para Sidney.

— Que nada. Os dois vão se misturar bem.

— Ô, se vão — disse Arthur. — Por que não se misturariam? Os dois têm só dois metros e meio de altura, cabelo vermelho que nem uma fogueira e agem como se tivessem crescido numa torre mal-assombrada sem qualquer contato humano...

— E crescemos mesmo — disse Gabriel.

Arthur deu uma risada meio engasgada.

— O que foi *isso*? — exclamou ele, incrédulo. — Gwendoline, por acaso seu irmão acabou de contar uma *piada*?

— Nem me pergunta — disse ela. — Mas que inferno, para onde é que estamos indo?

Eles haviam saído dos confins familiares do interior do castelo e estavam agora no recinto externo fortificado. Gwen conhecia bem as áreas ao norte e ao sul do grande torreão, mas no momento caminhavam rumo ao alojamento dos serviçais, ao leste, e no escuro todos os pequenos prédios quadrados de serviço pareciam idênticos. Por fim entraram num beco, seguindo Arthur de perto, e a viela levou a uma pequena abertura que ela sabia muito bem que nunca vira na vida.

— É uma *capela*? — perguntou Gwen, franzindo o cenho para a estrutura do outro lado.

— O que te fez pensar isso? — perguntou Arthur. — Foi aquela cruz enorme no topo?

— Eu não sabia que tinha uma capela aqui — disse ela, olhando para Gabriel, que deu de ombros.

— Religião para os mais humildes — explicou Sidney. — Serviçais. Gente normal.

Enquanto observavam, duas serviçais risonhas saíram a toda de uma outra porta e atravessaram o espaço enquanto ficavam olhando para trás e conversando em sussurros exagerados antes de abrirem a capela e irem para dentro.

— Nada melhor do que o agora — disse Arthur, e os guiou adiante.

— A gente com certeza vai para o inferno — disse Gabriel no ouvido de Gwen. Arthur abriu a porta da capela, arqueou uma das sobrancelhas e fez um gesto para que entrassem.

O lugar parecia não ter nada de mais — fileiras de bancos bem-organizados, aquele cheiro no ar típico de tapeçaria empoeirada, cera de vela e madeira que Gwen reconhecia de cada espaço religioso em que entrara na vida —, mas lá no outro lado, perto do altar, para além de uma porta entreaberta, a luz de velas tremulava. Eles seguiram por um corredor estreito e desceram degraus de pedra até chegarem a uma outra porta. Gwen conseguia ouvir vozes e risadas vindo do outro lado.

— Não sei se essa é uma... — começou a dizer, mas era tarde demais.

Arthur conduziu Sidney e Agnes à sua frente e depois olhou para trás, para onde a princesa estava parada, e revirou os olhos.

— E você estava tão animadinha naquela hora que vestiu a capa — disse ele, antes de pegá-la com firmeza pelo braço e empurrá-la para dentro.

Imediatamente o grupo se deparou com um problema.

— Antes de entrarem, devo dizer que homens não são permitidos aqui — disse uma mulher grisalha de aparência séria vestindo uma túnica escura. — Algum de vocês é homem?

— Somos homens muito bem-comportados — disse Arthur. — Normais. Inocentes.

Gwen bufou.

— Não me importo com qual variedade de homens vocês são. Estamos aqui para celebrar a lady Morgana le Fay... Este é um espaço sagrado no Dia de Morgana.

— Ah — disse Sidney. — Bom. Agnes, será que...?

— Ah — exclamou Agnes. — É que eu... meio que quero ficar. Se não tiver problema.

Ele pareceu decepcionado, mas se recompôs rápido.

— Vou te esperar lá fora — disse, todo galanteador.

Agnes deu uma risadinha tenebrosa, mas Gwen, olhando para o recinto ao redor, estava preocupada demais para zombar dela. Tinha esperado encontrar um porão de tamanho parecido com a capela lá de cima, mas o espaço era cavernoso, com pilastras e arcos que percorriam toda a extensão do recinto sobre pelo menos cem pessoas reunidas em grupos encapuzados. O lugar inteiro era iluminado por uma grande fogueira acesa no centro, cuja fumaça desaparecia ao entrar numa chaminé escondida no teto. Além das chamas, Gwen conseguia ver uma estátua de mármore sarapintado um tanto deformada e ondulante pelo calor. A escultura, que contemplava as pessoas com um olhar desapaixonado e as duas mãos erguidas, se agigantava sobre as mulheres ali.

— Você vem? — perguntou Gabriel, cutucando o braço dela.

— É... — soltou a princesa. — Gabe. Você está vendo? Isso aqui é... é algum tipo de *templo* cultista secreto. No terreno do castelo.

— Eu sei — comentou o irmão, que não parecia tão horrorizado quanto deveria. — É *fascinante*.

— Vem — disse Arthur, insistente. — Vamos.

— Eu acho... acho que gostaria de ficar — disse Gwen.

Depois de ter se preparado para uma aventura capaz de mudar sua vida, ela não queria recuar agora. E, além do mais, era uma escapadinha de nada que mal merecia esse título.

— Ah, tudo bem — disse Gabriel. — Se elas fizerem o ritual, você pode tentar não esquecer nada? Quero saber como foi depois, principalmente a parte em que...

— Meu Deus do céu — exclamou Arthur. — Nem mesmo ela trouxe um pergaminho e uma pena para uma *festa*. Vem logo, seu acadêmico insuportável.

Gwen teve tempo apenas de ver a expressão chocada no rosto do irmão antes de ele ser puxado de volta pela porta que haviam acabado de passar. Arthur realmente parecia passar um belo tempo puxando os dois para lá e para cá. *Como um vendaval*, pensou ela. *Ou a correnteza*.

— É ela? A Morgana? — perguntou Gwen, apontando para a estátua enorme.

— É — respondeu a dama grisalha. — Agora andem logo. A cerimônia está prestes a começar.

10

Parecia que Sidney não estava de brincadeira quanto a ficar à espera de Agnes a noite inteira, caso fosse necessário. Assim que o grupo saiu da capela, ele encontrou um paredão promissor e se acomodou recostando-se ali.

— Olha aquilo — disse Arthur para Gabriel. — Que deprimente, não acha?

— Eu tenho algumas coisas que poderia dizer agora — anunciou Sidney. — Um punhado de histórias que eu poderia contar sobre os extremos a que você já chegou enquanto ficava se *lamentando*...

— Olha, que bom para você — respondeu Arthur, rápido. — *Adieu*, boa noite, que sua espera seja adorável, e tomara que ela valha a pena.

— Vai valer — rebateu Sidney, com um sorriso.

— *Tão* enervante — murmurou Arthur, enquanto ele e Gabriel começavam a atravessar o átrio. — Ele não é sempre assim. Quem sabe ficou doente.

— A quais extremos você já chegou enquanto ficava se lamentando? — perguntou Gabriel, com o rosto obscurecido pelo capuz.

— Ah, ele só estava tentando... Tinha essa coisa que eu fazia numa música, porque eu nunca fui lá muito talentoso no alaúde... Deixa para lá, não importa — balbuciou Arthur.

Gabriel desacelerou o passo e olhou para trás, de volta à capela, e disse:

— Acho que eu não devia deixá-la sozinha naquele lugar.

Agora era possível ver metade do rosto dele; ansioso, o príncipe estava mordendo o lábio inferior, o que, se o mundo fosse justo, não deveria ser nem um pouco atraente.

— Ah, ela vai ficar *bem* — apaziguou Arthur, o pegando pelo braço. — Vem, parados aqui a gente parece bem mais suspeito do que ela festejando lá dentro.

Qualquer outro herdeiro ao trono talvez reclamasse ao ser puxado por aí por um membro inferior de sua corte. Gabriel pareceu aceitar com naturalidade, como se estivesse só esperando que alguém lhe dissesse o que fazer em seguida, portanto as diretrizes de Arthur eram tão boas quanto quaisquer outras.

— Eu teria gostado de ver — comentou ele, enquanto se aproximavam do beco.

— Pois é. Não faz muito o meu estilo sair cedo de uma festa, mas a gente obviamente não preenchia os requisitos — respondeu Arthur. — Agora parece que fiquei no prejuízo. Todo animado e sem lugar nenhum para ir.

— É — respondeu Gabriel vagamente.

Os dois caíram num silêncio esquisito, o que para Arthur equivalia à tortura.

— Para a cama, então? — sugeriu, por falta de outras opções.

— Na verdade, eu... acho que vou para a biblioteca.

— No meio da noite?

— No meio da noite.

— Ah — exclamou Arthur. — É... de admirar, imagino.

— Você acha?

— Bom, alguém tem que ir lá, né. — O fato de que essa resposta não fazia o menor sentido não lhe passou despercebido.

— Eu meio que... estou estudando — comentou Gabriel e, mesmo no escuro, Arthur conseguiu perceber que o príncipe estava corando.

Era uma pena que não desse para ver com mais clareza. Ele daria seu reino (ou, melhor dizendo, o reino de Gabriel) em troca de um braseiro bem posicionado. Os dois chegaram ao portão que levava ao castelo principal, e Gabriel tirou o capuz para os guardas, que abriram espaço sem demora.

— Estudando para quê?

Eles estavam caminhando mais devagar, e Arthur não sabia quem havia diminuído a velocidade primeiro. Costumava andar meticulosamente rápido, algo de que Sidney vivia reclamando.

— Hum... para tudo? Meu futuro. — Foi a resposta de Gabriel.

O instinto de Arthur era rir, mas ele aguentou firme.

— Você está estudando para a *vida*? Para uma vida como a *sua*? Tem algum... existe um guia com o passo a passo para monarcas? Com dicas e malandragens para subjugar o povo? Dez dicas fáceis para prevenir uma revolta?

— Existe. Quer dizer, mais ou menos. Mas está tudo registrado em milhares de volumes diferentes a respeito da história dos reis da Grã-Bretanha, escritos pelos próprios reis, e todos discordam exatamente nessa questão de... subjugar as pessoas.

— Então você está trabalhando para transformar tudo num único volume — comentou Arthur. — Para deixar sucinto. Resumindo tudo num pedaço de pergaminho para instruir as gerações futuras.

— Estou trabalhando num... — Gabriel suspirou. Tinham chegado ao meio do pátio noroeste e parado por completo. — Só estou trabalhando.

— Bom, desculpa por não termos conseguido te dar uma animada com uma festa cultista secreta. Parece que você precisava.

— Certo — respondeu o príncipe.

Outro momento de silêncio constrangedor.

— Então você vai para a biblioteca? — indagou Arthur.

— Vou — respondeu Gabriel. E, com a voz muito mais aguda, continuou: — Você... quer me acompanhar?

Isso era inesperado. Arthur não conseguia nem imaginar o que poderia ter motivado o convite além de, talvez, um pânico generalizado.

— Ah, melhor do que ir para a cama, acho — disse, dando de ombros. — Ou... quase a *mesma* coisa que ir para a cama, mas pelo menos o cenário é diferente.

Gabriel se limitou a assentir, e Arthur o seguiu quando o príncipe partiu em direção à fortaleza principal. Conseguiu se segurar e não ficou falando apenas por falar até que chegaram à entrada da biblioteca.

— Aqui é animadíssimo depois da meia-noite, né? — comentou e olhou ao redor com desconfiança enquanto Gabriel pegava uma lamparina obviamente deixada perto da porta para que ele a usasse.

O recinto era repleto de estantes, organizadas uma de costas para a outra e com grandes pilastras que serviam como suporte nas extremidades, o que criava um labirinto escuro e empoeirado. Tiveram que fazer diversas curvas fechadas, mas acabaram chegando a um canto que havia sido mobiliado para estadias mais demoradas. Ali havia uma mesinha com entalhes que contava com uma cadeira de encosto alto e, no topo, uma pilha de livros grossa muito bem organizada. Também tinha uma poltrona puída grande, na qual o veludo estava levemente gasto atrás e o assento, com remendos desgastados e desbotados.

Arthur se jogou nela imediatamente, e Gabriel caminhou com cuidado ao redor da mesa para puxar sua cadeira e se sentar. O rapaz pareceu se fundir ao assento; sua coluna se curvou para a frente e os ombros subiram na altura do pescoço quando ele pegou o livro no topo da pilha. Era como se o príncipe tivesse deixado de lado seu eu exterior. Na biblioteca, ele podia ser o Gabriel de verdade.

E o verdadeiro Gabriel tinha uma postura *péssima*.

— O que você está lendo? — perguntou Arthur, puxando o livro seguinte da pilha para o colo.

As páginas expeliram uma nuvem de poeira que o fez espirrar, e então, um tanto envergonhado, usou as vestes para se limpar.

— São relatos em primeira mão a respeito de como as facções cultistas originais se formaram. — Arthur abriu a capa do exemplar que estava segurando e viu que o texto fora meticulosamente transcrito numa tinta marrom-escuro que, de modo um tanto angustiante, parecia sangue.

— São úteis para entender o contexto original, mas também é meio que um... projeto pessoal meu.

— Vai lá, então.

— Vai lá... aonde?

— Me conta como as facções cultistas originais foram formadas.

Gabriel virou uma página e Arthur devolveu o livro à mesa, descansando a cabeça sobre a brochura para que pudesse ouvir do jeito menos exigente possível.

— Bom — disse o príncipe, e pigarreou. — Essa parte você sabe. Arthur Pendragon pereceu na Batalha de Camlann pelas mãos de Mordred. Os cultistas acreditam que Morgana le Fay supervisionou o transporte do cadáver até Avalon, uma ilha desconhecida e a fonte de toda a magia da Inglaterra... e também acreditam que um dia ele vai retornar.

Arthur se deu conta de que Gabriel ficava muito mais confortável recontando eventos de um livro do que se tivesse que usar as próprias palavras. O desconforto entre os dois havia se dissipado quase de imediato.

— Depois de todas as medidas do seu pai para zelar pela paz, o que é que ele faria se essa gente estivesse certa? Se esse desgraçado voltasse? — questionou Arthur. — Duvido que pularia para fora do trono e falaria "Desculpe, velho camarada, eu só estava mantendo o assento quentinho para você". Só que a única outra opção seria uma guerra declarada com o próprio rei Arthur e todos os parceiros cultistas dele.

— O que o meu pai iria fazer se um homem que morreu há centenas de anos aparecesse e pedisse o trono de volta? — começou Gabriel, devagar. — Olha, sendo bem sincero, acho que ele nem parou para pensar nisso direito.

— Aposto tudo o que eu tenho no bolso que em algum canto, lá nas profundezas da sala de guerra do seu pai, existe um plano de contingência especificamente para esse caso. A operação *Rex Undeadus*.

— Posso te garantir que não tem — respondeu o príncipe, sem parecer muito convencido.

— Está bem — limitou-se a dizer Arthur. — E o que vem depois da parte sobre a ilha mágica?

— Bom, é interessante... Você poderia pensar que, com toda essa magia que supostamente era usada para qualquer um ver, *todo mundo* acreditaria que ela existia, mas naquela época tinha muita gente cética. A maioria só tinha ouvido falar disso em histórias, sabe? Porque não era como se o Merlin ficasse na praça da cidade fazendo truques para o povo todo ver.

E aí, depois que os saxões invadiram, teve uma confusão geral com um monte de deuses antigos misturados, e então o país foi catolizado muito rápido. Foi só uns cem anos mais tarde que os cultistas começaram a levar a prática a sério. Àquela altura, já tinha se passado tempo o suficiente para que Arthur Pendragon virasse uma lenda. Um mito, não um homem.

— Olha, imagino que seja bem mais fácil virar devoto da ideia de alguém distante do que de uma pessoa de carne e osso. É uma coisa muito mais organizada.

— É exatamente isso. O que estou lendo agora é sobre esse sujeito, meio que um líder pensador arturiano, que fala do poder do povo. Da teoria de que, com o sumiço da magia, é dever dos cultistas defenderem os ideais do Merlin e da Morgana enquanto esperam pela segunda vinda do rei e da magia que retornará com ele. — Gabriel falava de peito aberto e ficava mexendo as mãos. Arthur nunca o tinha visto tão empolgado. Ficou claro que o príncipe não se escondia na biblioteca por conta de um senso de dever. Na verdade, ele gostava de toda a leitura, do aprendizado e de inalar vastas quantidades de poeira. — Porque sozinha a magia não basta. Não resolve nada. É preciso que as pessoas estejam abertas para ela, gente que queria canalizar esse poder de uma vez por todas. E lá na época em que o Arthur era o rei... ele era essa pessoa.

— E por isso eles seguem um homem que acreditam ser a marionete do Merlin — disse Arthur. — Por que simplesmente não adoram os magos?

— Olha, os cultistas têm muita reverência por eles — respondeu Gabriel —, mas, aqui, lê isso.

E em seguida empurrou o livro de novo na direção de Arthur, que dessa vez chegou até a se sentar direito para ler.

— Está escrito em inglês arcaico — apontou. — Eu *odeio* inglês arcaico. É quase tão ruim quanto o britânico comum. Meu pai me obrigou a aprender os dois.

— Bom, esse sujeito aqui dificilmente iria escrever em latim — disse Gabriel, apontando para uma linha do texto.

— Arthur... *hygeclœne*. Não sei o que significa, o que é *hygeclœne*?

— A tradução é mais ou menos "de coração puro" — respondeu o príncipe, e usou o dedo para tracejar a palavra sem nunca chegar a encostar no papel. — O Arthur não era a marionete deles, era o *escolhido*. O único justo o bastante para carregar todo aquele poder e não ser corrompido por ele. Os cultistas acreditam que o Arthur pereceu não porque não era forte o suficiente, ou *justo* o suficiente, mas por causa das pessoas a seu redor. Quero dizer... em metade das histórias colocam a Morgana le Fay contra ele, mas os mais progressistas acreditam que ela o levou para seu lugar de descanso final, então no fim os dois devem ter se reconciliado.

— Ah — comentou Arthur. — Mas, se ele vai voltar, então os cultistas não acreditam que aquele era o lugar de descanso final. Talvez, o lugar da *soneca* final.

— Bom, se ele vai voltar em corpo ou em espírito é algo que divide opiniões. Muitos cultistas acreditam que o retorno do Arthur vai ser mais como um... renascimento. Um despertar dentro de alguém que seja tão justo, tão *hygeclæne*, quanto ele. E depois o Merlin vai retornar em alguma forma também, e provavelmente a Morgana, então a Inglaterra terá magia de novo e um verdadeiro governante no trono.

— Mas... você não acredita em nada disso, né? — perguntou Arthur, devagar. — Porque teria potencial de ser problemático, já que seu pai é o nosso verdadeiro governante. E, sabe... porque logo vai ser *você* no trono.

— Não — respondeu Gabriel, passando a mão pelo cabelo. — Não acredito. Ou... não, na magia, não. Mas é fascinante. E acho que eu quero ser... o tipo de rei que essas pessoas querem. Digno. Mesmo que os católicos do país não acreditem que o Merlin existiu de verdade, ou que o Arthur tinha alguma importância espiritual, todos acham que ele fez um bom trabalho como rei.

— Mas é como você disse. Eles são devotos à *ideia* de alguém distante. Não se vira uma lenda em vida. Nem mesmo o próprio Arthur, a própria lenda, conseguiria se estivesse aqui.

— Talvez não — concordou Gabriel, mas Arthur não se convenceu.

— Espera aí... então você está se inspirando no *Arthur Pendragon*? É isso que você faz enquanto passa o tempo todo trancafiado aqui? Está tentando ler o bastante a respeito dele para que, quando chegar sua hora de ascender ao trono, você possa se tornar, sei lá, o ideal cavaleiresco? — O príncipe não falou nada, mas parecia levemente envergonhado. Arthur bufou uma risada e se jogou contra o encosto da cadeira. — Olha, não... isso aí é absurdo, Gabriel. E é completamente inatingível.

Gabriel suspirou e, irritado, esfregou a maçã do rosto.

— De acordo com todos os relatos, o rei Arthur era um bom homem. Que se importava de verdade com o povo. As pessoas o consideravam justo. E, sim, ele era a personificação do cavalheirismo... ou, pelo menos, tentava ser. Ele sabia em que tipo de Inglaterra queria viver. Não consigo entender o que tem de tão errado em tentar ser um rei assim.

— É impossível chegar à altura do ideal cavaleiresco — zombou Arthur. — Existem apenas três formas de tentar: morrer numa missão religiosa, morrer em nome do verdadeiro amor ou morrer em batalha. De qualquer jeito, em nenhuma delas você sai vivo.

Com o dedão ainda na bochecha, Gabriel ergueu o olhar até Arthur.

— Quando eu tinha dez anos, pensei em fugir — comentou, tão baixinho que Arthur teve que se inclinar à frente para ouvir.

Arthur assentiu devagar.

— É... eu sei. Porque... Você não se lembra do que disse para mim naquele verão? Estava tudo tão terrível entre a sua irmã e eu, e você tinha passado anos sem falar direito comigo, sempre se fechava igual a uma ostra quando eu estava por perto, mas aí um dia você chegou perto de mim no átrio e...

— Perguntei a você se queria ser rei no meu lugar — completou Gabriel, com uma expressão arrasada. — Eu lembro. Não achei que... bom, eu torcia para que *você*, não. Não lembrasse, no caso. Eu finalmente tinha contado para o meu pai como eu me sentia, que era muito peso sobre meus ombros e que eu não queria, e ele falou que... que eu tinha que ser o rei que o povo precisava, mesmo que para isso eu não fosse o homem que almejava ser. Eu estava tão desesperado por uma escapatória, e ouvir aquilo... foi como ver uma porta se fechando, sabendo que ela nunca mais se abriria para mim de novo.

— Essa doeu — comentou Arthur. E, pensativo, tamborilou os dedos na mesa. — Sabe... pais nem sempre estão certos só por causa da virtude de serem pais. Ou até mesmo... só pela virtude de ser rei.

Gabriel não respondeu, simplesmente pegou outro livro da pilha, o abriu com gentileza e começou a ler.

11

Por mais que Agnes tivesse insistido que o evento não se tratava de uma festa, havia, *sim*, algo como um bar improvisado num dos lados do porão cultista, o qual era abastecido com caldeirões enormes de uma bebida misteriosa com gosto forte de alcaçuz e menta. Anônimas em meio a todo o burburinho, Gwen e Agnes se recostaram numa parede para beber.

— Como foi que você ficou sabendo disso aqui? — quis saber Gwen.
— E por que é segredo? A essa altura com certeza todo mundo já sabe que meu pai encoraja a liberdade de crenças. Fazer escondido só faz parecer... suspeito.

Agnes parecia desconfiada, como se desejasse que Gwen tivesse decidido ir embora com os outros.

— Uma outra dama de companhia me contou — respondeu, infeliz.
— Era para nos encontrarmos. E... acho que esses detalhes fazem parte da diversão.

Apesar de Gwen nunca ter ido atrás da companhia dela por livre e espontânea vontade, a frustração evidente de Agnes doía. Poucos instantes atrás, enquanto escapavam juntos pelos arredores do castelo na calada da noite, Gwen se sentira parte da turma, mas de repente as coisas voltaram a ser como sempre foram.

— Bem. Não deixe de fazer nada por minha causa.
— Não posso deixar a senhorita sozinha — contestou Agnes, de olhos arregalados e parecendo um tanto esperançosa demais.

— Deixa de ser absurda — repreendeu a princesa, com rigidez. Na verdade, não queria ser abandonada por Agnes, mas era melhor que a sensação de que sua presença estava sendo apenas tolerada. — Ninguém aqui sabe quem eu sou. Estou bem segura. Vai.

— Bom, se a senhorita insiste — disse Agnes, com a educação de pelo menos parecer um pouco chateada.

E saiu à procura das amigas. Gwen ficou ali, segurando o copo com firmeza, ouvindo trechos de conversas e risadas ao redor, concentrada em terminar a bebida. Depois de ter tomado tudo, ajeitou o capuz com segurança ao redor do rosto e foi pegar mais. Conseguiu dar só dois passos de volta em direção ao caldeirão quando sentiu uma mão em seu braço e dedos insistentes a apertando na dobra do cotovelo.

— Não conseguiu achar elas? — perguntou Gwen, esperando que fosse Agnes, mas quando a pessoa se virou a princesa quase derrubou o copo vazio.

— O que *você* está fazendo? — disse lady Leclair.

— Hum... — balbuciou a princesa, percebendo que sua voz tinha pulado quase uma oitava inteira. — Pegando bebida?

— Não — disse Bridget. — O que é que *você* está fazendo *aqui*? — Então, com gentileza a guiou de volta para um canto escuro. Estava vestindo um casaco formal azul-escuro e tinha prendido metade do cabelo para cima com uma presilha ornamentada que era de longe a coisa mais chamativa que Gwen já a vira usar. — Essa sua capa não chega nem perto de ser o disfarce que você acha que é. E eu até te chamaria de *Vossa Alteza* — continuou Bridget, com a voz mais baixa —, mas não tenho certeza de que seria uma ideia inteligente.

— Vim com... Espera, e o que é que *você* está fazendo aqui? — perguntou Gwen. Ou melhor, guinchou.

— Eu vim com amigas — respondeu Bridget. No mesmo instante, a princesa ficou com ciúme dessas amigas, fossem quem fossem. De algum jeito, não tinha imaginado que Bridget tivesse contatos em Camelot, mas é claro que tinha. Quem é que *não* iria querer ser amiga dela? — Você não... — começou a dizer a cavaleira, mas, com uma expressão de desconforto, parou de falar.

— Não o quê?

— Você não me seguiu até aqui, né?

Gwen ficou boquiaberta.

— Se eu *te segui*? Quê? Eu não... Como é que eu...

— Está bem — disse Bridget, levantando a mão. — Peço desculpas.

— O que te faria pensar uma coisa dessas?

— Hum... — Lady Leclair olhou ao redor antes de responder. — Pensei que eu tinha visto... Bom, é só que fiquei surpresa em te ver aqui. E... sendo bem sincera, não seria a primeira vez que alguém faz isso.

— As pessoas simplesmente... te seguem por aí? — perguntou Gwen, incrédula.

— Garotas... me seguem por aí — respondeu Bridget. — Não é sempre, mas... acontece. Quem participa dos torneios acaba virando subcelebridade, mas isso você já deve ter percebido.

— É — disse a princesa, com rigidez. — Olha, desculpa se passei essa impressão, pensei que nós fôssemos só... Na verdade, eu queria mesmo te falar uma coisa, mas de jeito nenhum teria te *seguido* para fazer isso.

— O que é que você queria me falar? — perguntou Bridget, interrompendo com destreza o que Gwen tinha certeza de que se tornaria um falatório bastante extenso.

— Ah. Hum. Eu queria falar que... que foi muito corajoso o que você fez no torneio — respondeu ela, com uma voz tímida. — Não tenho certeza se o Faca, sir Marlin... quer dizer, eu *sei* que ele não teria feito o mesmo no seu lugar. E sinto muito que você tenha precisado fazer tudo aquilo.

Bridget assentiu.

— Porque você podia ter dito alguma coisa.

— Bom — exclamou Gwen, na defensiva. — Na verdade não é assim tão simples, mas... — A cavaleira a encarava com expectativa. Gwen suspirou. — Mas, sim. Acredito que... eu deveria ter falado alguma coisa.

E com isso foi recompensada com um sorrisinho acanhado perigoso. Se a princesa fosse uma artista, teria corrido para casa mais tarde naquela noite e tentado se dedicar a pintá-lo em uma tela, já que, num bordado, o significado desse sorriso provavelmente se perderia, e muito.

Bridget fez menção de falar, e Gwen pensou que talvez estivesse prestes a ser elogiada de alguma forma — sendo bem sincera, estava desesperada por algum reconhecimento de que, embora tivesse agido com covardia, seu comportamento fosse passível de redenção aos olhos de lady Leclair. No entanto, em vez disso, o rosto de Bridget se suavizou e assumiu uma expressão mais neutra.

— Fica com a cabeça abaixada — orientou ela.

— Quê? — perguntou Gwen, confusa, mas um instante depois abaixou a cabeça quando duas jovens se aproximaram.

— Esse treco aqui tem gosto de lavagem — comentou uma delas, entregando o copo a Bridget. Era alta, negra, tinha covinhas profundas e um cabelo bem curto.

— Que maravilha — disse Bridget, enquanto, desconfiada, semicerrava os olhos para a bebida. — Não precisava ter se dado ao trabalho de trazer para mim, então.

— Quem é essa? — perguntou a outra mulher, sem esperar por uma resposta antes de entregar um copo para Gwen também.

Para a princesa, a moça parecia um camundongo: nariz pontudo, queixo proeminente e um cabelo loiro incolor.

— Hum... — disse Bridget.

— Meu nome é... Winifred — respondeu Gwen, rápido, torcendo para que soasse convincente.

— Adah — apresentou-se a primeira mulher, dando um sorriso.

— Elaine — disse a segunda, com vários colares no pescoço que tilintavam a cada movimento.

— A Adah trabalha na falcoaria — explicou Bridget. — E a Elaine, nas cozinhas.

— Ah — exclamou Gwen. — Na falcoaria... com os falcões? Como é que eu nunca te vi antes?

— Bem, é que faz só um ano que comecei — respondeu Adah, dando de ombros. — Levou um tempão para aceitarem a ideia de que eu pudesse ser boa de verdade. Por quê? Onde você trabalha?

— Ah — exclamou Gwen mais uma vez.

Não conseguia pensar em nenhum motivo razoável para que tivesse o que fazer na falcoaria, caso não abrigasse um pássaro lá, e estava sofrendo para inventar uma mentira. Faxineira de porta? Ou, quem sabe... coletora de penas? E por acaso coletar penas chegava a ser um serviço de verdade?

— Ela... não trabalha aqui. É minha prima — respondeu Bridget.

As duas mulheres olharam da cavaleira para a princesa e da princesa para a cavaleira (Bridget: cabelo escuro, musculosa e com pele marrom; Gwen: magra, ruiva e branca) e pareceram aceitar de boa-fé a explicação.

— Veio ver a Leclair arrasar na competição? — perguntou Adah com um sorrisinho enquanto Bridget revirava os olhos.

Gwen percebeu que elas pareciam bem à vontade umas com as outras. E quando Bridget virou o conteúdo do copo num gole só e contorceu o nariz para exibir um nojo exagerado, Adah lhe deu um tapinha nas costas e riu — e então deixou a mão ali, descansando com tranquilidade na escápula.

Na mesma hora, Gwen sentiu um ciúme irracional.

— Você já pensou no que vai dizer? — quis saber Elaine, e Gwen levou um instante para perceber que a moça estava lhe fazendo uma pergunta.

— Dizer? Quando?

— Durante a cerimônia — explicou Elaine. — As suas oferendas. Você oferece uma força e uma fraqueza para Morgana le Fay. É tudo uma questão de... dualidade do ser, sabe? De todas as nossas facetas.

— A Elaine — disse Adah — gosta muito dessa coisa de *dualidade de nós mesmas*. E da Morgana le Fay. E de facetas.

— Você é cultista? — perguntou Gwen a Elaine, que deu um sorriso tranquilo, quase espiritual, e assentiu. — Vocês *todas* são?

— Não — responderam Adah e Bridget em uníssono.

— Mas... você sabe que a Leclair não é cultista, claro — disse Adah, arqueando as sobrancelhas. — Já que ela é sua prima.

— De quinto grau — disse Bridget.

— Então você acredita em magia? — perguntou Gwen à cultista, desesperada para mudar de assunto.

— Ô, se acredito — respondeu a moça, entre suspiros. — Se a gente olhar bem, todo país e reino do mundo têm alguma variação de magia em sua história. Com nomes diferentes, mas sempre presente. Outras religiões têm palavras mágicas próprias... rituais próprios. Parece pouco provável que nunca tenha existido magia e que mesmo assim todo mundo chegue à mesma conclusão por conta própria.

— Então você acredita que... o rei Arthur vai voltar?

— Aham — respondeu Elaine, toda esperançosa. — Quando o receptáculo certo aparecer. Morgana vai resolver tudo. E o Merlin vai ajudar.

— Mas então onde é que a Morgana e o Merlin estão agora? — perguntou Adah, numa provocação que nitidamente era corriqueira com a amiga.

Elaine pensou por um instante.

— Num período sabático.

— Ah, claro — debochou Adah. — Que bom que eu perguntei.

— Convidadas de honra — chamou a mulher que as havia recepcionado à porta, e bateu palma para chamar a atenção. — Reúnam-se, por favor. É chegada a hora.

Uma onda de sussurros empolgados se espalhou pelo recinto, e todas se moveram em direção ao fogo e à enorme estátua sobre as chamas. Gwen queria dar uma boa olhada, queria encarar os olhos de pedra de Morgana le Fay e ver o porquê de tanto alarde, mas para isso teria que expor seu rosto. Então ficou encarando as costas de Bridget e percebeu que Adah havia caminhado ao lado dela.

— Nos reunimos hoje para celebrar a noite em que o espírito de nossa lady Morgana reivindicou seu corpo. Ela nasceu da magia, e à magia retornou. Quando chegar a hora certa, ela uma vez mais nos agraciará com uma forma mortal...

Gwen sentiu alguém lhe dar um tapinha no ombro. Quando se virou, Elaine assentiu com orgulho e gesticulou com a boca:

— *Período sabático.*

— ... mas, até esse dia, *nós* somos as guardiãs de seu legado aqui neste plano. Por isso, apresentamos nossas oferendas sabendo que somos incompletas e imperfeitas. Que vivemos em evolução e que somos inconstantes, mas que sempre nos esforçamos para, a cada ano que passa, nos tornarmos mais *nós mesmas*. — A mulher sorriu para o público. — Quem será a primeira a honrar nossa lady esta noite?

— Eu — disse uma senhora bem na frente, tirando o capuz.

Com uma expressão aberta e ávida, ela avançou sem hesitar; a anfitriã pressionou algo em sua mão e deu um passo ao lado para abrir espaço perto do fogo.

— À minha lady Morgana le Fay — disse a mulher, com uma voz clara e a mão levemente trêmula estendida — dou a minha vaidade. — Então ela abriu os dedos e deixou cair nas chamas fosse lá o que estivesse segurando. Houve um cheiro breve e pungente de ervas, que logo queimou e se tornou amargo. — E dou meu amor pela vida.

Todas aplaudiram, e algumas das convidadas mais espirituosas deram gritos em celebração conforme a senhora se afastou.

— Quem será a próxima?

Duas mulheres avançaram ao mesmo tempo. Houve um momento um tanto esquisito quando nenhuma delas quis recuar, e a mulher à frente riu.

— Sem pressa — disse. — Todas aqui terão sua vez.

De repente, a boca de Gwen pareceu ficar seca. O tom da anfitriã não havia deixado espaço para discussão, mas de jeito nenhum a princesa iria lá para cima. Para início de conversa, iriam reconhecê-la, e depois... ela simplesmente não queria. Bridget se virou de cenho franzido, como se estivesse pensando algo parecido e, discretamente, disse:

— Talvez seja a hora de você ir embora.

— Quê? — sussurrou Elaine, parecendo decepcionada. — Mas... é para isso que serve o festival! Você não pode ir agora.

— Eu te levo lá para fora — disse Bridget, baixinho, colocando a mão no braço de Gwen.

O contato deixou a princesa ofegante. Não conseguia explicar exatamente o porquê de aquele toque a fazer se sentir como se estivesse sendo reivindicada, e o porquê de ser reivindicada ser *tão* bom de um jeito tão explícito, mas queria que a caminhada até a saída continuasse pelo máximo de tempo possível, para muito além da extensão daquele lugar. Com Bridget logo atrás, tentou se apequenar e agir com discrição quando se afastou do grupo, mas bem nesse momento o público se abriu para deixar outra mulher passar adiante.

— Senhoritas, tenho certeza de que vocês não estão saindo sem fazer a oferenda, certo? — disse a mulher à frente.

— Eu não sabia que era obrigatório participar — respondeu Bridget de imediato. Ela tinha se virado para encarar as outras pessoas e dado um passo discreto para trás, na direção de Gwen, como se estivesse tentando tirá-la de vista.

— Ah, faça-me o favor — exclamou a anfitriã, num tom reprovador. — Esse não é o espírito do dia de hoje. Façam suas oferendas agora e então podem sair.

— Ou — argumentou Bridget, cruzando os braços — a gente pode pular direto para a parte do "já podem sair".

Agora que sair na surdina estava fora de cogitação, Gwen percebeu que, quanto mais a discussão continuasse, maiores eram as chances de que fosse reconhecida.

— Tudo bem — disse para Bridget. — Vamos fazer isso de uma vez e depois vamos embora.

— Ótimo! — disse a mulher, já toda sorridente e batendo palmas. — Venham adiante para a luz, meninas, e contem para nós o que trouxeram para Morgana.

Para Gwen, ela estava um pouco animadinha demais para alguém que tinha acabado de pressioná-las a participar de uma brincadeira de festa que envolvia magia, mas a princesa seguiu mesmo assim. Ficou puxando o capuz na tentativa de cobrir melhor o rosto, mas sem tapar os olhos e acabar gerando um acidente infeliz com a fogueira.

— Aqui — disse a mulher, e em seguida pressionou um punhado macio de alguma coisa na mão de Gwen quando chegou na estátua. Ao abrir os olhos, a princesa viu que se tratava de uma pilha de folhas secas de sálvia, retorcidas juntas e se desfazendo nas pontas.

Sua mente estava a meio caminho para fora da porta e agora, do nada, teve que voltar abruptamente para onde ela de fato se encontrava: diante de uma multidão de rostos cheios de expectativa, esperando-a conceder algumas verdades profundas e pessoais que nem ela mesma havia identificado ainda.

— Hum... — disse, com a mão estendida à frente como as outras mulheres haviam feito. — Então é... uma coisa boa e outra ruim?

— Atribuir termos como "bom" e "ruim" para partes de nós mesmas não ajuda em nada — repreendeu a anfitriã, num tom um tanto condescendente. — Talvez... algo que te ajude e algo que te atrapalhe.

Gwen achava que era só um jeito bonitinho de dizer "bom" e "ruim", mas já não tinha mais como encher linguiça. Seus pensamentos eram um borrão enquanto, desesperada, tentava pensar em algo bom para dizer a respeito de si. Era... pontual? Organizada? O público estava ficando impaciente e, em meio ao pânico, Gwen falou sem saber o que sairia de sua boca.

— Eu... faço bordados até que bons — disse, jogando o punhado de sálvia no fogo e tossindo quando as chamas cuspiram uma fumaça preta em resposta. Gwen continuava mantendo a cabeça baixa com firmeza para evitar que fosse reconhecida, mas não precisava olhar para cima para saber como sua oferenda fora recebida pelas mulheres presentes. — E... — continuou, olhando de volta para as labaredas antes de respirar fundo. — Eu... sou uma covarde.

Algumas pessoas aplaudiram, mas a reação foi adequadamente sem energia.

— Bom — comentou a senhora grisalha enquanto estendia outro punhado de sálvia para Bridget. — *Na verdade* é ao contrário, mas acho que...

— Eu sou teimosa — falou a cavaleira, e então jogou as folhas de imediato. — E sei quem eu sou. Vem.

Em seguida ela pegou Gwen pelo braço sem dizer mais nada e as duas partiram para longe do brilho do fogo, em direção às sombras que as acolhiam a céu aberto.

12

Depois de rapidamente se certificar de que não tinha o menor interesse em ler qualquer coisa em inglês arcaico, Arthur começou a cair no sono sem querer. O som de Gabriel virando as páginas, de sua pena arranhando o pergaminho quando fazia anotações e dos passos distantes que vez ou outra passavam pela pacata biblioteca era um sedativo forte demais para resistir. Era tudo até que bem agradável, até o momento em que Gabriel fechou um livro fazendo barulho demais, o que acordou Arthur tão de repente que o rapaz quase caiu da cadeira.

— Terminei — disse o príncipe.

— Certo — respondeu Arthur, desorientado. — Pois é, eu também. — Ele se levantou meio atrapalhado para se alongar e percebeu os olhos de Gabriel vagarem brevemente para sua barriga, bem onde a túnica tinha ido para cima, e então desviar o olhar. — Para a cama, então?

— Na verdade... eu vou na falcoaria.

Arthur tinha vagas lembranças da falcoaria. Gwen tivera um gavião-da-europa quando criança, mesmo que morresse de medo do bicho. Na época, ele teria dado qualquer coisa para ganhar um pássaro, mas para disfarçar a inveja havia fingido que achava tudo aquilo muito abaixo de seu nível. E, depois de ter se comprometido ao desdém, ficou difícil deixá-lo para trás. Continuava zombando de qualquer um que porventura mencionasse falcoaria. O fato de que pessoas que gostavam mesmo de pássaros virassem uns insuportáveis que só falavam de *cronograma de alimentação* e *pesos de voo* certamente ajudava.

— Já que você está acordado — disse Gabriel, devagar. — Se importaria de... talvez você possa me ajudar com uma coisa.

— Ah — respondeu Arthur, surpreso mais uma vez. Tinha deduzido que o príncipe estava apenas tolerando sua companhia... e, ainda assim, ali estava ele, pedindo mais. Intrigante. — Ajudo, eu acho?

— Então ótimo — disse Gabriel, que parecia envergonhado, mas guiou o caminho.

Quando chegaram à construção que abrigava as aves, uma estrutura instável de pedra perto do pomar, Arthur esperou que Gabriel fosse chamar alguém (ou que um serviçal simplesmente aparecesse do nada, antecipando a chegada do herdeiro mesmo num horário tão intransigente), mas, em vez disso, o príncipe pegou uma chave de dentro do casaco e destrancou a porta.

O interior da construção era escuro e tinha um cheiro estranho de animais; uma combinação bolorenta de madeira, couro e cocô de pássaro. Conforme os olhos de Arthur foram se ajustando, ele começou a ver as silhuetas vacilantes e inquietas das aves nos poleiros, os quais eram mantidos atrás de portões de madeira. Estavam encapuzadas e vendadas, mas conseguiam notar os intrusos, e Arthur sentiu um ímpeto bizarro de levantar as mãos para demonstrar que era um amigo, e não um inimigo.

— Qual é a sua? — perguntou, e a ave mais perto dele abriu um pouco as asas em protesto antes de se remexer e voltar a se acomodar no poleiro.

— Ela é uma falcoa-peregrina — respondeu Gabriel, baixinho. — A maior, lá no fundo. Meu pai me deu quando eu tinha treze anos. O nome dela é Edith.

Arthur espreitou na penumbra e vislumbrou um pássaro ao longe, no fim do corredor, curvado e, de algum jeito, eriçado de raiva, mesmo sua silhueta estando na escuridão. Ele sentiu um calafrio involuntário.

— Ela parece amigável.

— Não é — comentou Gabriel, sem mais delongas. — Quer dizer, ela gosta de *mim*.

— A gente... A gente vai lá?

— Não — respondeu o príncipe, se aproximando de outra porta.

Relutante em ficar sozinho nesse recinto cheio de aves de rapina sinistras, Arthur o seguia de perto. A porta foi aberta com um rangido, e houve uma repentina algazarra de asas batendo e um piado agudo esquisito.

O rapaz deu um pulo de uns trinta centímetros no ar e, sem querer, agarrou o braço de Gabriel.

— Oi, meu amor — cantarolou o príncipe, e Arthur se virou para encará-lo.

Então, um instante mais tarde, percebeu que aquele "meu amor" com toda a certeza *não* tinha sido para ele, e soltou o braço. Gabriel fechou a porta depois de passarem. Nessa parte estava mais claro; a luz da lua se infiltrava por uma janelinha minúscula com grades e iluminava a criatura demoníaca que os tinha atacado.

— Que coisa é *essa*?

Gabriel deu uma risada singela.

— É uma filhotinha de corvo.

— E está sem capuz — disse Arthur, preocupado.

Também não estava amarrada. Estava parada no meio do pequeno recinto, olhando de baixo para os dois e virando a cabeça rapidamente de um lado para o outro, como se tentasse decidir de qual olho queria observá-los.

— Não, ela não é uma ave predadora — explicou Gabriel, ainda usando aquele tom de voz todo apaixonado e profundamente carinhoso que Arthur só ouvira uma outra vez antes, direcionado ao gato.

O príncipe se abaixou e estendeu a mão. A corva pulou para a frente e deu uma mordiscada esperançosa no dedo dele.

— E por que é que ela está *aqui*, então? — perguntou Arthur, atormentado mais uma vez pela transição repentina de Gabriel, que alternava entre alguém com momentos de silêncio esquisitos e frases picotadas e esse sujeito convicto e tranquilo.

— Não era para ela estar aqui. Os corvos costumam deixar o ninho antes de estarem prontos para voar porque são ousados demais para pensar no próprio bem. Ela fugiu na semana passada e se machucou. Como não queria que ela se metesse em mais problemas, eu a trouxe aqui para dentro, e desde então ela só fica pulando por aí, comendo sobras e atrapalhando todo mundo. — Gabriel girou o indicador e, seguindo o movimento com a cabeça, a corva se virou bruscamente. — Ela está machucada do lado. Ali, dá para ver o curativo branco quando ela levanta a asa direita.

— Então ela vai embora? Quando ficar boa?

— Tomara que sim — respondeu o príncipe, enquanto o pássaro, cansado de girar, tentou voar para subir em seu joelho numa afobação toda descoordenada de penas escuras. — Ela é uma ave selvagem. Não um bichinho de estimação.

— Entendi. Nada de nome, então — disse Arthur, se abaixando para pegar a corva que, inteligente que só, fugiu para o lado.

Gabriel riu de novo, e Arthur sentiu uma pontada de satisfação calorosa ao ouvi-lo.

— Não. Mas você pode dar um. Se quiser.

— Quê? — perguntou Arthur, incrédulo, voltando a se levantar. — Pelo amor de Deus, não... É... É *muita* responsabilidade. E a corva é sua. Você que deveria escolher o nome.

— Pelo que me lembro você não pensou duas vezes antes de dar outro nome para o meu gato...

— Mas é porque ele tinha um nome arturiano idiota.

— Faz sentido — respondeu Gabriel e, com uma sobrancelha arqueada, ergueu o olhar para encará-lo —, *Arthur*.

— Ué, mas não foi eu que escolhi meu próprio nome, né? — contestou, cruzando os braços e observando enquanto o pássaro decidia se estava gostando ou odiando o carinho de Gabriel em sua cabeça.

— Você pode... Eu preciso das suas mãos — disse o príncipe. Arthur ficou tão perplexo que simplesmente o encarou. — Só se abaixa rapidinho, por favor?

— Hum... tudo bem.

Ele se ajoelhou todo sem jeito no chão seco de pedra, roçou a coxa na de Gabriel sem querer e logo depois considerou fazê-lo de novo de propósito. A corva avaliava os dois com a mais completa desconfiança. O príncipe estendeu o dedo para que ela o analisasse e em seguida, de supetão, agarrou-a e conseguiu prender ambas as asas para que o bicho não conseguisse escapar. Então virou-a de costas, e as perninhas finas se destacaram comicamente do corpinho plumoso enquanto ela o encarava com um olhar acusatório.

— Mãos — disse Gabriel, e Arthur as estendeu. No mesmo instante, o príncipe colocou a corva ali, e Arthur estremeceu com o calor inesperado tanto do pássaro quanto dos dedos dele. Se sentiu arisco de um jeito estranho, e tentou se concentrar na tarefa de conter a bola furiosa de penas que agora se contorcia em suas palmas. — Não aperta, só segura firme. Vira ela um pouco na direção da janela, quero dar uma olhada no machucado. Ela não me deixa mais fazer isso. Acho que já ficou de saco cheio de mim.

Com gentileza, ele tirou dois dedos de Arthur da frente para liberar a asa direita, depois esticou-a e se inclinou para olhar melhor. O príncipe abaixou tanto a cabeça que Arthur conseguiu sentir a respiração quente dele nos nós dos dedos. A corva emitiu um crocitar estranho e rouco e depois se virou para perscrutá-lo devidamente. Ela o olhava como se soubesse exatamente no que ele estava pensando e, por sua vez, não estivesse lá muito impressionada.

— Pronto — disse Gabriel para o pássaro, soltando sua asa. — Está sarando direitinho. Pode soltar ela agora. — Arthur abriu as mãos e a ave, indignada, se levantou e depois foi se recompor no chão. — Obrigado. Você foi muito bem... pegou do jeito certo.

— É o que todo mundo fala — comentou Arthur, mas os dois continuavam muito perto um do outro ali, abaixados. De jeito nenhum que teria dito isso se tivesse percebido que Gabriel o estava encarando diretamente (ou, melhor dizendo, que Gabriel o estava encarando *de cima para baixo,* mesmo ajoelhado) enquanto a luz da lua destacava os traços esguios e delicados de seu rosto. Do nada, falou: — Você não tem nenhuma sarda.

— Hum... quê?

— Sua irmã tem sardas — apontou Arthur, como se isso fosse explicar alguma coisa.

— Ela faz caminhadas — explicou o príncipe, e franziu o cenho de um jeito que já parecia muito familiar. — Todo dia, ela caminha... — E parou de repente, como se tivesse sido interrompido. Como se Arthur estivesse fazendo alguma outra coisa além de encará-lo como um bobo.

Por mais que gostasse de passar a imagem de que era um libertino experiente, Arthur raramente conseguia dar o passo seguinte quando de fato se deparava com um rapaz atraente. Mitchell, dos canis, era uma exceção notável e recente, e fora ele quem tomara a iniciativa. Flertar era fácil (o estoque de cantadas e piscadelas de Arthur nunca esgotava e ele as distribuía sem reservas), mas entrar de cabeça em qualquer coisa além disso era um risco incalculável, e *esse* risco em específico estava fora de cogitação.

Mesmo assim, Arthur sentia a tensão estranha e silenciosa se intensificar no recinto. Gabriel continuava com um brilho nos olhos porque tinha ficado olhando para aquela corva desgraçada, e (realmente não parecia ser coisa de sua imaginação) estavam brilhando por olhar para Arthur também.

Ele inclinou a cabeça, olhou para Gabriel com curiosidade e então deu de ombros, foi para a frente e o beijou.

O príncipe soltou um ruído abafado em surpresa e, por um breve instante, mal se moveu. Arthur poderia jurar que o tinha sentido se entregar só um pouquinho, que houve um *minúsculo* indício de reciprocidade, mas de repente estava sendo empurrado para longe com uma força considerável. Com isso, bateu com as costas no chão e soltou todo o ar com um arquejo violento. A corva, crocitando e batendo as asas, estava apoplética, e parecia querer se juntar ao combate empolgante que estava testemunhando.

— Hum — disse Gabriel, encarando-o com os olhos arregalados em pânico. Ofegante, Arthur o encarava de volta. — Desculpa.

Antes que pudesse responder, o príncipe já havia partido.

— Mas que *merda* — ralhou Arthur, tendo trabalho para ficar de pé. Ele jogou o cabelo para trás e desamassou o casaco numa tentativa de recuperar pelo menos um pouco de dignidade. Estava abalado e levemente enjoado pela rejeição estrondosa de Gabriel (se bem que parte da náusea poderia muito bem ser por causa do impacto contra o chão). Curiosa, a corva piscou em sua direção.

— Nunca repita o que eu disse — disse ele, sério. — Você é muito novinha para falar essas coisas.

Arthur atravessou o recinto até a porta, fechou-a e depois meio que correu até a área seguinte enquanto evitava olhar para a coleção de pássaros ameaçadores. Fez uma careta quando os ouviu balançarem as asas, indignados por vê-lo passar.

Mal havia começado a se perguntar como trancaria o viveiro quando chegou ao lado de fora e descobriu que Gabriel, parecendo um cavalo assustado, continuava ali.

— A chave. Quer dizer... a tranca. Preciso... — balbuciou o príncipe, gesticulando em desespero para a porta.

Arthur se afastou. Gabriel parecia estar tendo bastante dificuldade, o que permitiu ao rapaz que tivesse tempo para pensar em como o abordaria.

— Hum... me desculpa — disse, tentando soar alegre. — Eu estava... sabe como é. Erro meu. Está tarde e... pelo visto toda aquela conversa sobre divindades ancestrais me deixaram empolgadinho demais.

Gabriel não falou nada. Finalmente conseguiu virar a chave, mas só ficou ali, olhando para a tranca e de costas para Arthur.

— Em minha defesa, eu achei mesmo que...

— É por isso que você fez um acordo com a Gwen? — perguntou o príncipe, baixinho. — Ela sabe?

Arthur semicerrou os olhos para o céu estrelado e apenas por um instante considerou a possibilidade de mentir.

— Sabe.

— Ela está te protegendo. Porque você é... você não gosta de mulheres? — perguntou, devagar, como se só agora as peças estivessem se encaixando em sua cabeça.

— Eu até gosto. Para atividades que não envolvam mãos bobas. Ir a shows. Clubes do livro. Voltinhas pelo salão.

— E *por que* ela concordou com isso? — Gabriel ainda não tinha se virado, o que estava deixando Arthur extremamente nervoso.

Todas as consequências do que acabara de fazer começavam a atingi-lo com tanta violência quanto acontecera com seu tombo no chão. Ele havia beijado o Príncipe da Inglaterra... em um impulso. Gabriel poderia ficar bravo o bastante para contar ao pai. Poderia ficar bravo o bastante para fazer com que Arthur fosse *preso*, inclusive. Por ter perdido o juízo e o atacado num galpão.

— Eu não posso... hum... — respondeu, que nem um idiota. — Você tem que perguntar para ela.

— Certo — disse Gabriel. — Certo.

— Você vai...

Arthur vacilou, porque o príncipe se virou para ele com uma expressão tão feroz e tão atípica que o fez pensar seriamente em dar no pé.

Apreensivo, pigarreou e tentou de novo:

— É agora que você vai...

Estava prestes a dizer "chamar os guardas", mas no fim das contas não foi mais preciso ficar especulando, porque Gabriel deu um passo à frente e o beijou.

Foi extremamente atrapalhado (ele se aproximara rápido demais e praticamente lhe dera uma cabeçada), mas Arthur pôs uma mão no seu pescoço para firmá-lo, e sentiu os cachinhos de Gabriel roçarem as pontas de seus dedos enquanto o mantinha no lugar. O príncipe teve o elemento-surpresa dessa vez, mas se tinha uma coisa em que Arthur sabia que era bom, era beijar. Ele fechou os olhos quando Gabriel, inseguro, colocou uma mão em seu peito e depois começou a se mover com mais afinco, surpreendendo Arthur com o anseio em sua boca e com o fato de que seus dedos lhe apertavam a túnica.

Arthur mal havia acabado de começar a entrar no clima de verdade, a realmente aproveitar o fôlego irregular do príncipe, agora com a boca macia e entregue, quando foi subitamente empurrado. De novo.

— Desculpa — disse Gabriel, corado, de olhos arregalados e ofegante. — Eu... Merda.

Arthur tentou encontrar qualquer coisa que pudesse deixar o momento menos esquisito, mas falhou.

— Você devia chamar a sua passarinha de Morgana — disse, a voz sufocada. — O gato, Merlin; e a corva, Morgana, sabe?

— Verdade — respondeu Gabriel. — Obrigado.

E assim Gabriel lhe deu as costas. De novo. Arthur ficou ali, vendo o príncipe sair apressado, quando este se virou, chutou a parede da falcoaria e se arrependeu logo de cara quando ouviu um piado apavorado lá de dentro.

— Ah, sim — disse ele, para o pé dolorido. — *Isso* com certeza resolve as coisas.

— Por onde você andou? — perguntou Arthur quando Sidney finalmente chegou, cambaleando porta adentro horas mais tarde.

— Você sabe muito bem por onde andei — respondeu e, afrontoso, contorceu o nariz. — Você estava por onde eu andei. Saiu do lugar por onde eu andei. Eu estava esperando a Agnes, e depois fiquei com a Agnes. Por onde foi que *você* andou? Está todo sujo de areia.

Arthur tinha ficado sentado olhando para as estrelas através da janela desde que tinha voltado a seus aposentos. No começo, pareceu muito romântico e dramático, mas depois de um tempinho ele começou a ficar com dor no pescoço.

— Eu estava com o Gabriel — respondeu. — E depois não estava mais.

— Ah, não — disse Sidney, puxando uma cadeira e se sentando com força ao lado dele. — O que foi que você fez?

— Beijei ele — respondeu Arthur, como se não fosse nada. — No galpão dos passarinhos.

— Merda. Por acaso isso é uma gíria para alguma coisa que eu prefiro não saber o que é?

— Não, é literal mesmo. Era um galpão cheio de passarinhos.

— *Merda* — repetiu Sidney. — Não era para a gente estar fazendo as malas? A essa altura já não era para termos atravessado meia Inglaterra?

— Não vejo motivo para isso — disse Arthur e, com uma expressão bem presunçosa, se reclinou na cadeira. — Porque ele também me beijou.

Sidney ficou de boca aberta.

— No *galpão dos passarinhos*?

— Você está investido demais nessa coisa de *galpão dos passarinhos*.

— Verdade. — Sidney esfregou os olhos com as duas mãos. — Vamos voltar ao... O que foi que aconteceu?

— O Gabriel estava me mostrando as aves dele — respondeu Arthur, agora surtando levemente. — E ele tem essa corva, que... que ele ficava chamando de *meu amor*, então é obvio que eu tive que... Ele saiu correndo e eu achei que a minha hora tinha chegado, que eu iria de guilhotina, que a casa tinha caído, mas aí... ele me perguntou se eu gostava de mulheres, e depois me beijou.

Sidney apoiou a cabeça nas mãos.

— Isso é traição? — perguntou ele, a voz abafada pelos dedos. — Ou só um crime normal?

— Eu estava pensando nisso. Mas *você* tem um álibi — respondeu Arthur, dando tapinhas no braço do colega. — Estava escondido do lado de fora de uma festa secreta no subsolo.

— Por favor, só... não vai acontecer mais, né? — Ele espreitou através dos dedos com uma feição muito cansada. — Me diz que isso não vai se repetir.

— De jeito nenhum. Ele não faz... você sabe. Ele mal fala. Ele *lê livros*.

Era verdade; Gabriel não fazia seu tipo, e Arthur precisava ser prático. Se arriscar por um príncipe impetuoso de coxas musculosas e cheio de respostas prontas de tirar o fôlego era uma coisa, mas Gabriel era quieto, esquisito e... no fim das contas, *não* valia o esforço.

Mesmo que fosse querido com passarinhos.

— Ah, sim. As roupas sem graça e a falta de personalidade te encantaram — comentou Sidney, se levantando com um suspiro. — Vou dormir. E sugiro que vá se deitar também em vez de ficar olhando pela janela e fazendo drama como se estivesse num poema.

— Eu não faço essas coisas — exclamou, irritado.

Sidney revirou os olhos enquanto caminhava até seu catre e começava a tirar as botas.

Arthur deixou a janela aberta, foi para a cama e passou mais uma hora olhando dramaticamente para o dossel. Era algo bem menos romântico, mas muito mais fácil para o pescoço.

13

Atordoada, Gwen seguiu Bridget escada acima, saindo do silêncio da igreja. Tinha torcido para que a cavaleira se esquecesse de soltar seu braço, para que fizesse todo o percurso em direção ao ar noturno sob o aperto firme e seguro dela, mas a vida não foi tão gentil assim.

— Isso foi bem... enérgico — comentou, enquanto atravessavam as fileiras de bancos.

Bridget estremeceu.

— Hum... foi. Minhas desculpas. Parecia urgente te retirar da situação antes que alguém te reconhecesse.

— Não, não, eu quis dizer que foi... brilhante — reforçou Gwen, toda ofegante, e não apenas devido à velocidade em que estavam caminhando. — Queria ter esse tipo de... convicção e força e... *presença* como você.

— Ah — disse Bridget, ficando visivelmente mais tranquila. — Olha, eu treino combate desde bem novinha, e acredito que isso instigue certa... convicção.

— *Convicção*? Você é magnífica — disse Gwen, envolvida demais na conversa para sentir vergonha.

A feição de Bridget se contorceu numa expressão indecifrável. Ela pigarreou e, de mãos entrelaçadas às costas com formalidade, passou a olhar diretamente para a frente enquanto andava.

— Minha família é do reino de Sukhothai, e lá tem um estilo de luta que é muito diferente do que ensinam na Inglaterra. É mais direto, eficiente. Aprendi a lutar com o corpo inteiro, com os punhos, cotovelos e joelhos antes mesmo de ter pegado minhas primeiras armas. Meu pai nunca teve um filho homem, então em vez disso acabou me ensinando. Aprender a lutar assim deixa a gente... com mais consciência corporal e noção do que nosso corpo é capaz de fazer.

Gwen com toda a certeza tinha muita consciência corporal, só que do corpo de Bridget. Principalmente do hábito que a cavaleira tinha de alongar os ombros para relaxar os músculos dali. Era o que ela estava fazendo agora, e a princesa se distraiu a tal ponto com o movimento daqueles braços debaixo do casaco que a pergunta seguinte de Bridget lhe passou batida.

— O que eu estava querendo dizer — repetiu ao perceber a expressão corada e atordoada de Gwen — é que eu poderia te ensinar a manejar a espada. Se você quiser.

— Ah... não, eu não posso — respondeu a princesa, no automático.

Bridget assentiu, e por um tempinho as duas continuaram caminhando em silêncio enquanto atravessavam o átrio, onde os únicos sons eram o ruído de seus passos e o piar suave de uma coruja que foi incomodada. Por mais que quisesse aquilo, passar mais tempo com Bridget não poderia resultar em nada bom. E aprender a lutar, com todo o esforço físico que envolveria, a intimidade, o *suor* e vê-la tão de perto quando a cavaleira, com toda sua destreza, fosse lhe passar uma arma...

— Na verdade — disse Gwen, de repente. — Talvez... é. Eu iria gostar.

Bridget se aproximou solenemente.

— Ah. Que bom. Vou te procurar pela manhã.

Ao chegarem no castelo elas se separaram, e Gwen, atordoada, subiu as escadas. Caiu no sono pensando em Bridget, de pé entre ela e o resto do mundo, de braços cruzados e com os olhos incandescentes e desafiadores.

A manhã trouxe uma nova clareza de pensamento, e Gwen estava fazendo nós no cinto de seda quando Gabriel se sentou à sua frente na mesa de café da manhã da sacada, com cara de quem não havia pregado os olhos a noite toda.

— Você sabe o que está acontecendo? — perguntou ela, e por um instante seu irmão pareceu ficar confuso. — Com nossos pais. Faz dias que não vejo nenhum dos dois.

— Ah. Sim. Teve algum incidente em Ruthin na semana passada. Eles estão em reunião com a guarda local agora.

— O que tem em Ruthin? — perguntou Gwen quando um pajem chegou do nada carregando uma variedade de pratos de comida.

Gabriel o agradeceu e pegou uma toranja.

— *Maen Huail* — informou o irmão. — É um bloco de pedra no qual dizem que Arthur Pendragon decapitou um de seus inimigos. Os cultistas o tratam como um lugar sagrado.

— Que adorável — comentou a princesa, com a boca azeda por conta da fruta. — E aí eles...?

— Atacaram uma igreja de lá. Pelo que parece — respondeu Gabriel. — Só que estão falando que foi a igreja que os atacou. Ninguém se machucou, foram só uns arranhões e hematomas.

— Você ficou acordado até tarde com nosso pai, resolvendo essas coisas? — perguntou Gwen.

Gabriel se remexeu e depois coçou a nuca. Parecia quase culpado.

— Não — respondeu, por fim.

— Mas ficou acordado até tarde? — perguntou Gwen, pressionando-o. — Você está com cara de *acabado*.

— Ah, obrigado — respondeu Gabriel, tentando deixar o clima mais leve. — Eu fui para a biblioteca. E depois na falcoaria para dar uma olhada naquela corva, e... — Ele mordeu um pedaço de pão, como se estivesse se esforçando ao máximo para deixar o restante da frase para lá. — O Arthur... foi também.

— O Arthur foi ver um passarinho com você? — perguntou ela, com ambas as sobrancelhas arqueadas.

Se lembrava vagamente de ouvi-lo renunciando a todo e qualquer tipo de ave quando eram crianças.

— Foi — respondeu Gabriel, angustiado.

— Entendi. E como estava a corva?

— Bem. Muito melhor. Bem.

— Então, se você não ficou acordado até tarde resolvendo questões do governo e se a corva está bem (duas vezes bem, inclusive), então o que está acontecendo com você?

— Estou cansado — respondeu ele, e Gwen bufou.

— Não está cansado coisa nenhuma. Quer dizer, *sim*, está, mas você *vive* cansado. Você está... agoniado. O que está acontecendo?

Gabriel esfregou os olhos e passou a mão pelo cabelo. Seus cachos cor de cobre estavam bagunçados e eriçados na parte de trás, como se nessa manhã ele tivesse andado mexendo bastante nos fios.

— Por que é que *você* não me diz o que está acontecendo? — perguntou o príncipe, por fim.

— Não vem repetir o que eu acabei de falar, não. Isso não...

— Gwendoline — disse ele, devagar e com seriedade. — Por que você não me conta o que vem acontecendo?

Gwen fechou as mãos ao redor da toranja, o que foi uma textura bem desagradável de sentir. Um nó se formou em seu estômago, o que era ainda pior.

— Por quê? O Arthur te contou alguma coisa?

— A questão aqui não é o Arthur — respondeu Gabriel, e o vermelhão em suas bochechas não passou despercebido por ela. — É *você*. Você não esconde segredos de mim. Ou pelo menos... nunca escondeu antes.

Ele tinha razão. Gwen sempre confiara no irmão para tudo (não que houvesse muito o que contar, mas mesmo assim), e esconder essa questão não estava sendo fácil. Não apenas pelas últimas semanas, mas por anos, desde que ela vira Bridget amarrar o cabelo e alongar os braços pela primeira vez e ficara se perguntando o porquê de isso ser tão incrível. Normalmente, teria tentado entender essa problemática com ele, mas parecera invasivo demais, como se estivesse oferecendo seus próprios órgãos para que fossem examinados. Ter perguntado à mãe, aos treze anos, o que significava uma mulher amar outra mulher também não havia ajudado. A rainha parecera levemente alarmada, mas depois explicou para a filha que, muito embora a proximidade e as amizades íntimas deixassem algumas moças confusas, isso sempre era algo temporário, nada com que ela precisaria se preocupar. Nunca.

Claro, quando os sentimentos de Gwen se recusaram a serem temporários, as palavras da mãe a deixaram ainda mais preocupada.

Mas Gabriel não era sua mãe. Gabriel não a julgava. Gabriel a entenderia.

Ainda assim, ficou enjoada quando pigarreou e começou a falar.

— Quando te falei que eu e o Arthur tínhamos feito um acordo — começou, devagar —, era... Ele sabia de uma coisa. De uma coisa a meu respeito. Ou achava que sabia, e eu falei que ele estava errado, mas... ele não estava. Ele tinha razão.

— Certo — comentou Gabriel, parecendo ainda mais confuso.

— Eu quis... por um tempo, eu quis algo que não podia ter — continuou a princesa, e o desespero veio rastejando pela sua voz. — Quer dizer, você precisa entender que... eu sei que essa não é a vida que você teria escolhido para si.

O príncipe inspirou e expirou pelo nariz. A conversa não estava indo muito bem. Eles nunca haviam dito isso em voz alta de forma tão clara, nunca ousaram vocalizar que, na realidade, Gabriel não queria o trono. Era algo que seguia não verbalizado porque colocar para fora parecia o equivalente à traição, mesmo que Gwen não soubesse a quem estariam traindo.

— Eu nunca falei isso — respondeu Gabriel, rápido, o que fez Gwen se recostar na cadeira e suspirar.

— Não, eu... desculpa. Não foi isso o que eu quis dizer. Me deixa começar de novo. Eu não estou apaixonada de verdade pelo Arthur.

— Pois é. Eu sei.

— Bom... eu nunca gostei de ninguém assim, na realidade. Não do jeito certo, pelo menos. Mas ultimamente eu... é que apareceu alguém. Uma pessoa. Que não sai da minha cabeça. — Gabriel não falou nada. Ele tinha assumido uma feição um tanto fechada, e Gwen estava desesperada para superar aquela parte. — Por muito tempo, eu só fiquei tentando deixar isso para lá, mas nos últimos tempos ficou muito mais difícil. Só que...

não quero que você me veja com outros olhos, ou que as coisas mudem entre a gente. Eu não aguentaria.

Silêncio.

— É a lady... Bridget. Bridget Leclair. É ela quem... não sai da minha cabeça.

Gwen tinha esperado que ele fosse parecer chocado. Alguma parte de si tinha esperado que o irmão pudesse relaxar e abrir um sorriso. Que tivesse percebido que havia alguma coisa a distraindo e fosse ficar feliz pelo mistério ter se resolvido e pela irmã ter compartilhado essa parte de quem ela era. Se Gabriel soubesse, se a *entendesse*, e não se importasse, então não pareceria tão errado. Acalmaria um pouco do pânico e do arrependimento que ela sentia sempre que pensava na mãe dando tapinhas em sua cabeça e garantindo que o horror de *moças que amavam outras moças* nunca bateria na porta de Gwen, corrompendo-a.

Acontece que Gabriel não estava sorrindo.

— Mas... — disse ele. E, sem concluir a frase, abaixou a cabeça para encarar a mesa. — Tem certeza?

— Certeza? De quê? — perguntou Gwen, a garganta apertada de um jeito esquisito e as bochechas quentes. — Eu não sei como ter *certeza* de uma coisa que ainda nem sei o que significa. Mas eu gosto dela, sim, Gabe. E já faz um tempo. Sei que, no fim das contas, não tem nada que eu possa fazer, que daqui a pouco vou me casar com o Arthur e que tudo vai se encaixar, mas... nada disso impede que o sentimento exista de verdade.

Gabriel respirou fundo. Gwen continuava à espera de uma validação que não veio. Em vez disso, ele finalmente a encarou com algo nos olhos que estranhamente parecia mágoa.

— Acho que isso não é uma boa ideia.

— O quê? — A sensação era de que ela tinha levado um tapa: o mesmo choque, a mesma dor ardida, e o torpor ressonante que vinha em seguida. — Como assim? Eu sei que não é... o ideal, mas não foi uma *ideia* que saiu da minha cabeça. Acho que eu nem mesmo tenho escolha quanto a...

— Desculpa, mas eu não consigo... ouvir isso — disse Gabriel, levantando-se.

Gwen o encarou com lágrimas queimando nos olhos. Ele meneou a cabeça uma vez num movimento ligeiro e conciso, e depois se virou abruptamente sacada afora.

Gwen ficou ali, vendo-o sair, e permitiu que as lágrimas caíssem, livres, enquanto seu peito se apertava como uma prensa. Ela pressionou o polegar com força na base de uma das unhas, onde a pele estava vermelha e inflamada de tanto cutucar. A dor latejou, mas não ajudou em nada. A dor da mágoa era forte demais.

Ela voltou para seus aposentos como uma sonâmbula, e quando entrou viu que Agnes havia retornado. A dama de companhia não tinha voltado ali na noite anterior, e vê-la cansada, feliz e um tanto desgrenhada de repente se tornou a gota d'água.

— Onde foi que você se meteu? — vociferou Gwen. — Tive que me vestir sozinha, sabia?

— Ah... desculpa — respondeu Agnes, mudando de cor. — Fiquei na festa até bem tarde e depois eu... O Sidney e eu fomos dar uma caminhada.

— Pelo amor de Deus, Agnes, ele é um *guarda-costas*. Um serviçal comum. A posição que você ocupa é extremamente cobiçada por toda dama nobre da corte, como você já deve saber. Seu pai não te mandou para cá para você jogar tudo para o alto por um homem que... está sempre com as mangas sujas de *sopa*.

— Desculpa — repetiu Agnes, antes de se apressar quarto adentro.

Gwen se sentou com tudo na poltrona de leitura, pegou um livro, encarou-o e não leu coisa alguma. Ela não sabia o que mais lhe pesava: a devastação frente à falta de apoio de Gabriel, o jeito como ele a fizera se sentir uma *aberração* ou, então, a suspeita de que ela era, *de fato*, uma aberração. De que, de algum jeito, olhar para Bridget do modo como ela fazia era algo desonroso e de que ele estava certo em ter reagido com repulsa. Queria apagar tudo isso. Queria retirar tudo o que dissera e voltar para uma época em que era apenas a irmã que ele conhecia e amava, e não essa estranha para quem Gabriel olhara com tanta decepção.

Vergonha. Era esse o sentimento. Estava inundada pela vergonha. Parecia até que a humilhação estava coagulando o sangue de suas veias e se enraizando nos confins de suas entranhas.

É nisso que dá querer alguma coisa.

— A senhorita... A gente ainda poderia dar uma volta, que tal? — ofereceu Agnes, voltando na surdina dez minutos mais tarde.

— Agora já está tarde demais.

— O clima está bom... Ainda falta bastante tempo até o almoço, nós poderíamos...

— Já falei que está tarde demais! — vociferou Gwen.

O dia parecia arruinado. *Tudo* parecia arruinado. Agnes a olhava como um cachorrinho maltratado, mas isso não fazia com que a princesa ficasse com pena, apenas com que quisesse pegar ainda mais pesado. Era tudo tão *fácil* para Agnes: ela contava com um grupinho próximo de amigas, era amada pela corte num geral e, ainda por cima, agora tinha esse novo romance ridículo com Sidney. Simplesmente não era *justo*.

As duas passaram a hora seguinte num silêncio pétreo, até que alguém bateu à porta. Um guarda viera com uma mensagem e, depois de ouvi-la, Agnes, toda insegura, se aproximou da princesa.

— Ele disse que... — Ela fez uma careta, como se o conteúdo do recado fosse completamente indecifrável. — Ele falou que tem uma moça aqui para levar a senhorita até o pátio noroeste. Para... Para ensiná-la a lutar.

— Ah, meu *Deus* — disse Gwen, num suspiro. Depois de tudo o que acontecera com Gabriel, tinha se esquecido completamente daquilo. A ideia de encarar Bridget agora era quase insuportável, mas não poderia renegar a cavaleira que, com muita gentileza, abrira mão de sua manhã.

— Diz a ela que tem permissão para entrar.

A princesa deu uma olhada no espelho da parede e notou a trança feita de qualquer jeito sem a ajuda de Agnes e a expressão acabada em seu rosto. Era o que tinha.

Gwen suavizou a mandíbula, respirou fundo e foi ao encontro de Bridget.

Ela estava parada um pouco além dos guardas, de calça e camisa larga, e ignorando o fato de que todos a encaravam sem disfarçar. Do nada, Gwen se sentiu ridícula por toda a pompa de suas roupas, mesmo que estivesse usando apenas um vestido simples.

— Hum... oi.

— Bom dia, Vossa Alteza. A senhorita... não tem outra coisa para vestir? — perguntou Bridget, com a cabeça levemente inclinada enquanto avaliava a princesa.

Se estivesse mais bem-humorada, Gwen talvez tivesse gostado de ser avaliada, mesmo que suas escolhas de vestuário deixassem a desejar.

— Hum... na verdade, não.

— Bom... acho que não importa. Talvez seja até melhor aprender de vestido, já que a senhorita sempre se veste assim.

Em seguida as duas começaram a atravessar o corredor com alguns centímetros de distância as separando. Gwen acabou acompanhando o ritmo de Bridget, mas então desacelerou de propósito para que não parecesse que estava tentando andar sincronizada com a cavaleira.

Gwen já havia frequentado um treino de combate no pátio noroeste; ficara sentada na mureta comendo pãezinhos e balançando as pernas enquanto assistia a Gabriel treinar e esperava até que a aula terminasse para que pudessem ir brincar. Conforme crescera e caíra em sua própria rotina, parara de acompanhá-lo. Nunca nem lhe passara pela cabeça pedir uma espada de treinamento para si.

Ainda agora ela não tinha certeza de que queria aprender. Na noite anterior, se inebriara com a proximidade de Bridget, e ficara desesperada por mais um pouco daquilo. Na luz gélida do dia, a certeza que tinha era a de que essa coisa toda seria um desastre. Enquanto a cavaleira cumprimentava sir Dhawan, o mestre de armas, e pedia uma espada, Gwen ficou cutucando os dedos numa tentativa de dispersar o pavor crescente.

— Uma espada? Para a princesa? — perguntou sir Dhawan, de cenho franzido.

— Sim. Ela quer aprender o básico do combate.

— Bom... — disse o mestre de armas devagar, olhando em volta como se esperasse ver o pai dela aparecer do nada. — Sinto muito, mas vou ter que perguntar ao rei. Arrumar umas permissões especiais. Não é o tipo de coisa que nós costumamos...

— É para uma peça — disse Gwen de repente, desesperada para que a conversa se encerrasse o mais rápido possível. — É para uma peça que estou montando. Para o aniversário do meu pai. Você não vai estragar a surpresa, vai?

— Não — respondeu sir Dhawan, ainda desconfiado, mas sem disposição para chamar a princesa de mentirosa. — Bom. Acredito que... não.

E, sem mais delongas, entregou à Bridget as espadas sem ponta.

— A senhorita já segurou uma espada antes? — perguntou Bridget, quando haviam se realocado até o centro do pátio.

— Não — respondeu Gwen, angustiada, agarrando a arma com cuidado e deixando a ponta se arrastar contra as paralelepípedos. — Acho que é meio óbvio, né.

Bridget sorriu e arqueou uma sobrancelha.

— A senhorita está segurando a espada como se ela fosse mordê-la.

— E não vai?

— É improvável — respondeu a cavaleira, ajustando a própria empunhadura. — A menos que seja uma espada amaldiçoada e *mágica*.

— E como é que eu vou saber que não é amaldiçoada?

— Segura assim, isso, olha os meus dedos. Assim mesmo. Agora vai. Se não abriu um portal para o inferno, acho que não vai ter problema.

Sem querer, Gwen deu uma risadinha, encorajada pelas orientações firmes e bem-humoradas de Bridget. A princesa não sabia ao certo o que estava esperando, mas não era isso. Experimentando, ela golpeou com a espada.

— Muito bem. Primeiro a senhorita precisa se acostumar com o peso. Deixa os pés alinhados com os ombros e põe essa perna para a frente. Olha para mim... faz que nem eu.

Gwen *estava* olhando para ela. Bridget facilmente havia assumido a pose de combate que Gwen tantas vezes vira durante o torneio. Nela parecia bem natural, como se tivesse nascido para isso. Seus olhos tinham se fixado em Gwen e sua expressão estava séria enquanto a esperava imitar seus movimentos. *Meu Deus do céu*, pensou a princesa, sedenta. *Tomara que ela me dê uma facada.*

Bridget ajeitou ligeiramente a postura.

— Hum... é que a senhorita só está parada aí.

— Ah. Verdade. Desculpa — disse Gwen.

Então levantou a espada de novo para imitar a pose de Bridget, ciente de que provavelmente parecia ridícula.

— Muito bem. Não se inclina para a frente com o pé dianteiro. Deixa o peso bem distribuído. Olha para os meus pés e não para o meu rosto, Vossa Alteza.

Gwen ficou vermelha e se ajeitou um pouquinho.

— Por favor, me chama só de Gwen. E para com essa coisa de "senhorita" também. Assim?

— Isso. Gwen. Agora é só... Tenta me acertar.

— Hum. Está bem.

Gwen tentou um golpe atrapalhado para a frente. Fez o melhor que pôde para aplicar um pouco de força e, quando a espada de Bridget, quase com preguiça, se adiantou para bloqueá-la, a colisão emitiu um tinido alto e fez uma onda de choque reverberar por seu braço. A recompensa foi um sorriso sincero da cavaleira, que deslumbrou Gwen por um breve instante e logo desapareceu. Esse sorriso também reverberou.

— Muito bom. Cuidado para não fazer um movimento amplo demais. Vamos de novo.

— O seu pai realmente não se importava de ensinar isso para uma menina? — perguntou Gwen quando suas espadas se encontraram, já mais ofegante do que o normal. — Ou... com você virar uma cavaleira? Com nada disso?

— Não — respondeu Bridget, com a respiração perfeitamente controlada. — É bem capaz de os meus pais serem as únicas pessoas da Inglaterra que não se importam com isso. — Houve uma pausa breve quando Gwen deixou a espada cair. Ela a recuperou e, enquanto tentava se lembrar de onde seus pés deveriam ficar, ajeitou o cabelo para trás da orelha. — As pessoas ficaram muito... incomodadas quando eu quis virar escudeira, e foi pior ainda quando entrei nas justas. Me recusaram por anos. Inclusive nos torneios locais, onde deixavam até um cachorro participar se ele conseguisse ficar de pé nas patas traseiras por tempo suficiente para cumprir o regulamento.

— Meu Deus. Então por que foi que... você continuou?

— Porque era o que eu queria — respondeu Bridget, como se fosse a coisa mais simples do mundo. — Assisti a meu primeiro torneio quando tinha quatro anos, sentada nos ombros do meu pai, e na mesma hora soube que era o que eu queria fazer da vida. Nós treinamos juntos por anos. Eu é que não iria desistir só porque uma pessoa me disse *não*. Deixa o braço um pouquinho mais para cima. — Gwen obedeceu, e Bridget parou por um momento. — Quer dizer, não foi só uma pessoa, no caso foi um monte de gente. Mas o que é que eles sabiam de mim além do que deduziam quando me olhavam? Eu sabia que era capaz. Então fui lá e fiz.

Gwen afrouxou a espada.

— Você é... incrível.

Bridget assumiu uma expressão esquisita. Parecia até que estava suprimindo múltiplas emoções ao mesmo tempo.

— Eu não te falei para deixar o braço mais para cima?

Gwen se esqueceu de Gabriel. Se esqueceu do mestre de armas, que as observava da lateral do pátio. Ela se perdeu na dor satisfatória de movimentar músculos que nunca havia usado na vida; perseguiu a centelha que queimava na boca de seu estômago toda vez que Bridget sorria ou falava que ela estava indo bem. Quando a cavaleira, com um brilho de satisfação nos olhos, se aproximava para repelir os golpes fracos da princesa ou parava para pressionar as mãos firmes e ásperas em Gwen a fim de ajeitar sua empunhadura no cabo da arma, era impossível pensar em qualquer outra coisa.

Meia hora mais tarde, quando Bridget se distraiu olhando para sua postura e não para a espada, Gwen conseguiu invadir suas defesas, tocando a ponta da lâmina com leveza no peito de lady Leclair e, genuinamente empolgada, sorriu.

— Ganhei.

Antes mesmo que terminasse de falar, sentiu alguma coisa se enganchar em seu calcanhar, uma mão apoiar sua lombar para aliviar o tombo, e então caiu deitada nos paralelepípedos, olhando para a espada não amolada de Bridget acima.

— Meus parabéns, Vossa Alteza. Não, não, paradinha aí. — Gwen tentara se levantar, mas a cavaleira a estava mantendo plantada no chão sob a mira da espada. A princesa semicerrou os olhos. A resposta de Bridget foi arquear as sobrancelhas e deixar que a ponta da lâmina a tocasse no queixo com gentileza e o levantasse só um pouquinho. Gwen a encarava tentando segurar um sorriso. — Fica aí embaixo que eu te mostro como levantar.

Pouco depois, Gwen estava ofegante, rindo e tirando uma mecha suada de cabelo da frente do rosto enquanto Bridget mais uma vez a ensinava como fazer o truque do calcanhar quando ouviu uma voz atravessar o pátio e no mesmo instante congelou.

— Sidney, pelo visto estou tendo a alucinação mais *vívida* de todas — disse Arthur, se reclinando contra a arcada ao lado de Sidney, que estava de braços cruzados.

— Que nada — disse o outro rapaz. — Estou vendo também.

— Será que dá para vocês irem fazer gracinha em outro lugar? — perguntou Gwen, limpando a testa com as costas da mão de um jeito tão impróprio que sua mãe teria um surto se tivesse visto.

— E ela fala — disse Arthur. — É mesmo a princesa da Inglaterra que estou vendo diante de mim, com uma espada enorme?

— Enorme e perigosa — respondeu Gwen, num tom que torcia para que soasse ameaçador.

— Pelo visto eu interrompi a reunião inaugural da convenção para mulheres bizarras de tão altas. O que foi que aconteceu aqui? Quem desafiou quem? É por causa de dinheiro, né? Ou alguma xingou a esposa da outra?

— Ui. É terrível quando colocam as esposas no meio — disse Sidney, meneando a cabeça, todo sério.

Com uma expressão indecifrável, Bridget olhou de Arthur para Gwen e depois de volta para Arthur.

— Por que é que você não vem aqui? — perguntou a princesa, com toda a gentileza. — Para eu te espetar que nem uma azeitona?

Arthur ajeitou a postura.

— Sidney — disse ele, cheio de pompa. — Pega a minha espada.

Sidney parecia despreocupado.

— Você não trouxe espada nenhuma.

— Pega *alguma* espada, então.

— Deixa comigo. — Resoluto, Sidney foi até sir Dhawan. Houve uma breve algazarra de discussão, mas ele acabou voltando com uma arma. — Não vá arrancar o rosto fora.

— Não vou arrancar meu... Dá isso aqui — exclamou Arthur, agarrando a espada.

— Você não pode lutar com a princesa — argumentou Bridget. — Seria extremamente injusto, já que ela começou agora. Mas eu assumo o lugar dela.

Gwen sorriu para a cavaleira, e a piscadela inesperada que recebeu como resposta a derreteu toda por dentro.

Arthur empalideceu.

— Hum... vou duelar com o Sidney, na verdade.

— Vai, nada. O *Sidney* aqui vai se recostar nessa parede e tirar um cochilo.

— Não tem problema ficar com medo — provocou Bridget, a voz baixa, como se quisesse preservar a dignidade dele.

Gwen deu uma risadinha.

— Ah, então tudo bem — disse Arthur, ajeitando a postura e colocando o longo cabelo para trás dos ombros. — Só vê se não vai ficar de chororô.

— Se você não ficar, eu também não fico — respondeu Bridget enquanto o via se aproximar.

Com rapidez, Gwen foi até a parede e ficou ao lado de Sidney para assistir.

A princípio, até pareceu que Arthur aguentaria o tranco, mas essa ilusão foi estilhaçada assim que ele tentou golpear. Num movimento tão rápido e repentino que Gwen, de algum jeito, teve a impressão de nem ter enxergado, Bridget o desarmara e, sem nada da gentileza que tivera com Gwen, o derrubara de costas.

— Quer tentar de novo? — perguntou a cavaleira.

— Eu quero é marcar um exorcismo — disse ele, de saco cheio, enquanto se esforçava para levantar. — Você nitidamente está possuída pelo espírito de um... sujeito gigantesco com uma espada.

— É que eu treino — respondeu ela, dando de ombros e se divertindo. — *Muito*.

— Bom, mas de qualquer forma não é justo — argumentou Arthur, num tom arrogante. — Não posso pegar pesado porque você é mulher.

— Mas que pena. Talvez Vossa Alteza, o príncipe, seja um oponente mais digno — disse Bridget, apontando com o queixo.

Gwen se virou e viu Gabriel parado numa entrada do outro lado com um livro nas mãos, observando-os com uma expressão perplexa. Bridget fez uma reverência contida, e ele, distraído, acenou com o livro para indicar que ela podia ficar à vontade.

Gwen sentiu a bile lhe subir a garganta ao vê-lo, e o irmão parecia estar tão horrorizado quanto ela. Durante toda uma hora gloriosa, a princesa conseguira esquecer a conversa que haviam tido, mas a expressão no rosto de Gabriel estava trazendo tudo de volta com uma urgência dolorosa.

— Que tal? — perguntou Sidney, se afastando da parede para ajeitar a postura. — Devo pegar uma espada para o senhor, Vossa Alteza?

Gwen segurou o ímpeto de revirar os olhos. Ele *nunca* era educado assim com ela.

— Não — respondeu Gabriel, olhando para trás. — Eu só estava...

— Vossa Alteza — disse sir Dhawan que, de algum jeito, conseguia fazer uma reverência enquanto caminhava. — É um prazer ver o senhor. Já se passaram semanas... Vamos só...

Ele estalou os dedos e um garoto veio correndo com uma espada.

— Certo — disse o príncipe.

Ele pegou a espada no impulso para não ser grosseiro e ficou encarando-a como se não fizesse ideia de para que servia.

— Seu pai me falou ontem mesmo que o encorajaria a voltar a treinar diariamente. Temos armaduras novas também, caso o senhor deseje experimentar. Banhadas a ouro, do jeitinho que o lorde Stafford pediu.

— Ah... claro — disse Gabriel, parecendo encurralado.

— O senhor gostaria de treinar comigo, Vossa Alteza? Ou... posso chamar um escudeiro.

— Não precisa — disse Sidney, com um sorriso afável. — Ele vai lutar contra o Arthur.

Arthur estava encarando Sidney com um olhar assassino, mas o guarda-costas parecia tranquilíssimo.

— Esplêndido! — comentou sir Dhawan. — Muito bem, Vossa Alteza. Mostre para ele como se luta em Camelot.

Sendo assim, como se estivesse torcendo para que alguém fosse aparecer e chamá-lo para algum compromisso urgente, Gabriel deu mais uma olhada desesperada para a fortaleza do castelo, mas então suspirou e ergueu a espada.

14

Arthur estava bastante confuso com a situação em que se metera. A visão de Gabriel empunhando uma espada com certeza não ajudava.

A necessidade de quase sempre estar entretido era, em sua opinião, um de seus poucos defeitos. Até pouquíssimo tempo atrás, a coisa mais divertida a respeito de Gabriel era seu jeito estranhamente quieto e sua relutância à realeza.

Agora ele era alguém que bancava a babá de corvos, segurava a espada como um especialista e beijava os outros de madrugada antes de sair correndo logo em seguida. Nesse momento, ao vê-lo erguer a espada de um jeito que devia ter sido enraizado por anos de treino, Arthur ficou imaginando os músculos esguios que deviam estar escondidos por baixo daquelas roupas.

Era tudo um tanto perturbador.

— O objetivo é acertar ele com a espada — informou Sidney.

— É. Valeu, Sid.

À sua direita, Gwen e Bridget treinavam de novo. Os sons da cavaleira a instigando, fazendo pequenas correções, e as provocaçõezinhas que para Arthur pareciam *cheias* de segundas intenções serviam apenas para deixar o silêncio entre ele e Gabriel ainda mais gritante.

Arthur ergueu a espada. Seu punho ruim cedeu um pouco, e ele tentou apertar a empunhadura com mais firmeza para compensar.

— Certo, então. Será que...

Gabriel já havia avançado, e cada um de seus movimentos era perfeito. Arthur conseguiu bloqueá-lo, mas estava todo atrapalhado, e poucos segundos mais tarde o príncipe tocou a ponta da espada com leveza em seu ombro.

— Ah.

A expressão de Gabriel era completamente neutra. Arthur levantou o braço bem quando o príncipe atacou de novo, e por pouco conseguiu desviar.

— *Merda*. Você não tem cara de que luta bem, sabe. Que coisa mais ardilosa.

— Por quê? — perguntou Gabriel, baixinho.

— Bom. Você foi feito para ler — respondeu Arthur, e suas palavras foram marcadas pelo som de lâmina contra lâmina. — Para ler... numa sala escura... até ficar coberto por uma fina camada de poeira.

— Eu sou bom nisso aí também — disse o príncipe, tentando derrubar a espada do adversário.

Arthur bloqueou o ataque, se aproximou e forçou a espada de Gabriel para trás.

— Eu sei que é — disse ele, com a voz baixa. — E em outras coisinhas também.

Às costas, deu para ouvir Sidney emitindo um barulho ligeiro e sufocado.

Na mesma hora, Gabriel se afastou, jogou a espada no chão, o que causou um ruído, e saiu.

— Acho que você ganhou — disse Sidney.

Bridget e Gwen tinham parado para vê-lo ir embora. A princesa parecia estar almoçando um de seus próprios dedos enquanto, de cenho franzido, observava o irmão partir.

— Vossa Alteza? — chamou o mestre de armas, parecendo bem decepcionado.

— Deixa comigo — disse Arthur. — Sid, que tal você lutar com a lady Bridget por mim enquanto eu não volto, hein?

Arthur pressionou a espada de treino na mão de Sidney e saiu em disparada atrás do príncipe.

Gabriel tinha pernas muito mais compridas e tinha chegado até o pátio da entrada sul do castelo quando Arthur o alcançou.

— Saindo para dar uma caminhada espontânea? — perguntou Arthur, ofegante. Gabriel parou, mas não se virou para encará-lo. — Ou... para cavalgar?

Eles estavam quase nos estábulos. Enquanto Arthur olhava, um cavalariço guiava um belo palomino para fora da baia para que fosse selado no pátio.

— Não — respondeu o príncipe, num tom que o fazia soar como se estivesse a mais de mil quilômetros de distância.

— Acho que a gente devia conversar — disse Arthur, decidido.

Gabriel não concordou, mas também não saiu dali. Arthur tentou pegar em seu braço na intenção de guiá-lo para os estábulos. O príncipe se esquivou do toque, mas o seguiu mesmo assim.

Os dois localizaram uma baia vazia que estava fresquinha e tinha cheiro de cavalo e o doce aroma de feno. Arthur fechou a porta com firmeza e então, de um jeito um tanto cômico, se deu conta de que precisava fechar a metade de cima também, o que os deixou numa escuridão quase absoluta.

— Sempre num galpão, né — comentou, pensativo.

— Quê? — perguntou Gabriel.

— Deixa para lá. Hum... Oi.

— Oi — respondeu o príncipe, tenso. Houve um longo momento de silêncio, acompanhado pelos sons dos cavalos bufando e pisoteando o chão nas baias vizinhas. — Você queria falar alguma coisa?

— Queria — respondeu Arthur, e cruzando os braços se desviou com destreza de um monte de estrume. — Você não para de fugir.

— Não paro?

O príncipe ficava trocando o peso de um pé para o outro enquanto olhava com afinco para a porta.

— Duas vezes em dois dias.

— Não sei se isso conta como um padrão de comportamento.

— Você está tentando fugir de novo neste exato momento — apontou Arthur.

— Olha, eu estou diante de um monte de estrume, e preferiria não estar — respondeu Gabriel, de repente soando irritado. — O que você quer de mim, Arthur?

O príncipe pareceu perceber de imediato como essa pergunta era cheia de significado, porque, mesmo na relativa escuridão do estábulo, Arthur o viu ficando todo vermelho.

— Assim, eu não quero nada, na verdade. Só achei que... você pareceu meio abalado com o que aconteceu ontem à noite. E, sério, não tem necessidade. Não foi nada de mais. Não estou esperando um pedido de casamento. Como todo mundo sabe, eu já estou comprometido.

— Um pedido de... — Sem concluir a frase, Gabriel olhou para Arthur e depois tratou de afastar o olhar rapidamente.

— Não vou contar para ninguém. *Óbvio*. Então seja lá qual for a crise pela qual está passando agora, é desnecessária.

Com o cenho franzido e sem conseguir acreditar, Gabriel o encarou.

— Você não pode estar falando sério.

— É bem raro — admitiu Arthur —, mas neste momento estou, sim.

— Pode até não parecer um problema para você — o príncipe pressionou a parte de baixo da mão contra a testa —, mas eu tive muito tempo para pensar nisso. E é um problema, *sim*. Só porque você não é...

— Herdeiro do trono? — completou Arthur. — Não. Mas não é disso que estou falando.

— Não é?

— *Não*. Quer dizer, tudo bem, tem esse pequeno detalhe de casamento, sucessão e coisas assim caso as damas não acredi...

Gabriel bufou, incrédulo.

— *Pequeno detalhe*?

— Olha — exclamou Arthur, sem paciência. — Não estou tentando fingir que é a coisa mais fácil do mundo. O que quero dizer é que não dá para decidir quem você passará a noite beijando — Gabriel estremeceu nesse momento e afastou o olhar — com base no que isso significa para a *Inglaterra*. Você tem que se decidir levando em conta o modo como... você se sente. Se eu tenho certeza disso? Sei lá, só estou improvisando.

— Não tem como separar essas duas coisas — respondeu o príncipe, baixinho. — Eu *sou* a Inglaterra.

— E eu sou o noivo da sua irmã — respondeu Arthur, com sinceridade, e arqueou uma sobrancelha. — Todo mundo tem uma cruz para carregar...

— Ela não é a sua *cruz* — disse Gabriel, num tom incisivo.

— Hum. Certo. Mas você pode ser o rei e ainda assim ter o que *quiser*, sabe? Tem vários jeitos de...

— Não vou ter essa conversa. — Em seguida Gabriel atravessou a baia em direção às portas e as abriu com força, sem nem um pouco da dificuldade pela qual Arthur passou para fechá-las. — Só deixa isso para lá. Não faz diferença. Foi... vamos só fingir que não aconteceu.

— Está bem — respondeu Arthur, abandonado ali com as partículas douradas de poeira que espiralavam à sua volta, e já ciente de que não fingiria coisa nenhuma.

Quando voltou para o pátio de treinamento, Gwen e Bridget tinham sumido. Sidney realmente parecia ter caído no sono recostado contra a parede, e a espada emprestada estava esquecida a seus pés.

Arthur se inclinou até ficar o mais perto possível do rosto dele sem tocá-lo e deu um berro. Sidney acordou na mesma hora, batendo a cabeça na parede com um "*Jesus Cristo!*" abafado, e deslizou até acabar sentado.

— Não deu muito certo? — perguntou, irritado, enquanto estremecia ao esfregar a nuca.

Arthur se sentou a seu lado.

— Não.

— Que bom que você não gosta dele, então.

— Não. — E a resposta não parecia nada convincente nem mesmo para o próprio Arthur. — Não gosto. Mas ele me intriga. E ele parece ser do meu grupinho, sabe? Tenho que o ajudar. Dizer a ele que não precisa ser um carneirinho desgarrado que fica roubando beijos escondido e depois morrendo de agonia por causa disso.

— Ah — disse Sidney, com ar de sabichão. — Você só quer que ele te segure igual a um filhotinho de corvo.

— Ah, vai para o inferno. Não é *assim*.

— Olha, para começo de conversa, não acredito muito em você. E, além disso, você não acha que devia respeitar o tempo de cada um?

— Eu respeito, desde que seja o mesmo tempo que o *meu* — disse Arthur, enquanto se levantavam. — Do meu jeito é muito melhor. E mais prático.

15

— Bom dia! — disse o rei para Gwen assim que a filha se sentou para tomar café da manhã alguns dias mais tarde. Ele parecia exausto, mas estava sorrindo mesmo assim. A perturbadora pilha de correspondência de sempre continuava intocada. — Um dia glorioso para uma caçada.

A princesa sabia que o pai estava tentando reformular o dia de caça como uma oportunidade para a família passar um tempo junto, já que ultimamente eles andavam se vendo tão pouco. Mas, na realidade, se tratava de um evento político, uma forma de entreter um duque influente que viera fazer uma visita acompanhado de sua corte. Mesmo assim, ela tentou sorrir, muito embora sentisse o coração apertado a cada segundo que passava sentada em frente a Gabriel e ao abismo enorme e intransponível entre os dois.

Gwen sentia saudade dos cafés da manhã tranquilos de antigamente, antes de seus pais terem ficado tão ocupados e sua vida ter começado a desmoronar. Seu pai sabia que ela gostava de frutas cítricas e ele costumava empurrar as travessas de groselhas e amoras até seu lado da mesa. Saudade do jeito com que ele ficava olhando para alguma lista ou livro-razão até que ela puxasse os documentos de sua mão e os entregasse a Gabriel, que entenderia tudo de imediato. Saudade até mesmo da forma com que a mãe reclamava das habilidades manuais de Agnes e insistia em refazer o cabelo da filha.

— A gente vai caçar? — perguntou Gabriel, erguendo os olhos do livro que andava lendo.

— O duque de Lancaster está chegando — respondeu a rainha. — E está trazendo o filho, um jovem Lancelot, eu acho... E as três filhas.

Ela encarou o príncipe com afinco. Em circunstâncias normais, Gwen teria trocado um olhar com o irmão e se unido com ele contra as tentativas casamenteiras da mãe.

— Certo — disse Gabriel, voltando a olhar para o livro. — Que bom.

— Você vai vir também, Gwendoline, é claro — acrescentou o rei, e Gwen fez uma careta.

— Para entreter o cortejo de filhas dele? O senhor sabe que eu não levo o menor jeito para essas coisas, pai.

— Não só as filhas — corrigiu a rainha. — Convidamos várias outras famílias que também estão visitando a corte. Terá muitos jovens.

— Ah. Entendi. — Gwen esperou pelo que torceu que fosse tempo o bastante e tomou um longo gole de limonada para evitar de falar rápido demais. — A... hum... A lady Leclair estará lá?

Pelo canto do olho, viu Gabriel tirar a mão do livro.

— Sim — respondeu a rainha, com um suspiro. — Acredito que sim.

— Ah. Que... bom.

Gwen não gostava de caçar. Gostava de uma breve caminhada assim como qualquer pessoa, a menos que essa outra pessoa fosse seu irmão, porque nesse caso seu gosto estaria acima da média, mas caçadas envolviam esperas excessivas e conversas intermináveis e chatas com a filha de fosse lá quem era o amigo de seu pai a quem deveria fazer companhia.

Normalmente, se Gwen e Gabriel suspeitassem de alguma situação armada, ela talvez se enfiasse no meio para ajudá-lo: interrompia conversas particulares, pisava de propósito no lenço da filha de algum visconde que, por conveniência, o havia deixado cair para que o príncipe pegasse. Mas agora os dois pareciam muito distantes de tudo isso.

Nunca tinham passado tanto tempo assim sem se falar — nunca brigaram de verdade além das reprovações gentis dele quando Gwen ficava irritadinha demais e algumas demonstrações mais violentas de carinho por parte dela quando Gabriel dormia na biblioteca e se esquecia de almoçar —, e cada segundo disso parecia corroer as entranhas de Gwen.

Na realidade, a princesa não fazia a menor ideia de como proceder sendo que *ele* a havia magoado, porque o irmão nunca fizera isso. Não havia precedente nenhum. Ela tinha certeza de apenas uma coisa: se tivesse que o esperar processar exatamente o que sentia, para assim procurá-la para conversar e resolver a questão, Gwen provavelmente ficaria esperando por um bom tempo.

O rei enfim desistira e pegara a primeira carta. Enquanto Gwen o observava, a expressão do pai foi ficando cada vez mais perplexa.

— O que foi? — perguntou ela.

Gabriel passou a prestar atenção também, seus olhos vagando do rosto do rei para a carta em suas mãos.

— Meu primo foi visto perto do Castelo Skipton — disse ele, trocando um olhar com Gabriel. — Agora o lorde Stafford nunca mais vai nos deixar em paz.

— Por quê? — perguntou Gwen, com o garfo na frente da boca.

— Stafford falou que devíamos nos preocupar — contou o rei, com cuidado — porque alguém poderia se aproveitar das revoltas cultistas do norte para instigar os descontentes. Ele anda vigiando de perto qualquer movimentação incomum. E por Skipton ficar um pouco mais ao norte para o meu gosto, com certeza é bem longe das terras de Willard.

— O senhor acha que o lorde Willard está tramando alguma coisa? — perguntou ela. — Mas faz anos que vocês firmaram paz!

— Eu *não* acho que ele está tramando nada — respondeu o rei, com um suspiro. — Ele me enviou uma carta faz pouco tempo, inclusive, para alertar a respeito de uma agitação perto de Carlisle, e foi graças a ele que conseguimos cortar o mal pela raiz. Até onde sabemos, meu primo tem amigos naquela região e simplesmente foi convidado para jantar no castelo. Mas acontece que Stafford está praticamente obcecado pelo norte, e isso com certeza só vai piorar a situação.

— Ele vai querer fazer uma reunião antes da caçada — apontou Gabriel, com relutância, enquanto fechava o livro.

— Vai — concordou o rei. — Bom. Então vamos. E, Gwendoline, fale com Rowan a respeito do seu pássaro antes de partirmos. Vi esse coitado ontem e parece que a ave tomou uma direção meio... selvagem.

— Ele não gosta de mim — disse Gwen, olhando com apreensão para o esmerilhão aparentemente agitado.

— É porque a senhorita nunca o visita — respondeu Rowan, o Falcoeiro Chefe de aspecto saudável, xucro e de meia-idade que sempre parecia incomodado quando a via se aproximando. — Pássaros gostam de conhecer a gente. E faz seis meses que ele não vê a senhorita. Você praticamente virou uma estranha.

— Entendi — disse Gwen e, nervosa, estendeu a mão. — Oi, Beowulf. — Ela escolhera o nome depois de uma longa visita de um bardo itinerante. Parecia ridículo agora, levando em consideração esse montinho de penas pequeno e furioso, mas já era tarde demais para trocar.

— Sem movimentos bruscos — aconselhou Rowan, num tom reprovador. — E eu não deixaria os dedos no alcance dele se fosse a senhorita.

— Tudo bem — disse a princesa, angustiada. — Tem alguma parte de mim que eu *possa* deixar perto dele?

O falcoeiro a analisou.

— Não — respondeu ele, com firmeza. — Pode levar um dos meus rapazes. Eles vão cuidar dele para a senhorita.

— Perfeito.

Ao contrário de Gabriel, Gwen não tinha a menor afinidade com animais, e seu interesse na falcoaria começara e terminara ao escolher um novo pássaro aos catorze anos. Ela desistira assim que descobriu que aves requerem muito treinamento e também a habilidade de saber lidar com ímpetos repentinos e incompreensíveis de violência.

Os nobres visitantes estavam começando a preencher o pátio, e Gwen foi na surdina até a sombra de uma parede para que não fosse arrastada para alguma conversa com alguém insuportavelmente chato até que não tivesse mais escolha. Conversando com seu pai, viu um homem com roupas exageradas, o qual provavelmente era o duque de Lancaster, e logo atrás dele três garotas bonitas de cabelo escuro, todas vestindo tons variados de vermelho e rosa. Gwen imediatamente olhou em volta para verificar se Gabriel as tinha percebido.

O irmão estava do outro lado do pátio, com Edith, a falcoa-peregrina empoleirada em sua mão enluvada. Ele conversava com a ave num tom confidencial e com uma expressão séria. Em circunstâncias normais, essa cena teria feito Gwen sorrir.

— Vossa Alteza — disse alguém muito perto de seu ouvido. Gwen deu um pulo, se virou e viu Adah, a amiga de Bridget do Dia de Morgana, dando-lhe um sorriso cheio de expectativa. — Por que a senhorita está se escondendo? Posso fingir que não te vi, se for ajudar.

— Ah — respondeu Gwen. — Não. É que... Bom, acho que eu estava me escondendo mesmo.

Adah vestia uma peça que era tão funcionalmente diferente de um vestido quanto possível, embora tecnicamente ainda fosse um. Estava com luvas de couro pesadas nas mãos e uma pena presa no ombro. Um breve lampejo de reconhecimento passou pelo rosto dela e, de repente, Gwen se lembrou de que, na última vez que a vira, estava fingindo ser uma prima distante de Bridget.

— Ah, sim — disse Adah. — Winifred.

— Hum... pois é — respondeu Gwen, encarando-a com uma expressão arrependida.

— Olha, mas a senhorita fez um péssimo trabalho atuando — comentou ela, animada. — Eu sabia que você não era prima da Leclair de *verdade*. Enfim, o seu é o esmerilhão, né?

— É. Ele me odeia.

— Ah, não fala assim — exclamou Adah, sorrindo de novo. — Ele odeia todo mundo. É um ranço igualmente distribuído. Vou pegá-lo e podemos lembrá-lo de que é você quem tem os petiscos.

Em seguida ela foi à procura de Rowan para reivindicar Beowulf. Sozinha, Gwen ficou aliviada e apavorada na mesma medida ao ver Bridget se aproximando pelo outro lado do pátio, aparentemente desconfortável num vestido verde-escuro simples. Alguém (certamente não o seu *escudeiro*, mas então quem?) trançara boa parte de seu cabelo, então os fios não ficavam cobrindo seu rosto.

— Bom dia. Está dolorida? — perguntou a cavaleira assim que a alcançou.

— Como assim? — disse Gwen, perplexa.

— Do treino — explicou Bridget, baixinho. — Você deve estar toda dolorida.

— Ah! Estou, sim. — E estendeu a mão para movimentar o punho num pequeno círculo. — Um pouco.

Na verdade, Gwen tinha sentido muita dor. Músculos que ela nem sabia que existiam pareciam ter se despedaçado só por causa de uma ou duas horas de atividade e a deixaram dura e cheia de espasmos por dias. Mas cada pontada a lembrara do toque da mão de Bridget, da sobrancelha arqueada e dos sorrisos concedidos quando acertava alguma coisa, da ponta da espada beijando seu queixo, e então Gwen as celebrara como se fossem souvenirs.

— Você devia se alongar — sugeriu a cavaleira, que estendeu o braço para pegar a mão da princesa, mas parou no último instante. — Posso?

— Hum — chiou Gwen. — Acho que pode?

— Assim, ó — disse, gentilmente dobrando a mão de Gwen para trás até que ela sibilasse por entre os dentes. — Desculpa. Doeu?

— Não — mentiu Gwen. — É bom.

Essa segunda parte, pelo menos, era verdade.

— Me falaram que eu poderia adquirir um pássaro — falou Bridget, soltando-lhe a mão e olhando para os assistentes do falcoeiro, que traziam vários gaviões com expressões descontentes e os entregavam para seus donos temporários. — Quer dizer, me falaram que *cavaleiros* poderiam adquirir uma ave. É bem provável que não estivessem falando de mim, mas vou usar esse detalhe a meu favor.

— Ah, nem se preocupa com isso. Pode usar o meu. Ele me odeia.

— Já chega desse dramalhão — repreendeu Adah, que havia retornado com Beowulf no braço. Por instinto, Gwen deu um passo para trás. — Bom dia, Leclair. Olha, Vossa Alteza... ele é uma ave. A única exigência que tem para ser bem-comportado com os outros é que lhe deem comida e que não sejam uma ave muito maior que possa dar uma surra nele. Ele não te odeia. — Vindo de qualquer outra pessoa, isso poderia ter parecido uma repreensão, mas foi tudo dito com carinho e bom humor. Beowulf, por outro lado, sem dúvida alguma estava com ainda mais cara de poucos amigos.

No centro do pátio, o rei portava sem desconforto nenhum sua enorme falcoa-gerifalte, Viviane. Ele deve ter dado algum sinal para a multidão ali reunida, porque todos começaram a se mover, ao mesmo tempo, em direção à ponte levadiça que atravessava o lado norte do fosso, guiados pelos cães de caça exuberantes. Em outra época do ano, poderiam ter começado a caçada assim que deixassem as muralhas do castelo, mas a área do torneio e a grande extensão de terra ao lado reservada para o acampamento dos participantes de fora e espectadores tinham dividido o terreno do lado externo. Um bosque, que se expandia até virar uma floresta de verdade conforme avançava para o norte, formava uma barreira natural entre os alojamentos à esquerda e os prados à direita. O falcoeiro e seus funcionários corajosamente tentavam manter as aves felizes e calmas enquanto o grupo adentrava na floresta. Beowulf parecia mais do que satisfeito em ficar empoleirado no braço de Adah enquanto olhava os arredores.

— Nunca vi tanta gente assim vindo para o torneio — comentou Gwen, apontando com a cabeça o acampamento dos espectadores, que ficava do outro lado das árvores.

— Nem eu — concordou Bridget, de cenho franzido para as tendas amontoadas e lotadas de gente. Ela parecia retesada, como se estivesse com dor. Será que tinha dormido mal? Ou será que era apenas sua reação normal a ter que usar um vestido? — Fico me perguntando o que causou isso.

— Também não sei — disse Gwen, dando de ombros. — Talvez seja tudo por causa do Gabriel. Parece que, quanto mais velho ele fica sem ter uma nubente, mais fascinante se torna. Todo mundo quer dar uma conferidinha nele.

— Talvez venham para dar uma conferidinha em você — disse Bridget, e Gwen bufou.

— Até parece. Como se *eu* fosse tão fascinante assim.

A isca pairou no ar entre as duas, mas a cavaleira não a mordeu. De repente, ali com a mandíbula contraída, ela pareceu se distrair.

— Eles vieram ver a primeira mulher a vencer essa coisa toda — sugeriu Adah, e Bridget lhe deu um sorrisinho ligeiro que deixou Gwen com inveja.

Quando chegaram ao silêncio escuro e musgoso nas profundezas da floresta, Adah tinha recém-começado a tentar convencer Gwen a vestir a luva e carregar Beowulf quando a rainha apareceu ao lado e colocou uma mão gentil, mas firme, em seu ombro.

— Estão precisando de você, Gwendoline.

— Ah. Mas... mãe, a lady Leclair ia pegar meu pássaro emprestado agorinha mesmo.

— Não tem problema — disse a rainha, com um sorriso que não alcançava os olhos. — Ela pega o pássaro emprestado e eu pego você.

Gwen fez uma careta para Bridget, cujo rosto continuava neutro em educação, e então permitiu que a mãe a conduzisse até as filhas do duque de Lancaster, que fofocavam aos sussurros num bando bem unido. Gabriel estava o mais longe possível, conversando com o pai.

— Olá, meu nome é Gwendoline — disse, sem jeito, depois que a mãe lhe deu uns tapinhas no ombro e se afastou.

Todas ofereceram reverências e se apresentaram: Celestina, Clement e Sigrid.

— Vocês gostam de caçar, então? — perguntou a princesa, desesperada.

— Não — respondeu a mais nova, com afinco.

— Sigrid! — ralhou Celestina, encarando-a com seriedade. — Não é assim que se fala com um membro da família real.

— Ah. Desculpa. Não, *Vossa Alteza*.

— Ah, não tem problema. Eu também não gosto muito — disse Gwen, encorajada.

— Eu não me importo muito com as aves — comentou Clement, que era a mais bonita entre as três. — Mas gosto de coelhos, e não suporto quando pegam algum. Eles não foram feitos para briga, sabe? São só umas coisinhas covardes que... que só querem sobreviver.

— Pois é — disse Gwen, que nunca tinha pensado muito a respeito das motivações dos coelhos.

— O seu irmão gosta de caçar? — perguntou Sigrid, numa tentativa fracassada de soar casual.

Gwen não estava disposta a fazer suas sacanagens de sempre, e no momento se sentia esquisita falando de Gabriel.

— Não sei. Ele ama a Edith, não importa o quanto ela seja terrível com ele. No caso, a Edith é a falcoa — acrescentou, quando todas as três garotas pareceram confusas.

— Ah — exclamou Celestina, e todas se viraram para ver quando Rowan soltou Edith do braço e a ave voou com elegância até o punho do príncipe, onde começou a destroçar com selvageria o rato morto que a esperava ali, espalhando sangue por toda a parte. — Que... amor.

Gwen revirou os olhos. Que elas tenham toda a sorte do mundo nessa tentativa de chamar a atenção de Gabriel. Para isso, primeiro só iriam precisar desenvolver asas e garras.

— A sua amiga está bem? — perguntou Clement, olhando para alguma coisa além da princesa.

Confusa, Gwen se virou... e então começou a balbuciar desculpas e se apressou para o lado de Bridget sem nem olhar para trás.

16

Bridget estava recostada contra uma árvore, com a cabeça abaixada e respirando com dificuldade. Adah estava tirando o Beowulf dali e tentando acalmar o pássaro que piava e batia as asas, esticando a corda a que estava preso. Havia um arranhão enorme na bochecha direita de Bridget, que vertia uma lenta trilha de sangue queixo abaixo.

— O que aconteceu? — perguntou Gwen, já com a mão quase no ombro da cavaleira, antes de recuar no último instante e deixá-la pairando no ar.

— Nada — respondeu Bridget, mas seus olhos estavam bem fechados. Estava tão pálida que chegava a ser alarmante. — Estou bem.

A comitiva de caça começava a adentrar ainda mais nas profundezas da floresta. Ninguém pareceu perceber que Gwen, Bridget e Adah ficavam para trás.

— Você precisa se sentar — disse Gwen, com firmeza, e dessa vez pegou o braço de Bridget para valer.

Se surpreendeu ao ver que a cavaleira permitiu que a conduzisse com gentileza até um tronco caído. Ali, as duas se sentaram, e Gwen ficou observando enquanto Bridget encarava a floresta, trêmula, inspirando e expirando enquanto agarrava com firmeza o tecido do vestido.

Houve um instante de silêncio que foi interrompido apenas pela respiração pesada de Bridget e um bater de asas ocasional de Beowulf quando Adah voltou.

— Acho que o momento dele já passou — disse ela, mesmo que, de um jeito engraçado, o pássaro continuasse indignado em seu braço. — Você está bem, Bridget? Tem alguma coisa que eu possa fazer?

— Pode ir chamar os guardas, por favor? — perguntou Gwen. — Precisamos voltar para o castelo.

Adah parecia querer dar um tapinha reconfortante no ombro de Bridget, mas quando tentou mexer o braço o falcão ficou furioso de modo que era até difícil acreditar. Em vez disso, ela o fez sossegar o facho e saiu caminhando às pressas em busca do grupo.

— O Beowulf tentou te assassinar? — perguntou Gwen, séria, e Bridget deu uma risadinha dolorida.

— Não. Não foi culpa dele. — O sangue havia formado uma linha escarlate que seguia da maçã do rosto até o queixo e pingava em seu colo. — Eu fiquei meio tonta e... e quase derrubei ele.

— Aqui, ó. — Gwen esticou o braço e secou o rosto da cavaleira com a manga de seu vestido. Bridget mal pareceu notar, e seu sangue floresceu num tom roxo sobre a seda azul. — Você está doente?

— Hum... não — respondeu ela, abrindo os olhos com uma careta. — Não de verdade.

— Olha, mas então está fazendo uma imitação bem impressionante de alguém doente — comentou a princesa, observando à medida que Bridget parecia ser tomada por uma nova onda de dor.

— Estou bem, não precisa bancar a babá — vociferou Bridget.

Gwen arqueou as sobrancelhas.

— Você está com vergonha?

— Não estou com *vergonha*, é só que... preferiria não ser vista assim.

— Ah. Bom, eu não me importo. Mas quero saber o que houve. Você foi envenenada? Amaldiçoada?

Bridget semicerrou os olhos para as árvores atrás de Gwen e então olhou para as próprias mãos.

— É a minha menstruação — revelou, de forma direta. — Dói. Muito.

— Ah — respondeu Gwen, um tanto aliviada que Bridget não estivesse correndo o risco de morrer do nada por causa de alguma doença obscura. — *Ah*. Você devia ter falado alguma coisa! É sempre assim?

— É — respondeu Bridget, com os dentes cerrados. — Ou pior.

— Eu não sabia que podia ser tão ruim assim.

Inconveniente e uma bagunça, sim. Mas não ruim o bastante para deixar alguém trêmulo e com cara de que viu um fantasma. Ela tinha visto Bridget sair andando de cabeça erguida depois de literalmente ser espancada com o lado não amolado de uma espada, então nem lhe passava pela cabeça como a dor deveria estar intensa para quase fazê-la desabar durante um passeio pelo bosque.

— E... pelo visto não pode mesmo.

— Como assim?

— Tentei falar com médicos a respeito disso — respondeu Bridget, e insegura tentou se sentar direito enquanto apoiava as mãos no tronco. — Na verdade, achei que quando eu viesse para cá o médico do castelo... bom, achei que ele provavelmente fosse saber mais do que o médico lá de casa. Mas ele disse o mesmo que todos. Que não pode ser tão ruim assim, que é *normal*, alguma coisa sobre mulheres e como resistimos menos a dor e... e depois mais um monte de bobagem até eu... até eu sair.

— Mas... isso é horrível — comentou Gwen, revoltada. — Te deram alguma coisa? Para a dor?

— Não — respondeu Bridget, com muito esforço. — Falaram que pode interferir na ordem natural das coisas.

— E tem algo que ajuda?

— Não. — A cavaleira piscou para o céu enquanto tentava acalmar a respiração. — Quer dizer... tem. Uma... amiga minha costumava massagear minhas costas. A mãe dela era uma curandeira.

— Ah — exclamou Gwen. Então houve um longo momento de silêncio enquanto ela se preparava para dizer algo potencialmente muito estúpido. — Eu... Eu posso fazer isso. Se for ajudar.

— Deixa de ser ridícula — disse Bridget, com a mão pressionada contra a testa. — Desculpa, é só que... não precisa. Vou pedir para a Adah quando ela voltar ou... A dor vai e vem, então quem sabe daqui algumas horas...

A cavaleira se encolheu e perdeu o fio da meada, o que fez Gwen se levantar de imediato.

— Não, deixa comigo — falou Gwen, num tom que exalava uma coragem que não tinha.

Para que ficasse de pé atrás de Bridget, caminhou até a árvore tombada e, com receio, olhou para a extensa superfície de suas costas. Tinha passado um bocado de tempo pensando em tocá-la, e agora um convite lhe estava sendo oferecido. *Mas é apenas por questões médicas*, disse para si mesma, com seriedade. *Então nada de ficar inventando moda.*

— O que eu faço?

— É só... a minha lombar, use as duas mãos o mais forte que você puder — orientou Bridget. — E... pressione a ponta dos dedões ao redor da coluna. É só que... você não devia ter que...

— Não, por favor. Não tem problema — disse Gwen, colocando as duas mãos levemente nas costas de Bridget. — Aqui?

— Hum... um pouco mais para baixo — disse a cavaleira, relutante. — *Isso*. Aí.

Gwen apertou o músculo retesado e, com seu toque, a sentiu relaxar imediatamente. Encorajada, pressionou ainda mais. Bridget suspirou, parecendo derreter em suas mãos, e descansou a nuca com leveza contra o peito de Gwen. Seu cabelo tinha um cheiro encorpado e doce que lembrava nozes e, sob os dedos da princesa, sua pele era quente. Gwen sabia que devia estar muito vermelha, e não fazia ideia de para onde direcionar os olhos. Então acabou sossegando a vista num pedaço de árvore inofensivo e completamente platônico.

— Quem... hum... Quem era a menina que costumava fazer isso para você? — perguntou Gwen, indo um pouco mais para baixo e repetindo o movimento. Como resultado, foi recompensada com outro suspiro, e então se concentrar nas especificidades daquela árvore se tornou uma questão ainda mais urgente. — Não era a... Era a Adah?

— A *Adah*? Não. Era a filha de um lorde vizinho. — Suas palavras saíam com muito mais facilidade agora. — Até que... ela foi embora. Para se casar.

— E... vocês eram próximas?

— Dá para dizer que sim. — Não era possível ver seu rosto, mas, de algum jeito, Bridget parecia estar falando de olhos fechados. — Eu estava cortejando ela.

Gwen parou de mover as mãos. A sensação era a de que todos os seus sentidos tinham parado de funcionar. Estava com a cabeça cheia de um barulho esquisito e agitado, como o de um rio ensandecido, sobre o qual a única palavra que se ouvia era "cortejando".

— Ah. Entendi — disse, que nem uma panaca. — Que adorável.

Adorável?

— Não precisa continuar se não quiser — disse Bridget, com uma tensão singela na voz.

— Ah, que nada, está tudo bem — respondeu Gwen, rápido, feliz da vida por Bridget ser incapaz de ver a expressão em seu rosto.

Continuou massageando em silêncio e foi sentindo os punhos começarem a doer.

— Ela queria que eu fosse junto. Quando ela foi embora — disse Bridget, baixinho. Gwen não parou. Não queria que Bridget parasse de falar. — Estava se casando com um lorde, e perguntou se eu queria ir também, para fazer parte da casa.

— Mas você não quis?

— Não. — Bridget se alongou como um gato e encurvou as costas sob os dedos da princesa. — Aquela parecia uma vida que não daria certo para mim. Dá para... bem debaixo das costelas, se puder.

— Está ajudando?

— Está. Mas ainda não... se você só...

Ela esticou o braço para trás e fechou a palma da mão sobre os nós dos dedos de Gwen para que pudesse guiá-la até o ponto certo. Então se virou para o lado para facilitar e as duas finalmente fizeram contato visual. A cor voltara ao rosto de Bridget, e ela estava com os olhos escuros e pesados, os lábios ligeiramente abertos no que devia ser uma expressão de alívio. Por um instante, Gwen simplesmente a ficou encarando, cativada e inútil, enquanto segurava sua mão.

— Hum... oi. — Pelo visto, Adah havia retornado em algum momento com um punhado de guardas em seu encalço. A princesa recolheu as mãos na mesma hora e viu Adah morder o lábio e olhar para longe, como se estivesse se esforçando muito para não sorrir. — Vossa Alteza. Lady Leclair. Trouxe... ajuda.

— A lady Leclair está mal — disse Gwen, com toda a dignidade que foi capaz de reunir, ao guarda mais perto. — Preciso que a levem de volta para o castelo. Obrigada pela ajuda, Adah.

— Eu consigo andar — disse Bridget, que pareceu correr risco de cair assim que se levantou.

Com rapidez, Gwen a aparou com o ombro, e um guarda a segurou pelo outro lado. E, juntos, o grupo começou uma lenta caminhada de volta pela floresta.

Quando finalmente chegaram, alcançaram uma antecâmara privada no térreo e então mandaram buscar o médico. Quando chegou, o doutor deu uma única olhada em Bridget deitada numa espreguiçadeira abraçando o abdome e tentou fazer meia-volta para ir embora.

— Já discuti essa questão com... hum... com vossa senhoria — disse ele, enquanto olhava para qualquer lugar, menos para Bridget. — Não há nada que possa ser feito além... além de repouso. Repouso e força de espírito.

— Força de...? — perguntou Gwen, desacreditada. — Certamente você pode dar alguma coisa para a dor.

— Não seria apropriado, Vossa Alteza — respondeu o médico, que já estava a centímetros da porta.

A princesa o encarou, recuando, e então voltou a olhar para Bridget, que parecia estar mordendo o lábio inferior para controlar a dor. Havia um tipo estranho de pânico lhe tomando o peito, um sentimento que batalhava com a incredulidade e a indignação.

— Não — disse ela de repente, a voz falhando. — Não. Sinto muito... mas eu gostaria de uma segunda opinião.

— Não precisa — exclamou Bridget, esgotada.

— Eu garanto, Vossa Alteza — disse o doutor. — Sou o médico do rei. E, com todo o respeito, tenho um vasto conhecimento dos males do corpo, e esse não é o tipo de coisa que requer cuidados médicos.

Sentindo o peito retumbar de nervosismo, Gwen vacilou, mas uma olhada para o cenho franzido de Bridget fez sua determinação ganhar forças.

— Eu... estou *ordenando* que ou dê alguma coisa para a dor dela ou então que arranje alguém disposto a ser sensato. O mago entende muito de fitoterapia, não? Chamem-no.

O médico parecia indignado. Ficou tensionando a mandíbula e, pelo visto, era incapaz de encontrar as palavras, até que saiu abruptamente do recinto. Alguns minutos mais tarde, voltou com o mago, o mestre Buchanan, logo atrás. Era um sujeito velho, pálido e de rosto sorridente, com o cabelo grisalho tosado bem baixinho e vestes surpreendentemente simples, levando em consideração o pouco que Gwen conhecia das tradições cultistas. Ele deu uma olhada em Bridget, franziu o cenho, soltou o pequeno estojo que estava carregando e caminhou até a cavaleira.

— O querido médico economizou nos detalhes... É o seu sangramento que a está incomodando, lady Leclair?

Nunca na vida Gwen ouvira um homem agir com tanta normalidade a respeito dos detalhes íntimos da saúde de uma dama. Até mesmo Bridget parecia um pouco perplexa.

— É. Sinto fadiga, dor extrema, enjoo...

— E desmaio — acrescentou Gwen. — Você quase desmaiou.

Balbuciando baixinho para si mesmo, o mago vasculhou no estojo por alguns instantes e então se levantou para entregar um copo cheio de ervas para Bridget.

— Gengibre, erva-doce e canela em pau. Peça para que misturem tudo com um pouco de água quente nas cozinhas.

— Obrigada — disse ela, pegando o copo e o encarando com uma esperança incerta.

O mago sorriu e seus olhos formaram pés de galinha.

— É um prazer ajudar. Por favor, me chamem quando precisarem.

O médico saiu dali pisando firme, e o mago o seguiu. Com o coração ainda batendo forte, Gwen se sentou na cadeira ao lado de Bridget.

— Obrigada a você também — disse Bridget para a princesa, com um sorriso cansado e um leve toque de gratidão em seu punho. — Por falar o que você falou. Pensei que o médico fosse cair duro no chão.

De repente, Gwen já não achava que seus batimentos acelerados eram por culpa da discussão com o médico.

Arthur estava estranhamente quieto quando foi visitar Gwen na companhia de Sidney naquela noite. Ele examinou os livros enquanto ela passava pelo penoso trabalho de dispensar Agnes (que trocava olhares com Sidney como se um dos dois estivesse sendo mandado para a guerra) e depois simplesmente fez uma reverência desanimada antes de os dois saírem janela afora.

O plano de Gwen era ler ou bordar um pouco, mas acabou sentada perto da lareira a noite inteira remoendo pensamentos e voltando à lembrança de suas mãos nas costas de Bridget, do fato de que lady Leclair tinha cortejado uma mulher; de que ela confiara o bastante para lhe *contar*; das mãos de Bridget guiando as suas até o lugar certo; da possibilidade de que talvez não tivesse inventado essa atração entre as duas; de que esses sentimentos talvez até fossem recíprocos. Mas então visualizou o rosto de Gabriel quando contara ao irmão, o jeito que ele havia se afastado como se ela fosse algo repugnante. Ela o *odiava* por ter arruinado algo tão bom quanto Bridget.

— Chegando — disse uma voz à janela, coisa de uma ou duas horas mais tarde. Gwen levou um susto. Não esperava que Arthur fosse voltar tão cedo. Seu rosto apareceu com o cabelo bagunçado e os olhos desfocados. Do nada, foi para a frente num embalo, caiu com tudo no chão e mal reagiu quando seus ossos golpearam o mármore. — Opa.

Era Sidney quem havia falado. Ele surgiu pelo parapeito, quase tão bêbado quanto Arthur, e deu um arroto apavorante, tapando a boca com a mão desocupada.

— Se vai vomitar, pode dar meia-volta lá para baixo — avisou Gwen, enquanto se levantava da poltrona.

— Acho que é melhor — concordou ele, e desapareceu de novo.

Ela ouviu os barulhos da descida atrapalhada e então, depois de um instante, o distinto barulho do gorfo saindo e atingindo os paralelepípedos.

— Eu morri — disse Arthur, fazendo drama no chão.

Gwen bufou.

— Ainda não. Mas, se eu te matar agora, posso simplesmente dizer que você se engasgou com o próprio vômito e ninguém vai duvidar.

— Então me mata — disse ele, a voz arrastada. — Acabou para mim. Não tem mais jeito. E eu bebi... bebi todo o vinho.

— Do país? — perguntou Gwen, enquanto o via se virar de costas como se fosse um besouro idoso.

— Meu Deus do céu, como eu torci para ter entrado pela janela errada — balbuciou Arthur, fechando bem os olhos. — Mas é claro que errei o cálculo. E acabei na certa.

— Que *história* é essa? Dá para sair de cima do meu tapete?

Com uma expressão tão desdenhosa que chegava a ser violenta, ele se virou para encará-la com as pálpebras semicerradas.

— Eu sei como você é, então vai ser difícil, mas será que dá pra pelo menos desenterrar... sei lá... uma *migalha* de emoção humana? Ter empatia? Pena?

— Arthur, você *escolheu* encher a cara de vinho. E está espalhando lama por todo lado.

— Então... já vi que não dá.

Com dificuldade, ele se sentou e os dois perceberam ao mesmo tempo o sangue em sua manga.

— Você está sangrando — apontou ela, sem rodeios.

— Estou nada.

Arthur puxou o tecido da camisa para cima e olhou para o braço. O sangue escorria em abundância, e ele assumiu uma cor esquisitíssima. Gwen já tinha visto aquela expressão em alguém naquele mesmo dia, e não conseguia acreditar que estava acontecendo de novo.

— Não desmaia — alertou ela.

Arthur a encarou com um olhar mordaz, querendo dar alguma resposta afiada, mas traiu a si mesmo e fez exatamente o que ela proibira: desmaiou de jeito.

— Ah, pelo *amor* de Deus.

Foi sorte o fato de que ele já estava tão perto do chão e não bateu a cabeça com muita força, até porque Gwen já achava que ele era cabeça-dura demais. Relutante, se agachou e o virou de lado para que, na verdade, Arthur não se engasgasse com o próprio vômito. Impaciente, ela tirou as mechas de cabelo que haviam caído na frente do rosto do rapaz. A pele dele estava quente de um jeito desconfortável e grudenta de suor. Ela queria chamar Sidney, exigir que viesse e lidasse com esse fardo, mas ainda era possível ouvi-lo vomitando ao longe.

— Acorda, Arthur — disse Gwen, o chacoalhando pelo ombro. Ele só grunhiu, enquanto o sangue continuava escorrendo do corte no braço. — Inferno. *Tudo bem, então.*

Gwen procurou nos arredores algo que pudesse estancar o sangramento. Seu bordado não concluído estava na mesinha perto da lareira, e ela hesitou por um instante antes de arrancar uma longa tira do tecido branco-perolado e voltar para amarrá-la ao redor do braço dele.

Arthur se retesou conforme a princesa fazia isso, depois emitiu um barulhinho de desconforto e então se esticou para tocá-la. Gwen olhou para os dedos dele, que haviam se fechado ao redor de seu punho fino. Ele não parecia estar consciente. Deve ter sido um reflexo, supôs. Um desejo de se segurar em algo firme.

— Arthur? Você está vivo?

Ele balbuciou alguma coisa, e Gwen se inclinou para ouvir melhor.

— Não. Seria melhor... — murmurou, as palavras soando pesadas em sua boca.

— O que você disse?

— Seria melhor se eu morresse — disse Arthur, com um ódio tão violento contra si mesmo que, mesmo praticamente inconsciente, fez Gwen estremecer.

— Não fala assim — disse ela, desconfortável. Lógico, com certeza havia desejado que ele fosse dessa para uma melhor diversas vezes e feito piadas sobre matá-lo a torto e a direito, mas uma coisa era ela falar isso e outra completamente diferente era *ouvi-lo* desejando essas coisas. — Você só precisa descansar, só isso.

Gwen pensou em chamar Agnes ou os guardas e mandar que o carregassem até o quarto dele, mas acabou buscando a manta do enxoval de casamento que ainda não estava pronta e a colocou sobre ele, com cuidado para que não a sujasse de sangue. Quando se sentou ao lado de Arthur, os dedos dele estremeceram. Ele parecia estar tentando pegar a mão dela mais uma vez.

Gwen suspirou e pegou a mão de Arthur.

17

Arthur já tinha acordado no chão antes, mas era raro que tivesse outra pessoa que não Sidney acomodada ao seu lado. Estava escuro lá fora, com uma calmaria que sugeria as altas horas da madrugada. Gwen parecia estar num sono pesado numa posição nada confortável, com a bochecha espremida contra o piso de pedra e os dedos marcados de mordidas descansando perto do braço dele. Confuso, Arthur ergueu a cabeça latejante e percebeu que fora Agnes quem o acordara depois de desistir de bater na porta e abrir uma frestinha para espiar o interior do cômodo.

— Ah — exclamou ela. Arthur a fez ficar quieta e gesticulou para Gwen. — Desculpa — sussurrou a dama de companhia. — Achei que… Está tão tarde, pensei que vocês já teriam saído. Cadê o Sidney?

— Lá fora se afogando no próprio vômito — murmurou a princesa. Ah. Não estava dormindo, então. — Se eu fosse você, Agnes, pensaria duas vezes antes de chegar perto dele.

— Certo. — Ela segurava uma bandeja com um bule de chá, e a colocou na mesa de centro. — Vou só… hum… deixar vocês à vontade.

E fechou a porta de novo.

— Ela acha que a gente desmaiou depois de uma noite intensa fazendo muito amor — comentou Arthur, e deixou a cabeça gentilmente cair de volta no tapete.

— Gosto de pensar que ou ela não é tão burra assim ou então sabe que *eu* não sou tão burra assim — disse Gwen, sentando-se e tirando a coberta de cima das pernas. — Como está o seu braço?

— O que foi que aconteceu com o meu... — Ele interrompeu a frase depois de ver o curativo improvisado. — Ah.

— "Ah" mesmo — ralhou ela, revirando os olhos. — Você deve ter cortado em alguma coisa quando foi escalar.

— Pois é. Ou talvez tenha sido durante a minha fuga arriscada.

— A sua o quê?

— Tenta deixar isso para lá — respondeu Arthur, e grunhiu ao se virar de lado. — Assim você dorme melhor. — Na realidade, tinha sido mais uma fuga patética do que arriscada. Dentre todas as coisas, o dono da estalagem ameaçara mandar prendê-lo por *vadiagem*, mas o velho provavelmente nem chegaria a chamar os guardas. Então toda aquela correria e os tombos devem ter sido mais por diversão. — Você não tem nada para beber?

— Arthur, você não precisa beber mais *nada*.

— Ah, dá um tempo. É bebendo que se cura a ressaca.

— Você não vai curar ressaca nenhuma se ainda está bêbado; vai só piorar — disse Gwen, de saco cheio. — Toma um pouco de chá.

Ignorando os protestos, ela se levantou para pegar o bule. Arthur usou esse meio-tempo para se sentar com cuidado e avaliar suas faculdades críticas. Quando pareceu seguro, deslizou devagar pelo chão até ficar com as costas apoiadas na base da grande cômoda. Gwen se sentou ao lado e lhe entregou a xícara.

— Um brinde — disse ele, desanimado. — A uma vida longa e feliz juntos.

— Nem vem — respondeu Gwen, estremecendo e bebericando o próprio chá. — Já estou deprimida o bastante.

Arthur experimentou a bebida e a achou surpreendentemente fortificante.

A princesa colocou sua xícara no chão entre eles.

— Não é saudável, sabia? Beber tanto vinho assim.

— Sério? Eu não fazia ideia.

— Não tem necessidade de falar nesse tom, Arthur, só estou dizendo que...

— Tudo bem, eu sei, eu sei. Me perdoa por querer me divertir um pouquinho antes da minha vida acabar.

Gwen deu de ombros.

— Para falar a verdade, não parecia que você estava se divertindo.

Esse foi um comentário astuto até demais. Era verdade que Arthur andava bebendo mais do que o normal desde seu retorno a Camelot, e também era verdade que o álcool não parecia ajudar em nada. Ele só tinha aceitado dividir uma garrafa com Sidney essa noite porque estava borocoxô devido à quedinha por Gabriel que ele agora cultivava com cuidado, e a partir daí foi só ladeira abaixo.

— E *você* está se divertindo? — perguntou Arthur.

Ele segurava o chá como se fosse uma corda salva-vidas, mesmo que estivesse escaldando seus dedos.

De repente, Gwen pareceu muito cansada.

— Olha. — Ela inclinou a cabeça para trás para que o cabelo caísse sobre o ombro e o encarou com um olhar bastante incisivo. — Nosso acordo continua de pé, certo? A gente guarda os segredos um do outro.

— Acho que sim — respondeu ele, enquanto sentia uma singela pontada de culpa, afinal *havia* guardado os escassos segredos de Gwen, mas também andava acrescentando novidades à sua própria coleção de sigilos e não tinha a menor intenção de contá-las.

— A sua convicção é reconfortante. — Ela pegou a xícara de chá e então, num gesto bem confuso, colocou-a de volta no chão sem nem mesmo dar um gole. — Eu contei para o Gabriel. Contei o que eu sinto pela Bridget. E ele... bom, ele praticamente disse que eu sou uma aberração tenebrosa, fugiu e não falou mais comigo desde então.

— Ah — disse Arthur. — Então ele fugiu.

— Obrigada pelo apoio moral — disse Gwen, desgostosa. — Pensei que você, entre tanta gente, talvez fosse me entender.

— Olha — comentou ele, devagar. — As pessoas nem sempre estão prontas para saber das coisas quando, hum... quando a gente precisa que elas saibam.

— Muito filosófico. Só que ele é o meu *irmão*. O melhor amigo que já tive, o *único* amigo que já tive. E eu achava que ele iria querer me ver feliz, mesmo que não fosse algo que escolheria para a própria vida.

— Meu Deus do céu — exclamou ele. Estava cansado demais para essa história. Uma coisa era Gabriel ficar desconfortável consigo mesmo, fugir, se esconder e tentar fingir que não sentia o que Arthur tinha quase certeza de que ele sentia, mas outra completamente diferente era magoar Gwen do mesmo jeito que estava magoando a si mesmo. — Acho que, hum... acho que você está enganada sobre as motivações dele.

A princesa o encarou de canto de olho.

— Por que é que você está falando como se soubesse de algo que eu não sei?

— Quê? Eu nunca sei de nada. Todo mundo sabe disso, pode perguntar por aí. — Ele usou a xícara de chá para se esconder por um instante enquanto tentava neutralizar sua expressão. — Aliás, por que é que você *não* tem nenhum outro amigo?

— Ah, obrigada — disse Gwen, num tom tão sério que Arthur riu. — Acho que... que não quero amigo nenhum. Sempre tive o Gabriel e isso sempre pareceu o suficiente. E, de qualquer jeito, todas as garotas na corte são pavorosas, um bando de cabeças de vento que não fecham a matraca e estão ocupadas demais se transformando em cópias exatas das mães tenebrosas que elas têm. Vivem rindo de mim pelas costas e me acham esquisita.

— Hum... — comentou Arthur, com as sobrancelhas arqueadas. — Tem certeza de que elas não falam pelas suas costas porque morrem de medo de você? Talvez porque você diz que elas são "cabeças de vento que não fecham a matraca"?

— Elas não têm medo, Arthur. Quer dizer, você anda passando tempo com a Agnes. Certeza que vocês dois morrem de rir às minhas custas...

— A Agnes *nunca* falaria nada de você. É leal da cabeça aos pés. E acho que ela, inclusive, gosta bastante de você, quando a senhorita não está sendo uma insuportável. O que imagino que deva acontecer uma vez na vida e outra na morte.

— A Agnes não gosta de mim — exclamou Gwen, como se estivesse colocando um ponto-final no assunto.

— Bom — disse ele, e foi se alongar, mas estremeceu quando bateu no braço machucado. — Acho que é aí que você se engana. E duvido muito dessa história de não ter amigos, ainda mais agora com a lady Leclair, que é uma amiga *muito especial*.

Gwen deixou a cabeça cair sobre seus joelhos.

— Meu Deus do céu, não começa. Não sei se ela pensa em mim desse jeito, e eu... fico péssima com tudo isso.

— Mas não devia. — Gwen bufou contra a rótula do joelho. — Sério. Olha, os cultistas mais progressistas acreditam que, na época do Arthur Pendragon, era completamente aceitável que um homem amasse outro homem, ou que uma dama amasse outra dama, etcétera. O problema é que não dá para provar. Deve ser porque os católicos queimaram tudo numa fogueirona amigável quando assumiram o poder e depois fingiram que isso nunca aconteceu.

— Sério? — perguntou ela, e levantou um pouco a cabeça. — Eu não sabia. O Gabriel nunca me contou.

Arthur quase mordeu a própria língua enquanto tentava manter uma expressão normal.

— Não? Que esquisito.

— A questão é que acho que eu conseguiria amar um homem — disse Gwen, com a voz abafada contra o vestido. — Só... nunca me aconteceu. Eu não vejo muitas pessoas com esse olhar. E, se eu *conseguisse* amar um homem, então com certeza eu deveria tentar. Tornaria tudo muito mais fácil.

— Concordo — disse Arthur. — Você poderia se apaixonar por um homem, e saber que um dia já gostou de Bridget, e uma coisa não mudaria a outra. As duas seriam verdades. Só que agora você gosta *é da Bridget*. Então não acho que deveria aceitar uma vida que nega essa verdade específica.

— Olha só para a gente, dois exemplos brilhantes de quem vive a vida de mãos dadas com a verdade, né? — apontou Gwen, gesticulando para Arthur com a xícara. — Você... acha que conseguiria se apaixonar por uma mulher?

— Não — respondeu ele, de imediato. — Mas te garanto que, se algum dia isso mudar, você vai ser a primeira da lista.

— Fico lisonjeada. — Houve um momento de silêncio confortável entre os dois, durante o qual Gwen ajeitou a postura, se reclinou contra a cômoda e semicerrou os olhos para o teto. — A Bridget me contou que uma vez ela cortejou uma mulher.

Arthur praticamente cuspiu o chá.

— *Bom*, agora, sim! Por que é que ela iria te contar isso se não tivesse percebido você toda caidinha e decidido te dar uma encorajada?

— Sei lá, talvez seja só porque ela é... minha amiga. E... eu não estou caidinha coisa nenhuma — argumentou Gwen, séria, antes de ficar com cara de preocupada. — Ou estou?

— Lamento dizer que está. Mas ela deve achar uma gracinha. O que eu não entendo. Gosto de homens que sejam bem reprimidos emocionalmente e que estejam fora do meu alcance.

— Quantos homens você já teve?

— Quando você fala assim — disse ele, descontraído —, soa igualzinho à sua mãe. E fica parecida com ela também.

Gwen semicerrou os olhos.

— Não precisa ficar todo na defensiva. Você obviamente é... experiente.

Arthur estremeceu.

— Por que é que a palavra "experiente" soa como "meretriz totalmente fora de controle" quando sai da sua boca?

— Bom... é que tem todas aquelas histórias a seu respeito... Quer dizer, falavam por aí que você ficava com mulheres, mas imagino que deva ser algum tipo de encobrimento... Mas também tenho certeza de que você anda deixando um rastro desde que chegou no castelo.

— Quantas pessoas você acha que eu beijei desde que cheguei aqui? — questionou Arthur.

— Ah. Hum. Sei lá. Não sei direito qual é a realidade de uma semana normal para você, e já se passou quase um mês. Cinco, talvez? Seis?

— Duas. Na verdade. E foi um mês movimentado até demais para mim.

— Ah. Acho que dois é... olha, você não pode me culpar por *pensar* assim. Quer dizer, pelas coisas que eu andei ouvindo, parecia que você andava bem... ocupado.

Arthur bufou.

— Se você quer que eu faça um relatório de todo mundo que *levei para a cama* desde o verão passado, sem contar com Camelot, eu posso te dar uma estimativa até que bem certeira. — Gwen ficou observando-o, visivelmente ansiosa. — Ninguém. Zero. Nadica de nada.

— *Quê?* — Ela parecia genuinamente chocada. — Mas então... de onde foi que todas aquelas histórias vieram?

— Eu sou um braço direito muito eficiente de um tal de Sidney Fitzgilbert — disse Arthur, com um orgulho sincero. — No geral sou eu que fico causando a distração enquanto ele corteja alguma... sei lá, alguma filha de estalajadeiro ou esposa de alguém sem muita importância.

— E antes disso?

— Ah. — Ele até que tinha feito um bom trabalho ignorando essa história (de mal *pensar* a respeito a menos que estivesse extremamente melancólico, e era nesses momentos que o passado dava um jeito de ultrapassar suas defesas) e seria uma pena romper este recorde agora. — Eu estava... cortejando alguém. Em segredo, é claro. Até o verão passado. O nome dele era Gawain... *não* ri... filho de um dos amigos do meu pai. Ele nunca chegou a se aceitar muito bem, ou a ideia de *nós dois*, então foi tudo muito dramático. Píramo e Tisbe, amoreiras, esse tipo de coisa. Mas enfim. Agora já acabou tudo, e ele sumiu para algum lugar... para a Normandia, eu acho... para ruminar os pecados que cometeu.

A ribanceira de lágrimas quase veio à tona — o sorriso de Gawain, os cachos loiros de Gawain, aquela vez em que Gawain o beijou com gosto de quentão na língua num banquete de Natal e depois, dez minutos mais tarde, quando quase foram pegos, o jogou na neve —, e Arthur teve que fazer muita força para retomar o controle de seus sentidos. Já havia se passado um ano inteiro, mas ele deduzia que algumas mágoas eram tão profundas que se tornavam partes do alicerce das pessoas. Arthur mantivera um otimismo implacável a respeito do romance condenado até que esse nome se fez valer e, numa tarde de junho, implodiu espetacularmente, deixando Arthur abandonado a trinta quilômetros de casa enquanto Gawain cavalgava para longe. Ele ainda estremecia sempre que pensava nisso. Em como fora bobo ao se apegar a alguém que não era lá muito gentil com ele, em como deve ter parecido um idiota para Sidney, a única pessoa que sabia, sempre que voltava de um encontro clandestino e seguia em frente como se ele e Gawain fossem o casal do século.

— Meu Deus — disse Gwen. — Sinto muito. Eu não fazia ideia.

— Claro que não. Eu sou um especialista em criar subterfúgios — respondeu Arthur, com um sorriso pesaroso. — É uma pena, mas sou um romântico incorrigível. O Sidney vive pegando no meu pé por causa disso.

— E eu... não. Acho que é por isso que... que tenho me sentido tão sobrecarregada.

— Você devia simplesmente se apaixonar por mim — sugeriu Arthur, tentando aliviar o clima. — Eu não conseguiria te amar de volta, mas talvez acabasse simpatizando com você. Ser adorado é algo que me agrada.

— Que proposta atrativa.

— Bom, sentir atração pelo seu noivo seria considerado um extra. Eu não saberia, é claro, porque tudo na minha vida é cem por cento de trás para a frente, mas ouvi falar que ajuda.

Gwen inclinou a cabeça e o analisou, como se estivesse se permitindo sentir alguma coisa por ele.

— Não adianta. Você é um babaca arrogante que se acha bom demais.

— Essa doeu — disse Arthur. — É bom você ficar sabendo que eu sou adorado pelas multidões. Sou um colírio para os olhos, *super*divertido e, além do mais, meu beijo é incrível. Se me beijasse, sua vida ficaria até com outro gosto.

— Ficaria mesmo. Com gosto de vômito.

— Não vale falar mal antes de experimentar. — Era apenas uma provocação, mas, assim que as palavras saíram, ele notou uma ligeira mudança no rosto de Gwen que foi... interessante.

— Cala a boca. Não vou te beijar — disse ela, mas suas bochechas estavam um tantinho rosadas.

Quando Arthur riu, a princesa molhou o lábio inferior com a língua.

— Não é nada de mais, Gwendoline. As pessoas se beijam o tempo todo. Eu já beijei o Sidney.

— Já? E como foi?

Ele pensou a respeito.

— Bem úmido. Mas pode ter sido porque a gente estava no rio Tâmisa.

— Claro que estavam — disse ela. Desconfortável, se remexeu e soltou a xícara. — É que assim. Eu nunca beijei ninguém. Não sei como. E acho que existe, sim, mérito na... prática.

Mesmo que não fosse possível determinar se Gwen estava se fechando de nervosismo ou se preparando para alguma coisa, ele conseguia perceber que, de repente, ela tinha ficado toda tensa.

— Olha, foi o discurso mais erótico que eu já ouvi.

Do nada, ela chegou muito perto do rosto de Arthur.

— Cala a boca.

E ele calou. Depois de ter ido tão longe, a princesa parecia relutante em seguir adiante, então Arthur revirou os olhos, agarrou-a pela nuca e deu um beijo em seus lábios fechados. O instinto tomou conta quando ela abriu a boca. Ele se inclinou adiante, deixou o beijo mais profundo e, com delicadeza, passou a mão por seu cabelo levemente perfumado. Gwen tinha gosto de chá e limões. Beijá-la até que era agradável, mas agradável como se espreguiçar ou comer um pãozinho assado bem-feito. Em outras palavras, não era nada avassalador.

Arthur se afastou primeiro.

— E aí?

Ela mordeu o lábio e então meneou a cabeça.

— Nada.

— É. Por aqui também — disse ele. — Que pena.

— Como eu me saí? — perguntou Gwen, tentando soar despreocupada, mas fracassando. — No beijo, no caso.

— Você nasceu para isso — respondeu ele, com um tapinha em seu braço. — Se você tivesse barba, eu teria ficado caidinho.

— Vou ver o que posso fazer. — Gwen se levantou e colocou a xícara sobre a cômoda. — Eu devia ir dormir.

— Entendi, entendi. Me ludibriou com chá, me usou e agora que ficou satisfeita está me dispensando.

— Você se ludibriou sozinho — rebateu Gwen. — E não foi com chá.

— Ah, cai fora — disse Arthur, se levantando também. — Mando a Agnes entrar quando eu sair?

— Se conseguir achá-la. Ela deve ter fugido para encontrar o Sidney e cuidar dele nesse momento de necessidade.

— Ah, verdade. Aqueles dois são um nojo, né? — Arthur foi até a porta e parou. — Boa noite, Gwen.

Ela deu um sorrisinho em resposta.

— Boa noite, Arthur.

18

Depois de já ter ficado inconsciente uma vez naquela noite, Arthur se deu conta de que não tinha a menor pressa de fazê-lo de novo. Ficou do lado de fora dos aposentos de Gwen por um tempo, ouvindo os sons distantes dos guardas conversando baixinho e então tomou uma decisão: em vez de seguir para as escadas, continuou adiante pelo corredor em direção ao restante dos aposentos reais. Não sabia exatamente onde Gabriel dormia, mas arriscou na primeira porta que viu e bateu de levinho com uma bravura desonesta, na esperança de que não acabasse cara a cara com o rei vestindo seu pijaminha.

Levou um instante, mas, quando a porta foi aberta, Gabriel, incerto e com o cabelo desarrumado, perscrutou pela fenda.

— Se você me mandar ir embora, eu vou. Na mesma hora — disse Arthur, com as mãos erguidas num gesto de rendição preventiva. — Quero conversar sobre a sua irmã.

Segurando a porta e parecendo prestes a fechá-la com força de novo, Gabriel suspirou, mas depois recuou e abriu espaço.

— Entra.

Os aposentos de Gwen tinham algumas estantes grandes perto da lareira, mas os do príncipe pareciam feitos inteiramente de livros. Prateleiras obscureciam as paredes, e pilhas de tomos e papéis obstruíam cada superfície. Havia metros e mais metros de pergaminhos usados sobre uma mesa à janela. Arthur não conseguia ver o quarto, mas imaginava que também devesse ter mais papel do que mobília. Sobre a mesa, havia uma maçã com uma mordida e com a casca amarronzada, o que fazia parecer que Gabriel tinha percebido que estava com fome por tempo o bastante para buscar a fruta, mas então se distraíra imediatamente.

— Por que é que você vai na biblioteca se os seus aposentos já são assim? — perguntou Arthur, pegando um pedaço de pergaminho do topo da pilha mais próxima. — *Suprimentos para o cerco na Batalha de Badon, 501*. Só coisa boa.

— Os livros na biblioteca são repassados de geração em geração — disse o príncipe, que esfregou os olhos e suspirou. — Eles pertencem à Coroa. A maioria dos que tenho aqui são meus.

— Agora eu entendi por que você nunca dorme — disse Arthur, e se sentou numa poltrona. — Eu também não pregaria os olhos preocupado com a possibilidade de que as estantes caíssem e eu acabasse enterrado vivo debaixo de livros sobre a quantidade certa de farinha que deve ser levada para um cerco.

Houve um ronronar repentino e um relampejo de pelo alaranjado. Lúcifer estava dormindo, mas veio correndo cumprimentar Arthur, que, empolgado, se abaixou para fazer carinho atrás das orelhas esgarçadas do gato.

— O que é que você quer, Arthur?

— Estou passeando pelo castelo e dando conselhos para cada membro da família real que eu encontrar e que tenha um problema para resolver — respondeu ele animado enquanto Lúcifer passava a cabeça nos nós de seus dedos. — Para a sua sorte, você é o próximo. Se eu tivesse esbarrado no seu pai, estaria conversando com ele sobre evasão fiscal.

— Ah — disse Gabriel. — Então... você andou falando com a Gwen?

— Andei — respondeu Arthur, esgotado.

Então se recostou no encosto da poltrona e o gato, do nada, pareceu ter se cansado dele. O bichano foi em silêncio até a parede do outro lado do quarto e pulou para o peitoril da janela. Enquanto via seu rabo balançar e mexia no curativo improvisado em seu braço, Arthur pensou em ser delicado, mas decidiu seguir outro caminho.

— Gabriel. Eu sei sobre a Gwen.

— O que é que você sabe? — perguntou o príncipe, sério.

— Eu sei o que *você* sabe, mesmo que finja não saber de nada.

Gabriel se virou, mas passou a impressão de que não fazia ideia de para onde ir em seguida. Parou perto de sua escrivaninha, de costas viradas para Arthur.

— Ela não sabe direito o que quer.

— Hum... e quem é que sabe? Não estou falando do que ela *quer*, mas de quem ela *é*. Ela está confusa, tentando entender as coisas, e você fez com que ela se sentisse como se... bom, como se ela tivesse feito uma coisa obscena e errada. — Gabriel não respondeu. — Sério, vocês dois sempre foram carne e unha de um jeito que até chegava a ser irritante. Não importa o que você está sentindo agora porque o assunto *não é você*. Ela te contou algo sério, uma coisa importante, e você virou as costas para a sua irmã.

— Eu não falei que ela cometeu um erro — respondeu ele, baixinho.

— Não importa o que você disse ou deixou de dizer — exclamou Arthur, com a voz mais alta do que pretendera. — Pelo amor de Deus, Gabriel. Agora você ter medo de quem *talvez* você seja é motivo para punir a sua irmã por ela ser quem é?

De repente, o silêncio do príncipe pareceu ensurdecedor.

— Só estou dizendo que você deveria ficar feliz porque é algo que vocês dois podem compartilhar — continuou Arthur. — Nem todo mundo é sortudo o bastante para ter alguém da família que os entende *de verdade*.

— Eu não quero que ela entenda — disse Gabriel, enfim, com a voz trêmula. — Não quero isso para nenhum de nós dois. Ainda mais com nossos títulos... e com o que esperam de nós. É difícil demais, é...

— Ah, que azar. Sinto muito se é tão repugnante para você, tão decepcionante o fato de que talvez você seja igual a *mim*...

— Nunca que eu seria como você — disse o príncipe, se virando com uma expressão furiosa que surpreendeu Arthur. — Você não... Tem tantas questões nessa história que você não entende. Meu pai confiou o legado dele a mim. Ele se esforçou tanto para conquistar o coração do povo da Inglaterra, para provar que era herdeiro digno... Tudo o que ele faz é cuidadosamente ponderado, na esperança de que consiga criar o tipo de monarquia na qual as pessoas acreditem. Esse é o único futuro para mim, porque caso contrário... Caso contrário, é capaz de a gente perder *tudo*.

— Bom — disse Arthur, e respirou fundo antes de erguer uma sobrancelha enquanto o encarava. — Com certeza essa é uma desculpa conveniente para fugir de si mesmo, mas lamento informar que não caio nessa.

— *Como assim?*

Pelo visto, ele tinha eliminado na base do choque um pouco da raiva de Gabriel, que agora estava boquiaberto.

— Tem jeitos de fazer essas duas coisas, sabe. De ser rei e de ter o que você quiser. Além do mais, nunca passou pela sua cabeça que, como rei, você vai ter o poder de *mudar* as coisas?

— Não — respondeu Gabriel, com as bochechas vermelhas e de cenho franzido. — Não é tão simples assim. E... não é isso o que eu quero. Porque quero reinar *direito*.

— Acho que não é bem por aí — disse Arthur, antes de se levantar e dar um passo para o lado do príncipe, que se encolheu e fugiu em direção à mesa. — Acho que isso é o que você se convenceu de que quer, porque aí, se no fim das contas você só conseguir isso mesmo, então a mágoa seria menor. Acho que você preferiria tentar se transformar num *ideal* do que aceitar que é uma pessoa real, porque parece mais seguro. Mesmo quando for rei, você vai continuar sendo quem você é. Então o que é que *você* quer fazer com a sua vida levemente sem graça, mas que mesmo assim não deixa de ser preciosa?

Gabriel se encolheu. Abriu a boca, fechou-a e depois tentou de novo:

— Pensei que você tivesse vindo aqui conversar sobre a Gwen.

— Olha, se o assunto realmente fosse a Gwen, eu teria seguido em frente, mas sinto dizer que não tem nada a ver com ela, entendeu?

— Como é que eu vou saber o que eu quero? — perguntou o príncipe, baixinho. — Nunca tive espaço para pensar em nada além do que... do que nasci para ter.

Arthur suspirou. Se pelo menos os dois irmãos tivessem passado por suas crises no mesmo cômodo, ele teria cortado o serviço da noite pela metade.

— Faça-me o favor. Você deve ter pelo menos uma noção de como gostaria de viver sua vida. Lá no fundo, em algum lugar debaixo de mais ou menos seis camadas de tinta e pergaminho, deve ter um coração batendo.

— Não sei como ser grosso comigo vai...

— Bom, se você parasse de se *esquivar* tanto e simplesmente...

— Certo! — vociferou Gabriel, enfim perdendo a paciência. — Está bem! Se eu pudesse escolher... gostaria de fazer as coisas de um jeito diferente. Não estou criticando o meu pai, nada disso... só acho que temos prioridades diferentes.

— Em que sentido? — instigou Arthur.

— Por exemplo... tem uma biblioteca lá no Castelo de Tintagel. É enorme. E guarda a maior coleção de livros da Inglaterra, incluindo quase todos os tomos cultistas que ainda restam. Há estudiosos que passam a vida toda morando e estudando lá. Se eu tivesse escolha, iria sair de Camelot. Me mudaria para lá. E...

— E...?

— É besteira.

— Eu digo se é ou não. Sou bem familiarizado com besteiras.

Gabriel suspirou.

— Eu quero que todo mundo tenha acesso aos livros. Não só pessoas como nós. Quero que... eu gostaria de ajudar a educar o povo. De treinar estudiosos em Tintagel e mandar que se espalhassem por toda a Inglaterra. Não só para... ensinar latim e cânticos para a nobreza. Você sabe como são poucas as pessoas que sabem ler e escrever? Acho que... quando elas recebem a chance de aprender por conta própria, não ficam subjugadas a acreditar que tudo o que acontece com elas é por causa dos caprichos de algum poder maior. Elas passam a ter escolhas *de verdade*. — Meio aterrorizado e meio aliviado, ele soltou o ar. — Nunca contei isso para ninguém. A não ser para a Gwen.

— Bom — disse Arthur, ligeiramente atônito para variar. — Isso é... é *brilhante*.

O príncipe pareceu se irritar.

— Não é. Não é assim que se faz as coisas, e é irrealista, idealista e... uma idiotice.

Arthur bufou.

— É como as coisas *poderiam* ser se você simplesmente falasse isso para alguém.

— O que aconteceu com o seu braço? — questionou Gabriel, ignorando o comentário.

Arthur olhou para baixo, surpreso pela pergunta, já que tinha dado um jeito de esquecer o machucado. O curativo de Gwen estava se desenrolando e afrouxando na ponta.

— Eu caí. Ou... acho que caí, sei lá. Não lembro direito.

Gabriel meneou a cabeça.

— Você é uma pessoa imprudente, Arthur. — Ele gostava do som de seu nome na boca de Gabriel, mesmo que, pelo tom de voz, o príncipe parecesse cansado. — Eu e a Gwen não somos assim. Nós somos cuidadosos. E eu... não quero dificultar as coisas para mim ou para a minha irmã. Quero que ela seja feliz.

— Eu não acho que fazer algo difícil e ser feliz sejam mutuamente excludentes, Gabriel. Acho que vocês *dois* podem conseguir algumas das coisas que querem, caso sejam corajosos o bastante para pedir por elas. — Um tanto combativo, ele cruzou os braços. — Eu seria convidado para essa tal biblioteca gigante de Tintagel?

Gabriel deu de ombros. Estava se inclinando contra a mesa e apoiando os dedos na madeira.

— Você vai mesmo tentar fingir que não ficou pensando *nem um pouquinho* em mim?

Para grande satisfação de Arthur, o príncipe corou num tom intenso de escarlate e deu de ombros de novo.

— Vamos lá. Estou esperando por uma resposta de verdade. Pode me beijar de novo enquanto pensa, caso ache que vai te ajudar a se decidir.

O singelo som de engasgo que Gabriel emitiu fez o risco de Arthur valer a pena. Estava começando a soar familiar agora, a rapidez com que o príncipe passava de alguém sério e distante para uma pessoa muito presente... para uma pessoa que parecia extremamente ciente de como estavam longe um do outro.

— Acho que não posso — disse, olhando para algum ponto nas proximidades dos pés de Arthur.

Era uma resposta bem mais encorajadora do que o esperado.

— Você já me beijou antes.

— Beijei, mas não foi... premeditado.

Gabriel olhou para cima e pareceu incapaz de não encarar os lábios de Arthur, que agora arrebitaram num sorriso.

— Bom, mas é que foi um beijo. — Ele ficou exatamente onde estava. — E não um crime violento.

O príncipe abriu a boca como se quisesse rir, mas não emitiu som nenhum.

— Você precisa que eu vá te instruindo? — perguntou Arthur, meio de brincadeira, mas Gabriel pareceu tão perdido que ele continuou. — Coloca a mão no meu ombro.

— Por quê?

— Porque assim eu consigo te derrubar igual numa luta. Para que mais você acha?

Gabriel parecia desconfiado, mas se aproximou mesmo assim. A impressão era a de que todo o bom senso de seu corpo estava mandando-o pular da janela.

— Eu ando pensando em você — disse ele, tão baixinho que quase chegava a ser um sussurro. — Não só... nesse verão.

Gabriel colocou a mão ligeiramente trêmula no ombro de Arthur, que achava que aquilo provavelmente era a coisa mais corajosa que já vira o príncipe fazer.

O efeito foi o desejado. Assim que se tocaram, pareceu natural que Arthur se inclinasse adiante e deixasse o rosto de Gabriel sair de foco enquanto semicerrava os olhos. Esperou por tanto tempo que achou que precisaria voltar a abri-los e dar mais instruções, mas então sentiu o fantasma de uma respiração quente contra seus lábios. Houve outra pausa. Impaciente, Arthur bufou de leve antes de cobrir os últimos poucos centímetros que os afastavam e resolver o problema por conta própria.

Ele meio que esperava que o príncipe fosse se afastar quando o envolveu pela cintura e o puxou para mais perto para que os dois pudessem se beijar sem que fosse preciso se inclinar para cobrir uma distância ridícula, mas não; o príncipe apenas correspondeu o beijo. De início, foi gentil e incerto, mas então Gabriel pareceu relaxar e suspirou na boca de Arthur de um jeito que o deixou todo arrepiado. Soou mais como *alívio* do que qualquer outra coisa (como o som de alguém finalmente descansando depois de um dia longo demais), e Arthur ficou maravilhado com a possibilidade de um beijo fazer isso, de ser ao mesmo tempo uma bênção e um conforto, e não o encontro inevitável de duas pessoas desesperadas em busca de algo que não conseguiam identificar direito o que era.

Gabriel rapidamente deslizou a mão pelo braço de Arthur, como se não tivesse permissão, mas quisesse desesperadamente repousá-la em qualquer lugar, e acabou parando no pulso de Arthur, que sentiu o curativo de Gwen deixar de cumprir seu papel e cair no chão. O machucado ardeu e o fez estremecer quando o príncipe, sem avisar, passou o dedão sobre a ferida recente, mas Arthur não recuou. Quando, inseguro, ergueu a mão em busca dos cachos finos na nuca de Gabriel, Arthur se deu conta de que era o segundo herdeiro real que beijava na mesma noite. Uma informação com grande potencial e que talvez merecesse ser anunciada.

— Em nome de toda a sinceridade — disse Arthur, depois de interromper o beijo, mas mantendo as mãos onde estavam. — Eu beijei a sua irmã hoje à noite. Uns dez minutos atrás, na verdade.

— Você... *o quê?*

Gabriel ficou rosado e ofegante e completamente perplexo. Arthur tentava pensar em alguma explicação que não fizesse a história soar dez vezes pior, quando ouviram um grito vindo do corredor, seguido pelo baque de algo pesado atingindo o chão com muita velocidade.

— Mas que...?

Com o coração acelerado, Arthur se virou para a porta. Continuava com uma mão no príncipe, e alguma parte de seu cérebro deduziu que, caso houvesse algum perigo, era quase certo que a ameaça viesse na direção deles. No segundo seguinte, já estava arrastando Gabriel para o quarto.

— O que você está fazendo? — perguntou Gabriel, confuso, se esforçando para manter o equilíbrio quando Arthur o empurrou para o outro cômodo (com livros do chão ao teto, como o previsto), deixando-o lá sozinho e correndo de volta para a porta principal.

Ficou ouvindo por um instante enquanto olhava para trás, para o rosto vermelho e muito confuso do príncipe, e então abriu-a com tudo.

— Merda — disse ele, alto, antes de conseguir evitar, e tapou a boca com uma mão.

Lady Bridget Leclair estava parada no corredor, com a espada em riste e os ombros subindo e descendo. Aos pés dela, havia um homem que parecia ter segurado uma adaga pouco tempo antes. Ele tinha largado a arma, em grande parte devido ao fato de que estava morto.

Arthur analisou as opções e então, com uma mão apoiada no batente da porta, se curvou e vomitou.

19

Na cama, Gwen foi acordada por guardas irrompendo porta adentro. Assim que se certificaram de que não havia nenhuma ameaça iminente de machucá-la, a princesa foi escoltada até a câmara particular de seu pai e recebeu diretrizes para que esperasse. Quanto mais tempo ficava ali, passando e repassando os dedos sobre os entalhes e nós da mesa, mais ficava certa de que algo terrível devia ter acontecido com *alguém* de sua família para que todo esse pânico fosse gerado.

Depois do que pareceu um século, Gabriel entrou acompanhado de perto, por motivos incomensuráveis, por Arthur *e* Bridget.

— O que aconteceu? — perguntou Gwen, se levantando de imediato. — Cadê o pai? Isso aí é *sangue*?

— Ele está bem — respondeu Gabriel, com uma voz bem cansada. — E a mãe também. Me falaram que... ele está conversando com o sir Hurst neste momento.

Sir Hurst era o capitão da guarda do rei, o que indicava com plena certeza que ou tudo estava perdido ou sob controle. Arthur puxou uma cadeira em frente a Gwen, se sentou e ficou esfregando a têmpora em círculos com cara de quem preferiria estar em qualquer lugar que não fosse ali. Gabriel e Bridget não se mexeram.

— Senta — disseram Arthur e Gwen ao mesmo tempo.

Em circunstâncias diferentes, ela teria rido, mas continuava tremendo dos pés à cabeça com uma energia nervosa e descontrolada.

— *O que* foi que aconteceu? — perguntou Gwen de novo quando Gabriel se sentou.

Para sua surpresa, foi lady Leclair quem respondeu:

— Eu estava indo levar uma coisa para você nos seus aposentos — respondeu a cavaleira, que continuava de pé perto da porta.

Arthur, de olhos fechados, bufou com uma risada imediatamente. A princesa o encarou com um olhar de incredulidade demorado, o que o fez morder o lábio (e depois bufar de novo).

— Acho que é o choque — comentou Gabriel, encarando-o com grande horror.

Arthur apertou a mão contra a boca e soltou um chiado abafado, mas parecia estar tentando se recompor.

— Percebi algo no fim do corredor — continuou ela, ignorando-o. — No fim das contas era um homem com uma faca. Ele me atacou, e então eu... intervim.

— Você o *matou*? — perguntou Gwen, seus olhos indo do rosto de Bridget, que parecia não ter nenhum novo arranhão, até a espada em sua mão e as manchas de sangue surreais e sinistras em suas calças.

Não é dela esse sangue, pensou Gwen, com a cabeça distante. *É onde ela limpou a espada.*

— Sim — respondeu Bridget, com pesar. — Eu o matei.

Ficaram sentados, imersos num silêncio inquieto enquanto essas palavras eram absorvidas.

— Espera aí — disse Gwen, devagar, assim que o choque inicial dera uma acalmada. — Arthur... onde é que você estava?

Com certeza não era coisa da imaginação dela; antes de a encararem, os olhos de Arthur vagaram por um breve instante até Gabriel.

— Caminhando.

— Caminhando? Caminhando na ala real? Por que foi que vocês entraram todos juntos? Achei que você estava indo para a cama.

— Eu não falei que estava indo para a cama — comentou ele, petulante. — Falei que estava saindo. Se você deduziu que eu iria dormir, então é só uma prova da sua extrema falta de imaginação.

— Certo — disse Gwen, com os olhos semicerrados. — Então vamos supor que eu *use* minha imaginação...

A porta foi aberta e o rei e a rainha entraram, seguidos por um punhado de serviçais apavorados. A mãe da princesa se aproximou imediatamente e deu um beijo na testa da filha antes de dar a volta na mesa e fazer o mesmo com Gabriel, que fechou os olhos com força quando os lábios dela se encontraram com sua cabeça. O pai atravessou o cômodo para ocupar seu lugar de costume na ponta da mesa, se reclinou na cadeira e suspirou pesadamente enquanto todos o esperavam falar.

— Pelo visto foi um único invasor — relatou, enquanto um pajem pegava vinho e o servia. — Mas só Deus sabe como foi que ele conseguiu chegar até a ala real.

— O que aconteceu com os guardas? — perguntou o príncipe.

O rei, que passara um instante encarando a taça, ergueu o olhar e, de repente, pareceu se dar conta de que a sala estava bem mais cheia do que o esperado.

— A que devemos esta honra? — perguntou ele, enquanto assentia para Arthur e depois olhava diretamente para Gwen.

— Hum — murmurou Gwen. Ela tentou trocar um olhar com o irmão, mas Gabriel estava encarando a mesa e, tenso, agarrava o tampo como se fosse precisar de um impulso para fugir a qualquer momento. — Arthur e eu estávamos só... conversando.

— Ah, *Gwendoline* — disse sua mãe, num suspiro. — De novo?

— De novo? — questionou o rei num tom ameaçador.

Arthur estava visivelmente desconfortável.

— Olha, minha gente, foi ótimo — falou enquanto se levantava. — Mas acho que já está na minha hora. Fico muito feliz que esteja todo mundo vivo, é lógico. Bom trabalho, e continuem assim. Boa noite, Vossa Majestade, Vossa Alteza.

Enquanto Arthur praticamente corria porta afora, o rei passou a encarar Bridget.

— E você?

— Eu estava indo falar com a princesa, Vossa Majestade — respondeu a cavaleira, sem hesitar. — Ela me prestou um serviço e eu queria dar uma coisa em agradecimento.

— E que coisa seria essa?

Dessa vez lady Leclair de fato hesitou, apenas por um instante, antes de erguer a espada que usara contra o homem no corredor e soltá-la na mesa com um ruído que fez Gwen estremecer.

— Aqui.

— Você estava levando uma *espada* para a minha filha? — perguntou a rainha, num tom muitíssimo horrorizado.

— Os guardas a deixaram entrar nos aposentos reais, tarde da noite, com uma arma? — perguntou o rei, também sem entusiasmo algum.

— No começo da semana eu falei para eles que ela tinha minha permissão para entrar — informou Gwen, tentando manter a voz firme. — Estavam apenas seguindo minhas ordens.

— Gwendoline, isso é altamente inadequado — repreendeu a mãe, de cenho franzido para a espada, como se a lâmina, assim como a filha, também a tivesse decepcionado.

— Concordo — acrescentou o rei, exausto. — Mas também não posso ignorar o fato de que se ela não estivesse no lugar certo na hora certa... Devo um agradecimento a você, lady Leclair.

Bridget inclinou a cabeça e o rei a dispensou com um aceno de mão. Ela trocou um breve olhar com Gwen enquanto saía. Lorde Stafford veio pela outra direção, vestindo um casaco magenta extravagante sobre a camisola enfiada para dentro da calça azul-marinho e com uma expressão de profunda angústia. Gwen teve a impressão de que ele meio que parecia um bobo da corte deprimido.

— Nenhum morto tirando o assassino, Vossa Majestade.

— Então o que... quem deixou ele entrar? — perguntou a princesa.

Foi então que Gabriel finalmente a encarou, mas ela retribuiu o olhar tarde demais, quando o irmão já havia se virado.

— Meu palpite é o de que ele era um novo contratado da guarda — respondeu lorde Stafford, todo pálido. — Um inimigo isolado com alguma conta imaginária para acertar. Inspecionamos todos com muito cuidado, é claro, mas às vezes simplesmente passa batido. Espero que o sir Hurst confirme isso quando vier conversar com o senhor, Vossa Majestade.

— Um inimigo isolado? — perguntou Gabriel. — Então você acha que isso não tem nada a ver com o que anda acontecendo no norte?

Suando, Stafford fez uma careta.

— Nesse caso, não. Infelizmente tem gente que faz essas coisas pelas mais variadas razões.

— Mas pensei que você fosse obcecado pelo norte — disse Gwen, pois tinha esquecido que esse tipo de afirmação soa melhor no particular. O mordomo a encarou com um olhar furioso.

— Obcecado? Jamais. Jamais. Só quero que a gente reaja de maneira apropriada à presente situação. Inclusive, outro dia mesmo eu estava falando para Vossa Majestade que não precisamos entrar em pânico *toda vez* que alguém vagar pelo norte de Nottingham.

— Alguém como o lorde Willard, por exemplo?

— Sim — respondeu Stafford. — Sim! Exatamente. Foi visitar a família, lá para as bandas de Skipton. Vossa Majestade sabe como me preocupo com os levantes cultistas, mas isso não significa que tudo faça parte de alguma grande conspiração.

— Bom, logo vamos ter certeza. O sir Hurst está explorando todas as opções — disse o rei. — Não que vá servir para alguma coisa, mas ele até chegou a chamar o infeliz do mago para ser interrogado. Eu conheço o mestre Buchanan, e isso não é de seu feitio, seja ele cultista ou não. Só... só não façam nada estúpido, vocês dois. Fiquem alertas. E, Gabriel... descanse um pouco. Amanhã logo cedo vamos convocar o conselho.

— Claro — respondeu o príncipe.

Gwen estava agoniada pois queria ir atrás de Bridget, mas não conseguia pensar em nenhuma desculpa para sair correndo que não soasse muito esquisita, e até mesmo perigosa, caso houvesse alguma chance de que existissem mais assassinos perambulando pelos corredores.

A porta foi aberta mais uma vez, e o capitão da guarda, bigodudo e com o cabelo grisalho, entrou. Sua pele tinha um tom marrom-claro e ele era muito bonito para a idade, com o tipo de rosto que as pessoas gostavam de atribuir a grandes cavaleiros e príncipes em retratos, embora naquele momento sua expressão estivesse profundamente angustiada.

— Vossa Majestade. Posso atualizar o senhor agora, caso esteja pronto.

Se de fato tivesse sido um guarda recém-contratado por sir Hurst quem tentara cometer um regicídiozinho em plena madrugada, Gwen não conseguia nem imaginar como aquela conversa seria tensa.

— Passem a noite juntos — orientou a rainha, se esticando para tocar no ombro da filha. — Vamos deixar guardas extras à porta.

— Guardas de *confiança* — reforçou o rei. — Não cometeremos o mesmo erro duas vezes. — Então se levantou e assentiu para sir Hurst. — Vamos acabar logo com isso.

— Se cuidem — disse a mãe deles para Gabriel antes de sair apressada na companhia do marido.

Gwen analisou o irmão do outro lado da mesa. Ele parecia genuinamente arrasado, tão pálido e acabado quanto se o assassino tivesse, de fato, sido bem-sucedido.

— Vem — disse ela, com um suspiro. — Vou dormir no seu quarto.

20

Gabriel seguiu a irmã sem reclamar ou abrir a boca. Assim que chegaram ao quarto dele, o príncipe tirou o casaco e o pendurou com capricho no encosto de uma das cadeiras, na qual se acomodou com uma expressão resignada no rosto. Foi só quando Gwen também se sentou e colocou uma mão em seu cabelo, o qual continuava firmemente trançado, que ela deu falta de sua dama de companhia.

— Não sei onde a Agnes está — disse, com uma fisgada de ansiedade no peito. — Não sei... ela saiu para procurar o Sidney, mas...

— O pai falou que estava todo mundo bem — respondeu Gabriel, com calma. — Mas, se os dois estavam perambulando por aí, então devem estar sendo interrogados. Sobre onde estavam. O que viram. Até onde a gente sabe, Sidney pode ser um suspeito.

— Coitado do sir Hurst — disse Gwen, com os batimentos cardíacos se acalmando. — Não me passa pela cabeça que interrogar o Sidney seja algo particularmente útil.

— Não sei. Sempre achei ele até que bem agradável.

— É porque você é homem — exclamou a princesa, irritada. — Ele não fala comigo como deveria.

— Talvez ele só não saiba como falar com você — sugeriu o irmão, que ignorou o suspiro revoltado da irmã.

— Bom — disse ela, cruzando os braços. — Então ele é igualzinho a você.

Passando a mão pelo cabelo, Gabriel começou a parecer um pássaro que havia subjugado a voracidade do vento e passou a impressão de que se preparava para dizer alguma coisa. Gwen lutou contra o ímpeto de pressioná-lo e ficou esperando. Ela mexia sem parar num fio solto da costura de sua manga.

— Me desculpa, Gwen. Eu não devia ter falado aquilo, eu não... eu não estava esperando que você me contasse... o que contou — disse ele, por fim.

Gwen se limitou a encará-lo. Era sempre ela quem falava primeiro, quem ajudava Gabriel a preencher os vazios quando o irmão não conseguia encontrar as palavras. Mas agora essa responsabilidade não era dela. O príncipe teria que achá-las sozinho.

— Eu não quero que seja ainda mais difícil para você — disse ele, devagar. — Que você passe a vida inteira ansiando por algo que nunca poderia ter de verdade. Não é melhor simplesmente... se contentar com aquilo que você *já* tem? Tentar esquecer o resto?

— Como assim? — questionou Gwen, desanimada. — Ter de *verdade*? E, neste momento, qual parte da minha vida é verdadeira? Eu sou nubente de um homem que não me atrai nem um pouco e sei que é recíproco. Só que eu andei pensando... e, Gabe, se existe a chance de que todos nós sejamos esfaqueados a qualquer momento enquanto dormimos, então... bom, então talvez tenha algum jeito de fazer com que um pedacinho da minha vida pertença a mim. Mesmo que seja em segredo, mesmo que seja difícil, vai ser *meu*. O que é que não tem de sincero nisso?

— O que você imagina que poderá ter? — perguntou Gabriel, num tom que poderia ter soado afrontoso, mas ele parecia estar perguntando com sinceridade.

— Olha, eu vou me casar com o Arthur, óbvio — respondeu ela, e percebeu um singelo tremor nas mãos irmão. — Vou me casar com ele, e a gente vai achar um jeito de viver junto sem se matar, e depois a Bridget...

E depois o quê? Gwen ofereceria alguma pontinha de si para Bridget, que talvez nem a quisesse?

— Ela sente a mesma coisa por você? — O príncipe pareceu ler a mente da irmã. — Porque, se você não tiver certeza, então é um risco grande demais. Não consigo nem começar a imaginar o que diriam da nossa família se o povo ficasse sabendo. É capaz de virem atrás da nossa cabeça.

Gwen desviou o olhar do irmão, encarou o chão e então parou quando se deu conta de para o que estava olhando.

— Gabe. Por que é que o Arthur estava na ala real? — perguntou, devagar.

— Não faço a mínima ideia.

— Eu sei que aquilo ali debaixo da sua cadeira é o curativo dele. Eu sei porque, na verdade, é um pedaço da minha coberta e eu o amarrei muito bem. Por que é que você está mentindo? O que é que ele estava *fazendo* aqui?

Gabriel parecia completa e absolutamente derrotado. Ele olhou para o teto, como quem tenta sair do próprio corpo de propósito.

— Ô, meu Deus.

— Ô, meu Deus, o quê?

O príncipe estava tão vermelho que parecia prestes a entrar em erupção. Ainda incapaz de encarar a irmã nos olhos, Gabriel pigarreou.

— Eu... é que... talvez eu tenha uma coisa para te...

— Não — disse ela, quando tudo começou a fazer sentido. Gwen se lembrou do irmão colocando o melhor casaco na noite em que Arthur chegou à corte, ficando todo sem jeito sempre que o rapaz lhe dirigia a palavra, e da improbabilidade de Arthur ir ver um *pássaro* com alguém sem ter segundas intenções. — Espera aí.

— Foi ele quem começou — admitiu Gabriel, arrasado, e Gwen deixou uma risada leve e incrédula escapar.

— Você não está falando sério — disse ela, enquanto a realidade parecia perder o equilíbrio. Pela expressão do irmão, parecia que seu rosto estava implodindo. — Ai, meu Deus. Ai, meu *Deus*.

— Desculpa. Gwen, me desculpa. Isso certamente não foi ideia minha e eu...

— Mas... você *gosta* dele?

— Gostar talvez não seja a palavra certa — disse Gabriel, com uma feição desolada, e Gwen riu de novo frente ao puro choque.

A tensão entre os dois havia se dissipado e, de repente, o ar parecia mais fácil de ser respirado.

— Ah. *Ah*. Então foi por isso que vocês... — Ela perdeu o fio da meada e gesticulou com a mão.

Tinha se sentido tão traída. Não compreendera como ele podia ter sido tão terrível, mas estava começando a entender... porque a questão é que o problema não fora ela. Talvez Gwen devesse continuar com raiva do irmão, mas vê-lo ali, encarando-a todo ansioso e à beira das lágrimas, a fez ficar *triste* por ele.

— Juro que não foi a minha intenção. Só... aconteceu.

— Olha...

Ela não sabia dizer se estava reagindo de forma exagerada ou ponderada demais. Os acontecimentos da noite a haviam deixado com poucas reservas emocionais. Gwen deduziu que... quais motivos Arthur teria para *não* gostar de Gabriel? Na maior parte do tempo, seu irmão era maravilhoso. Agora, quanto a ele gostar de *Arthur*... só porque ela fora pega de surpresa não significava que não fazia sentido. Na verdade, fazia mais sentido para Gwen do que faria para praticamente qualquer outra pessoa. Quando respirou fundo e pegou a mão do irmão, ele pareceu prestes a desmoronar de alívio.

— Meu Deus do céu, Gabe. Me desculpa ter feito você pensar que não podia me contar isso.

— Não é *você* quem tem que pedir desculpas para *mim*. Por favor, não é que eu não queria te contar, é que eu mal... Me esforcei muito para garantir que você nunca *precisasse* saber. Eu ia deixar isso para lá. Sei que tem gente que, em público, talvez até consiga viver de um jeito e, no particular, de outro, mas acho que esse estresse iria me matar. E, assim, eu não preciso de mais nenhuma distração se vou tentar liderar esse país.

— Ô, Gabe — disse Gwen, com suavidade. — O povo vai ser muito sortudo de ter você. De ter você por *inteiro*.

— Eles nunca me terão por inteiro — afirmou, e a princesa apertou sua mão.

Ficaram ali sentados em silêncio com o peso de tudo aquilo, até que Gwen o soltou.

— Só para colocar os pingos nos is... você *beijou* o Arthur? — perguntou ela, e o príncipe estremeceu.

— Hum... beijei. E você também, pelo visto.

— Ha! Não. Quer dizer, sim, mas a gente só estava... testando uma coisa. Não deu certo.

— Ah. — Gabriel soltou sua mão para que, distraído, pudesse coçar o queixo. — Entendi.

— Mas com você...?

Ele parecia agoniado.

— Funcionou. Mas não posso deixar isso acontecer de novo.

— Que ótimo. Então... você vai só tocar a vida como se nada tivesse mudado. E vai fazer exatamente o que todo mundo espera, sem nunca ter nada para si mesmo. E vai se sentir miserável.

— E vou me sentir miserável — repetiu ele. — Mas... essa sempre foi a minha única opção.

Gwen suspirou pesadamente.

— Será que tem alguma coisa na água daqui? — perguntou ela, erguendo as mãos em agonia. — Nós *dois*, sabe?

— Talvez a gente tenha sido amaldiçoado — respondeu Gabriel, e tentou dar um sorriso. — É a vingança da Morgana por não termos derrubado catedrais e erguido templos em seu nome.

Gwen não riu.

— Não acho que seja uma maldição.

— Desculpa. Eu sei. Desculpa se eu fiz você se sentir... se te fiz se sentir como *eu* me sinto.

— Você foi terrível — apaziguou Gwen. — Mas é tão raro que você seja terrível, Gabe. Acho que você merece três dias para agir como um desgraçado sem sentimentos depois de quase duas décadas sendo perfeitamente agradável.

Gabriel assentiu solenemente.

— Você parece acabada. Pode ficar com a minha cama, vou continuar acordado mais um pouco.

— Eu sei que você está fazendo isso só para me impedir de continuar perguntando... mas tudo bem. Cama — disse Gwen.

Do nada, sentiu um cansaço tão intenso que precisou de toda a sua força para se levantar da poltrona e percorrer os quase cinco metros até o quarto do irmão.

Apesar do perigo de homens com faca à espreita pelos corredores ser super-real e presente, algo dentro dela havia ficado mais leve, e a princesa caiu no sono quase que de imediato.

Quando Gwen acordou, Gabriel dormia profundamente na poltrona perto da lareira quase apagada. Em silêncio, saiu da cama, vestiu uma das capas do irmão e, para garantir que não o acordasse, saiu descalça até a antecâmara. Analisou a silhueta dele, as manchas arroxeadas debaixo dos olhos, as linhas de expressão que não desapareciam por completo nem mesmo durante o sono, e sentiu uma onda de carinho.

Arthur uma vez falara para ela que exigisse mais para si mesma. Será que dera o mesmo conselho para Gabriel? Gwen, tão certa de que nenhum conhecimento vindo dele jamais poderia ser aplicado em sua *vida*, mal lhe dera ouvidos, mas ela devia ter escutado e se agarrado a pelo menos parte do que Arthur dissera, porque, depois do pânico e das revelações da noite anterior, a princesa acordara se sentindo diferente. Audaciosa.

Corajosa.

Ainda não havia amanhecido por completo, e o alvorecer rosado aquecia os paralelepípedos enquanto Gwen calçava os sapatos e caminhava em silêncio quarto afora antes mesmo de pensar em para onde iria. Os guardas lá fora pareceram ficar levemente surpresos, mas apenas a observaram passar em silêncio. A princesa atravessou outras quatro barricadas humanas antes de alcançar a escada, e foi só quando chegou no térreo e entrou no pátio noroeste que dois guardas passaram a segui-la.

Era quase como se, de um sonho da princesa, Bridget tivesse ganhado vida; com uma espada leve em cada mão, o cabelo desgrenhado, a cavaleira continuava com a mesma camisa ensanguentada e calça de quando Gwen a vira pela última vez. Ofegante e com os ombros indo para cima e para baixo, estava do outro lado do pátio, encarando um boneco de treinamento. O boneco recebera um escudo e havia uma pequena pilha de espadas descartadas no chão, como se Bridget estivesse abrindo caminho através delas.

— Eu estou bem — disse Gwen, com a boca seca, para os guardas. Ela pigarreou. — Me deixem sozinha, por favor. Gostaria de um pouco de privacidade.

Então eles recuaram e saíram de vista enquanto a princesa percorria o restante do trajeto sozinha.

Bridget realmente não parecia ter notado sua presença. Estava cem por cento focada, implacável conforme praticava seus exercícios, atingindo o alvo com suas espadas vezes e mais vezes, mas quando Gwen se aproximou conseguiu ver o suor formando cachos no cabelo de sua nuca e a respiração ofegante devido ao esforço.

— Bridget — chamou Gwen, com suavidade, para tentar não a assustar.

A cavaleira se virou abruptamente com as espadas ainda em riste e, por um breve instante, a princesa pensou que iria perder a cabeça por não ter calculado a distância direito.

— Gwen? — Bridget pareceu ficar confusa por vê-la ali, como se a considerasse incompatível demais com os arredores.

Gwen, vestindo apenas uma camisola e a capa emprestada, de cabelo solto e com sabe-se lá qual expressão estampada no rosto, deduziu que devia ser incompatível mesmo. Bridget enfim pareceu perceber que estava brandindo armas perigosamente perto demais de uma garganta real e as abaixou.

— Eu queria... queria ter ido te procurar depois que você foi embora ontem à noite — disse Gwen. — Queria ver se estava bem. Você está? Bem?

— Tudo certo — respondeu a cavaleira, mas se virou para encarar o boneco antes mesmo de terminar de falar e ergueu as espadas de novo, como se não tivesse condições de permanecer parada por mais um segundo.

— Você passou a noite toda aqui?

Bridget não parou nem para respirar.

— Passei.

— Entendi — disse Gwen, observando enquanto ela golpeava com um vigor renovado e se perguntando se era assim que uma pessoa agia quando estava "tudo certo". — Olha... no fim das contas, você se conhece melhor do que qualquer um, mas...

— Eu... treino desde que era novinha — disse Bridget, e suas palavras eram marcadas pelos baques da espada contra o escudo. — Sabia que esse dia iria chegar... e chegou. Eu queria ser uma cavaleira, queria... *tudo* o que vinha com essa função. E consegui. E estou bem.

— Entendi — respondeu Gwen, e deu um passo para trás. A bravura já não existia mais. — Bom. Acho que vou só...

— *Merda* — vociferou a cavaleira quando uma arma caiu de sua mão e tilintou nos paralelepípedos.

Ela não vestia nenhuma luva ou manopla e, quando puxou a mão contra o peito, Gwen viu que os nós de seus dedos estavam cortados e que escorria sangue de seu punho cerrado. Bridget alongou os dedos, estremeceu e então limpou o sangue na túnica já imunda antes de assumir posição com a arma que restava.

— Bridget — chamou Gwen, alarmada. — Para.

— Isso é uma ordem? — perguntou lady Leclair, quando sua lâmina voltou a encontrar o alvo. A mão continuava sangrando sem parar.

— Não. Não é. Mas acho que você deveria parar mesmo assim.

O conselho pareceu apenas fazê-la acertar o boneco com mais força. Gwen olhou para baixo, para a pilha de descarte a seus pés. Pegou uma das armas e então, sem nem pensar no que estava fazendo, se colocou entre Bridget e o alvo e, atrapalhada, ergueu a espada. O golpe que absorveu pareceu vibrar até a base de sua coluna, mas a princesa deu um jeito de continuar firme.

— Isso foi idiotice — vociferou Bridget, furiosa, por trás da pose de defesa de Gwen. A cavaleira não abaixou a espada, então a princesa também não. Ficaram ali, de armas cruzadas, as duas se recusando a ceder um centímetro que fosse. — Eu podia ter te machucado.

— Você já está machucada — contra-argumentou a princesa.

Revoltada, lady Leclair suspirou; então Gwen deu um empurrãozinho que fez suas armas se desvencilharem e em seguida jogou sua espada no chão.

— Eu nunca matei ninguém antes — disse ela, esgotada, enquanto limpava a testa com as costas da mão que não estava sangrando e apontava para alguma coisa atrás de Gwen. — É algo que eu nunca quis fazer. Tirar a vida de alguém. Foi tudo tão *rápido*. Ele estava vindo direto na minha garganta e aí eu... — Ela levantou o punho e deixou-o cair de novo.

— Você só fez o que precisava fazer — disse Gwen.

Estava acostumada a enxergar Bridget como uma mulher mais velha e mais sábia, mas, naquele momento, lady Leclair parecia exatamente o que era: uma garota de dezoito anos abalada e jovem demais para ter visto um homem morrer na ponta de sua espada. Jovem demais para ter sido a única barreira entre o herdeiro do trono e a faca que queria lhe cortar a garganta. Gwen hesitou por um instante e então esticou o braço para tocar o rosto de Bridget com a mão desocupada e passar o dedão por sua têmpora.

O olhar da cavaleira voltou ao foco imediatamente.

— O que você está fazendo?

— Não sei — respondeu Gwen. Por que será que tinha falado tão baixinho? — Pensei que fosse ajudar.

— Que se dane — murmurou Bridget, como se tivesse cometido um erro imperdoável, e então... se inclinou adiante e a beijou com tanta força que fez Gwen soltar um barulhinho de surpresa contra seus lábios.

A princesa tinha acabado de se recompor o bastante para retribuir... para fechar os olhos e permitir que sua mão agarrasse o ombro de Bridget, para sentir o gosto salgado na língua e partir em busca de mais... quando a cavaleira encerrou o beijo, encostando a testa contra a dela por um breve instante, e se afastou.

Gwen a ficou encarando de boca aberta, então soltou a espada que nem percebera que continuava segurando e a *empurrou*. Bridget, como seria de esperar, pareceu confusa, mas permitiu que fosse arrastada até atingir uma parede de pedra, onde as duas ficavam fora da vista de qualquer transeunte ou guarda curioso.

— Você tem algum plano para o que vem em seguida? — perguntou lady Leclair enquanto olhava para baixo, para as mãos de Gwen que continuavam pressionando sua clavícula. — Ou a sua ideia começou e terminou no empurrão?

— Cala a boca — disse Gwen, o que surpreendeu as duas. — Eu vou te beijar.

— Certo. Beija, então.

Se tivesse prestado mais atenção aos detalhes mais distintos, a princesa talvez tivesse percebido que a pele de Bridget estava ligeiramente úmida e quente debaixo de seus dedos. Que a mão da cavaleira continuava sangrando e deixando pequenas manchas de sangue em seu vestido real, e que aquele cabelo escuro tinha um leve cheiro de fumaça e de couro.

No momento, porém, sua atenção focava outro lugar. A cavaleira a havia envolvido de imediato com seus braços musculosos, deslizando os dedos para cima, os quais foram descansar na escápula e na lombar da princesa. Ela beijava com uma voracidade que parecia o extremo oposto do jeito cuidadoso com que a segurava. De alguma forma, lady Leclair estava sendo ao mesmo tempo o alicerce e a ruína de Gwen. Nem mesmo em seus sonhos beijar Bridget foi tão bom assim. Ela não fora capaz de imaginar que a cavaleira poderia passar os dedos por seu cabelo, enrolar uma mecha ao redor da mão e puxá-la para mais perto com um *gemidinho* satisfatório que deixou Gwen desesperada de curiosidade pelo que mais as mãos de Bridget poderiam fazer.

— Hum — disse a princesa, que se afastou e, distraída, percebeu que mesmo enquanto os olhos de Bridget se abriam devagar eles continuavam se demorando em seus lábios. — Foi... bom?

— Bom? — repetiu Bridget, erguendo o olhar para encará-la. — Foi. Sim, foi bom.

— Ah, é só que... — balbuciou Gwen. — Eu nunca fiz isso antes. Quer dizer, eu beijei o Arthur, mas foi mais de brincadeira do que qualquer coisa e... eu não tinha certeza de que você gostava de mim. É que, assim, eu gosto de *você*, mas não sabia se você tinha... percebido.

Com a cabeça ligeiramente inclinada para o lado, Bridget a analisou.

— Eu percebi. É só que parecia... inviável. E muito improvável que você fosse fazer alguma coisa a respeito. Não parecia uma boa ideia. E acho que ainda não é.

— Não. Pois é. Mas agora eu fiz alguma coisa — disse Gwen, toda abobalhada, como se lady Leclair não tivesse percebido.

— Fez — concordou Bridget, com o indício de um sorriso no rosto. — Você fez. Você é, na verdade, bem versada nessa história de *fazer coisas*.

Uma porta foi aberta do outro lado do pátio e Gwen deu um pulo de uns trinta centímetros. Em um piscar de olhos a cavaleira inverteu suas posições, espremendo-a contra a parede e esticando o pescoço para avaliar o intruso. Era apenas um serviçal cumprindo seus compromissos de início de manhã, assobiando a caminho do Grande Salão.

Gwen tentou não parecer decepcionada demais quando Bridget a soltou.

— Está tudo tão... esquisito — comentou lady Leclair, enquanto estendia a mão para limpar uma mancha de sangue discreta na mandíbula da princesa. — Estou tão cansada. Parece que é um sonho.

— Não é um sonho — disse Gwen. — Confia em mim. No sonho você está sempre em um unicórnio.

21

— VOCÊ ESTÁ FELIZ DE UM JEITO QUE PARECE SUSPEITO — DISSE Arthur, de cenho franzido, quando ela se sentou ao seu lado nas arquibancadas reais. — Ainda mais para alguém que acabou de ficar a um *triz* de ser assassinada.

— Deixa de ser ridículo — disse Gwen, tranquila. — Ninguém vai se dar ao trabalho de me matar. Não sirvo para nada. Eu mal apareço nos retratos de família. Me colocam bem pequeninha no canto.

— Esse é o espírito da coisa. Alguma nova notícia a respeito das forças maléficas que estão tentando acabar com a linhagem do seu pai?

O clima no castelo nos últimos dias andara extremamente pesado. A caminho do torneio, Arthur tinha sido detido por alguns guardas empolgadinhos demais e tinham precisado de uma bela gritaria (de sua parte) e posturas ameaçadoras (de Sidney) para convencê-los a soltá-lo por tempo o bastante para que pudesse explicar quem era.

— Sim. Parece que foi bem como o lorde Stafford falou. Um guarda recém-contratado que passou despercebido. Não foi coordenado nem nada do tipo, e não houve cúmplices. Acredito que só vão passar a prestar *muito* mais atenção em quem nós contratamos.

— Que curioso — disse Arthur.

— Foi o que o Gabriel falou. Ele ainda não está totalmente convencido. Mas nos últimos tempos o Stafford anda tão paranoico com o norte que de jeito nenhum ele deixaria essa história para lá se não tivesse certeza absoluta.

O rei e a rainha pisaram nas arquibancadas reais e acenaram para a multidão quando se acomodaram em seus assentos. Arthur deu uma olhada nos dois e depois voltou a encarar Gwen. Ele remexeu na bainha da manga por um instante e pigarreou.

— O seu irmão não...

— Não — respondeu ela, plácida. — Não vem. Qual assunto em específico você tem para tratar com meu irmão?

Arthur sentiu uma comichão de calor ir do colarinho de sua camisa até a ponta de suas orelhas.

— É um... sabe como é, eu queria perguntar como... como é ser um lorde e essas coisas, como se cuida da terra. É bem provável que eu não tenha a menor ideia de como...

Gwen bufou.

— Pelo amor de Deus, para de se torturar. Parece que o Merlin está dentro da sua calça te arranhando em lugares vitais.

— O nome do gato é Lúcifer — corrigiu Arthur, num tom que soou patético até para si.

— Art. Eu *sei*.

— Então por que foi que acabou de chamar o gato de Merlin?

— Não, seu *imbecil* — exclamou a princesa, que revirou os olhos, se inclinando para mais perto e, baixinho, disse: — Eu *sei*. De você. E... E do Gabriel.

— Ah — disse Arthur, afundando de volta no assento com um suspiro. — Entendi. Tudo bem. É que assim... O *que* é que você sabe exatamente? Porque, sendo bem sincero, Gwen, a impressão é que nem *eu* sei direito. E olha que, de certa forma, estou envolvido na história.

Enquanto pensava numa resposta, Gwen ficou mordendo o lábio, e parecia prestes a perder um pedaço da boca quando uma fanfarra de trombetas anunciou o início das justas. Arthur ergueu as mãos, indignado, pois sentia que de algum jeito ela tinha ignorado sua tentativa de obter informações a respeito de Gabriel, mas a verdadeira fonte de distração da princesa ficou evidente quando a primeira pessoa a competir foi anunciada.

Lady Bridget Leclair emergiu resplandecente em sua armadura. O escudeiro, se esforçando para carregar a lança e acompanhar o ritmo do cavalo, exibia bem menos compostura.

— Com licença — disse Arthur. — A gente estava falando de mim, e aí você meio que acabou se distraindo, mas só para recapitu...

Gwen chegou ao ponto de fazer *shiiiiu* para ele. Não desviara os olhos de Bridget, que se aproximava das arquibancadas enquanto seu competidor vinha pelo outro lado.

Depois de fazer a reverência mais profunda possível sobre lombo de um cavalo, ela virou o corcel de volta para a direção de onde viera... mas não sem antes ter uma troca de olhares breve e incandescente com Gwen, que estava praticamente vibrando para fora do assento. Arthur observou a cavaleira dar um sorrisinho de cumprimento para a princesa e então virou o corpo inteiro para encarar Gwen, que estava boquiaberta, com as bochechas coradas e eufórica de tanto desejo.

— Ai, meu Deus — sibilou ele, agora que a verdade de repente lhe fora concedida como um presente de aniversário antecipado. — *Aconteceu*.

— Como é que é? — disse Gwen, finalmente distraída e se virando rápido para encará-lo com uma expressão apavorada no rosto.

— Você... Você encharcou o escudo, não foi? — perguntou Arthur, num tom provavelmente não tão discreto quanto deveria. Ele próprio estava um tanto eufórico também. — Você estourou a pipoca dela! Deu o sinal verde! Você...

— Cala essa boca, *inferno* — vociferou Gwen, com a mandíbula tensa.

Com um gesto exagerado, Arthur fez uma mímica de costurar a boca e jogar a agulha fora. Ficou em silêncio apenas pelo tempo necessário para que Bridget e seu oponente, um sujeito robusto e com cara de acabado numa égua marrom, assumissem suas posições.

— Mas aconteceu, não é?

— Aconteceu o *quê*? — sibilou a princesa. — Não sei o significado de *nada* do que você acabou de falar.

— Você a beijou? — perguntou Arthur, com o bom senso de abaixar a voz para um sussurro. — Ela te beijou?

— Nada a declarar — respondeu Gwen, mas, mesmo que estivesse fumegando de raiva dele poucos segundos antes, precisou comprimir os lábios para segurar o sorriso.

— Ah, não — disse Arthur, agarrando-a pelo ombro e dando o que ele esperava ser um chacoalhãozinho amigável. — Verdade seja dita, eu estou feliz por você. E... não sei o que fazer com isso.

— Por favor — pediu ela —, não faça absolutamente nada. É uma situação que não requer ação nenhuma. E para de me balançar igual um maracá, as pessoas vão achar que a gente é esquisito.

— A gente *é* esquisito — disse ele, feliz da vida. — Não consigo acreditar. Sério, nunca achei que você fosse fazer alguma coisa. E pensar que você é minha pupila... Te ensinei tudo o que eu sei e te mandei para o mundo. Você dedilhou a...

Gwen foi poupada da conclusão dessa frase pelo estrondo de cornetas. Os olhos dela estavam grudados em Bridget, que abaixou o visor e incitou o cavalo adiante. Era tudo muito impressionante, Arthur não tinha como negar. À medida que foi pegando velocidade, ela continuava sentada em perfeito equilíbrio sobre a sela, ajeitando a posição da lança como se a arma não pesasse mais do que uma espada comum, encaixando-a com firmeza no braço e se inclinando para a frente com facilidade e nervos de aço.

O chão estava macio devido à chuva recente, e dava para sentir o cheiro da lama havia pouco revirada sob os cascos do cavalo se misturando com os odores do hidromel e do metal que sempre permeavam o ar em dias de torneio. Arthur quase fechou o olho quando se chocaram, mas ficou feliz em ter continuado olhando.

A mira de Bridget não vacilou. Sua lança se estilhaçou e a multidão aplaudiu. Seu oponente não conseguira nem desferir uma investida.

— *Isso* — sibilou Gwen, aplaudindo descontroladamente e dando pulinhos no assento como se quisesse saltar dali para comemorar.

Arthur arqueou as sobrancelhas para ela e assentiu em direção a seus pais, que aplaudiam com parcimônia. A princesa também arqueou as sobrancelhas e as remexeu de um jeito tão inesperado e atrevido que Arthur bufou, surpreso.

— Eu sabia que você só precisava de um pouquinho de língua com língua para se animar — disse para ela por cima do barulho da multidão, e Gwen lhe deu uma cotovelada bastante forte na lateral do corpo, mas continuou sorrindo.

A princesa estava vendo Bridget se aproximar, com o capacete em mãos, para aceitar os parabéns do rei.

As duas provavelmente achavam que estavam sendo discretas, mas mesmo a metros de distância uma da outra, a tensão era palpável. Poderiam muito bem ter feito uma proclamação: *Eis que recentemente um beijo foi consumado entre esta vigorosa cavaleira e esta efêmera dama virtuosa.*

— Ela foi estupenda — disse Gwen, sem fôlego, enquanto Bridget se afastava.

Arthur riu.

— Por que você não vai lá no acampamento dos competidores e pede para Bridget que mostre como é que ela faz para derrubar as pessoas? — perguntou Arthur, e a princesa fez uma careta.

— Não posso — respondeu Gwen, gesticulando para os guardas nas saídas das arquibancadas. — Eles são minha sombra agora. Apareceram e insistiram em me levar de volta para os meus aposentos quando eu e a Bridget estávamos... conversando. Amanhã é meu aniversário e eu pensei que talvez... mas enfim. É impossível.

— Ah, mas isso não é nada bom — murmurou Arthur enquanto observava um dos guardas recém-mencionados esmagar uma mosca chata entre a ponta dos dedos. — Como é que você vai aproveitar seu caso ilícito e uma depravação de aniversário nessas condições?

— Não vou — respondeu Gwen, conformada.

Era difícil contestar sua lógica.

— É uma carta — disse Sidney no dia seguinte, quando os dois estavam de pé de ambos os lados da mesinha em seus aposentos analisando o envelope. — Não um cachorro com raiva.

— É uma carta *de* um cachorro com raiva — apontou Arthur, dando uma volta como se ela realmente pudesse morder.

Teve que parar de forma abrupta quando alcançou Sidney, que se recusava a participar dessa dança estranha. O recado chegara durante o café da manhã, junto com uma variedade de pertences que Arthur requisitou de casa, incluindo alguns dos muitos livros da biblioteca de sua família relacionados ao período arturiano, os quais ele mandara trazer com a vaga ideia de dá-los para Gabriel.

— Você quer que *eu* leia? — perguntou Sidney, cruzando os braços.

— Não, você faria a voz toda errada — respondeu Arthur.

Foi uma brincadeira fraca que, como resposta, recebeu o resfolegar desanimado que merecia.

— Vamos lá — disse Sidney, impaciente. — É para ler? Não é para ler? É para jogar no quinto dos infernos?

— Saco — exclamou Arthur, o que não servia muito bem como resposta.

Ele pegou a carta com cautela, carregou-a para dentro de seu quarto e, com um suspiro, se jogou sobre a colcha de cama bordada. A caligrafia era pontiaguda e assimétrica como sempre; o nome de Arthur fora escrito como se o pai quisesse atravessar a pena para o outro lado da página. Ele rompeu o selo (os três corvos ridículos surrupiados diretamente do brasão do rei Arthur com o incremento do tradicional corvo dos Delacey) e desdobrou a carta. Era melhor resolver isso de uma vez por todas.

Meu filho Arthur, começava o texto. O que já foi o bastante para que o rapaz precisasse de um intervalinho. Ele rolou até ficar deitado de costas e, por alguns segundos, ficou olhando para o dossel e respirou com calma do jeito que Sidney sempre lhe dizia que ele precisava fazer. Então se virou e pegou o papel de novo.

Meu filho Arthur,

Fico feliz em saber que seu relacionamento com a princesa Gwendoline esteja seguindo de acordo com o planejado. O rei me escreveu para expressar seu desejo de que marquemos uma data para suas núpcias, e estou de acordo.

Agora que conhece melhor a princesa, também seria extremamente benéfico que você ficasse mais íntimo dela.

Lembre-se, Arthur: qualquer informação que você possa oferecer deve ser enviada <u>de imediato</u>, como combinamos antes da sua partida.

Atenciosamente,

O Honroso Lorde de Maidvale

— Honroso — vociferou Arthur, soltando a carta e rindo mesmo sem achar graça antes de pegar a mensagem de novo. — Honroso!

— Quem é honroso? — perguntou Sidney, que apareceu no batente da porta segurando a pilha de papéis e de pacotes que tinham vindo junto com o recado e estava se preparando para o que viria.

— Olha, eu posso te dizer quem *não* é — gritou Arthur, e descartou a carta mais uma vez. — Ele finge que está *feliz* por mim quando na verdade só quer que eu me aproxime do Gabriel para extrair informações, fofoca e qualquer coisa que ele consiga usar como moeda de troca... qualquer coisa que o faça se sentir *alguém*, como se ele fosse importante, como se não passasse de um *cretino* pinguço, estabanado e sem amigos.

— Poxa vida — disse Sidney. — Foi só isso?

— Não — respondeu Arthur, e fez uma pausa. — Pelo visto estamos escolhendo uma data para o meu casamento.

— Ah — comentou Sidney, com pesar. — Bom. Meus parabéns. Você acha que a Gwendoline sabe?

Arthur deu de ombros, e Sidney abandonou os pacotes para ir se sentar ao seu lado na cama.

— Olha — começou ele, amargurado —, um mês atrás eu teria *amado* ser a pessoa a dar notícia para ela. A desgraça adora uma companhia, sabe? Então é melhor se divertir um pouco pelo menos, dançar no deque já que o navio vai afundar de um jeito ou de outro. Mas acontece que, por algum motivo, eu não acho isso divertido. Não mais.

Sidney mordeu o lábio.

— E se você falar para ela que a sua família tem a tradição de se casar no topo de uma montanha?

— Não, não — respondeu Arthur, desanimado. Pôs a carta no topo dos pacotes e os colocou de qualquer jeito no peitoril da janela antes de voltar a se virar para Sidney. — Bom. Na verdade... Quem sabe? Vamos trabalhar um pouco nessa ideia. E depois a gente vê.

Arthur insistiu que não iria responder à carta e listou seus motivos enquanto andava para cá e para lá em seus aposentos, mas, uma hora mais tarde, fez exatamente o oposto. Ficou batendo com a ponta da pena no tampo da mesa enquanto encarava à sua frente o pedaço branco de pergaminho branco levemente amassado.

Sidney suspirou.

— Ficar te vendo fazer isso não é tão divertido quanto você deve imaginar.

— Vai olhar para outra coisa, então — vociferou Arthur. — Não vou te impedir.

— Que nada — respondeu Sidney, conformado, inclinando a cadeira para trás e balançando-a por um instante sobre apenas dois pés antes de voltá-la para o lugar.

Arthur sabia o motivo de seu colega não sair, e isso o irritava profundamente. Sidney estava preocupado com a possibilidade de que, se o deixasse sozinho, Arthur explodiria, pegaria uma garrafa de vinho, deixaria alguma coisa cair do telhado ou encontraria algum outro jeito de se autossabotar para se distrair e parar de pensar no pai, no casamento ou, então, em seu pai *no* casamento. Será que Sidney achava que Arthur estava sendo sutil em suas tentativas de controlar os danos? Será que Sidney sabia que era claro que Arthur reconhecia esses humores em si mesmo? Que conseguia identificar o formigamento específico no peito e a bile que os antecedia? Saber que a forma com que Arthur lidava com o estresse não era lá muito saudável não significava que fosse possível impedi-lo quando o nervosismo se iniciava.

Para ele, era como puxar a corda de um arco até o limite. Depois que começava, tudo *aquilo* tinha que ir para *algum lugar*.

— Não precisa responder à carta hoje à noite — disse Sidney. — Você *nem sequer* precisa responder.

— E deixar ele ter a palavra final? — indagou Arthur, com os dedos enrolados no cabelo enquanto encarava o pergaminho e ofendido porque a resposta perfeita não se materializara diante dele sem que precisasse tocar o bico da pena no tinteiro.

— É só a porcaria de uma carta. É impossível ter a palavra final porque ele pode simplesmente responder. Aí vocês vão ficar para sempre nesse vai e vem de tentarem se superar até que um dos dois morra.

Arthur deu uma risada desanimada.

— Pelo visto você finalmente está começando a entender a verdadeira natureza da relação que tenho com o meu pai.

No fim das contas, ele escreveu uma mensagem ligeira e confusa — àquela altura já tinha se irritado e, em vez de uma recusa imaculada, educada e feita com esmero quanto a participar de qualquer que fosse o jogo que o pai estava tramando, o texto pode ter incluído algumas baixarias que insultavam tanto seu pai quanto o cavalo que ele montava — e depois, ignorando os protestos de Sidney, foi imediatamente atrás de um serviçal para cuidar do despacho.

— Acho que era melhor ter dormido para descobrir se ainda iria querer enviá-la amanhã — disse Sidney enquanto os dois observavam o jovem serviçal sair às pressas.

— Ah, cala essa boca e fica na sua — disse Arthur, num tom mais ou menos zombeteiro. — Vem. Pega o meu baú. Temos um trabalho a fazer.

O cunho desse trabalho os levou, meia hora mais tarde, até a ala real.

— Sempre que eu abro essa porta você está aí do outro lado — disse Gwen.

— Sorte a sua — respondeu Arthur, e entrou no quarto dela. Sobre a mesa, viu uma grande manta estendida com agulha e linha precariamente penduradas numa das pontas. — Que diabo é isso?

— Meu bordado.

— Espera, eu reconheço essa manta... acho que *sangrei* nela — disse ele, e foi mexer no tecido.

— Sangrou. E eu tive que remover uma parte inteira.

— É isso o que você está fazendo no seu aniversário? — perguntou Arthur, horrorizado. — No seu aniversário de *dezoito anos*?

— Dar um banquete poucos dias depois de uma falha de segurança foi considerado imprudente — respondeu ela, dando de ombros. — Meu pai ofereceu o Bobo da Corte, mas achei que poderia ser meio deprimente ficar só eu e o Gabriel aqui sentados vendo um marmanjo fingir cair sobre o próprio saco.

— Ah, mas isso o Art pode fazer para vocês — ofereceu Sidney.

— Ficou sabendo que estão escolhendo a data do casamento? — perguntou a princesa enquanto se sentava pesadamente.

— Pois é. Ouvi. Eu sei que a gente nunca teve dúvidas de que esse dia chegaria — disse ele, soltando o pedaço de tecido —, mas eu meio que torcia para que, quando chegasse a hora, eu estivesse morto. Sem querer ofender.

— Hum... — exclamou Agnes, que apareceu na soleira da porta do quarto, onde estivera havia algum tempo. — Boa tarde, lorde Delacey.

— Ah — exclamou Arthur. — Boa tarde. Você ouviu alguma parte do que eu disse?

— Não, não — disse Gwen, com ar de quem já desistira de criar expectativas havia muito tempo. — Não tem problema. Agnes... eu e o Arthur andamos fingindo sentir atração um pelo outro na esperança de distrair nossas famílias e vários outros espectadores do fato de que temos certas... inclinações românticas que podem atrapalhar a formação de uma união harmoniosa entre nós.

— Ah — disse Agnes, dando um passo adiante para dentro do cômodo. — É, eu sei.

— Você *sabe*? — perguntou Gwen, se virando na cadeira para encarar, boquiaberta, sua dama de companhia.

— Você é bem barulhenta enquanto dorme — disse Agnes, dando de ombros. — *Além disso*, quando você e o Arthur brigam, você fala disso o tempo todo. E... no banquete, eu vi o Arthur beijando o Mitchell, o assistente do mestre das matilhas.

— Você viu? — perguntou Arthur, um tanto confuso. — Eu não vi *você* me vendo... Só que, sendo bem sincero, minhas lembranças daquela noite são meio vagas.

— Você *sabia* — repetiu Gwen. — E... não contou para ninguém, né? Porque senão...

— Claro que não — respondeu Agnes, parecendo afrontada. — Eu não faria uma coisa dessas.

— A gente sabe que você não faria isso — disse Sidney, num tom tão impregnado de amor e devoção que Arthur, atrás dele, fingiu vomitar, o que arrancou um sorriso de Gwen.

— Beleza. Levanta — chamou Arthur, batendo uma palma. — Temos planos para hoje à noite. Cadê o seu... o Gabriel...?

— Na biblioteca. Fortemente vigiado — informou Gwen. — Ele passou quase o dia todo comigo.

— Ah, tudo bem — comentou Arthur, decepcionado por um instante antes de recuperar os ânimos. — Não tem problema! Vamos sem ele.

— Vamos para onde? Espera aí... Arthur — disse Gwen, devagar. — Você está usando dois chapéus? — Ele estava. E tirou o primeiro com um floreio. — *Por que* dois chapéus?

— O povo me chama de Arthurzinho Dois-Chapéus.

— Não chamam, não.

— Não, não chamam — concordou ele, colocando um dos adereços nas mãos de Gwen. — Mas é porque um é para você.

22

— Quando alguém descobre uma falha de segurança durante um momento de risco elevado — disse Gwen, cruzando os braços. — O certo é contar para o capitão da guarda. Garantir que ninguém tire proveito disso. E *não* se aproveitar da tal falha de segurança para... ir *farrear*.

— É um bom argumento — disse Arthur, num tom diplomático. — Só que infelizmente eu não estou à procura de bons argumentos, então... fica quietinha e coloca esse bigode.

Gwen continuaria argumentando não fossem por duas coisas: a primeira era que o invasor da ala real fora conclusivamente considerado um incidente muito infeliz e isolado, coisa que o lorde Stafford andava repetindo e enfatizando sem parar desde o acontecido. A segunda (que jamais admitiria em voz alta para Arthur) era que, desde que ele chegara a Camelot, a princesa tinha percebido que andava sendo cerceada por uma insatisfação crescente com muitos aspectos de sua vida.

Sua mãe lhe fizera companhia no café da manhã — no dia do *aniversário* dela, ainda por cima — para contar que o casamento fora marcado para o fim do verão, depois revelou planos para um cronograma abarrotado de reuniões, provas de roupas e conversas entediantes a respeito da lista de convidados e dos pratos que deveriam servir no banquete. Tudo o que se parecesse com sua rotina habitual seria completamente descartado; os dias seriam preenchidos até dizer chega com outras pessoas fazendo planos para ela, falando alto e a cutucando, sem espaço nenhum para o que

Gwen pudesse querer, ou seja, tempo para se sentar sozinha num cômodo ou dar uma escapadinha para ver Bridget.

Enquanto ouvia a rainha, algo dentro de si enfim havia se rompido. Devia ter sido alguma parte importante de seu cérebro que cuidava de todas as suas faculdades mentais mais sensatas, porque o plano terrível de Arthur para a noite, na verdade, parecia bem atraente.

E, como resultado, eles estavam *saindo*.

Pelo visto, ainda era possível escapar escalando a parede externa contanto que a primeira parte da descida fosse feita muito rápido entre uma patrulha e outra dos guardas. Sidney fizera um reconhecimento da área para registar o tempo com perfeição. No geral, Gwen achava que não deveria ter sido tão fácil para Arthur convencer a ela e Agnes a vestir algumas de suas roupas, grudar bigodes falsos em cima do lábio e escapar janela afora em direção a um destino quase certamente trágico.

— De quem são esses pelos? — perguntou a princesa, desconfiada, ao analisar o tal bigode. — Você pegou do chão?

Arthur deu um sorriso.

— Não se preocupa. É do Lúcifer.

Sendo bem sincera, Gwen achava que quase nada era capaz de sobreviver à ferocidade da energia de Arthur quando direcionada a contrariar os outros. Mais meia hora discutindo com ele assim tão empolgado, e o rapaz provavelmente a convenceria de que, para início de conversa, tudo aquilo fora ideia dela.

A descida ocorreu de forma tranquila, o que foi surpreendente. Sidney montara um tipo de escada feita de corda bem básica que ele, bancando o espertinho, amarrara a uma pilastra no quarto de Gwen para que ela e Agnes fossem poupadas dos verdadeiros perigos do alpinismo, e depois a desamarrara quando chegou sua vez de descer. Eles receberam sinal para passar pelos portões do castelo; como estavam saindo, e não entrando, ninguém se importou muito com quem eram.

Assim que chegaram na estrada principal para a cidade, a situação ficou um pouco real demais. O pânico deixou Gwen levemente enjoada e ela começou a murmurar uma torrente quase ininterrupta de arrependimentos (*ai meu Deus, vão nos pegar, vamos morrer, vamos ser pegos e morrer*), até que Sidney lhe passou uma garrafa de alguma coisa e a mandou tomar um golinho para se acalmar. O gosto fazia parecer que suas entranhas estavam sendo expurgadas por fogo de dentro para fora.

— É melhor você não fazer disso um hábito, sabe — disse Arthur, quando Sidney pegou a bebida de volta.

— Um ladrão reconhece um ladrão, assim como um lobo reconhece um lobo — disse Agnes, e todos se viraram para encará-la. Ela deu de ombros. — Sei lá. Minha mãe que falava isso.

— Quem eu sou nesse exemplo? — perguntou Arthur, um tantinho interessado. — O padre?

— Você é o sujeito que provavelmente tem problema com bebida — respondeu Gwen.

— Deus do céu, de novo essa conversa, não. Eu não vou beber hoje à noite, está bem? Nenhuma gota. Quase um santo.

Quanto mais perto chegavam da cidade em si, mais movimentados os arredores foram ficando. Havia ambulantes vendendo o que garantiam ser pedaços de armaduras de cavaleiros coletados no torneio; multidões de bêbados transbordando para fora das tavernas e indo em direção às praças, que estavam lotadas; crianças correndo por toda parte vendendo pãezinhos queimados, apitos feitos de osso e conjuntinhos de flores secas.

Mais uma vez, Gwen se deu conta de que, apesar de ter passado a maior parte de sua vida em Camelot, nunca vira a cidade de verdade. Em dias de desfile ou quando o cortejo real saía do castelo em peso para viajar até uma cidade ou castelo nobre próximo, as ruas eram esvaziadas antes que chegassem. Ela nunca vira o que o povo de seu pai realmente *fazia* quando não haviam recebido ordens de ajeitar a postura, pentear o cabelo e não chegar a menos de cinco metros de algum membro da família real. Tinha muito mais escarradas do que Gwen poderia ter imaginado, mas muito mais vida, conversas e risadas também.

— Anda mais que nem homem — sugeriu Arthur para a princesa, lhe dando uma cotovelada.

Ela tinha puxado o chapéu sobre o rosto e, muito embora tivessem a mesma altura, a túnica dele não lhe caía muito bem. Ficava apertada na barriga e frouxa nos ombros.

— Eu não sei fazer esse tipo de coisa — respondeu Gwen, entre dentes cerrados, e por pouco desviou de uma poça de vômito acumulada nas lajotas. — Duvido que todos os homens andem do mesmo jeito.

— É só andar como se você fosse a dona da rua — aconselhou Sidney.

— Eu praticamente *sou* dona da rua *mesmo*.

— Faz sentido — disse Sidney.

— Anda como se você não se importasse com a posição dos braços e das pernas — sugeriu Agnes, que estava se saindo muito melhor do que Gwen. — Como se não fizesse diferença onde seus membros vão parar. Tipo assim. Viu? Balança. E você tem que agir o tempo inteiro como se a sua virilha fosse um fardo.

— Agora, espera lá — disse Arthur. — Eu sou homem e minha virilha não é fardo nenhum.

— Para você talvez, não — disse Gwen. — Mas para o resto da humanidade, sim.

— Eu te fiz um bigode falso! — exclamou ele, indignado. — Fiz *artesanato* por você! O mínimo que você pode fazer é ser grata.

— Obrigada pelo meu bigode de pelo de gato — disse Gwen, revirando os olhos. — Sério, é um nojo. Tomara que você tenha lavado primeiro.

Arthur deu uma piscadela para a princesa de um jeito que ele provavelmente imaginava que fosse malandro e charmoso.

— Posso te garantir que não lavei.

Nesse exato momento, eles saíram de uma viela questionável e adentraram numa praça repleta de sons e cores. Uma estalagem em ruínas, que parecia estar com metade da estrutura afundando no chão, era a fonte da festa. Uma banda dispusera os instrumentos pouco depois da porta e as pessoas haviam se reunido ali para beber e dançar sob o ar quente da noite.

— Agora *sim* — disse Arthur, triunfante, quando o violinista começou uma nova canção e a multidão aprovou numa comemoração embriagada.

— Vamos lá, Sid. Bebida.

Ele e Sidney atravessaram a aglomeração às cotoveladas e deixaram Gwen e Agnes pairando às margens da folia. A princesa tinha certeza de que a qualquer momento alguém lhe perguntaria por que tinha colado uns fiapos no lábio, ou a prenderia por estar vestindo calças, mas ninguém nem sequer as notou ali.

Enquanto assistiam às pessoas dançarem, um silêncio levemente desconfortável se instalou entre as duas.

— Desculpa por não ter te contado antes — falou Gwen, do nada. — Sobre o Arthur e eu. Quer dizer, você sabia, mas eu devia ter te contado. Não confiei em você porque... bom, porque eu tinha a impressão de que não te conhecia de verdade.

Mordendo o lábio inferior, Agnes olhou para a princesa.

— Posso ser sincera? — Gwen deu de ombros. — Você *ainda* não me conhece nem um pouco, e faz quatro anos que a gente passa todo santo dia juntas. Acho que você só me descartou como uma *mulher* abobada que ri o tempo inteiro e sai por aí fazendo fofocas a seu respeito, só que... eu nunca fiz isso. Bom, a parte de ser mulher e rir o tempo inteiro é verdade. Mas não tem problema nenhum nisso.

Gwen tentou lidar com a situação (seu instinto pedindo para que ela se irritasse, para que tentasse negar o que Agnes acabara de falar ou que, se não tinha como descartar sua lógica, ao menos lhe desse uma reprimenda pelo tom de voz), mas percebeu que, num geral, Agnes estava certa.

— Justo — disse a princesa, enfim. — Eu nem sempre te juguei do... Bom, me desculpa. Por ser tão grossa com você. E... eu gostaria de te conhecer melhor.

Agnes deu um sorriso irônico.

— Quer dançar?

— Na verdade, não — disse Gwen, criando coragem. — Mas se for para te conhecer melhor...

A essa altura, Agnes já a tinha pegado pelo braço e puxado em direção às pessoas que dançavam. Impulsionada pela liberdade de dançar sem saia, sem sua mãe e sem homens tarados para atrapalhar sua diversão, a princesa riu, tropeçou e quase perdeu o chapéu. Não havia filas formais nem danças ensaiadas. O povo simplesmente se jogava para lá e para cá ao som da música de qualquer jeito que eles achassem apropriado, e Gwen se esforçou ao máximo para acompanhá-los.

— Você está sendo delicada demais! — exclamou Agnes por sobre as flautas. — Homem não dança assim!

— Tem um rato na sua calça, é? — questionou Arthur, que apareceu ao lado do ombro de Gwen e lhe entregou um copo de água de sálvia. — Vem comigo, então. Eu te mostro como um homem de verdade dança. Vou te ensinar o treme-treme. O cachorro sujo. A rapsódia polifônica.

— Nada do que você disse é uma dança que existe de verdade — disse Gwen, enquanto, sem parar de dançar e toda sem jeito, bebericava a bebida.

— Claro que são. Esse é o... sei lá o nome que eu acabei de dar — respondeu Arthur, e então fez algo tão vulgar com os quadris que a princesa ofereceu uma prece rapidinha pela própria alma.

— Eu que não vou fazer isso aí — disse ela.

Arthur riu, agarrou sua mão solta e a gesticulou no ar como se Gwen não passasse de uma alga marinha.

Aquilo era bem diferente de qualquer aniversário que Gwen já havia tido (muito diferente do que ela jamais *quisera*), animado e, ainda assim, perfeito. Todos estavam rindo. Sidney nunca conseguia, mas não parava de tentar rodopiar Agnes para impressioná-la. Quando Arthur se aproximou de Gwen como se estivesse prestes a fazer a mesma coisa, mas acabou sendo rejeitado, ele disse:

— Está bem, *me* gira *você*, então.

E ela assim o fez. A multidão parecia crescer a cada minuto e ia se transformando, mudando e se alargando para abrir espaço para quem quer que quisesse entrar. Quando Arthur soltou as mãos da princesa e começou a esticar o pescoço para perscrutar por cima das muitas cabeças que riam e gritavam, Gwen tentou seguir seu olhar.

— *O que foi?* — gritou ela, e o rapaz se virou em sua direção com uma expressão um tanto assustadora de orgulho de si mesmo.

— Seu presente de aniversário chegou — disse ele, e agarrou-a pelos ombros para virá-la em direção à estalagem.

— Ai, meu *Deus* — exclamou Gwen, com medo do que Arthur consideraria um presente adequado para uma comemoração de dezoito anos.

Quando a multidão se abriu levemente, porém, ela teve o vislumbre de uma franja escura, ombros largos e uma feição cuidadosamente neutra. Saiu na mesma hora, ignorando a risada de surpresa de Arthur quando a princesa se soltou das mãos dele e abriu caminho pela aglomeração até conseguir ver Bridget direito. A cavaleira vestia um casaco simples de seda e estava segurando uma bebida como se fosse o copo que a estivesse mantendo ancorada ao chão, enquanto, desconfiada, encarava a multidão. Suas amigas estavam junto, conversando. Adah falou algo que fez Elaine rir, e Elaine pôs brevemente o braço ao redor de sua cintura, deu um apertãozinho e, um ou dois segundos depois, já estava segurando o caneco em segurança de novo.

— *Bridget* — chamou Gwen, com uma risadinha.

A princesa teve a imensa satisfação de ver a cavaleira se virar em sua direção, desanuviar a expressão e erguer um canto da boca num sorriso que ameaçou fazer os joelhos de Gwen vacilarem. As amigas pediram licença e, sorrindo, Adah arqueou as sobrancelhas para cumprimentar Gwen ao passar.

— Feliz aniversário — sussurrou Elaine antes de serem engolidas pela multidão.

— Belo bigode — elogiou Bridget quando Gwen a alcançou, e tocou-o com muita gentileza para não o tirar do lugar. — Bem convincente.

— Sério? — perguntou a princesa, toda empolgada e abobalhada e mais do que um pouco besta.

— Não, Gwendoline — respondeu a cavaleira, com o dedão ainda descansando sobre a mandíbula de Gwen. — Não mesmo. Ficou horrível. Mas todo mundo aqui está pra lá de bêbado para perceber.

— Então, nesse caso, você acha que eles vão se importar muito — disse ela, dedilhando a barra da manga da blusa enquanto olhava de volta para a multidão reunida — se a gente...?

Em vez de responder, Bridget usou a mão dobrada sobre o queixo de Gwen para inclinar sua cabeça com gentileza e beijá-la. Como já a tinha beijado antes, todo o ineditismo apavorante sumiu e foi substituído por algo melhor; por uma ardência lenta e familiar no lugar de um pânico inebriante e ofegante. Ela gostou do jeito com que Bridget pareceu rir em sua boca quando a beijou, como se tivesse ficado feliz por descobrir alguma coisa; gostou da sensação daqueles braços e mãos fortes a puxando para mais perto; e gostou *especialmente* do barulhinho frustrado que Bridget fez com a garganta quando tentou pegá-la pelo cabelo, que estava preso com muito cuidado debaixo do chapéu.

— Coisa mais ridícula — comentou no ouvido de Gwen enquanto, com os dedos, puxava levemente as tranças.

Tudo o que a princesa conseguiu emitir como resposta foi um chiado pouco digno. O ar que ela exalou pareceu soltar alguns dos pelos do bigode, e Bridget foi obrigada a se virar e espirrar na manga da blusa. Foi um espirro agudo, um tipo de barulho que Gwen jamais imaginou que sairia da cavaleira, então a ficou encarando sem conseguir acreditar, e riu quando Bridget revirou os olhos e a puxou pelo colarinho para mais um beijo.

As duas foram interrompidas pela multidão, que celebrava emitindo os mais variados sons. Com a mão de Bridget ainda pressionando sua nuca, Gwen se virou e viu Arthur e Sidney erguendo as bebidas em comemoração. Agnes ria no ombro de Sidney. Arthur devia ter esbarrado com Adah e Elaine e se apresentado, já que as duas estavam ali também, rindo enquanto o grupo era empurrado pela multidão. Um homem com o rosto vermelho que dançava perto do grupo quase perdeu um olho devido às palmas adoidadas que Arthur bateu na direção de Gwen, mas ele apaziguou a situação com um tapinha no ombro do sujeito e um grito de:

— Desculpa... desculpa, meu camarada. É que fiquei feliz pelo meu amigo que é péssimo com as mulheres e mal sabe diferenciar o buraco de cima do de baixo. Mas ele achou uma querida prestativa aqui e parece que, pelo bem da decência pública, localizou o buraco certo.

— *Para* — Gwen gesticulou com os lábios e de olhos semicerrados, mas Arthur só lhe saudou com uma sinceridade fingida, se virou para Adah e Elaine e começou a conversar todo empolgado com elas.

— Seu amigo é perturbado — disse Bridget.

— Disso eu não tenho nem como discordar — concordou a princesa, feliz demais para se estressar. — Desculpa por a gente não ter se falado. Eu queria ir atrás de você, mas tudo ficou tão...

— Não precisa se explicar — respondeu a cavaleira, dando de ombros e tirando um pouco de pelo de gato do ombro de Gwen. — Eu realmente não esperava que fosse voltar a te ver.

— Não? — perguntou ela, de cenho franzido, sentindo parte de sua euforia se dissipar.

— Ei — disse Bridget, enquanto a tocava com gentileza no queixo. — Não foi nesse sentido. Só estou... sendo pragmática. Eu não sabia como a gente poderia fazer a coisa dar certo com tudo o que está acontecendo. Mas seu camarada ali, o Arthur, veio me procurar e foi bem... insistente.

— É o jeitinho dele. — Ainda com a impressão de que havia interpretado tudo errado, Gwen mordeu os lábios. — Então... você está feliz? Em me ver?

— O que *você* acha? — perguntou a cavaleira, a puxando para perto de novo.

— Só para confirmar — respondeu Gwen, e se reclinou para trás apenas o bastante para sentir que estava sendo segurada enquanto pensava que, num mundo ideal, Bridget nunca a soltaria.

No fim das contas, ela a soltou, mas só porque Arthur estava puxando a manga de Gwen com tanta insistência, que seria capaz de a princesa perder um braço se Bridget tentasse mantê-la ali. A cavaleira não *dançava*, exatamente, mas se dispôs a se mexer contanto que ficasse perto de Gwen, que, por sua vez, estava sendo provocada por Sidney (que não parava de dizer que, como o *homem*, era ela quem deveria estar conduzindo a dança). Mas aquilo não fazia diferença; em meio ao caos, o pisar dos pés, o derramar de ainda mais bebida, a cacofonia de vozes altas e da flauta e do violino, ninguém se importava que ela fosse qualquer coisa além de outro corpo vivo. Nem mesmo notaram quando os últimos fiapos valentes do bigode de Gwen finalmente desistiram de tudo e caíram ao chão para serem pisoteados sobre os paralelepípedos.

Agnes dançava com Adah e Elaine e tentava acompanhar o ritmo enquanto a primeira gritava o passo a passo. Sidney e Arthur dançavam juntos e ficavam tentando superar um ao outro com chutinhos e piruetas que iam ficando cada vez mais violentos. Gwen dançava com Bridget e sorria e sorria, e a cavaleira, por sua vez, sorria de volta como quem estava fazendo muita força para não sorrir, e Arthur continuava vindo para dar tapinhas nas costas delas e balançar seus ombros com vigor como se eles tivessem ganhado uma aposta ou acabado de anunciar o nascimento de um herdeiro saudável. Bridget o tolerava, mas suas sobrancelhas iam se arqueando cada vez mais alto até que Gwen achou que ele estava entrando num território perigoso, mas então passou dez minutos sem que ninguém balançasse seus ombros e, quando o procurou, percebeu que Arthur tinha sumido de vista.

— Só vou... Fica aqui — disse a princesa, ignorando o olhar de pânico inusitado de Bridget quando, ao se afastar, Agnes estendeu uma mão para a cavaleira e dançando sugestivamente.

Com os ombros Gwen abriu caminho em meio à multidão até alcançar a extremidade da aglomeração, e foi lá que encontrou Arthur reclinado contra um poço nada linear, observando as festividades com um copo vazio na mão e um sorriso melancólico no rosto.

— Se escondendo? — perguntou ela, e ele deu de ombros.

— Só tirando um tempinho para reabastecer minha força e meu vigor jovial para poder continuar até o amanhecer. E, além do mais, o Sidney pisou no meu pé.

— Que tragédia — disse Gwen, se sentando ao seu lado. — Você está bem? Está parecendo meio... desanimado. Sem a empolgação de sempre.

— Hum... — disse Arthur, abaixando o olhar para o copo. — Ele não é um rapaz delicado, o nosso Sidney. É bem capaz de eu ter que amputar.

— Eu não estava falando da droga do seu *pé*.

— Eu sei — admitiu ele, num suspiro. — Você é terrivelmente intrometida e espertinha demais da conta para alguém que no momento devia estar ocupada comemorando e sendo jogada de um lado para outro da pista de dança pela Dona Fortona ali.

— Já comemorei mais do que o bastante — rebateu a princesa, batendo o cotovelo no dele. — Se é por causa do meu irmão que você está assim se lamentando...

— Eu sei que na sua *cabeça* você ou os seus parentes de sangue são o centro de tudo, mas não é bem assim — disse Arthur, franzindo o nariz para ela, o que deu uma suavizada na ofensa.

— Ele não teria vindo, você sabe, né? Mesmo que não estivesse ocupado na biblioteca protegido por uns dez tipos de patrulhas.

— Ah, aí eu já não sei — comentou Arthur, dando de ombros. — Eu posso ser bem convincente.

— Eca — exclamou Gwen, com uma careta. Ele deu um sorriso desanimado em resposta. — Me desculpa, Art. Eu sei que ele não... Sei que com ele as coisas não são fáceis. Ele enfiou na cabeça que precisa ser tudo o que o nosso pai é e mais... e que se não conseguir unir o país e apaziguar séculos de derramamento de sangue e desavenças é porque não se esforçou o bastante. Na cabeça dele não tem espaço para... muito além disso.

Arthur soltou o copo, passou as mãos pelo cabelo e se virou para encará-la direito.

— Deixa de ser boba. Eu estou bem. Eu sempre estou bem.

— Tudo bem — disse Gwen. Ela encontrou a mão dele bem onde os dedos de Arthur estavam apoiados nos tijolos e deu uma apertadinha. — Quer dizer. Se você tem certeza.

— A lady Leclair deve gostar muito de você — disse ele, em vez de responder. — O Sidney está agora mesmo tentando fazê-la rodopiar e, por enquanto, ela ainda não o matou.

— Eu gosto *dela* para caramba. Obrigada. Por ter convidado ela. E por me trazer aqui. E simplesmente por... por tudo isso.

— Meu Deus do céu, eu devo estar amolecendo mesmo — disse Arthur, meneando a cabeça. — Porque, sério, o que eu ganho com isso? Praticamente nada. É chocante.

— Art — disse a princesa e, cansada, se inclinou em direção a ele e descansou a cabeça exausta em seu ombro. — Eu sei que a gente começou com o pé esquerdo... Não ri de mim, eu só quero falar uma coisa e não é para você me interromper. — Ela o sentiu concordar e organizou os pensamentos antes de continuar: — Antes de você vir para cá... eu passei muito tempo confusa. Não sabia o motivo de eu sentir o que sentia ou o que significava e... você foi a primeira pessoa que soube. E, tudo bem, você usou isso para me *chantagear*, não era o ideal, mas deve ter sido por autodefesa... O que estou tentando dizer é que você sabia e tudo fez pleno sentido para você mesmo quando ainda não fazia para mim. Eu não precisei te justificar nada ou implorar para que entendesse... foi algo que nem precisou de explicação. Eu não fazia ideia do quanto isso seria importante para mim. Quando conversei com você sobre esse assunto, mesmo na época em que você era meio que um pesadelo, você sempre me fez sentir... completamente normal. Se tornou algo que eu deveria ter o direito de querer e de ter, sem questionamentos. E, pode até parecer idiotice, mas parecia que, de algum jeito, você estava do meu lado mesmo quando me odiava. Isso me... me deixou mais corajosa. É por essas coisas que eu quero te agradecer, de verdade.

Arthur não falou nada. Gwen podia jurar que, quando ergueu a cabeça de seu ombro para encará-lo com olhos semicerrados, viu lágrimas quase caindo antes de ele as secar discretamente com a manga da blusa.

— Nós *dois* amolecemos — disse Arthur, com a voz um pouco áspera. — Que tipo de casamento vai ser esse? Um dos dois vai ter que vestir a calça metafórica. Ah, aqui... trouxe um presente para você. — Ele vasculhou o interior do bolso de sua jaqueta e jogou algo pequeno no colo dela. — Devia ter te dado muito tempo atrás, mas... é isso. Está tudo aí, até mesmo as partes que eu arranquei. Eu conferi.

Gwen olhou para o diário em sua mão, para todo aquele anseio, tristeza e *solidão* da infância comprimidos em algumas centenas de páginas, e então olhou de volta para Arthur.

— Um bom aniversário? — perguntou ele.

A princesa sorriu enquanto se virava e via Sidney de fato tentando tirar Bridget do chão. A cavaleira o impediu com um olhar seríssimo e uma mão em riste como aviso. Adah tinha conseguido levantar Elaine, que estava dando gritinhos de felicidade enquanto Agnes, com a cabeça jogada para trás, ria de toda aquela cena.

— O *melhor* de todos.

23

Depois do aniversário, Gwen pareceu desaparecer da vida de Arthur.

Ele concluiu que a princesa deveria estar sendo engolida pelo planejamento do casamento, coisa que ainda não o envolvia. Pelo visto, era uma ocupação exaustiva para as moças. De vez em quando, tinha vislumbres dela sendo arrastada para algum lugar pela mãe e até conversaram uma ou duas vezes durante o jantar, mas a princesa não tinha tempo livre para entretê-lo no quarto dela ou para assistir aos torneios durante o dia. Arthur e Sidney frequentavam as disputas com bastante frequência, e Sidney fingia não saber que a principal motivação de Arthur para estar ali era para tentar vislumbrar Gabriel, que andava o evitando de propósito. Infelizmente os homens da família real também andavam ocupados, trancafiados em conferências intermináveis enquanto seus soldados marchavam rumo ao norte. Arthur estava ficando agoniado.

— Mas que palhaçada é essa que está acontecendo hoje? — perguntou numa tarde, de mal humor, enquanto ele e Sidney vagavam pelos pátios movimentados depois de já terem tentado ir almoçar na cidade e descoberto que havia tanta gente que era completamente impraticável.

Estava convencido de que nunca fora assim nos verões quando era mais novo, muito embora tivesse que admitir que era bem pequeno à época e não prestava muita atenção nas coisas.

— Tem alguma... coisa hoje à noite — respondeu Sidney, relutante.
— De acordo com a Agnes. Um desfile das filhas mais cobiçadas da Inglaterra, importadas especialmente para serem ignoradas pelo príncipe.

— Ah, sim. Que maravilha. Fantástico — disse Arthur, abrindo uma porta com tanta força que ela fez um som tenebroso de rachadura ao bater contra a parede. — Bom para ele.

— Então você vai ao pomar comigo e com a Agnes, né? — perguntou Sidney, incerto, e o seguiu cômodo adentro. — E a gente vai jogar baralho, se divertir e aproveitar *em vez* de ficar todo irritadinho, na defensiva e fazer alguma coisa idiota. Né, Art?

— Humm — respondeu Arthur, distraído.

— Preciso que você fale.

— Ah... na verdade — disse ele, olhando para o chão como se fosse encontrar alguma solução para sua inquietação no fim do corredor. — Vou voltar para nossos aposentos. Para me trocar.

— Mas é claro que vai — exclamou Sidney, com um suspiro, enquanto o observava ir.

Lúcifer andava dormindo na cama de Arthur pelo menos uma noite sim e outra não, e pelo que parecia andava ficando bem à vontade mesmo quando era deixado sozinho. Quando Arthur entrou, percebeu um borrão de sangue fresco nas pedras perto da janela, o que devia ser os restos de algum camundongo azarado, e as pilhas de livros e papéis que tinham ficado no peitoril desde que chegaram de Maidvale haviam despencado no chão.

— Gato desgraçado — reclamou, e se abaixou para pegar os tomos.

O mais pesado e que parecia mais entediante entre os obscuros livros arturianos que a sra. Ashworth incluíra no embrulho caíra aberto, o que fez com que algumas das páginas antiquíssimas amassassem de forma permanente e, quando Arthur o ergueu do chão, algumas caíram e flutuaram até o chão.

Iria simplesmente deixá-las ali mesmo, mas seus olhos pousaram numa frase em britônico comum escrita com uma bela caligrafia. Sem querer, começou a traduzir... e então ficou paralisado, encarando aquele texto que com certeza havia entendido errado. Com o coração retumbando, recolheu o restante das páginas, dispôs tudo em cima da cama e se agachou para lê-las.

Uma hora mais tarde, estava fazendo exatamente o que Sidney o alertara para não fazer.

Claro que não era da conta de Arthur se Gabriel quisesse ignorá-lo e seguir adiante com essa farsa e, quem sabe, até se *casar* com alguma daquelas coitadas. Não teria condições de usar isso contra o príncipe já que ele mesmo estava com casamento marcado. E, além do mais, Arthur já passara por isso (já acabara gostando demais de alguém, de um alguém que achava que a única coisa que os dois poderiam ser juntos era um erro) e saber aonde essa história o tinha levado era o suficiente.

Aquilo não era *de jeito nenhum* da conta de Arthur... então era difícil entender por que é que ele continuava caminhando rumo ao Grande Salão. Não tinha se vestido para o jantar, mas também não se importava. Estava com coceira, todo encalorado e decidido a tomar uma atitude mais direta para se livrar desse estado de espírito.

Ao espreitar pela entrada, viu as mesas de cavalete lotadas com a mesma variedade de sempre de nobres menos importantes, muito embora houvesse bem mais mulheres do que o normal. Foi preciso uma discussão bem severa com o guarda para que conseguisse entrar, já que, ao que parecia, havia algum tipo de lista de convidados na qual seu nome definitivamente não fora incluído.

Gwen não estava à mesa real, o que significava que ele não poderia se aproximar de lá.

Mas Gabriel estava.

Estava lindamente exausto e vestindo azul-claro e prateado, com os cachos penteados e cuidadosamente arrumados, segurando seu cálice com tanta força que os nós de seus dedos pareciam prestes a se romper. O príncipe não ergueu o olhar quando Arthur entrou, então o rapaz só parou e ficou observando. Viu-o abaixar a cabeça e assentir, todo sério, quando uma linda moça de cabelo escuro, vestindo roupas em tons violentos de carmesim, disse alguma coisa em seu ouvido, e viu o jeito como ele franziu a testa e mordeu o lábio inferior enquanto dava o máximo para parecer interessado.

— Ah — disse Arthur, para ninguém específico. — Que beleza.

Então se sentou e, quando deu por si, estava olhando para um copo de vinho sem dono. Hesitou por um instante e pensou nas reclamações de Gwen a respeito de seus hábitos com a bebida, mas outra olhada para Gabriel obliterou seu autocontrole.

— Noite ruim? — perguntou, num tom taciturno, um rapaz até que bem esbelto sentado ao seu lado. — Bem-vindo ao clube. Aquela do lado dele é a lady Clement de Lancaster. Era para ela ser a *minha* nubente. A gente se conhece desde que era criança. Eu escrevia poemas para ela e tudo.

— Levanta a cabeça — disse Arthur, e bateu seu copo no do rapaz melancólico. — Talvez ele nem queira ela no fim das contas e aí você pode... sabe como é... ficar com os restos do príncipe.

— É bem capaz mesmo — disse o sujeito, ignorando a conotação nada gentil do comentário. — É que assim... olha só para ela.

Arthur olhou. A moça era franzina, bonita e seus olhos ficavam indo para lá e para cá de um jeito que indicava que de fato era acanhada, e não que estava fingindo uma timidez exagerada por causa de Gabriel. Em outra vida, talvez, ela *teria* sido perfeita para ele. Arthur era obrigado a admitir que nessa ela talvez fosse também (só que de um jeito bem diferente).

Ignorando a vozinha em sua cabeça que, de um jeito muito suspeito, parecia a de Gwen, lhe dizendo para ir com calma, Arthur pegou firme na bebida até a música começar e então viu quando Gabriel definitivamente não convidou lady Clement de Lancaster para dançar. Havia outras duas moças na mesa real com ele e várias outras competindo por sua atenção mesmo estando em lugares menos importantes. Quando o príncipe enfim se levantou, todas se paralisaram e o salão caiu num silêncio tão ridículo que a vontade de Arthur foi rir.

Só foi perceber que tinha rido *de fato* quando todos ao seu lado o encararam. Arthur não teve tempo de se arrepender... estava olhando para Gabriel, que finalmente o olhava de volta.

Arthur não achou que o rubor que se esgueirou pelas bochechas do príncipe ou o jeito com que as mãos dele tremeram ligeiramente quando gesticulou para que a música recomeçasse fossem coisas de sua imaginação. Se desviando da rainha com habilidade, que tentava encurralá-lo para que fosse para a pista de dança, Gabriel, todo sem jeito, foi até lorde Stafford.

Arthur soltou o copo, pegou-o de novo e terminou a bebida. Em seguida afrouxou o colarinho da camisa e olhou em volta, meio que esperando Sidney aparecer para impedi-lo de continuar com fosse lá o que iria fazer em seguida. Como ninguém interveio, ficou com a impressão que sua cabeça tinha tomado a decisão por ele. Sendo assim, se aproximou de Gabriel com um sorriso agradável estampado no rosto como se os dois fossem simplesmente velhos amigos e, certamente, não duas pessoas que já meteram a língua na boca um do outro.

— Bem bonita aquela tal de lady Clement — disse para o príncipe, que tentava com muito afinco evitar seu olhar. — Bem o seu tipo.

— Arthur — respondeu Gabriel, baixinho, sem nem mexer a boca direito. Lorde Stafford vestia um gibão verde-limão pavoroso, feito de veludo, e franziu o cenho para os dois. — Agora realmente não é a hora para isso.

— Só estou sendo amigável — rebateu Arthur, enquanto pegava outro copo de vinho de uma bandeja que passou por ali e a erguia. Ele sabia que estava sendo beligerante, mas sua energia desregulada era tanta que estava difícil parar. — Ando querendo conversar, mas nos últimos tempos tem sido estranhamente difícil de te achar.

— A Gwen falou que você não estava bebendo — disse Gabriel, enquanto encarava o copo.

Arthur suspirou e o soltou.

— Vamos lá fora comigo? Preciso te mostrar uma coisa.

O príncipe pareceu ficar horrorizado. Deu uma olhada para o lorde Stafford, meneou a cabeça e saiu andando, como se Arthur fosse um completo estranho que precisasse ser cuidado por alguém.

Arthur não conseguiu fingir que *aquilo* não o magoou.

— Lorde Delacey — disse lorde Stafford, com um sorriso tão falso no rosto que chegava a doer. — Tem alguma coisa em que eu possa ajudá-lo?

— Não sou *eu* quem precisa de ajuda — respondeu Arthur, limpando um pouco de vinho do queixo. — *Eu* estou bem. Mas sabe... é você quem deveria cuidar de todos eles, não? É o seu trabalho. Mordomo de sei-lá-o--quê. Ele tem medo demais para te contar, mas, se o senhor pelo menos se desse ao trabalho de ouvir, ele tem umas ideias brilhantes para caramba de como governar este país.

— Entendi — respondeu lorde Stafford, com uma expressão perplexa. — Por exemplo...?

— Por exemplo... Tintagel! — exclamou Arthur, sem muita certeza de que estava conseguindo defender o caso, mas sentindo que, em nome de Gabriel, era muito importante que tentasse. — Como... Como colocar todo o ouro na educação e não em incontáveis soldados para ficarem marchando para cima e para baixo, e... ele vai se mudar para Tintagel e transformar o lugar numa escola para professores e... e, se você soubesse fazer o seu trabalho direito, *saberia* todas essas coisas.

— O Castelo de Tintagel? — perguntou Stafford, ainda uns minutos atrasado.

— Vai atrás de entender — disse Arthur, apontando um dedo acusatório para o mordomo antes de ir em busca de mais caos.

A lady Clement de Lancaster, por acaso, estava sozinha e parecia cabisbaixa.

Quando a convidou para dançar, ela aceitou sem problemas, muito embora a moça tivesse dado uma olhada para uma mulher mais velha, a qual Arthur só podia deduzir que fosse sua mãe. Clement era uma boa dançarina, com movimentos leves, e parecia aliviada por *alguém* enfim a ter chamado para dançar. Ele a viu olhar para Gabriel algumas vezes para checar se o príncipe estava observando.

Arthur o olhou apenas uma vez. Gabriel estava parado ainda segurando seu cálice com força e conversava ostensivamente com um homem mais velho, parecendo muitíssimo preocupado enquanto os seguia com os olhos através do salão. Arthur sentiu uma alfinetada de algo que, de um jeito que lhe doía, poderia muito bem ser culpa e, por isso, decidiu não olhar mais para o príncipe. As extremidades do salão começaram a virar um borrão, as pessoas dançando foram pegando velocidade e viraram nada além de formas vagas em sua visão periférica. O rosto rosado de Clement era a única coisa que ele conseguia distinguir com clareza — e, então, a música parou e outra ideia igualmente excelente lhe ocorreu. Já que Gabriel não vinha até ele, talvez tudo que o príncipe precisasse fosse de um incentivozinho.

Arthur se inclinou para perto da orelha de Clement e a convidou para ir lá fora tomar um ar no pátio. Esperou que a moça fosse recusar, mas ela estava afobada e acalorada com toda aquela dança, então assentiu e permitiu que ele a escoltasse até a saída.

— Obrigada — disse a jovem, com um sorriso sincero. — Era para eu estar conversando com o príncipe. Minha mãe... Bom, não sei por que é que ele simplesmente não me convida para dançar. Ele estava olhando. *Não parava* de olhar. E não estava dançando com ninguém. Não consigo entender ele.

— Pois é — disse Arthur, desanimado. — Nem eu.

— É melhor não irmos muito longe — informou Clement. — Não posso ir muito longe, e é capaz de as pessoas acharem que...

Ela corou e não completou a frase. De repente, Arthur sentiu um cansaço extremo.

— Não se preocupa. Eu estou noivo. Mas... você pode me beijar, se quiser — disse Arthur, sem muita empolgação. — Pode ser que... sei lá. Ele fique com ciúme, sabe?

— Hum... não, obrigada — respondeu ela, dando uns tapinhas sem jeito no braço dele. — Mas agradeço mesmo assim.

A garota se virou para ir embora e, naquele momento, seu rosto se iluminou. Arthur seguiu o olhar dela e viu Gabriel parado à porta, a luz da festa reluzindo por trás dele e projetando uma sombra em sua face.

— Vossa Alteza — disse Clement, com um meia reverência. — O lorde Delacey e eu estávamos só...

— Eu gostaria de falar a sós com Arthur, caso você não se importe — disse ele, num tom lancinante. Arthur viu a garota visivelmente murchar antes de abaixar a cabeça e voltar apressada para a festa. — O que você está fazendo? — perguntou Gabriel, quando os dois ficaram sozinhos.

— Invadindo a Normandia — respondeu Arthur, categoricamente. — Veio ajudar?

— Não tem graça — disse o príncipe, ignorando-o. — Você não deveria ter vindo.

— *Você* não deveria ter vindo.

— É o meu banquete — exclamou Gabriel, incrédulo. — Oferecido em minha homenagem.

— Bom, parece que você está se divertindo horrores — provocou Arthur, se reclinando contra a parede em parte porque queria assumir uma postura de quem não estava se importando e em parte por necessidade. — Se você se animar só mais um pouquinho, é capaz de ficar tão empolgado quanto uma vítima da peste, um camundongo que acabou de morrer ou, ou...

— Arthur — disse Gabriel, de repente à sua frente. — Vai para a cama.

— Me obriga — respondeu ele, se odiando um pouquinho por soar tão implicante.

O príncipe parecia todo retraído e incomodado, o que era bem o tipo de expressão que sempre fazia antes de os dois se beijarem. Dificilmente aquilo era um bom sinal, mas, mesmo assim, estava deixando os dedos de Arthur ávidos.

— Vai dormir — repetiu Gabriel, e de súbito Arthur chegou a seu limite.

— Vai embora comigo. Vamos. Faz algo que você *realmente queira*, pelo menos uma vez.

Gabriel soltou um suspiro frustrado que saiu meio como uma risada e meio como alguma outra coisa e, então, admirou o céu pontilhado de estrelas como se não aguentasse olhar para Arthur nem por mais um segundo.

— O que foi? — perguntou Arthur, ciente de que soava petulante e nem um pouco encantador. — É uma proposta tão ruim assim?

Completamente sério, Gabriel voltou a encará-lo e, de repente, Arthur ficou um pouco enjoado.

— O que te faz pensar que ir embora com você seria algo que eu *realmente* iria querer?

— Como é que é? — perguntou Arthur, mais uma vez num tom zombeteiro, só que agora com a convicção titubeando. — Não vem fingir que...

— Você andou bebendo. Está passando vergonha e... dificultando *demais* as coisas. Eu vou ficar aqui, onde devo estar. E sei que você provavelmente não consegue conceber isso, mas eu achei que tivesse deixado bem claro que... *eu não te quero aqui.*

Arthur sentiu algo parecido com um punho agarrando seu peito, ao mesmo tempo arrancando seu ar e então o soltando.

— Que pena — disse, e inclinou a cabeça de lado, ciente de que seu sorriso agora era mais cruel do que qualquer outra coisa. — Porque eu trouxe algo para você. Um presente.

— Não quero — respondeu o príncipe, meneando a cabeça.

Gabriel se virou para partir, mas antes que pudesse continuar Arthur o agarrou pelo braço e apertou na mão de Gabriel o grosso maço de pergaminho dobrado que passara a noite inteira carregando. Meio que esperava que o príncipe fosse abrir os dedos para deixar tudo cair no chão, mas não.

— Pedi para que me mandassem um livro lá de casa — disse Arthur, ciente do tremor na voz e tentando acalmá-lo. — Está na minha família faz muito tempo. E só posso imaginar que meu pai nunca o tenha lido, porque tem uma coisinha extra aí dentro. Sei que ele com certeza não iria querer que isso caísse nas mãos erradas. Nas minhas, principalmente. Vai em frente. Lê.

— O que é isso? — perguntou Gabriel, que escolheu encarar Arthur, e não o pergaminho. — Eu não tenho tempo para isso.

— Acho que você vai querer *arrumar* tempo. Porque é uma coisa que você não descobriu durante toda a sua pesquisa. Algo que todo mundo deixou passar. *Cartas* interessantíssimas que o nosso nobre Lancelot costumava escrever para o grande e justo rei Arthur.

— Que história é essa?

— Só lê — disse Arthur, dando de ombros. — E me diz se você ainda está pronto para ser tão valente quanto Arthur Pendragon.

Em seguida, saiu antes de Gabriel, ciente de que o príncipe continuava parado no pátio, vendo-o partir boquiaberto, com segredos centenários amarrotados em suas mãos fechadas e trêmulas.

24

— Ah — disse Gwen. — *Ah*.

— Espera até você ouvir a parte do banquete — falou Gabriel, de braços cruzados à janela da câmara leste, num tom levemente delirante.

Era bem tarde e, em circunstâncias normais, os dois deveriam ter ido dormir havia muito tempo, mas, quando ele batera na porta, Gwen mandou-o entrar, parada em cima de um banquinho enquanto uma costureira de cara amarrada prendia alfinetes no tecido rosa-claro que estava sendo modelado para virar seu vestido de noiva. Agnes dormia pesadamente numa das poltronas, e o cômodo estava iluminado por listras de luz e sombra que vinham de velas já queimando baixo. Assim que a costureira terminou os ajustes (e parou com seus murmúrios furiosos a respeito de moças que eram *altas demais da conta*), Gwen se sentou com tudo na banqueta e perguntou ao irmão por que ele estava com o pescoço suado.

Gabriel não dissera nada. Apenas lhe entregara as cartas.

— Como é que é? — sussurrou a princesa, quando chegou na parte mencionada havia pouco a respeito do banquete. — O sir Lancelot que escreveu isso aqui? *O* sir Lancelot? Para o *Arthur Pendragon*?

— Acredito que elas podem ter sido forjadas — disse Gabriel, esfregando os olhos vermelhos. — Eu não duvido que ele faria uma coisa dessas, só para... brincar comigo.

— Ele quem? Ah... foi o *Arthur* quem te deu isso? — perguntou Gwen. Ela olhou para o irmão e depois virou a página. — Não, acho que ele não teria a paciência ou a persistência para falsificar tudo isso. São tão... sinceras. Mas também pode ser que eu esteja traduzindo de modo literal até demais.

— Eu só não entendo — disse Gabriel, enfim se sentando. — É que, assim, o Arthur amava a Guinevere e a Guinevere amava o Lancelot. Todo mundo aceitou isso sem questionar muito, mas isso aí é...

— Meu *Deus* — exclamou Gwen de novo, antes de finalmente soltar as cartas, o que não lhe foi nada fácil. Não eram lá muito bem escritas (havia bastante repetição e Lancelot não tinha uma imaginação muito poética), mas eram cativantes mesmo assim e, inclusive, de uma sinceridade bem encantadora. — Ele está respondendo a algo que Arthur escreveu, então parece... você sabe. Recíproco. E, se os dois dançaram a noite inteira nesse banquete, parecia *público* também. A outra metade deve estar em algum lugar por aí, a menos que alguém a tenha destruído. Na verdade, se os dois se cortejavam em público, sem esconder de ninguém, as pessoas devem ter destruído *muita* coisa.

— Ninguém é quem eu pensei que fosse — disse Gabriel, de coração partido.

Gwen suspirou e, inutilmente, fez carinho no braço do irmão enquanto este se reclinava para a frente com a cabeça nas mãos.

— Olha — disse ela, com cautela. — É meio que... uma boa notícia, não? Olha só você, tentando seguir os passos do grande rei Arthur, herdeiro de um país em que pelo menos metade da população acha que ele vai fazer um retorno dramático e, no fim das contas, a gente anda... bom, sem querer a gente tem vivido de acordo com alguns dos ideais dele todo esse tempo.

— Não faz diferença — disse Gabriel, a voz ligeiramente abafada. — Porque obviamente não podemos *divulgar* isso aí.

— Quê? Por que não?

— Porque seria um caos! — respondeu ele, como se fosse algo que deveria ser óbvio. — Para começo de conversa, todo mundo deduziria que são falsas. Com certeza iriam suspeitar de que faz parte de todo um mecanismo caso a gente algum dia... mas não, nós não vamos. E não podemos.

E depois... bom, dificilmente ajudaria a resolver a rixa entre católicos e cultistas, não é?

— Você não tem como saber — argumentou Gwen. — Não faz ideia de como o povo realmente vai reagir. Os católicos amam Arthur, mesmo que não o venerem. Será que a gente não deveria só... falar a verdade? E deixar que cada um se decida?

Gabriel emitiu um barulho de incredulidade e ergueu a cabeça.

— Acho que não. Eu queria... queria nunca ter visto isso.

— Por quê? — perguntou a princesa, segurando as cartas junto ao peito como se Gabriel estivesse prestes a pegá-las e jogá-las na lareira.

— Porque... — Parecendo desconsolado, Gabriel olhou ao redor. — Tudo acabou de ficar muito mais complicado, e já está complicado o bastante. Saber dessas cartas significa que... que é necessário tomar uma decisão.

Gwen mordeu o lábio com força para se segurar e não falar algo levemente cruel demais para alguém num estado tão delicado quanto seu irmão.

— O que foi que o Arthur disse quando te entregou as cartas? — perguntou ela na esperança de que talvez ele tivesse dado uma de suas palestras infames sobre coragem.

— Ele só meio que jogou elas em mim — respondeu o príncipe, e Gwen revirou os olhos.

— Essa relação está indo bem, então.

— Não tem *relação* nenhuma, como você sabe muito bem. Você estava agorinha mesmo tirando as medidas para o seu vestido de casamento, pelo amor de Deus.

— Pois é, e uma hora antes disso eu estava beijando a Bridget no arsenal — respondeu Gwen, o que fez Gabriel se engasgar com o que ela conseguia deduzir que fosse apenas a própria saliva dele.

Tinha sido necessário toda uma série de desculpas para escapar de sua mãe, e Agnes fora arrastada para a história para ajudar com a logística complicada, mas tinha valido a pena pelos dez minutos gloriosos que passou pressionada contra uma parede ao lado das diversas armaduras de Gabriel, sentindo cada centímetro do corpo de Bridget em sua pele — até que alguém passara pela entrada e ela fora obrigada a sair na surdina e correr dali sem nem mesmo dar tchau.

— Vocês estão se *beijando* agora? Quando foi que isso aconteceu?

— Hum... Depois da falha de segurança, e aí de novo no meu aniversário. Aconteceu e... ainda acontece.

— Bom, acho que... fico feliz por você.

Gwen bufou.

— Obrigada. Eu *ficaria* muito mais feliz se não precisasse ficar saindo de fininho por aí. E eu nunca achei que poderia ser possível, mas Gabe... essas cartas podem mudar *tudo*. Não só para nós, mas para muita gente. Já parou para pensar?

O príncipe ficou em silêncio por um instante enquanto parecia processar a informação, e então suspirou.

— Teve uma vez que eu achei uns poemas escondidos na biblioteca. Escritos pelo Mordred.

— *Mordred?* Ele escrevia *poemas*? — perguntou Gwen, igualmente maravilhada e horrorizada.

— Escrevia. Era péssimo, tudo falando de como ele era incompreendido e de como o pai dele era terrível e... enfim. Bem estranho. Já vi tanta coisa escrita sobre ele, por ele, mas é tudo tão formal... até mesmo as cartas. — O príncipe acenou com a cabeça em direção aos pergaminhos na mão de Gwen. — Enfim. Não parece que são pessoas de verdade, né? Nenhum deles. E, mesmo conhecendo nosso pai tão bem quanto a gente conhece, ele nunca é só nosso pai. Não o tempo inteiro. Ele é... intocável. Diferente. Nunca pode tirar de fato a coroa, mesmo quando tira. Mas essa poesia pavorosa que o Mordred escreveu era tão... humana.

— Eles *eram* pessoas de verdade. E o nosso pai é uma pessoa de verdade. E você ainda pode ser uma pessoa de verdade, Gabe. Pode ser o rei e continuar sendo quem você é. Não precisa ser uma... bom, uma coroa que você não consegue tirar.

— Queria que isso fosse verdade — lamentou Gabriel, triste. De repente, Gwen ficou exausta de tudo, sentiu a cabeça pesar e quis ir para a cama, pensando que poderiam resolver essa bagunça pela manhã... mas, antes que pudesse dizer qualquer coisa, seu irmão levantou a cabeça subitamente. — Ouviu isso?

— Isso o quê? — perguntou Gwen, mas ele a mandou ficar quieta.

Quando a princesa inclinou a cabeça para o lado e prestou atenção, *conseguiu* ouvir alguma coisa. Grunhidos esquisitos e abafados vindos do corredor logo ali fora.

— Vou chamar o guarda — disse Gabriel na mesma hora, e esticou o braço para pegar sua adaga, mas Gwen levantou uma mão.

— Não, não... Gabe, acho que é o *Arthur*.

— Droga — disse alguém (Sidney), acompanhado pelo som de algo caindo no chão.

Agnes se levantou, saiu da poltrona e, sonolenta, semicerrou os olhos em direção ao som.

— Sid! — exclamou ela.

Um segundo depois, a dama de companhia estava saindo às pressas do cômodo. Gwen e Gabriel se entreolharam e então foram atrás.

No corredor, perto da escadaria leste, encontraram Arthur caído no chão e Sidney agachado ao lado dele enquanto alguns guardas assistiam à cena de seus postos sem dar muita importância, acostumados e nenhum pouco impressionados com as excentricidades de Arthur.

— Ah, pelo amor de Deus — disse a princesa, conforme foram se aproximando. — Pensei que você estava em perigo de *verdade*. Sid, quanto foi que ele... ai, meu *Deus*!

Tinha deduzido que Arthur estava muito bêbado, mas, quando o chapéu caiu da cabeça dele, ela viu pela luz da tocha que o rapaz estava machucado. Havia hematomas roxos despontando por seu rosto, cortes em que a pele se abrira e uma quantidade assustadora de sangue espalhada pela frente da camisa sob o casaco. Por um instante, pareceu que Arthur iria abrir as pálpebras, mas, em vez disso, Gwen teve apenas um vislumbre da parte branca de seus olhos antes de eles se fecharem novamente.

— Merda — disse ela. Então se abaixou, passou a mão trêmula pelo cabelo de Arthur e tirou as mechas da frente de seu rosto. — O que aconteceu? Como foi que trouxe ele aqui para trás?

Sidney olhou para os guardas e então, com a voz baixa, se reclinou para mais perto:

— Ele foi... atacado. Pegaram ele do lado de fora de uma estalagem, ele foi... sei lá, ele tinha saído com algum garoto. Achei que fosse aquele loiro da outra vez, o Mitchell. Quando cheguei lá, ele estava no chão e tinham pessoas o chutando. Ele não ficou inconsciente logo de cara, até quase conseguiu andar sozinho para voltar, mas daí ele só...

Gwen olhou para Gabriel, que estava com a mandíbula tão rígida que parecia correr o risco de quebrar um dente.

— E por que você não estava *lá*? — gritou para Sidney, que se encolheu e recuou como se fosse ele quem tivesse apanhado no rosto. — Não é esse o seu *trabalho*?

— Por que é que vocês só estão parados aí? Vão buscar o médico *agora* — ordenou Gwen para os guardas, os quais já tinham se afastado para cumprir a ordem quando uma outra ideia lhe passou pela cabeça. — Caramba. Agnes... você pode ir chamar o mago também, por favor?

— Por que é que eu não entrei com ele num beco escuro? — perguntava Sidney para Gabriel. — Por que você *acha*? Eu fiquei do lado de dentro, garantindo que ninguém seguisse os dois. Quando cheguei lá fora, já tinham jogado o Arthur no chão e saíram correndo. Eu achei que fosse melhor... — Sidney parecia estar *fumegando* de raiva, mas em algum lugar por baixo de toda aquela revolta, Gwen conseguiu perceber que ele estava extremamente abalado. — Foi uma emboscada. Acho que eles não sabiam quem era, que o Arthur só parecia... um sujeito rico. Mas não roubaram nada, porque ele não tinha nada que valesse a pena levar.

Tirando pedaços da cara dele, pensou Gwen. *Tirando um corpo todo no lugar e inteiro.*

Com gentileza, ela tocou no ombro de Arthur, tentando ver onde estavam os ferimentos. Ele havia cruzado os braços sobre o torso para se proteger, como se esperasse levar outro chute. Sidney tirou o casaco e, com delicadeza, colocou-o debaixo da cabeça de Arthur. Gabriel só ficou ali parado, encarando Arthur.

— Segura a mão dele — disse Gwen. Assustado, o príncipe, que nem de longe parecia estar acordado, encarou a irmã. — Segura a *mão* dele, Gabe. Sidney, pega a outra. Quero... Preciso ver se ele ainda está sangrando.

Os dois se agacharam e fizeram o que ela mandou. Quando eles gentilmente tiraram os braços de Arthur de cima do tronco, o rapaz gemeu. Gwen gesticulou para que Gabriel lhe passasse a adaga e com ela cortou a túnica. O tecido, tão duro e encharcado de sangue, caiu pesadamente no chão, revelando um peito já tão inchado e machucado que ela não conseguiu nem imaginar como ficaria feio pela manhã. O sangue, na verdade, não parecia vir de nenhum ponto de seu abdome, então não havia nenhum ferimento que precisasse ser estancado com urgência. Enquanto tocava o inchaço nas costelas dele com muito cuidado, Gwen, desolada, cogitou que o sangue devia ter saído do corte no queixo, na têmpora ou na maçã do rosto.

— Deve ter alguma coisa... quebrada — disse ela, e ficou muito, muito enjoada ao pensar nos cavaleiros que caíam nos torneios e nas misteriosas lesões internas que às vezes os matavam.

Alguém vinha se aproximando rápido pelo corredor. Gwen olhou para cima esperando ver o rosto austero do médico... mas era Bridget. A cavaleira, com uma camisola grossa enfiada para dentro da calça e o cabelo todo desgrenhado ao redor da face, tinha acabado de sair da cama. Pela primeira vez, a princesa achou que fosse chorar.

— O que aconteceu? — perguntou Bridget ao chegar perto e colocar uma mão no ombro de Gwen. — A Agnes mandou alguém me chamar e falou que...

— Ladrões. Do lado de fora da estalagem — respondeu Sidney, visivelmente exausto demais para repetir a história inteira.

Bridget pareceu não precisar da versão completa dos fatos.

— Qual estalagem?

— A Távola Redonda. A... menor. Mas já vão estar longe a essa altura.

— Eu sei — respondeu Bridget. — Como eles eram?

Sidney os descreveu, mesmo que os agressores soassem tão genéricos que parecia inútil. Gwen observou Bridget absorver todas as informações com uma expressão focada e séria.

— Certo — disse ela, com um apertãozinho firme no ombro da princesa. — Já volto.

Antes que Gwen pudesse reagir, a cavaleira olhou em volta para ver se a barra estava limpa, se agachou e então deu um beijo em seu cabelo. Gwen fechou os olhos com força e sentiu lágrimas quentes escapando por baixo dos cílios. Quando os abriu, Bridget já tinha desaparecido.

O médico enfim chegou junto de dois aprendizes e o mago logo atrás, e Gwen viu Gabriel soltar a mão de Arthur na mesma hora. Haviam trazido uma maca improvisada, e a cabeça de Arthur pendeu de um jeito terrível quando o ergueram e o carregaram escada acima até seus aposentos. Sidney foi ao lado dele.

— A gente deveria ir junto — comentou a princesa, olhando para Gabriel, que continuava sentado no chão com a manga da camisa ensopada pelo sangue de Arthur. — Vem.

— Não posso.

Ela sentiu muita vontade de dizer algo para o irmão bem ali, mas sabia que não adiantaria... então o deixou sozinho e seguiu para os aposentos de Arthur enquanto se esforçava em não olhar para o rastro de sangue respingado que apontava o caminho.

25

Arthur tentava não respirar muito. Respirar doía.

Continuava querendo pedir para Gwen parar de franzir o cenho (ela ficava *tenebrosa* quando estava assim, toda soberba e mandona), mas aí se deu conta de que a princesa estava chorando também, então pareceu grosseria apontar aquilo. Um homem completamente terrível continuava acordando-o, cutucando-o e lhe obrigando a beber coisas. Às vezes, Gwen ou Sidney se irritavam se ele ficasse fazendo isso por muito tempo e o mandavam sair aos berros. Arthur sentia vontade de instigá-los ainda mais, mas havia todo esse problema da respiração. Instigá-los consumiria ar para caramba.

Às vezes, no meio do que parecia ser uma longa noite, quando conseguia sentir a escuridão e a dor o espremendo de todos os lados (quando a sensação era a de que seu peito iria rachar por causa da pressão, à qual nenhum corpo mortal seria capaz de suportar), ele sabia que Gabriel estava lá e que, se semicerrasse muito, muito os olhos, era capaz de quase ver seu rosto, um único ponto de luz no breu. Gabriel não chorava. Mas parecia apavorado.

Quem te magoou? Era o que Arthur queria perguntar, mas toda vez que tentava proferir as palavras, a escuridão o engolia.

Sonhou com garotos de cabelo dourado que o beijaram com força e o deixaram sangrando. Com um bando de corvos que irromperam da silhueta da floresta e sobrevoaram às centenas lá em cima até escurecerem o céu.

Com sua mãe, que era mais um sentimento do que uma pessoa, cantando numa língua familiar, mas que ele não conseguiu entender, segurando algo macio e gelado na sua cabeça enquanto ele chorava e agarrava a saia dela. Sonhou com Gabriel montado a cavalo, com uma coroa incandescente que queimava em sua cabeça... Ele tentou gritar, numa tentativa de avisá-lo, mas Gabriel já sabia e, com um sorriso triste, não fez nada enquanto era engolido pelas chamas. Uma mão emergiu do inferno e Arthur se aproximou para tentar agarrá-la, mas, em vez disso, Gwen apareceu e, com calma, envolveu seus dedos nos de Gabriel para que pudessem entrar no fogo juntos, deixando Arthur para trás.

A primeira vez que acordou de verdade — quando abriu os olhos e entendeu exatamente quem era e onde estava —, soube que havia algo errado, mas não conseguiu identificar direito o que era. As coisas começaram a fazer sentido quando virou a cabeça muito ligeiramente, o que fez com que suas orelhas retumbassem devido ao esforço, e viu um emaranhado de tranças ruivas no travesseiro ao seu lado. A cabeça dele doía. O peito doía. Era difícil apontar tudo o mais que doía, mas Arthur sabia que, no fim das contas, era quase seu corpo inteiro.

— Você está na minha cama — disse, e percebeu que sua voz saiu estranhamente baixa e rouca.

Gwen se mexeu e então se virou para encará-lo.

— Verdade — disse ela, de cenho franzido.

Estava com todas as roupas e corada nas bochechas.

— Você se perdeu? — perguntou Arthur.

Ele tentou pigarrear e então fechou os olhos com força quando uma dor cruel e generalizada atravessou cada parte de seu corpo, fazendo formas esquisitas de luz piscarem por suas pálpebras.

— Achei que o Sidney precisava de uma folga. Ele ficou sentado naquela cadeira te encarando o tempo inteiro. Acho que nem sequer piscou.

Ela ajeitou a postura com cuidado para não o empurrar.

— A sua reputação vai por água abaixo — comentou Arthur, com muito esforço, e quando voltou a abrir os olhos viu Gwen saindo com cuidado da cama para pegar água para ele.

Tentou alcançar o copo e percebeu que suas mãos não lhe obedeciam. Não entendia como é que poderia estar tão exausto e com os membros tão pesados e fracos se tinha acabado de acordar. A princesa tentou encostar o copo em seus lábios, mas ele se afogou, tossiu e sentiu a água gelada escorrer por seu pescoço. Não foi desagradável. Na verdade... Arthur mal sentiu.

— Tarde demais, todo mundo já acha que a gente passou o verão inteiro se agarrando — disse Gwen, desistindo de lhe dar água. — Contanto que eu não saia daqui grávida, acho que não vai ter problema.

— Então vamos lá — grunhiu Arthur. — Levanta a saia aí. Se é pra fazer, vamos fazer direito.

Era para ter sido brincadeira, mas as palavras saíam baixas e pouco convincentes, de um jeito estranho. Agora não conseguia sentir as mãos, o que achou que devia ser um tanto preocupante.

— Arthur — chamou Gwen, mas parecia que ela estava falando de muito longe. Ele não sabia ao certo se tinha fechado os olhos ou se tudo havia simplesmente escurecido ao seu redor. De algum lugar ali perto, parecia que havia um gato ronronando. — Art, você está bem?

— Eles estavam... Eles me deram um recado — disse ele, sem a menor ideia do que estava falando.

— Art — repetiu a princesa, um tanto em pânico. — Olha para mim.

Ele tentou (ninguém poderia dizer que não *tentou*), mas não conseguia mais dirigir-se a ela direito.

Bridget não tentou fazer Arthur beber nada. De jeito nenhum subiu na cama dele. Sentou-se na cadeira logo ao lado, sem ler, escrever e nem mesmo cantarolar baixinho, simplesmente encarando adiante como se tivesse desaparecido para um outro plano enquanto Lúcifer dormia em seu colo. Depois de cinco minutos observando a cena através de olhos semicerrados, Arthur estava prestes a mostrar que estava acordado quando ela falou:

— Você finge muito mal que está dormindo.

— Não finjo, não — disse ele, com a garganta seca. — Faz uma hora que eu acordei.

— Não faz, não — disse Bridget, arqueando uma sobrancelha para ele.

— Não — concordou Arthur. — Não faz.

A cavaleira se levantou, desalojando Lúcifer.

— Vou chamar o Sidney — disse ela, esfregando os olhos.

— Bridget — chamou ele, assim que ela chegou à porta. — Eu sonhei ou você...? Uma noite dessas, a Gwen estava falando comigo enquanto eu estava meio adormecido e contou que você voltou na estalagem e... fez certo estrago.

— Dá para dizer assim.

— Ela contou que você achou um dos caras e o esmagou que nem uma noz.

— Aí já é exagero — disse Bridget. Ela abriu a porta e parou. — Não foi assim tão difícil. Ele estava mais para um ovo, eu acho. Um ovinho bem dos fracos.

Arthur riu, se encolheu de dor e então um pensamento o pegou em cheio.

— Eles queriam me falar alguma coisa — disse ele. O que haviam falado era insubstancial e já flutuava para longe de Arthur. — Ele falou alguma coisa?

— Não. Você quer dizer que eles falaram isso para que você... para te fazer ir para o lado de fora? — questionou Bridget. — Para te roubarem?

— Não, foi... Não sei o que foi.

Ele tentou alcançar esse pensamento uma última vez, mas então caiu no sono quase que instantaneamente.

Arthur só percebeu que Gabriel estava no quarto porque o príncipe se mexeu rápido demais numa tentativa de sair dali.

— Covarde — disse Arthur, virando-se para encará-lo.

Estava todo encalorado. Se perguntou se tinham deixado as cortinas abertas e ele ficara preso num feixe de sol implacável da tarde. Mas então, lentamente, se deu conta de que, na verdade, era madrugada. Foi então que a escuridão, o silêncio e o fato de que Gabriel estava ali, de pijama e franzindo a boca, fizeram sentido. Lúcifer estava encolhido aos pés da cama e não parecia nada preocupado.

— Você está com febre — explicou o príncipe. — Estão te deixando sedado. A febre parece que vai e vem.

— O que tem de errado comigo? — perguntou Arthur, e ficou irritado ao ouvir como soava pequeno e assustado.

Não conseguia parar de tremer. Era extremamente humilhante.

— Costelas quebradas. Você levou umas pancadas muito sérias na cabeça e eles achavam que o seu crânio... mas pelo jeito o inchaço diminuiu. Seu pulso estava quebrado. Aquele que você rompeu quando era criança. O médico disse que encaixou melhor dessa vez, mas pode ser... pode ser que não lhe tenha muito mais utilidade, depois de o ter quebrado duas vezes. Parece que as suas pernas só ficaram muito machucadas. Seu nariz quebrou e você sangrou até que bastante. — Ele fez menção de dar um passo em direção à cama, mas então mudou de ideia. Gabriel parecia tão desconfortável que chegava a ser excruciante, e ficava levando os olhos do teto ao chão, sem nunca encarar Arthur. — Foi a sua cabeça... No começo, disseram que você poderia morrer. E depois que talvez você não falasse mais. Nem andasse. Nem conseguisse fazer nada, na verdade. Umas semanas atrás você foi capaz de falar com a Gwen e com a Bridget de um jeito coerente, mas então... ficou com febre. E eles não sabem o motivo.

— Umas semanas atrás? — perguntou Arthur, sentindo o pânico fechar sua garganta. — Quanto... Quanto tempo faz que eu estou aqui?

— Gabriel não respondeu. Na escuridão, com a visão ficando borrada e os olhos, estranhamente quentes, Arthur não conseguia ter plena certeza de que continuava ali. — Gabriel?

— Faz um mês — respondeu o príncipe, e Arthur deu um suspiro suspeito que se pareceu muito com um choro. — Não chora — disse Gabriel, de repente muito mais perto.

Ele se sentou na beira da cama. Parecia estar segurando a mão quente e suada de Arthur.

— Não estou chorando — disse Arthur, mas, se isso fosse verdade, então por que seu rosto estava tão molhado? E por que era tão difícil de respirar?

O calor era mesmo *insuportável*. Seus pulmões pegavam fogo. Queria pedir a Gabriel que abrisse uma janela (que lhe jogasse para *fora* da janela, no fosso e o deixasse cair até o fundo fresquinho e sereno).

— Eu estou aqui — disse Gabriel, baixinho.

— Não está, não — respondeu Arthur, agora chorando de verdade e sentindo cada respiração trabalhosa sacudi-lo até fazer seus ossos doerem.

— Estou, sim — reforçou o príncipe, colocando uma mão em sua testa.

Arthur não fazia ideia de como Gabriel podia estar vivo com uma mão tão gelada como aquela.

— Não me deixa — murmurou, fechando os olhos. Parecia um feitiço, ou uma prece. Como se repetir essa frase fosse fazê-la se tornar realidade. — Não me deixa. Não me deixa. Não me deixa.

De todas as visões perturbadoras que o mundo tinha para oferecer, Sidney chorando só podia ser a pior. Era tão desconcertante que deixou Arthur irritado. Como é que Sidney *ousava* chorar, como é que ele *ousava* fazer algo tão destoante de sua personalidade quando era Arthur quem deveria ter a permissão de sentir medo?

— Cala a boca — ralhou, entre os dentes que se batiam. Sidney limpou bruscamente as lágrimas das bochechas, mas não riu. Seus olhos encontravam-se vermelhos e a pele embaixo deles estava tão vermelha que parecia machucada. — Você está um caco.

— Você parece um saco de ossos — respondeu Sidney, olhando para baixo, a voz séria. — Parece que morreu faz uma semana.

— Talvez eu tenha morrido mesmo — disse Arthur, sentindo uma onda de náusea. A sensação era a de que estava oco. Ele não fazia ideia de quando comera pela última vez. Por outro lado, tinha uma lembrança vívida de alguém o ajudando a ir até o penico, coisa que gostaria muito de esquecer. — Eu não quero realmente saber a resposta a essa pergunta, mas... alguém cortou o meu cabelo, por acaso? Sobrou alguma... coisa?

— Um pouco — respondeu Sidney, sério.

— Droga — comentou Arthur, pensativo.

Era só cabelo, mas um cabelo *muito* bonito.

— Eu errei feio — disse Sidney, baixinho, ainda encarando as mãos. — Eu ferrei tudo, Art.

— Não ferrou nada, não — respondeu Arthur, com gentileza.

— Não vem com essa — exclamou Sidney, se levantando. — Não vem me dizer o que eu não fiz. Eu sei muito bem o que foi que eu não fiz, caramba.

— Pode gritar comigo o quanto quiser quando eu morrer — disse Arthur. E, ao ouvir aquilo, Sidney chutou a cadeira em que estava sentado, a qual ricocheteou com um barulho alto na estrutura da cama. — *Ai*.

— Merda. Merda. Eu te machuquei?

— Cabeça — respondeu Arthur, sentindo uma dor eclodir pelo crânio. — Você pode... seja lá o que estavam me dando para dormir, você pode...

Correndo, Sidney já estava saindo do quarto para pegar a medicação.

26

Gwen não dormia. E também não estava fazendo muito mais coisas. Todo o planejamento do casamento fora suspenso até que pudessem ter certeza absoluta de que ainda haveria um noivo, e até mesmo sua mãe a estava deixando em paz. Isso lhe deveria ter sido um alívio, mas Gwen acabou com tempo demais nas mãos e nada com que o preencher. Houve uma época em que tudo o que mais desejara era uma vida de solidão, agora, no entanto, o isolamento parecia, de certa forma, oco. Os únicos pontos altos do dia eram quando Bridget conseguia escapar dos eventos do torneio para vir visitá-la.

— Quem está com ele? — perguntou Bridget agora, quando Agnes a deixou entrar. Ela segurava um prato de pãezinhos condimentados enfeitados com groselha. — A Elaine te mandou isso das cozinhas.

— Ah... agradece ela por mim — disse Gwen, na poltrona. Seus olhos estavam encarnados e inchados de tanto chorar. Ela estava esgotada, imprestável e incapaz de fazer qualquer tarefa por menor que fosse. — O Sid está lá. Mas ele precisa de um descanso decente.

— Ele não vai descansar — respondeu Agnes, com um suspiro. — Mesmo quando não está lá, ele não dorme.

Gwen até poderia ter perguntado *como*, exatamente, Agnes sabia que Sidney não estava dormindo, mas, àquela altura, a situação já era bem autoexplicativa.

— Eles falaram mais alguma coisa da cabeça dele? — perguntou Bridget, enquanto soltava o prato e ia se sentar com a princesa.

Num primeiro momento, o ferimento não tinha parecido tão sério, mas, quando haviam cortado o cabelo dele (o que fizera Gwen chorar como se fosse todo o cabelo *dela* que estivessem cortando, não que isso importasse muito em comparação com tudo o que vinha acontecendo), sua cabeça apresentara um inchaço esquisito, e a expressão no rosto do médico não deixara a princesa com muita esperança.

— Não. Não falaram nada — respondeu Gwen. E então caiu no choro.

Não viu Agnes sair dali, porque, na realidade, não conseguia ver nada, mas sentiu as mãos de Bridget, incertas, tirando o cabelo da frente de seu rosto e fazendo carinho nas suas costas. Se sentindo boba, perdida e pequena, Gwen estendeu os braços e acabou sendo içada aos da cavaleira para que pudesse chorar ali.

— Você precisa dormir — disse Bridget depois de um tempo, quando os soluços da princesa haviam se tornado fungadas. — Cama.

Gwen permitiu que fosse guiada até o quarto e se sentou na ponta da cama. Pelos olhos embaçados, viu Bridget se ajoelhar para desamarrar o cadarço de suas botas e, com precisão e cuidado, tirá-las. O coração de Gwen doía enquanto a via. Quando se inclinou adiante para beijá-la, a cavaleira a agarrou pelos pulsos e a segurou firme.

— Isso não é dormir.

— Fica aqui — pediu a princesa, ciente de que soava desesperada, mas sem se preocupar muito com isso.

Bridget analisou Gwen. A princesa devia estar com um semblante de dar pena porque, um instante mais tarde, a cavaleira estava tirando as próprias botas para que pudesse subir na cama.

Deveria ter sido esquisito, mas Gwen estava exausta demais para se importar. Ela se deitou e Bridget fez o mesmo ao seu lado. As duas, completamente vestidas, ficaram encarando o teto do dossel.

— Eu nem *gosto* dele — disse a princesa, depois de um tempinho, e Bridget riu baixinho.

— O carinho por ele cresce com o tempo.

— Que nem mofo — disse Gwen. — Que nem uma daquelas plantas que estrangulam árvores.

Com uma expressão sabichona, Bridget se virou para encará-la.

— Pode continuar xingando ele, se for fazer você se sentir melhor.

— Não vai. Será que dá para a gente falar de outra coisa, por favor?

— Tipo o quê?

Gwen deu de ombros.

— Qualquer coisa.

A cavaleira cantarolou, pensativa.

— Ontem eu ganhei de novo. Nas justas. Eu nunca cheguei tão longe assim num torneio real. Faltam só alguns eventos.

— Ganhou, é? — perguntou Gwen, se virando sobre o cotovelo para poder olhá-la direito. — Isso é... é maravilhoso. Você devia ter me contado.

— Não parecia importante, com tudo o que vem acontecendo.

— Mas é. Você é incrível. Glória à Casa Leclair, honrarias ao nome da sua família, etcétera e tal. — Bridget riu baixinho para o teto. — Alguém mais na sua família já competiu?

— Não. Meu pai teria competido, mas ele sofreu uma queda feia e ficou com uma lesão no joelho. Além disso, a Casa Leclair existe há apenas três gerações, então não tem lá muita gente para se candidatar. Foi meu avô mesmo quem escolheu o nome.

— Ah. Ele não quis usar um sobrenome tai?

— Não existem sobrenomes em Sukhotai. Acho que ele pegou Leclair de um livro.

— Qual?

— *O grande livro de nomes que soam vagamente franceses* — respondeu Bridget, séria, o que fez Gwen resfolegar com uma risada. — Eu até tenho um apelido tai, mas significa *sapo*, então prefiro que não se espalhe aqui pela corte.

— *Sapo?*

A cavaleira a encarou, séria, e se recusou a elaborar.

— O sir Marley também foi derrubado ontem, então foi um dia excelente num geral.

— Que bom — disse Gwen, pensando no Faca tendo que sair humilhado de Camelot, o que no mesmo instante a deixou mais animada.

— Bridget, vencer o torneio seria o ápice para você? Você se sentiria realizada?

— Como assim?

Sem nem parecer perceber, uma de suas mãos tinha encontrado a ponta da trança de Gwen e aos poucos a estava desfazendo.

— É que... — disse a princesa, mas foi ligeiramente perdendo o fio da meada enquanto Bridget puxava seu cabelo com gentileza. — Assim, você iria parar de viajar o ano todo pelos torneios? Iria achar... alguma outra coisa para fazer? Não deve ser fácil aguentar o jeito com que as pessoas te tratam só porque você é mulher. E imagino que deve acabar sendo bem desgastante.

— Não — respondeu a cavaleira, acalmando os dedos por um breve instante. — Não, acho que eu não chegaria a parar. Eu gosto disso. É muito trabalho para pouquíssima glória, mas dá para achar algo para aproveitar até mesmo nas piores e mais mundanas partes, se você as encarar com a atitude certa e se cercar de gente boa. Além do mais, eu sei que não sou tão boa quanto posso ser, ainda não. E eu gostaria de chegar lá.

Houve um breve instante de silêncio enquanto Gwen pensava a respeito disso. Estava tentando juntar coragem para dizer algo, e sentiu o coração começar a bater muito rápido e um fluxo de sangue, a fluir nos ouvidos, quando abriu a boca e falou:

— O que vai acontecer quando o verão acabar?

Bridget tinha terminado de desfazer uma das tranças e partido para a segunda.

— Brincar de tacar castanha na cabeça do Sidney, eu imagino.

— Estou falando sério.

— Eu também. Se bem que não seria um alvo muito difícil, né, já que a cabeça dele é enorme.

Gwen se desvencilhou da mão dela para se sentar direito.

— Bridget. Quando o verão acabar, e o torneio acabar, e todo mundo for embora...

Impassível, a cavaleira ergueu o olhar para encará-la.

— O que é que você está me perguntando?

— Não sei.
— O que você quer que eu diga?
Exasperada, Gwen ergueu as mãos.
— Eu não sei!
— Sabe, sim — exclamou Bridget, com calma e, por mais irritante que fosse, tinha razão.
— Certo. Tudo bem. Eu quero que você fique. Que fique na corte comigo.
Bridget fechou os olhos por um momento. Quando voltou a abri-los, Gwen achou difícil encará-la.
— Ficar com você e fazer o quê?
Desconsolada, a princesa deu de ombros.
— Ser a sua... dama de companhia? — perguntou Bridget, sem demonstrar emoção alguma. — Usar vestidos bonitos, ir para bailes e ficar te vendo do outro lado do salão todos os dias durante o jantar?
— Não! Quer dizer... sim, talvez você tenha que fazer algumas dessas coisas. Na verdade, todas essas coisas. Mas será que seria mesmo tão ruim assim?
— A gente nem se conhece tão bem, Gwen — disse a cavaleira, num tom tão gentil e compreensivo que deixou a princesa com vontade de socar algo inanimado.
— Mas eu gosto do que *já conheço* sobre você. Quero te conhecer melhor. Se você for embora... a gente não vai nem ter essa chance. Torneios sempre vão existir, você pode esperar um ano ou mais, pode...
— Não vamos falar disso agora — disse Bridget, com calma.
Para Gwen, isso soava como uma badalada da morte. Ela tinha deduzido que Bridget sentia exatamente a mesma coisa, mas de repente não fazia ideia do porquê de ter chegado a essa conclusão. Tudo o que andavam fazendo era beijar (beijar *muito*, sempre que podiam. Eram minutos preciosos em cantos quietos nos quais Gwen se perdia por inteiro na boca delicada e na pegada firme de Bridget), mas isso não significava que a cavaleira gostava *mesmo* dela. Pensar que tinha entendido tudo errado desde o começo era como se afundar em água gelada e ser deixada lá.

— Eu quero falar disso agora — disse Gwen, tentando manter a voz tão calma quanto a dela, mas sem conseguir. — Seria tão ruim assim? Parar de competir por um tempinho? Ver se a gente poderia... dar certo?

Bridget suspirou, olhou para o dossel lá em cima e passou uma mão pelo rosto.

— Sim. Seria, sim. Eu quero... mais do que isso para a minha vida. Faz muito tempo que eu ando lutando por isso. Eu tive que me machucar, me quebrar e sangrar para chegar aonde cheguei, então o que você está oferecendo... me desculpa. Eu gosto de você. Mas para mim não é o suficiente.

Se sentindo pesada, Gwen voltou a se deitar. Fechou os olhos com força e sentiu lágrimas frescas se libertarem e escorrerem rosto abaixo.

— Mas eu sei o que eu quero neste momento — disse, a voz falhando.

— Gwen, o verão não acabou — falou Bridget, e estendeu o braço para pegar a mão da princesa. — Eu continuo aqui e vou voltar ano que vem. Eu poderia vir no Natal.

— No Natal? — sussurrou Gwen, horrorizada. — Não posso ficar esperando até o Natal.

— Por favor, não chora. Só... vem aqui.

Gwen se permitiu ser puxada até os braços de Bridget, mas estava se sentindo completamente distante, até mesmo quando a cavaleira plantou um beijo no topo de sua cabeça e lhe disse para que dormisse um pouco. Quis responder direito, tentar defender seu caso, mas estava exausta, de coração partido e no fim das contas... o que mais poderia dizer? Bridget não iria ficar. Não compartilhava o mesmo sentimento que ela, e nunca compartilharia. Doía e doía e doía e, de repente, cada segundo parecia embebido em melancolia, como se as duas já estivessem dizendo adeus.

Parecia que Gwen tinha apenas fechado os olhos quando foi acordada por batidas frenéticas na porta. Por um momento, ficou confusa e sentiu um frio intenso na barriga. A sensação era a de que coisa boa não poderia ser. Tonta de pânico, a princesa saiu toda atrapalhada da cama com Bridget em seu encalço, mas quando chegou ao cômodo externo de seus aposentos viu que Sidney já tinha entrado e estava perto da lareira, dando um beijo empolgado em Agnes.

— Mas o que é isso? — perguntou ela, e os dois se separaram. — Não me diz que você bateu na porta daquele jeito só porque estava tão apressado para...

— A febre passou — disse Sidney, com um sorrisão. Quando deu por si, Gwen estava sorrindo também e com os olhos tão marejados quanto os dele. — Acham que o Arthur vai ficar bem.

— A febre passou — repetiu Gwen, e se sentou pesadamente numa cadeira.

Atrás dela, Bridget soltou um longo assovio de alívio.

Ele iria ficar bem.

Se mais nada na vida de Gwen desse certo, talvez valesse a pena só pelo fato de Arthur sobreviver.

Agnes e Sidney já estavam se beijando de novo.

27

Eles cortaram de vez toda e qualquer medicação para a dor de Arthur ou que o fizesse dormir. O rapaz se deu conta de que haviam feito isso quando passou um dia inteiro acordado, com Sidney sentado impassível na ponta da cama, sem sorrir e sem responder quando ele fazia exigências. Arthur protestou e protestou contra o médico, tentou se arrastar para fora do colchão para provar seu ponto, mas tudo o que fizeram foi lhe dar caldo e mais caldo.

Gwen fez uma visita e insistiu em abraçá-lo, mesmo que ele estivesse emburrado, suado e, num geral, nada agradável de se ver.

— Vaza — grunhiu Arthur, incapaz de se defender. — Você está passando vergonha.

— Não me importo — disse Gwen, com um sorriso carinhoso. — Meu Deus do céu, que felicidade você continuar vivo para me maltratar. Isso não vai durar. Aproveita e me xinga agora enquanto você está aí todo ridículo e eu sentindo pena.

Ela insistiu em abraçá-lo de novo antes de sair. Ele respirou o aroma limpo e agora familiar do cabelo da princesa e se sentiu estranhamente mais calmo.

Arthur foi melhorando de pouquinho em pouquinho, e os dias foram começando a se moldar e a tomar forma. No fim das contas, chegou até mesmo a beber um pouco daquela desgraça de caldo por vontade própria, mesmo que tenha sido tarde da noite, depois de a serviçal já ter sido dispensada e Sidney ter precisado lhe dar a comida na boca.

— Que esquisito — disse Arthur. O colega erguia sua cabeça com uma mão e, com a outra, dava de comer para ele.

— Tem semanas que eu faço isso. Era mais esquisito quando você não fazia ideia de quem eu era, ou do que uma colher era.

— Certo — disse Arthur, respirando fundo. — Então imagino que não era o fantasma da minha falecida mãe me embalando, me limpando e chorando em cima de mim por noites a fio.

— Não — respondeu Sidney, muito sério. — Era eu. Quer um pouco de vinho?

— Não — respondeu ele, rápido, surpreendendo a si mesmo. Pensar em vinho revirou seu estômago, mas não era só isso. — Não. Acho que... acho que não vai ter hora melhor para tentar viver sem bebida. Já que nunca foi muito útil antes. O que você acha?

— Meu Deus. É só disso que precisa para fazer alguém criar juízo? Eu preciso de uma lesão na cabeça.

— Você *é* uma lesão na cabeça.

Depois de um tempo, Sidney caiu no sono na cadeira, o que parecia desconfortável. Para acordá-lo, Arthur gritou seu nome o mais alto que podia (o que, pelo visto, não era lá tão alto assim) e o mandou ir dormir numa superfície horizontal. Pareceu que Sidney iria discutir, mas então deu de ombros, foi até o quarto adjacente e se jogou no catre.

Arthur considerou isso um bom sinal. Se estivesse correndo qualquer risco iminente de morrer, Sidney não teria caído no sono de jeito nenhum.

Horas depois, enquanto Arthur estava deitado ainda acordado, se sentindo ao mesmo tempo exausto e como se nunca mais fosse dormir, ele ouviu a porta ser aberta. Só pelo som dos passos já soube quem era. A essa altura, certamente já os tinha escutado o suficiente.

— Você está acordado — disse Gabriel, aparentemente surpreso.

O príncipe parecia tão tenso e retraído que a vontade de Arthur era alcançá-lo e empurrar seus ombros para baixo.

— Não de acordo com a maioria das definições da palavra.

Gabriel deu uma risada sem emoção.

— Você está com dor? — perguntou o príncipe, e foi se sentar com cuidado na cadeira.

Arthur tentou mover os membros, como se fosse um experimento. Parecia que os estava mexendo através de um melaço grosso, mas não chegavam a doer.

— Não. Só... parece que eu fui pisoteado. Por cavalos. Por cavalos enormes.

— E isso não dói?

— Já faz um mês que me pisotearam.

— Ah. Entendi. — Gabriel passava a impressão de não saber o que fazer consigo mesmo. Certamente não o estava encarando. — Seu pai está aqui — disse, enfim. — Eu o vi no jantar. Ele deve ter vindo te ver hoje.

Arthur não achou que tivesse condições de sentir raiva, mas se irritou mesmo assim. Seu *pai*... aqui. Seu pai, dentro do castelo, provavelmente para visitar o filho moribundo e doente, mas que, por algum motivo inexplicável, se fazia ausente para ele. Ao mesmo tempo, sentiu vontade de sair quebrando tudo pelos corredores até encontrá-lo e de pedir que fosse barrado de entrar em seu quarto.

— Ainda não. — Foi tudo o que Arthur respondeu.

— Bom... — comentou Gabriel, inutilmente.

— Como é que eu estou? — perguntou Arthur, tímido.

Com relutância, o príncipe o encarou. Não fosse pelo singelo semicerrar de seus olhos, seria possível confundir sua expressão com frieza.

— A gente achou que você fosse morrer — comentou Gabriel, baixinho. — *Eu* achei que você fosse morrer.

— Pois é — disse Arthur, e tentou se sentar um pouco mais para cima, coisa que, tão devagar que chegava a ser agonizante, conseguiu fazer. — Mas não morri.

— Eu achei que não... que não fosse ter uma chance de falar com você.

— Quer tirar alguma coisa do peito? Da última vez que a gente conversou direito, lembro que você falou alguma coisa a respeito de não me querer por perto, e mesmo assim olha você aqui de no...

Arthur parou de falar abruptamente, porque Gabriel tinha se virado coisa de pouquíssimos milímetros em sua direção e colocado uma mão gentil em sua mandíbula, o que doeu. Ele não mexeu um músculo, e cada nervo de seu corpo pareceu migrar para as bochechas, para que pudesse sentir cada detalhe, por menor que fosse, da ponta dos dedos do príncipe em sua maçã do rosto, no queixo e no cantinho da boca. Gabriel o olhou por mais um segundo e então se inclinou adiante para beijá-lo. Foi irritantemente suave, nada além do que a mais singela das pinceladas de seus lábios nos de Arthur, que ficaram ali por um segundo e então foram embora de novo. Arthur tentou ir até Gabriel enquanto o príncipe se afastava, estendeu os braços com uma mão trêmula para trazê-lo de volta e forçá-lo a ficar, mas Gabriel simplesmente entrelaçou seus dedos nos de Arthur e respirou fundo para se acalmar.

— Desculpa — disse ele, olhando para as mãos unidas.

— Por qual parte? — perguntou Arthur, pressionando o dedão nos vincos da palma do príncipe. — Por antes? Ou por agora?

— Por tudo.

— Essa não é mesmo a resposta que eu estava esperando — disse Arthur, sem convicção.

Subitamente exausto demais para olhar para qualquer coisa que fosse, Arthur fechou os olhos. Os dois ficaram ali, sentados em silêncio por um momento.

— Eu sei que você e a Gwen acham que isso deveria ser muito fácil — disse Gabriel, baixinho, como se fosse algo que andasse planejando falar havia certo tempo. — Agora que temos... o que temos. Aquelas cartas. Mas não *seria* fácil. Eu teria que entregar tudo para o meu pai. Teria que explicar por que... por que elas importam tanto. Para mim. Para a Gwen. E ele é um bom homem, Arthur, mas está mantendo esse país inteiro por um fio, e não vai jogar tudo isso fora por algo assim.

— Você não tem como saber — disse Arthur, com a boca seca. — Porque acho que nunca nem sequer tentou falar para ele o que acha de verdade. O que quer de verdade.

— Isso não é justo — respondeu o príncipe na mesma hora, mas então deu um suspiro. — Talvez não tenha mesmo. Mas seria uma batalha gigantesca para mim. E não sou corajoso que nem você. Que nem a Gwen.

— Até parece! — exclamou Arthur, tão alto que os dois ficaram surpresos. Lúcifer, que pelo visto estava dormindo na ponta da cama de novo, ergueu o olhar, irritado. — Eu não sou *corajoso*. Não sei o que te fez achar isso.

— Arthur. Faz o favor. Você... Você vai atrás do que quer. Não deixa nada te impedir. O que é isso se não coragem?

— Tem gente, principalmente a sua irmã, que diria que é burrice — respondeu Arthur, erguendo a mão para tocar em Lúcifer, que, irritado, vinha caminhando pelo colchão. — Eu sou um desgraçado egoísta, Gabe. Faço tudo por mim e, quando as coisas não saem como eu quero, fico... *profundamente* incomodado, como você descobriu. Isso não é coragem, é só... egoísmo. E, na hora que importa, eu sou um covarde. Você nunca vai me ver arriscando o pescoço por mais ninguém. Eu não sou assim.

Gabriel o analisou.

— Acho que você está errado. Nem de longe eu acho que você é assim.

— Lamento dizer, mas sou, sim — respondeu Arthur, tentando rir, mas sem sucesso. — Sou um pretexto egocêntrico, arrogante e *inútil* para um...

— Quem te falou isso? — perguntou Gabriel, com insistência.

Arthur vacilou.

Ele sabia a resposta. Só não queria proferi-la em voz alta.

— Mas olha só se não parecemos um par de coitados. — Foi o que acabou dizendo, todo trêmulo. Ele semicerrou os olhos em direção à janela. Estava ficando mais claro lá fora, e as nuvens iam se destacando em tons de cinza e dourado. — Imagino que você tenha que ir.

— Como assim? — perguntou Gabriel, confuso pela mudança de assunto repentina.

— O sol já quase nasceu — respondeu Arthur, com um sorriso tenso para o príncipe. — Nosso tempo acabou.

Ele queria tanto que Gabriel discordasse, que falasse que iria ficar... mas os dois realmente eram uma duplinha de covardes. Assim, Gabriel saiu e Arthur não fez nada para impedi-lo.

28

A ÚLTIMA SEMANA DE TORNEIO FOI TÃO QUENTE QUE OS ESPECtadores ficavam jogando cerveja em si mesmos para se refrescarem, o que levou a uma experiência olfativa bastante infeliz, já que o cheiro se misturava com a catinga de suor generalizado e estrume de cavalo.

Gwen estava lá para assistir à justa de Bridget. Era o último dia de eventos para determinar quem chegaria ao combate corpo a corpo da final, e as arquibancadas estavam barulhentas pela empolgação. Tanto o rei quanto a rainha tinham conseguido comparecer e estavam sentados tentando ignorar as moscas que atormentavam, sem distinção, plebeus e realeza. Gwen pensara em não ir, considerara ficar no quarto ou ir incomodar Arthur, mas no fim das contas não aguentaria perder o evento (não suportaria ficar sentada em algum outro lugar, toda agitada e nervosa, enquanto ficava imaginando o que estava acontecendo nas liças).

Uma parte muito infantil dela quisera não comparecer apenas para que Bridget notasse sua ausência. Infelizmente, era bem o tipo de coisa que a cavaleira entenderia de imediato, então Gwen colocou um vestido de seda verde-claro, se sentou ao lado da mãe e manteve a cabeça erguida. Achava que estava fazendo um belo trabalho fingindo ser uma pessoa madura e razoável, e não alguém que chorara até dormir na noite anterior pensando em como sua vida ficaria vazia quando o inverno chegasse.

O oponente de Bridget era feroz; um cavaleiro enorme que nem um golpe de aríete bem dado parecia capaz de abalar. Cada um despedaçou uma lança durante a primeira rodada. O cavalo de lady Leclair quase perdeu o equilíbrio devido à força da colisão e Gwen quase pulou da cadeira antes de se recompor. Bridget acalmou o cavalo enquanto pegava uma nova lança, e então mais uma vez saiu como um trovão em direção ao gigante, mas tudo acabou um instante depois. Ela teve que se desviar para evitar o risco de decapitação no final quando a ponta da lança do outro competidor quase se partiu pela metade contra seu escudo, enquanto ela não acertou nem um golpe sequer. As trombetas soaram para o vencedor e Gwen já estava de pé.

— Gwendoline? Qual o problema? — perguntou o rei, se virando no assento e franzindo o cenho para a filha.

— Nada. Bom... na verdade, estou um pouco tonta — disse ela, e levou a mão à testa. — Por causa do calor. Só vou...

Ela gesticulou para o castelo.

— Vá — disse o rei, com um sorriso cansado. — Sei que a sua mãe e eu temos negligenciado nossas obrigações com o torneio, mas você está oficialmente dispensada até a final. Descanse. Você tem andado com muita coisa na cabeça.

Gwen realmente pretendia voltar para o castelo, mas, no último instante, se desviou para a direita e seguiu em direção ao acampamento dos competidores. O guarda que a seguia xingou baixinho enquanto, quase trotando, saía atrás da princesa. As tendas estavam abarrotadas de cavaleiros com armaduras pela metade gritando por seus escudeiros. Ela parou um deles para perguntar onde poderia encontrar lady Leclair.

— Na pequeninha lá no fim, Vossa Alteza — disse um escudeiro todo corado. — Não dá para errar, é... bom, é a única com uma mulher.

Gwen deixou o guarda esperando do lado de fora da tenda, entrou e viu o escudeiro de Bridget ao lado dela, tentando tirar sua armadura enquanto a cavaleira bebia água vorazmente. Quando viu a princesa, ela lhe devolveu o cantil, limpou a boca com as costas da mão enluvada e falou:

— Sai.

— Mas você deveria...

— Neil — disse Bridget, num tom que não abria espaço para discussão. — Sai.

— Está bem, então — respondeu Neil, o escudeiro, irritado. — Se é pra ser *grossa*.

Ele ficou enrolando por muito mais tempo do que seria necessário para guardar o cantil, depois encarou Gwen por um breve momento com olhos arregalados antes de sair apressado e deixar o tecido da tenda cair ao passar.

— Oi — disse a princesa, sem jeito.

Bridget só assentiu. Continuava tentando recuperar o fôlego.

— Sinto muito que você tenha perdido.

A cavaleira começou a tirar as luvas e depois as abraçadeiras, as quais jogou uma de cada vez num baú aberto.

— A lança dele tinha sido cortada previamente. Por isso partiu tão direitinho. Ele trapaceou.

— Como é que é? — perguntou Gwen, imediatamente indignada. — A gente devia fazer alguma coisa!

— Que nada — respondeu Bridget, enquanto fechava a tampa do baú para se sentar ali e desatar as grevas. — Vai ficar parecendo que eu não sei perder. A lança não foi feita de um jeito muito inteligente e o marechal-mor deve ter visto. Se ele não falou nada na hora, então não vai falar mais. Não importa... eu sei a verdade. É só um torneio.

— Como é que você está tão tranquila com isso? — perguntou a princesa. Gwen sabia que o marechal-mor não era flor que se cheirasse, mas permitir uma trapaça escancarada no torneio do rei não era pouca coisa. Bridget deu de ombros e, quando se abaixou, um colar pendeu de seu pescoço; era uma corrente simples de prata com um pingente de pedra escura. Gwen nunca vira aquela joia antes. — Que é isso?

— O quê? — perguntou a cavaleira, erguendo o olhar. — Ah. É... A Elaine me deu. Para me proteger. Diz ela que é mágico.

— Lógico que é — respondeu Gwen, enquanto observava Bridget pegá-lo e guardá-lo dentro da roupa. — Precisa de ajuda? Com a armadura?

— Não — disse Bridget, puxando uma peça maior e a colocando com cuidado no baú ao lado. — Eu consigo tirar quase tudo sozinha e o Neil dá um jeito no resto.

No silêncio que se seguiu, Gwen se deu conta da totalidade do que havia começado a acontecer na noite em que a febre de Arthur passara. Estava evidente pela repentina distância entre as duas, pela frieza singela e pelo fato de que, de repente, Bridget parecia intocável.

O verão ainda estava em curso... mas o que quer que ela tivera com Bridget, não existia mais.

— Quando você vai embora? — perguntou Gwen, tentando engolir em seco o enjoo que lhe subira a garganta.

A cavaleira soltou a armadura que tinha em mãos.

— Depois do combate corpo a corpo da final. Vou passar um tempo em casa, dar uma descansada, comer um pouco de comida de verdade, treinar com o meu pai e aí viajar para um torneio em Cúmbria, onde vou encontrar uns amigos. Você está chorando?

— Não — respondeu Gwen, mesmo que provavelmente estivesse, sim.

— Gwen — disse Bridget, com gentileza. Sua voz parecia triste. *Que bom*, pensou a princesa. — Nós duas sabíamos que...

— Por favor, nem começa — exclamou Gwen, com a voz trêmula. — Eu realmente não quero ouvir. Talvez tenha sido estupidez minha, mas eu achei que a gente... significava alguma coisa. Significava para mim. Lógico que eu estava errada. Me sinto uma trouxa dos pés à cabeça.

Agora, com lágrimas escorrendo sem parar pelo rosto, com certeza estava chorando. Bridget parecia abalada.

— Mas significou para mim também — respondeu Bridget, e Gwen riu.

— Não o bastante para ficar.

Com a mandíbula tensa, a impressão era a de que a cavaleira estava tentando deixar para lá. Não conseguiu.

— Se quiser, pode ficar repetindo para si mesma que eu cheguei e flertei com você, e que correspondi a você quando me beijou e te fiz acreditar que eu ficaria para sempre se você simplesmente me pedisse... mas aí voltei atrás e parti o seu coração. Eu sei que é isso que você acha que está acontecendo agora. Mas não foi para você que eu disse não, Gwen. Eu disse não para a opção de desistir da minha vida inteira para ficar esperando por aí em troca de alguns momentos ao seu lado quando você tivesse uns minutinhos sobrando. Eu não sou assim, não é isso o que eu quero, e acho que, daqui a algum tempo, você vai perceber que não é isso o que você quer também. — Ela se levantou e tentou se aproximar com alguns passos, mas Gwen recuou, ciente de que, se Bridget a tocasse agora, tudo estaria perdido. A cavaleira suspirou e, derrotada, soltou as mãos ao lado do corpo. — Te vejo no verão que vem.

— Está bem — respondeu a princesa.

E saiu dali.

A última coisa que Gwen queria ver enquanto, com os olhos marejados, atravessava o pátio às pressas era uma das amigas de Bridget. Relutante, desacelerou quando Elaine se aproximou com um brilho no olhar e um borrão de farinha na testa.

— Trouxe uma coisinha para você — falou Elaine, toda sincera, com uma reverência ligeira. — A Bridget falou que o seu amigo... quer dizer, que o seu *nubente*... ela contou que ele está bem melhor.

— Ah... é, obrigada — respondeu Gwen, e tentou sorrir. — Muito obrigada por toda a comida, Elaine.

— Ah, imagina... e isso aqui não é comida — explicou a moça, enquanto vasculhava o bolso e pegava um pacotinho. — São guias de proteção. Pedi ajuda para as moças dos encontros de Morgana. Dá para o Arthur, está bem? Já dei um para a Bridget, por causa do torneio.

— Ah — respondeu a princesa, sem emoção alguma. — Verdade. O colar.

— Não é um colar — exclamou Elaine, toda confiante. — É um feitiço. Ou... enfim, pelo menos eu acho que é. Só faz ele usar.

— Pode deixar — respondeu Gwen, e fechou a mão com força ao redor do pacote. — Obrigada, Elaine.

Pensativa, a moça a analisou.

— Hummm. Acho que vou fazer um para a senhorita também. Você não parece nada bem.

A princesa simplesmente assentiu. Conseguiu manter a compostura até Elaine ir embora e então se virou em direção aos estábulos, caminhou até uma baia vazia com a maior tranquilidade de que era capaz, e lá se sentou num balde que estava de cabeça para baixo, se permitindo cair no choro. Parecia que seu peito estava sendo rasgado, que havia abalos tectônicos expondo as partes mais brandas e vulneráveis de si. Sentiu ódio por ter chorado tanto no ombro de Bridget durante o tempo em que Arthur não esteve bem, por ter deixado todas as suas guardas de lado e exposto o quanto precisava dela, e tudo isso enquanto Bridget estava simplesmente a agradando e segurando sua mão para ajudá-la a superar os maus bocados, mas com o pé já na porta para ir embora.

De repente, vozes irromperam logo do lado de fora da baia. Gwen parou de chorar e ficou imóvel, com medo de ser descoberta. Em vez de se afastarem, as vozes foram chegando mais perto e, então, ela ouviu uma porta sendo aberta e fechada com força. Havia alguém na baia ao lado. Dois alguéns e um cavalo, presumiu a princesa, depois de contar rápido as pegadas de pés e de cascos.

— Precisa mesmo disso? — sibilou um homem, com a voz de quem havia acabado de pisar em algo desagradável.

Seu timbre era vagamente familiar, mas Gwen não conseguia identificar com exatidão.

— Não me importo se me ouvirem. Agora... o que exatamente foi que você descobriu desde Skipton? — murmurou o segundo sujeito, enquanto o cavalo, desconfiado, remexia no feno.

— Não tem necessidade de usar esse tom comigo — disse o primeiro homem.

— Ouvi rumores de que você nos enganou quanto à relação que tem com o seu filho... de que, na verdade, ele te despreza — disse o segundo sujeito, de forma incisiva. — De que, fora desse casamento de fachada, ele te desafia abertamente e de que a lealdade dele não é com você...

De repente, Gwen ficou tonta e enjoada. Tentando não fazer barulho, se inclinou em direção à parede; ao mesmo tempo, queria e temia ouvir o que lorde Delacey poderia dizer em seguida (porque agora o reconhecera). Era o pai de Arthur, e eles estavam discutindo o casamento ridículo dela.

— Ha, ha! É mentira. E uma que contaram de um jeito bem convincente, já que há tantos acreditando. Ele veio para cá sob instruções minhas. Sempre escreve para mim. Nos últimos tempos, ele obteve informações pessoais e particulares que acredito que se mostrarão inestimáveis.

— Que informações?

— Olha, sabe como é, não tenho como divulgar tudo... vamos só dizer que, por diversas razões, o príncipe está bem infeliz com as atuais circunstâncias. Ele pretende abandonar Camelot e fugir para Tintagel... Redirecionar quantidades imensas de ouro para seus projetinhos do coração e deixar o país indefeso. Ele e a princesa provaram que são... extremamente maleáveis.

Passos se aproximavam pelo outro lado do estábulo. Havia um serviçal chegando que vinha assobiando enquanto caminhava, e Gwen ouviu tanto lorde Delacey quanto seu confidente saírem às pressas. A princesa ficou onde estava, encarando o pacote em suas mãos. Depois de um tempo, se levantou toda rígida e foi para o pátio.

Ficou lá, parada, com o cérebro acelerado e um zumbido estranho nos ouvidos, demorou tanto tempo que um cavalariço veio perguntar se ela precisava de ajuda médica.

No fim das contas, foi quase fácil demais encontrar provas. Arthur, com bolsões escuros sob os olhos, estava dormindo, e a cadeira normalmente ocupada por Sidney, vazia. Gwen torcera para que fosse impossível, para que não encontrasse evidência alguma, mas tudo o que precisou fazer foi mexer, na surdina, nas pilhas bagunçadas de papel sobre o peitoril da janela até encontrar uma carta assinada pelo "Honroso Lorde de Maidvale".

Leu a carta três vezes, só para garantir que não tivesse perdido nenhuma nuance, algo que fosse capaz de desfazer essa situação, de consertá-la, de torná-la mentira, mas estava tudo ali, num garrancho escrito com tinta preta.

Foi como um soco no estômago, o que a deixou atordoada e cambaleando. No cômodo ao lado, ouviu Arthur se mexendo enquanto dormia, então se recompôs antes que ele pudesse acordar e vê-la ali.

Gabriel não estava em seus aposentos quando ela bateu à porta, então Gwen caminhou com pés de chumbo até a biblioteca e percorreu o caminho de sempre entre as estantes até encontrá-lo no canto, cercado de pilhas de livros e registros contábeis tão altas que o irmão parecia estar construindo uma fortaleza com meticulosidade. Foi preciso tirar um punhado de livros para conseguir passar-lhe a carta.

— Que é isso? — perguntou o príncipe, de cenho franzido. Com cuidado, tirou o tinteiro da frente para abrir espaço enquanto desdobrava o papel. — G? Espera aí... você andou chorando?

Gwen não conseguiu responder. Simplesmente se sentou na cadeira ao lado do irmão, colocou a cabeça nas mãos e se preparou para o impacto.

29

Arthur acordou com uma sensação muito estranha. A princípio, não conseguiu identificá-la, mas sabia com certeza que havia algo muito, muito errado. Lá fora, parecia ser manhã, o que fazia sentido. Se virasse o pescoço para o lado, veria Sidney dormindo em seu catre noqueutro cômodo. Por enquanto, tudo normal.

Foi só quando se sentou na cama e estendeu o braço para pegar alguma coisa para molhar os lábios ressecados que se deu conta.

— Sid — chamou, todo rouco, e então pigarreou para tentar de novo. — Sidney. Vem aqui.

— O que...? — perguntou Sidney, que caiu da cama e tentou alcançá-lo mesmo com os lençóis se enrolando ao seu redor. — *Oquefoi?*

— Começa de novo. Você tem que sair da cama antes de fazer qualquer outra coisa. No momento, você está tentando trazer a cama para mim.

— Está bem — disse ele. Então se jogou como um peixe de volta na cama antes de conseguir se libertar e voltar correndo para o lado de Arthur. — Qual o problema?

— Bom — explicou Arthur. — Aí é que está, não tem problema nenhum. Olha só para mim.

— Estou olhando para você — respondeu Sidney, enquanto o varria de cima abaixo com os olhos, como se estivesse procurando algum novo ferimento ou indício de morte iminente. — Você parece bem.

— Pois é — exclamou Arthur, assentindo. — Eu me sinto *bem*. Até ouso dizer que... acho que eu *estou* bem.

— Como é? — perguntou Sidney, que parecia genuinamente perplexo. — Não pode ser.

— Olha só. Vou fazer um truque.

Ele empurrou as cobertas, se endireitou e pegou um embalo para ficar sentado na beira da cama.

— Meu Deus — disse Sidney, impressionado. — O que mais você consegue fazer?

— Não sei — respondeu Arthur, enquanto os dois olhavam para suas pernas.

Elas pareciam mais finas e fracas do que o normal, menos firmes, e ele não tinha plena certeza de que aguentariam seu peso. Tentou mesmo assim e descobriu que estavam estranhamente trêmulas e eram inúteis para firmá-lo. Sidney o pegou antes que ele arruinasse as rótulas do joelho.

— Mas foi um belo truque — disse Sidney, tentando levá-lo de volta para a cama, coisa que Arthur se recusava a fazer.

— O único jeito de andar melhor é andando. — Arthur jogou um braço ao redor dos ombros do colega e se inclinou pesadamente sobre ele quando suas coxas começaram a tremer. — Então vamos andar.

Os dois completaram algumas voltas bem difíceis pelos aposentos antes de Sidney insistir em colocar Arthur numa cadeira e pedir o café da manhã. A novidade de tudo aquilo, de poder ficar sentado à frente de Sidney na mesa, de derramar gema de ovo pela roupa, de mordiscar pedaços de pão e rir quase como se fosse um dia como qualquer outro, o deixou inebriado.

— A gente devia chamar a Gwen. Mostrar o que eu consigo fazer. Ela provavelmente vai chorar de tão feliz, a coitada. Na verdade... cadê a Gwen? Não vejo ela ou... bom, faz dias que ninguém me visita.

— Pois é — comentou Sidney, limpando migalhas de pão da boca e se reclinando na cadeira. — Engraçado, né. Ontem à tarde eu tentei ir ver a Agnezinha enquanto você estava desmaiado dormindo, e o desgraçado do guarda não me deixou entrar na ala real.

— Que esquisito. Deve ser alguma medida de segurança. — Ele deixou a faca cair e, quando Sidney tentou pegá-la, Arthur levantou a mão para impedi-lo e insistiu em fazer isso sozinho. Quando se abaixou, percebeu um pacotinho marrom no chão que parecia ter caído e sido esquecido ali. — O que é isso?

— Sei lá — disse Sidney, seguindo a direção que Arthur apontava com a cabeça e então se inclinando para pegar o objeto. Desembrulhou o papel e pegou um longo pingente. Os dois ficaram observando a pedra escura rodar lentamente entre eles no fim da corrente. — Já vi essas coisas antes, são feitas para... sei lá. Encantos. Feitiços. Proteger as pessoas.

— Ah. Excelente. Alguém deve ter trazido como um presente — comentou Arthur, todo empolgado, enquanto pegava-o e passava pela cabeça. — Gostei. É duro e obscuro, igual ao meu coração.

— Seu coração é molinho e amarelado. Que nem marzipã.

— Eu tenho o coração de um leão. E as pernas de um cavalo. Vou voltar para a cama, mas amanhã vamos mostrar para todo mundo do que essas varetas torneadas aqui são capazes.

Na manhã seguinte Arthur se sentiu ainda melhor; despedaçado, com os braços e as pernas doloridos como se tivesse corrido uma maratona, e não apenas dado uns cem passos ao redor dos mesmos quase cinco metros de diâmetro, mas era algo tão novo ficar cansado por esforço físico que ele estava de muitíssimo bom humor. Nem mesmo ter visto o cabelo cortado curto no espelho, ou o fato de que agora mal conseguia dobrar o pulso, bastava para impedir seu puro deleite de habitar qualquer outro lugar que não fosse a cama. Nunca tinha ficado tão emotivo por causa de uma cadeira.

Era lento esse processo de voltar a ficar de pé, mas a determinação o impulsionava, assim como a oscilação de ansiedade estranha e insistente que sentia na barriga sempre que Sidney tentava obter qualquer informação a respeito da ala real, mas não descobria nada.

— Mas o que é que está acontecendo nesse inferno? — vociferou Arthur, quando Sidney voltou mais uma vez sem notícia alguma.

— Não precisa ficar preocupado — disse ele, obviamente muito preocupado. — Se concentra em fazer todas as suas partes funcionarem direitinho e depois a gente dá um jeito.

Ele relatou para Arthur que o castelo estava abarrotado de pessoas; toda noite centenas delas eram rejeitadas para o jantar no Grande Salão, e as multidões que compareciam às etapas finais do torneio eram gigantescas.

— E eu vi o seu pai — comentou Sidney, hesitante, quando se sentaram para jantar no dia em que Arthur, quase sem ajuda, conseguiu atravessar todo o corredor do lado de fora de seus aposentos.

Arthur tentou não estremecer, mas percebeu tarde demais que não conseguira evitar.

— Que alegria. Ele por acaso deu alguma explicação para não ter vindo aqui em cima ainda? Um recado expressando preocupação, talvez?

— Hum... Não. Na verdade, ele fingiu que não tinha me visto.

— Lógico que fingiu — comentou Arthur, com um suspiro. Era um dilema particularmente frustrante: ele não tinha a menor vontade de ver o pai, mas o avanço sombrio que o imaginava fazendo pelo castelo lá embaixo era quase tão intrusivo quanto se ele estivesse dentro do quarto.

— E os outros?

— Ninguém respondeu a esses recados ainda — respondeu Sidney, com a boca cheia de pão.

Cada vez mais irritado pela falta de visitantes, Arthur havia pedido a Sidney que mandasse mensagens para Gwen e Gabriel, informando-lhes de que estava fora da cama e esperando que aparecessem imediatamente para se regozijarem com o milagre. Num momento de desequilíbrio, pedira para mandar uma para Bridget também. Tudo na manhã anterior, e nenhum deles respondera.

— Estou começando a achar que é pessoal.

— Que nada — disse Sidney, tão pouco convincente que chegava a ser impressionante. — Eles só devem estar ocupados. Com o torneio.

— Então vamos fazer uma visitinha, que tal? — sugeriu Arthur, de repente, enquanto tentava se levantar. O que conseguiu fazer se assemelhou mais a uma cambaleada humilhante, durante a qual teve que se agarrar à mesa para se apoiar.

— Agora?

— Sim — disse Arthur, insistente. — Agora.

*

— Você tem que nos deixar entrar — disse Arthur para o guarda com a cara menos ameaçadora.

Os olhos do sujeito foram para o lado e então ele passou um minuto dando de ombros.

— Não posso.

— Ué, mas por que não? — perguntou Arthur, tentando bancar o intimidador, mas provavelmente conseguindo apenas parecer um tanto aborrecido.

— Você não tem acesso à ala real — disse um outro guarda, que tinha um bigode impressionante.

— Sob ordens de quem? — vociferou Arthur.

— Da princesa — respondeu o primeiro guarda.

O do bigode semicerrou os olhos para o inofensivo, como se o sujeito tivesse dito algo que não deveria.

— Deixa eu falar com ela. Só pode ser um engano, vamos resolver num...

De repente, duas espadas afiadíssimas chegaram tão perto de seu queixo que era possível cortá-lo.

— Epa! — disse Sidney, puxando Arthur com força para trás. — Não tem necessidade disso, não. Estamos de saída.

— Mas... — disse Arthur, se remexendo sob a contenção de seu colega. — Se eles só...

— Se você não vier comigo agora — murmurou Sidney, sério —, eu vou só virar as costas e te deixar aqui. E você não consegue ficar de pé sozinho, não de verdade, então vai simplesmente cair na mesma hora e ficar aqui deitado no chão mexendo os bracinhos no ar que nem uma abelha morrendo até alguém acabar ficando com pena. Então... Vai vir?

— Tudo bem — disse Arthur, contrariado, e permitiu que fosse arrastado dali. — Mas... me leva na biblioteca.

Pelo visto, a biblioteca não estava incluída nas partes do castelo que, misteriosamente, tinham se tornado proibidas. No entanto, havia um par de guardas apáticos na porta, o que confirmou a suspeita de Arthur de quem poderia estar lá dentro.

— Preciso que você distraia eles — disse para Sidney enquanto saía de vista. — Só... tira eles da frente da porta que eu deslizo lá para dentro.

— Você "desliza lá para dentro"? — zombou Sidney. — Vai se arrastar no chão igual a uma cobra, é?

— Se for preciso — respondeu Arthur, com toda a dignidade que conseguia juntar.

— Beleza — disse Sidney, com uma feição conformada. — Que distração você tem em mente? Número quatro? Seis?

— A 1.5 modificada — disse Arthur, com um sorriso.

— Eu odeio a 1.5 modificada — comentou Sidney, num tom sombrio, mas saiu disposto.

Arthur esperou por um ou dois minutos enquanto ele pegava o caminho mais comprido, até que reapareceu do outro lado do corredor, como se tivesse vindo do pátio e, todo dramático, se inclinou para o lado, xingou e quase se jogou no chão.

— Tudo certo aí atrás? — disse um dos guardas, obviamente empolgado por ter alguma coisa vagamente interessante acontecendo em seu turno.

— Ó, meu Deus — gemeu Sidney. — Eu não sei, eu não... Que tipo de irritação na pele a pessoa tem quando pega a doença dos apaixonados?

— A doença dos apai...? — perguntou o guarda, e trocou um olhar entretido com o companheiro.

— É que eu não sei se dá para pegar só fazendo o que a gente fez... Ai, meu Deus, está com uma cor tão anormal, acho que é capaz de cair...

— Cair?

A distração 1.5 nunca falhava. A repugnante e hilária desgraça humana era um atrativo poderoso demais. Os guardas olharam de volta para a porta da biblioteca a fim de conferir se quem deveriam proteger estava em segurança lá dentro, e então foram até Sidney para ver o que é que podia ou não estar prestes a se separar do restante de seu corpo.

Arthur não precisou deslizar como uma cobra, mas chegar antes que os guardas se virassem foi bem exaustivo. Lá dentro, ele desacelerou o passo e se inclinou contra as prateleiras, em busca de apoio. Foi se agarrando até o canto dos fundos, onde uma vela queimava já enfraquecida.

— Buuu — disse, sem emoção alguma, quando Gabriel ergueu os olhos do livro que lia.

O príncipe estava com uma aparência apavorante, como se fosse ele quem tivesse passado mais de um mês doente na cama.

— O que você está fazendo? — perguntou Gabriel, fechando o livro e imediatamente olhando ao redor, à procura de ajuda.

— Que jeito engraçado de falar "que bom que você não morreu, Arthur" — respondeu Arthur, tentando se recompor quando pontos escuros invadiram os cantos de seu campo de visão.

— Você não pode vir aqui — vociferou o príncipe.

Foi tão inesperado que Arthur ficou boquiaberto. Não dava para ter certeza se a dor nos pulmões era devido ao esforço excessivo ou ao fato de que Gabriel o estava encarando como se ele fosse um espectro horripilante.

— Me diz o que está acontecendo — exigiu Arthur.

Gabriel se levantou e pareceu recuar para longe, cada vez mais para o canto.

— Como foi que você passou pelos guardas?

— Ah... matei eles a sangue frio, é óbvio — respondeu Arthur, incrédulo. — Não fiz nada. O Sidney os distraiu com uma coisinha que a gente chama de "a aflição do solteirão".

— Saia agora — disse o príncipe, devagar. — Ou vou chamar eles para te tirarem daqui, Arthur. Fica longe de mim, fica longe da minha irmã...

— Você está *possuído*? — gritou Arthur. Sem querer, derrubou um dos livros no chão e sentiu um golpe horrível de desassossego quando Gabriel estremeceu. — O que foi que eu fiz? Porque não consigo entender. Me fala...

O príncipe não precisou chamar os guardas. Os gritos de Arthur deram conta disso, e eles vieram por trás e o agarraram com muito afinco pelos braços. A pouca força que o impulsionara até a biblioteca já havia acabado fazia tempo, e ele nem mesmo teve tempo de resistir quando começaram a arrastá-lo para fora dali.

— Gabriel — falou ele, ciente de que agora estava implorando, mas percebendo que não se importava. — Por favor. Qual é? Merda. *Por favor.* Me diz o que eu fiz.

Com uma feição arrasada no rosto, Gabriel não disse nada. Sob a luz da lamparina, ele parecia estranhamente jovem — nem de longe o futuro rei, mas apenas um garoto sendo engolido inteiro pela poeira, pela escuridão e pelas milhares de palavras da história que se fechavam ao seu redor.

30

Mais um dia.

Gwen precisava aguentar só mais um dia, e então o torneio chegaria ao fim. Bridget partiria e o povo lotando a cidade de Camelot até as vigas do teto começaria a ir embora. Sua vida encolheria, e ela e Gabriel conseguiriam se sentar e ver o que é que fariam a respeito de Arthur.

A carta não deixara dúvidas e esclarecera tudo de um jeito condenatório. Os Delacey tinham planejado isso juntos. A amizade dela com Arthur, a proximidade dele com Gabriel. Arthur fora enviado para seduzi-los. Era tudo política, um jogo... e ela e o irmão caíram nessa como patinhos, prontos para desembuchar segredos assim que alguém lhes demonstrou um tiquinho de nada de gentileza.

Depois que Gabriel tinha lido a carta, ela lhe contara exatamente o que ouvira, da empáfia de lorde Delacey e das esperanças secretas de Gabriel para o futuro, agora expostas. Ele passara dois minutos sentado em completo silêncio lendo de novo. A sensação de Gwen era a de que aos poucos estava perdendo a cabeça enquanto o esperava dizer alguma coisa, até que de repente ele amassara a carta nas mãos, olhara para a irmã e dissera:

— Bom. Então é isso.

— Como é que você está tão calmo? Ele sabe *tudo* sobre a gente. De mim e da Bridget. De você e...

— Pois é. — Gabriel estava muito pálido. — Ele sabe. Mas vamos pensar com calma. O pai dele não vai usar essas informações agora porque ainda quer que vocês se casem. O lorde Delacey gosta de se sentir poderoso, e eu sei que nosso pai anda evitando ele... Esse sujeitinho quer mais do que o nosso pai está disposto a dar.

— Como é que a gente sabe que ele não vai usar agora? Ele estava lá cheio de coisas para dizer para aquele homem.

— Ele gosta de falar mais do que deveria, mas não vai arruinar a chance do Arthur de se casar e entrar para a realeza — argumentou Gabriel. — É a posição mais alta disponível, e sabemos muito bem o que ele quer. Não... Acho que ele vai usar depois. Como uma carta na manga. Ele pode usar isso para ameaçar a gente... e o pai... sempre que quiser. Para conseguir um título mais importante, talvez, ou uma posição no conselho do rei.

Gwen voltou a colocar a cabeça nas mãos, onde parecia menos provável que fosse cair por sobre seus ombros e despencar chão abaixo.

— Ô, Deus. A gente precisa contar para o pai?

Gabriel se levantou muito devagar, como se cada ligamento de seu corpo fosse contrário àquilo.

— Não. Ainda não. É capaz de ele nem contar para o nosso pai. Pode ser que venha direto atrás de mim. Só preciso de um tempinho para... pensar nisso com calma.

— Gabe — disse Gwen. Ele estava encarando a situação toda com um pragmatismo cauteloso, como se os dois não tivessem sido impiedosamente traídos do pior jeito possível. — Não tem problema se você ficar... sei lá... irritado. Chateado. O que ele fez com você...

Gabriel suspirou e esfregou a testa até que a pele ficasse rosada e parecesse dolorida.

— É. Você está certa. Eu estou sentindo essas duas coisas. Mas o mais importante é que eu preciso resolver o que a gente vai fazer agora.

Abatidos, os dois olharam para a carta.

— Como é que ele fez uma coisa dessas? — sussurrou a princesa para o silêncio.

Nenhum dos dois tinha uma resposta.

Um fulgor de pura raiva se apossara de Gwen naquela noite, então dissera para os guardas que as circunstâncias haviam mudado e mandara que eles impedissem Sidney e Arthur de bisbilhotar e de ficar rondando os aposentos reais. Depois, encurralara Agnes na câmara das damas e falara para ela que cortasse imediatamente todo o contato com Sidney.

— E por que eu faria uma coisa dessas? — perguntara ela, de queixo erguido, toda desafiadora.

Gwen fizera um breve resumo dos eventos, mas Agnes se recusou a aceitar a explicação, o que deixou a princesa perplexa.

— Deve ser algum mal-entendido — ficava dizendo ela enquanto meneava a cabeça. — Se ao menos você conversasse com ele.

— Não vou conversar com ele! — gritara Gwen. — Não vou dar chance para ele vir se enfiar de novo no meu cérebro, não agora que acabei de tirar ele de lá. Já ficou evidente que ele é um... um *mentiroso* muito habilidoso, um ótimo manipulador... Não vou conversar com ele e você também não. Com nenhum dos dois.

— Isso é uma ordem? — perguntou a dama de companhia, com os olhos marejados de lágrimas furiosas.

— Sim, Agnes. É uma ordem — disse Gwen, antes de se virar e sair pisando firme.

Deitada naquela noite, sem dormir enquanto contava as horas até o amanhecer e o último dia de torneio, a princesa ficou imaginando o que Bridget diria se soubesse. Imaginou-a ali, na penumbra, deitada ao seu lado, e visualizou as duas conversando com aquele tipo de sussurro que as pessoas só usam para tentar mapear, de modo cauteloso, os alicerces umas das outras de madrugada.

Quando finalmente caíra no sono, tinha sonhado com Camelot vazia e em silêncio, sitiada por montes de neve.

Mais um dia.

Gwen nunca vira tantas pessoas aglomeradas nos pátios de Camelot. Conforme foram descendo em direção às arquibancadas do torneio, a real escala do público ficou aparente.

— Não acredito que tem tudo isso de gente na *Inglaterra* — disse para Gabriel, que se aproximara da irmã enquanto ela passava por baixo da porta levadiça. — O que toda essa gente veio fazer aqui?

— É um torneio — respondeu o príncipe, desinteressado.

Gwen o analisou com atenção. Estava convencida de que o irmão não pregara os olhos nem uma única vez desde que tinham lido a carta de Arthur, e uma rápida olhada confirmou suas suspeitas.

— Você está acabado — disse ela, e ele nem mesmo tentou sorrir.

— Vamos só acabar com esse dia de uma vez por todas — respondeu o príncipe, esgotado. — E depois essa gente vai sair da cidade e eu vou ter espaço para... para pensar.

— Gabe, você... — disse Gwen, e colocou uma mão no braço dele, mas a pequena comissão deles de repente tinha colidido e se mesclado com a do rei e da rainha.

— Olá, Gwendoline — disse o pai dela, lhe dando um beijo distraído na cabeça antes de ajeitar a postura, alargar os ombros e, com a família logo atrás, subir as escadas até as arquibancadas reais.

Gwen não conseguiu evitar e perscrutou as fileiras improvisadas na frente do acampamento dos competidores, ocupadas por um punhado de cavaleiros que não haviam conseguido se qualificar para o último dia do evento. Muitos, com os capacetes amassados e o orgulho ferido, haviam ido embora, mas ainda havia alguns de pé, um ao lado do outro, no lado esquerdo do terreno. Ela desejou que seu coração não tivesse dado um pulo tão violento quando viu Bridget, que estava de pé bem na ponta, vestida em tons suaves de marrom e branco, conversando com outro cavaleiro e protegendo os olhos do sol fraco.

O combate corpo a corpo era o grande encerramento. Depois de meses de competição, os cavaleiros mais bem colocados se juntariam em dois times e lutariam até que o marechal-mor julgasse a batalha por encerrada e os mandasse parar. Do lado vitorioso, o rei escolheria o derradeiro vencedor do torneio.

Excalibur (Gwen não conseguia evitar, a palavra "nona?", no tom incrédulo de Arthur, sempre lhe vinha à cabeça quando olhava para a espada), recém-polida e reluzente, repousava à espera de ser apresentada ao vitorioso. O clima estava adequadamente dramático; o vento empurrava as nuvens de modo que a paisagem alternasse entre um sol fraco e a penumbra. Estandartes e bandeiras se debatiam com violência nos suportes.

A plateia conversava, animada, e a tensão era tão espessa que parecia sufocar Gwen. Ela tinha acabado de se acomodar na cadeira quando Gabriel tocou em seu braço.

— O lorde Willard está aqui — murmurou no ouvido dela.

E, lógico, o primo de seu pai estava observando-os, sentado nas arquibancadas elevadas do outro lado, onde haviam amontoado parte da nobreza por conta da superlotação. Ele viu o olhar assustado da princesa e assentiu para cumprimentá-la de forma perfeitamente educada e superficial. Com o cabelo mais comprido do que ela se lembrava, ele estava com uma roupa prateada e preta exagerada.

— O que é que ele veio fazer aqui?

— Ele e o pai andam sendo mais cordiais ultimamente... Ele mandou um aviso a respeito de um levante no norte — respondeu Gabriel, dando de ombros. — Acredito que ele tenha sido convidado, como sempre é, e decidiu ser amigável.

Isso não fazia muito sentido para Gwen. Afinal de contas, o único interesse verdadeiro de Willard no torneio era o Faca, que já não estava mais competindo.

— Com quem ele está conversando agora? — perguntou a princesa, semicerrando os olhos. — Aquele... é o pai do Arthur?

— É — respondeu Gabriel, baixinho. — É, acho que sim.

O lorde de Maidvale estava de pé atrás do lorde Willard, conversando sem parar no ouvido dele. Ver os dois com as cabeças juntas fez surgir uma vaga memória, mas Gwen não conseguiu identificar muito bem qual.

— Gabe, a gente por acaso conversou sobre o lorde Delacey e o lorde Willard? — perguntou ela, de cenho franzido. — Estou com a impressão de que tinha alguma coisa...

Gabriel só meneou a cabeça, mal prestando atenção.

Havia alguma coisa, *sim*. Algo a respeito de uma viagem, uma reunião... Por algum motivo, ela pensou no lorde Stafford, e então tudo fez sentido.

— O Castelo Skipton. Gabe, o Willard não foi visto em Skipton?

— Foi — respondeu o príncipe, devagar. — Mas o Stafford investigou e o Willard tem família por lá. Não teve motivo para suspeitar de nada mais sério.

— Mas... no estábulo, o homem falando com o pai do Arthur... disse que o lorde Delacey tinha passado por Skipton.

— Tem certeza?

— Tenho — respondeu Gwen, impaciente. — Tenho, ele disse: "O que você descobriu desde Skipton?" Certeza que não é coincidência. O que é o que o pai do Arthur e o lorde Willard teriam para conversar? Por que é que os dois teriam viajado até Yorkshire do Norte?

Gabriel meneou a cabeça.

— Não sei. Talvez eles sejam amigos.

Mas, de repente, Gwen passou a ver a conversa na baia de uma perspectiva completamente diferente. De jeito nenhum que uma fofoquinha inofensiva precisaria de tanta confidencialidade. E, se o lorde Delacey tivesse ido a alguma reunião no Castelo Skipton, reunião essa que foi mantida em segredo e da qual ele partira com instruções de angariar mais informações...

— Pai — disse Gwen, se levantando para tentar chamar a atenção do rei. — *Pai*.

— Agora não, Gwendoline — respondeu ele, dispensando-a com um aceno, mas a princesa se recusou a ser dispensada.

— Pai, por favor... o primo do senhor está aqui. Lorde Willard está sentado bem ali, olha.

O rei não pareceu nem de longe surpreso.

— Eu sei que ele está ali, Gwendoline. Fale baixo. Ele foi convidado e decidiu, nesta ocasião, aceitar. Estamos tentando manter uma relação cordial, demonstrar união durante esse momento difícil, então, por favor, pare de ficar apontando e gritando para o sujeito e sente-se.

— Mas... — disse ela. Ao olhar ao redor, sem querer acabou encarando lorde Willard de novo e se deu conta de que o homem continuava a fitando diretamente. — Por que é que ele só chegou agora, no fim do torneio? E... ele está conversando com o pai do Arthur. Ele está conversando com o lorde Delacey.

— E...? — perguntou o rei, num tom exasperado.

— Eu... eu preciso contar uma coisa para o senhor — confessou Gwen, com a voz reduzida a um gorjeio nervoso e agudo. — Eu... eu descobri faz pouco tempo que o lorde Delacey mandou uma carta para o Arthur pedindo a ele que ficasse de olho em nós. Ele queria que o Arthur ficasse íntimo de nós, de mim e do Gabe, e mandasse informações.

Seu pai deu de ombros.

— E qual o problema, Gwendoline? Ele vai ser o seu marido, afinal de contas. E todos sabemos que o lorde Delacey é aficionado em, hum... em saber detalhes de tudo o que acontece na corte. Agora — disse o rei, mais baixinho, soando firme. — Sente-se.

— Mas... escuta, não é só isso — respondeu ela, sem se sentar. — O lorde Delacey esteve no Castelo Skipton pouco tempo atrás. Que nem o lorde Willard.

— Meu primo foi visto pelas *regiões* de Skipton. Não em Skipton. E o Stafford confirmou com duas fontes diferentes que ele estava visitando a família. O sujeito é tão paranoico com essas revoltas no norte que com certeza teria falado se achasse que havia nobres convocando reuniões secretas. Por favor, Gwendoline, sente-se. Duas pessoas podem muito bem visitar um lugar sem que...

— O senhor não entende. Eu estava lá, eu ouvi ele contando para alguém... Se o senhor tivesse escutado o jeito como ele falou, acho que...

Ela foi interrompida pelo som das trombetas: uma fanfarra elaborada que se estendeu por tanto tempo que o pai a mandou se sentar mais duas vezes antes que acabasse. Ela finalmente obedeceu, se acomodando pesadamente de volta na cadeira, e trocou um olhar desesperado com o irmão, que só ficou dando de ombros, incapaz de fazer mais nada.

Um fluxo contínuo de cavaleiros com armaduras polidas e armas recém-afiadas entrava pela pequena arena. Vivas e vaias recepcionavam cada um, e os combatentes erguiam as espadas e bradavam punhos fechados em resposta. A multidão estava ávida, fervilhante; em algumas partes, parecia que as arquibancadas poderiam desabar por inteiro, estourar nas costuras e despejar os espectadores amontoados contra a areia recém-nivelada.

Quando os últimos competidores apareceram, o barulho estava alcançando um tom febril, e foi então que começaram a se dividir em dois times indicados por um lenço azul-royal ou vermelho-sangue atado em seus punhos. Tudo parecia seguir com tranquilidade, talvez só um pouquinho intenso demais, o que não explicava toda a angústia que Gwen sentia e fazia com que ela ficasse se remexendo no assento. As comemorações e os gritos lhe davam nos nervos, e as pontas de seus dedos não paravam de se debater contra a grade de proteção. Ela arriscou dar uma olhada em Bridget e viu que a cavaleira a estava encarando de cenho franzido, como se tivesse acompanhado a conversa entre a princesa e o rei.

— Tem alguma coisa errada — disse Gwen no ouvido do irmão, que ainda não parecia muito presente, como se o sono tivesse desistido de esperar por ele e decidido reivindicá-lo ali e agora. — Gabe. Essa história do Willard e do Delacey. Parece... suspeita.

— Se o pai não se preocupou... — comentou Gabriel, e perdeu o fio da meada. — Você pode voltar para descansar nos seus aposentos. Eu falo para o pai, digo que você não estava bem.

— Não — respondeu Gwen, direcionando a frustração para ele. — Não é isso, Gabe, não é só... Espera aí. — Ela tinha se virado para ver os dois times de competidores, agora dispostos em fileiras relativamente organizadas de ambos os lados de alguma linha invisível na areia que ela não conseguia enxergar. — Espera, o... Cadê o pai do Arthur? Gabe, *presta atenção*. Cadê o lorde Delacey?

31

— A gente fez isso o verão inteiro — disse Sidney para um guarda ranzinza na área do torneio. Arthur tinha percebido que, nos últimos tempos, andavam passando muito tempo barganhando com guardas. Parecia um desperdício dos muitos talentos dos dois. — *Por favor*.

— Não posso.

O sujeito estava bloqueando a única passagem para as arquibancadas reais, e era bem desesperador o quanto Arthur precisava entrar ali. Ao lado dele, Sidney cerrou os punhos e, de um jeito ameaçador, estalou os nós dos dedos.

— Ué, e por que não? — perguntou Arthur. — O que foi que eu fiz, especificamente, para provocar a sua ira? Quero ir para o torneio. Gosto de ver gente se batendo. Se você não nos deixar passar, fico feliz de fazer uma demonstração com a ajuda do meu amigo levemente desequilibrado aqui.

Sem nem olhar para Sidney, Arthur sabia que ele estava revirando os olhos.

— Tem muita gente aqui hoje — informou o guarda, ignorando a ameaça. — A segurança foi reforçada. Não é nada pessoal, rapaz. O lorde Stafford falou que ninguém passa por essa entrada além da família real.

— Eu vou *ser* da família real em questão de semanas — disse Arthur, com os dentes cerrados. — Faz o favor. Todo mundo aqui sabe quem eu sou. Só me deixa passar, eu preciso ver minha... minha *nubente*.

— Sinto muito, parceiro. As arquibancadas gerais também estão lotadas, então lá você não entra — rebateu o guarda.

Por alguns segundos, Arthur realmente considerou fazer algo muito idiota, mas Sidney pareceu pressentir esse rápido apetite crescente pelo caos e, com gentileza, puxou-o para longe dali.

A culpa de estarem ali, de qualquer forma, era de Sidney. Depois do conflito na biblioteca, Arthur se contentara em se deitar na cama e ficar remoendo pensamentos enquanto se perguntava como foi capaz de arruinar tudo com os irmãos reais sem nem mesmo sair do quarto. Talvez, pensou ele, num devaneio descontrolado, o casamento tivesse sido cancelado por algum motivo? Talvez o rei tivesse mudado de ideia e agora que não eram mais obrigados a nada, Gwen e Gabriel ficaram extremamente aliviados em cortar a relação com ele na primeira oportunidade que tiveram.

Sidney insistira que, diferentemente do que sempre suspeitava, o problema *não* era apenas o fato de que Arthur era inatamente desagradável, e, enfim, deixara a relutância de lado e exigira que fossem atrás de respostas.

— Olha, sendo bem sincero, isso é papo-furado — disse Arthur e, ao perceber que estava se apoiando com força no colega, se esforçou para ajeitar e aguentar mais do próprio peso.

— Calma — disse Sidney, enquanto guiava Arthur ao redor do perímetro do assentamento do torneio. — Aposto uma moeda de ouro que os guardas se importam muito menos com quem se aproxima dos *competidores*.

E apontou para a entrada que levava às tendas dos cavaleiros.

— Você não tem uma moeda — comentou Arthur, mas ficou contente ao descobrir que Sidney estava certo.

Não havia um único guarda na entrada e, quando passaram, o espaço estava praticamente deserto.

Sidney virou a cabeça em direção à arena.

— Ouviu isso? Acho que vão começar agora.

A multidão, de fato, estava ficando mais barulhenta a cada segundo, e os dois começaram a andar o mais rápido que conseguiam, o que fez Arthur contrair a mandíbula devido à dor.

— Então o plano é... — disse ele, com a respiração pesada. — Passar pela entrada dos competidores... sem sermos arrastados para dentro do corpo a corpo... e ir se espremendo até alcançar a Gwen. Acho que, se a gente só conseguir chamar a atenção dela, nós vamos... Ah.

Tinha caminhado para trombar logo com seu pai.

— Ah — disse lorde Delacey. — Arthur.

Arthur nem sabia como começar a responder; como estava determinado a chegar até Gwen, ficou completamente desconcertado com esse obstáculo repentino e notável. Sidney, por outro lado, fez uma reverência curta e ligeira e puxou Arthur junto.

— Uma coincidência, na verdade — continuou o lorde, devagar, enquanto olhava do filho para Sidney e depois de volta. — Ter encontrado vocês.

— Esquisito você falar uma coisa dessas — disse Arthur, sem paciência. — Já que, se quisesse me encontrar, eu estava bem parado. Sabe como é. À beira da *morte*.

Ao lado dele, Arthur sentiu Sidney se enrijecer. Vários homens enormes tinham acabado de passar pela entrada e agora estavam parados, bem ameaçadores, de ambos os lados de lorde Delacey.

— Arthur — disse seu pai, que arqueou as sobrancelhas e continuou a falar como se o filho fosse um cachorro de rua que precisasse ser abordado com cautela: — Não tem motivo para dificultar as coisas assim. Venha comigo agora e eu explico no caminho.

— Na verdade, consigo pensar em um monte de motivos pra dificultar as coisas — vociferou Arthur, enojado. — Primeiro...

— Peguem-no — disse o lorde, num tom tão brando que Arthur teve certeza de que tinha escutado errado.

Os seguranças do pai, por outro lado, obviamente entenderam bem direitinho. Se moveram de imediato até ele, ao que Sidney deu um passo adiante, desembainhou sua adaga e assumiu posição entre Arthur e o perigo.

— Hum... que palhaçada é essa? — perguntou, quando dois dos homens também ergueram armas e Sidney, com os ombros pressionados contra o peito de Arthur, recuou para abrir espaço.

— Saia da frente — disse o lorde num rosnado. — Sou eu quem pago o seu *salário*, garoto.

— Agora que você tocou no assunto — disse Sidney, sem emoção alguma. — Eu me demito. Cairei em desgraça.

— Pai — exclamou Arthur, com a voz vacilante. Nem mesmo Sidney seria capaz de impedir a meia dúzia de homens que agora avançava em sua direção, e Arthur não tinha a menor vontade de ver o amigo ser decapitado. — Será que dá para a gente parar um momento e voltar um pouco atrás? Deve ter acontecido algum tipo de...

Foi tão rápido que, nem com uma espada na garganta (e muito menos com seis), Arthur teria conseguido explicar como aconteceu. Um dos homens mais na dianteira do grupo emitiu um grunhido altíssimo quando algo em seu corpo fez um estalo que corpos saudáveis, num geral, não deveriam fazer. E então ele começou a tombar de lado; outro conseguiu se virar e levantar a espada bem na hora que lady Leclair, empunhando nada além de uma adaga, ergueu o braço para interceptá-lo.

— Bridget! — chamou Arthur, genuinamente encantado por vê-la.

— Parece que vocês estão com um probleminha — grunhiu ela, enquanto empurrava o homem que tentava contê-la.

— Não tenho tempo para isso — sibilou o pai de Arthur. — Peguem ele e vamos.

O primeiro homem que tentou agarrar Arthur descobriu bem rápido o quanto Sidney estava relutante em deixar qualquer um se aproximar demais; e, assim, foi enxotado com um corte tenebroso na coxa e um soco na cabeça que o fez sair cambaleando de lado até que caiu silenciosamente no chão. O segundo, o terceiro e o quarto não foram com tanta sede ao pote; atacaram em grupo, e quase de imediato ficou evidente que se tratava de uma briga que Arthur e Sidney não iriam ganhar.

Em coisa de dez segundos, Sidney foi derrubado e teve uma espada pressionada contra a garganta, e Arthur ergueu as mãos trêmulas em rendição. Atrás de seu pai, dava para ver Bridget em combate com um homem muito mais alto que estava se esforçando horrores para manter certa distância da adaga dela.

— Para — disse Arthur, com raiva, quando o homem que segurava Sidney à sua mercê ergueu a espada como se estivesse procurando o melhor ângulo para atingi-lo na jugular. — Pai. Para. A gente vai... nós dois. Sid, solta a espada.

Sidney xingou, mas obedeceu na mesma hora. Abriu a mão e deixou a arma cair no chão.

— Ótimo — disse lorde Delacey.

O sujeito que estava prestes a matar Sidney, então, o puxou abruptamente para cima e, com brutalidade, o virou para amarrar suas mãos às costas.

— E...? — Um dos homens gesticulou para Bridget, que tinha sido empurrada contra a cerca, mas continuava com sangue nos olhos.

— Levem os dois. Ele vai dar um jeito nela. Temos que ir agora — respondeu o lorde, impaciente.

Arthur foi praticamente erguido por dois dos homens, que o agarraram pelos ombros e o conduziram à força.

O que, na verdade, nem era de todo ruim. Suas pernas tinham quase cedido no momento em que Sidney fora empurrado ao chão.

Se não tivessem sido tão imperdoavelmente grosseiros, ele talvez até tivesse agradecido pela carona.

32

Gabriel não parecia nem um pouco interessado no desaparecimento do pai de Arthur. Na verdade, ele não estava prestando a menor atenção em Gwen.

— Gabe — disse ela, com urgência. — Por que é que você... O que é que você está olhando?

O príncipe estava de olho nas arquibancadas, mas para um ponto acima dos competidores.

— Aquela... Tenho certeza de que aquela lá é Morgana.

— Morgana? — perguntou Gwen, por um instante convencida de que ele tinha começado a alucinar devido à profunda privação de sono. — Morgana le Fay? A *bruxa*?

— Não — respondeu ele, distante e ainda de olhos semicerrados. — Não. Morgana... a minha corva. Aquela que eu estava criando. Soltei ela faz um mês, mais ou menos. Olha, lá em cima da arquibancada dos competidores... ela tem uma manchinha branca no lado esquerdo.

— Você ouviu alguma coisa do que eu falei? — vociferou Gwen, e nem precisou olhar para sentir o pai a encarando por causa da voz alta e aguda.

— Ela parece bem agitada — continuou Gabriel, com a cabeça inclinada de um jeito bem parecido com um pássaro.

— Gabe. Olha para mim. *Eu* pareço bem agitada — ralhou Gwen. — Dá para você vir comigo? Quero ver para onde o pai do Arthur foi. Só para garantir que ele não...

— Ao soar da trombeta — anunciou o marechal-mor —, nossos dois times de cavaleiros notáveis, os melhores que a Inglaterra tem a oferecer, lutarão pela honra, pelos ideais de longa data da cavalaria e pelo rei!

— Que ele não o quê? — perguntou Gabriel, que finalmente desviara o olhar da ave.

— Sei lá! Está tramando alguma coisa! Talvez esteja... espera aí, cadê a Bridget? Para onde é que está todo mundo *indo*?

— Preparem-se — exclamou o marechal-mor. — No três. *Um...*

— Não se preocupa — disse o príncipe. — A gente conversa direitinho com o pai quando acabar aqui.

— Dois...

Morgana, a corva, grasnou e então saiu voando através da arena. Alguns dos competidores ergueram a cabeça para ver quando ela passou lá em cima e sumiu de vista.

— Três...

— Espera aí — disse Gwen. Seus pensamentos pareceram acelerar quando ela notou a linha da frente dos cavaleiros à sua esquerda se preparar para batalha. — Aquele é o Faca.

— É mesmo?

— Gabe, o Faca não se qualificou! Não era para ele *estar* aqui! — A princesa se levantou e abandonou toda a pompa, já não se importava mais com a possibilidade de zangar o pai ou de passar vergonha. — *Pai.*

— *Comecem!* — gritou o marechal-mor.

Gwen olhou para o Faca, que por sua vez olhou para lorde Willard. No piscar de olhos que precedeu o soar da trombeta, ela viu Willard assentir.

Em vez de convergirem uns com os outros, a maioria dos cavaleiros se virou em conjunto em direção às arquibancadas reais.

Houve dois segundos bem distintos de confusão, durante os quais todos pareceram paralisar. Nesse momento, Gwen fez algo que nunca na vida imaginara que fosse fazer e se jogou de corpo e alma contra o pai, conseguindo em parte arrancá-lo do assento.

Um instante depois, uma faca atirada com precisão mortal da arena atingiu o pilar de madeira logo acima do trono. E, então, o caos se desencadeou de todas as direções.

De repente, Gabriel e a mãe estavam no chão, ao lado da princesa. Gwen se espremeu contra as tábuas e fechou os olhos enquanto se preparava para a dor de uma faca ou espada. Diversas botas irromperam ao passarem por ela quando os guardas reais se moveram em direção ao combate.

— *Vai!* — gritou o pai em seu ouvido. — Você tem que se *mexer*!

Gabriel agarrou-a pelo ombro e a puxou junto enquanto iam meio engatinhados até a saída das arquibancadas reais. Eram tantas pessoas gritando e berrando que a multidão se transformou numa parede de som sem palavras, um barulho que Gwen não conseguiria ter concebido nem mesmo em seus piores sonhos. Ela sentiu uma lasca se prender em seu antebraço e seus olhos ficaram marejados de dor quando alguém a içou para que ficasse de pé. De algum jeito, por um milagre, tinham conseguido sair antes que a arquibancada fosse invadida.

— *Bridget* — arfou Gwen. — Gabe, Gabe, eu não sei onde ela está, preciso...

— *Anda* — gritou seu pai, mais para os guardas do que para qualquer outra pessoa.

Ao menos vinte indivíduos tinham formado um anel de proteção ao redor da família real, mas Gwen continuava os empurrando e, sem pensar, tentando voltar para a violência. Pensou em Bridget lá fora, sem armadura. Bridget, que com certeza preferiria arriscar a vida a fugir de uma luta como essa.

— *Vem* — gritou Gabriel, empurrando-a pelo ombro.

Gwen deu uma última olhada desesperada para trás, para o que ainda conseguia avistar da área do torneio através das arquibancadas (pessoas fugindo, espadas se chocando, corpos caindo), e foi nesse momento que viu Bridget, uma visão completamente improvável e ainda assim absolutamente real, colocando o pé na mesma grade de madeira onde Gwen estivera sentada apenas momentos antes.

Num único movimento veloz, ela foi adiante, fechou o punho ao redor da Nona Excalibur e a puxou.

A espada deslizou direitinho para fora com um ruído de metal raspando em pedra que Gwen ouviu até mesmo em meio ao caos.

Os olhos de Bridget se moveram para onde a princesa estava, mas pareceram não a enxergar. A cavaleira passou a manga da blusa na testa ensanguentada antes de pular de volta para o combate.

Não havia nada que Gwen pudesse fazer além de permitir que a levassem dali, para além da ponte levadiça e de volta para o castelo.

Estavam passando pela soleira da porta quando começou a chover.

— Deve fazer semanas que eles andam enchendo os acampamentos — dizia sir Hurst, o capitão da guarda, enquanto o rei era vestido em sua armadura. Estavam na sala de guerra de seu pai e o concelho o cercava (ou, pelo menos, aqueles que tinham conseguido voltar do torneio). Gwen sabia que só continuava ali (sentada perto da porta, com as mãos apoiadas no joelho, tremendo incontrolavelmente) porque ninguém percebera sua presença. — Ninguém pensou em monitorar os participantes, no passado nunca tivemos motivo para suspeitar... Sim, o evento andava mais movimentado, mas o torneio é popular. Eles estavam se escondendo bem debaixo dos nossos olhos. Metade das arquibancadas estavam cheias de traidores.

— E temos... certeza de que foi o Willard? — perguntou a mãe de Gwen, com uma feição perplexa.

Sir Hurst abaixou a cabeça.

— Temos, Vossa Alteza. Ele foi visto dando ordens.

O rei inspirou e expirou devagar pelo nariz, nitidamente tentando se recompor.

— Condenação e o fogo do inferno para primos traidores.

— Nós mandamos barris de vinho no aniversário dele — comentou a rainha, fraca.

— E como é possível que a maioria dos melhores cavaleiros do reino também sejam, por acaso, vira-casacas assassinos? — perguntou o rei.

Sir Hurst estremeceu.

— Acredito que... sir Blackwood, o marechal-mor, tenha sido subornado. Sabemos que ele aposta, mas suas dívidas devem ser piores do que imaginávamos. Seria fácil para um homem num cargo como o dele colocar oponentes incompatíveis, deixar lanças adulteradas passarem...

— Maldição — disse o rei, num sussurro. Ele cerrou o punho e então, sem demora, voltou a abrir a mão. — Certo. Qual a nossa posição agora? E... cadê o desgraçado do Stafford? Ele conseguiu entrar no castelo?

Alguém saiu às pressas, provavelmente para tentar descobrir.

— Quando começou — disse Gabriel, com a voz baixa, mas firme —, os cavaleiros que não tinham comprado um lugar na final correram para nos ajudar, e eu vi alguns dos que estavam nas arquibancadas, assistindo, fazerem a mesma coisa. Nem todos mudaram de lado, pai. Nem de longe.

Bridget não mudou de lado, pensou Gwen, e foi atravessada por uma onda de náusea. Bridget está lá fora, lutando por nós.

— Quantos dos nossos conseguiram voltar para o castelo? — perguntou seu pai, enquanto manoplas eram colocadas em suas mãos.

— Um bom montante. Estão reunidos no Grande Salão — respondeu o capitão da guarda. — Temos centenas de pessoas aptas a lutar, isso sem incluir a guarda do castelo.

— E meu primo, tem quantas?

— Impossível afirmar... Pode ser que não tenham trazido as forças completas para a primeira investida. Imagino que chegarão mais, vindo dos acampamentos.

— A guarda fica aqui — disse o rei, com os braços erguidos para que fosse completamente equipado com espada e adaga.

Alguém mais entrou apressado carregando ainda mais peças de armadura, que foram deixadas sem cerimônia sobre a mesa. Gwen tentou identificá-las. Eram de um dourado pálido, com o brasão real estampado no peitoral.

— Não — disse ela, se virando para Gabriel, que estava de pé com as duas palmas da mão em cima da mesa. — *Não*. Você também não.

O príncipe tentou sorrir para irmã, mas pareceu mais uma desculpa que Gwen não queria aceitar. Um mensageiro chegou correndo e com o peito arfando.

— Vossa Majestade, os rebeldes não conseguiram avançar colina acima. Recuaram e estão se reagrupando com mais tropas para um novo ataque.

Gabriel ajeitou a postura, pigarreou e o rei o encarou.

— O que foi?

— Nós poderíamos... — Ele parou de falar, engoliu em seco e continuou: — Poderíamos levantar a ponte levadiça. Nos abrigar até que as tropas mais próximas cheguem. Pode ser que...

— Não — repeliu o rei, de imediato. — Isso vai levar dias. Se já não tivéssemos homens lá fora, talvez... mas não. Não podemos nos proteger e deixar o resto isolado. Camelot não se esconde.

— Vossa Majestade — disse o mensageiro, apreensivo. — Me mandaram informar o senhor de que... lorde Stafford está com eles.

A informação foi seguida por um silêncio perplexo, e então o rei bateu a mão com tanta força na mesa que todos pularam.

— Mas então... aquele assassino — disse Gabriel, devagar. Seu pai o encarou com um olhar penetrante. — Ele insistiu tanto que se tratava apenas de um lobo solitário atrás de alguma vingança pessoal e sem sentido. Mas ele não teria muita dificuldade em fazer com que alguém mal-intencionado fosse contratado para a guarda. Ele vivia nos despistando. Era um dos que mais apoiava que mandássemos nossas tropas para o norte, o que nos deixa desprotegidos, mas quando o Willard foi visto aí ele mudou a conversa e falou que era tudo paranoia...

— Depois de tudo o que você fez por ele — disse a rainha. — Depois do tanto que você confiou quando lhe deu uma chance mesmo sabendo que ele era um cultista.

— Mas... ele teve várias chances de simplesmente te matar sem precisar de mais ninguém — comentou Gwen. — Por que não aproveitou essas oportunidades?

— Porque o sujeito é um covarde — respondeu sir Hurst. — Imagino que aquele assassino foi uma última tentativa desesperada para evitar uma guerra de verdade. — Meneando a cabeça, ele se virou para o monarca. — É minha culpa, majestade. Assumo toda a responsabilidade. Eu deveria ter...

— Não vamos ficar desperdiçando tempo com arrependimentos agora — exclamou o rei.

Sir Hurst assentiu vigorosamente e então o levou para um canto. Murmúrios ansiosos tomaram conta do cômodo.

— Gabe, fica — disse Gwen, desesperada, enquanto um pajem erguia o peitoral da armadura e tentava encaixá-lo. — Alguém precisa ficar caso...

— G — disse Gabriel, baixinho, enquanto, atrapalhado, tentava ajudar o serviçal. O singelo tremor em sua voz conforme ele tentava reconfortá-la partiu o coração de Gwen. — Eu tenho que ir. Precisamos do máximo de pessoas e, além do mais, o pai está certo. O que daria a entender se a gente só sentasse aqui e se escondesse enquanto mandamos outros homens lutar por nós?

Gabriel estava ajeitando as ombreiras para que o pajem as afivelasse. A cada nova peça de armadura, a sensação de Gwen era a de estar vendo-o ser sepultado. Seu corpo frágil e esguio foi, aos poucos, sendo encapsulado até que ela mal o reconhecesse mais.

— Gabe — chamou a princesa, baixinho, agora desesperada ao sentir que estavam ficando sem tempo e chegando mais perto para que apenas ele e o irmão ouvissem. — Se o pai do Arthur... se ele estava trabalhando com o Willard durante todo esse tempo, então quer dizer que o Arthur deve ter...

— É — concordou Gabriel, fechando os olhos por um breve instante. — É, eu sei. Não consigo acreditar muito que ele teria a capacidade de ficar nos nossos quartos e rir com a gente enquanto sabia que estava trabalhando para que nós dois acabássemos mortos, mas... pelo visto eu não o conhecia de verdade.

— Ele não te merecia — disse Gwen, chorosa, e agarrou o ombro do irmão que ainda não havia sido coberto. — Ele não merecia nenhum de nós.

— Bom. Ninguém está à nossa altura — disse o príncipe, com um sorriso fraco.

Um instante depois, a mão de Gwen foi puxada para que a armadura ficasse completa, e pareceu que todos estavam se movendo ao mesmo tempo.

O rei sinalizou para que saíssem, e os presentes caminharam ligeiro para fora da sala e desceram as escadas em meio ao clamor do aço, as vozes tensas e as botas que pisavam na rocha. Chegaram ao Grande Salão e foram recebidos pela visão de centenas de homens vestindo armaduras, recebendo espadas nas mãos e capacetes na cabeça.

Tudo acontecia rápido demais. Gwen se sentia como uma criança agarrando punhados de água, sem conseguir entender o motivo de o líquido não parar de escorrer-lhe pelos dedos.

— Gabriel — começou a dizer ela, mas seu irmão já havia sido puxado para uma conversa com o pai e sir Hurst.

Estavam reunindo homens ao redor e gritando instruções quando a rainha, com gentileza, puxou Gwen pelo braço para impedi-la de atrapalhar.

— Eles não podem simplesmente fazer isso — disse a princesa, esperando que sua mãe fosse concordar, mas não foi bem assim (porque, é óbvio, eles podiam).

Seu pai se aproximou às pressas e, com os olhos bem fechados, deu um beijo na esposa. Depois, pressionou a testa contra a da filha por um ligeiro momento, e tudo em que Gwen conseguiu pensar foi que, quando ele se afastasse, continuaria com a barba molhada por suas lágrimas.

Gabriel não se despediu. Até tentou (Gwen o viu dar alguns passos em sua direção com uma mão meio erguida), mas então vieram gritos do pátio, e o rei bateu uma palma e gritou:

— Avante!

E avante eles foram.

33

ATÉ O MOMENTO EM QUE TODA A GRITARIA COMEÇOU, ARTHUR permanecera relativamente convencido de que seu pai estava apenas tendo um surto aleatório. Tinha ficado perplexo e furioso, mas não surpreso. Afinal de contas, não parecia fora de cogitação que ele simplesmente estivesse no clima de amarrar Sidney e ameaçar o próprio filho com a ponta de uma espada. Improvável, mas não impossível.

Quando ouviu os característicos sons de pânico — o comando profundo e autoritário de um guarda gritando "Protejam o rei!" — foi que, enfim, percebeu que não se tratava de uma crise vaga de meia-idade.

— O que está acontecendo? — gritou Arthur, fazendo força contra os guardas que o seguravam e esticando o pescoço para tentar ter um vislumbre da arena do torneio lá atrás. — Pelo amor de Deus, que *merda* é essa que você fez?

— Cala a boca — disse seu pai, caminhando ao lado dele com passos decididos. Uma chuva leve mas insistente tinha começado a cair, e as gotas batiam ruidosamente nos elmos e nas armaduras. — Pelo menos uma vez na vida, cala essa boca e escuta.

— Só quando você me contar o...

— Só quando você sossegar o facho.

— *Está bem* — disse Arthur, revoltado e fazendo uma careta devido às suas pernas, que estavam sendo arrastadas.

— Formei uma aliança muito vantajosa — disse o lorde, praticamente cuspindo de empolgação e com o rosto avermelhado por trás da barba. — Uma aliança que vai restaurar a glória de nossa casa e de nosso nome.

— Eu estava prestes a me casar — respondeu Arthur, com os dentes cerrados. — Com a *princesa*.

— Você deveria ficar feliz, então, por eu ter achado um caminho melhor — disse ele, com desdém. — O rei obviamente não me tem em boa estima, e tenho certeza absoluta de que, mesmo que sejamos sangue do mesmo sangue, você não iria me defender ou me dar prioridade, como deixou bem nítido naquela carta encantadora que me mandou... E eu não vejo motivo para ficar esperando pelas migalhas de seja lá o que o rei esteja disposto a conceder. Não, nada disso. Nos ofereceram poder de *verdade*, Arthur. Do jeito que merecemos. Quando lorde Willard assumir o trono...

— Ah, puta que pariu — disse Arthur, arregalando os olhos. — Meu Deus do céu. Você não fez isso.

— Acho que fez — arfou Sidney.

Ele tinha levado um soco bem forte na boca do estômago depois que amarraram suas mãos, e Arthur estava feliz em vê-lo recuperar os ânimos.

— Não tem graça — sibilou lorde Delacey, virando-se para ele.

— Na verdade... eu concordo — disse Arthur, todo desarticulado, quando um guarda puxou seu braço de forma dolorosa para que continuasse andando. — De engraçado não tem é *nada*. Então, só para eu confirmar aqui: a gente se juntou a um... Isso aqui é uma *deposição*? Você me meteu num *golpe de Estado*?

— Se todos cooperarem — respondeu seu pai, contorcendo as mãos enquanto falava —, será um... uma transferência de poder relativamente pacífica.

— Ah, sim, *com certeza* é isso o que vai acontecer — exclamou Arthur. Sua mente estava num turbilhão. Será que o rei continuava vivo? E Gwen? *Gabriel*? Quanto mais se distanciavam do torneio e adentravam na área sinistramente deserta dos acampamentos, menos ele era capaz de imaginar o que estava acontecendo para além dali. — Você faz ideia do tamanho da vergonha de tentar dar um golpe e fracassar? Tem que ir com tudo e aí depois, quando perder, o país inteiro vai saber que você se fodeu bonito.

— Cala essa *boca* — gritou seu pai, e Arthur, incapaz de se distanciar de verdade, se encolheu e recuou. — Agora, querendo ou não você está envolvido, Arthur. O rei deve estar morto a essa altura. — *Morto*? Suas costelas supostamente curadas doeram. — Vamos reunir a segunda onda e seguir para reivindicar o castelo. Faça o que eu disser, e o que lorde Willard mandar, e você será recompensado. Se for esperto, talvez um dia até tenha um lugarzinho para você no conselho real. Ah, se em vez de ter surtado de novo você tivesse me escutado antes. Achei que eu tinha mandado uma mensagem bem explícita enfatizando onde você *acabaria* se escolhesse esse caminho, mas eu admito que as coisas podem ter... saído um pouco do controle...

Arthur tentou compreender essa informação. Pouco tempo antes alguém havia, de fato, dito que tinha um recado para ele e, quando se esforçou para lembrar, uma dor fantasma fez seu corpo se contorcer de novo (e então ele se deu conta de que era porque, no momento seguinte, acabara deitado no chão enquanto lhe chutavam as costelas até quebrá-las).

Ficou boquiaberto.

— Pelo amor de Deus... foi *você*? Na próxima vez que for mandar alguém me dar um recado, talvez seja uma boa ideia dizer que eu tenho que *estar vivo para escutar*. Seu... seu *cretino*, seu lixo...

— O plano nunca foi ir tão longe assim — vociferou seu pai, como se Arthur estivesse exagerando na reação. A impressão era a de que estava reagindo até de *menos*. — Você precisava de um lembrete para não esquecer a quem deve sua lealdade, e já tinha provado que não iria pensar com a cabeça. Me arrependo por terem... se empolgado tanto, mas o argumento continua de pé...

— Eu vou te matar — exclamou Arthur, que, inutilmente, fazia força contra seus captores. — Ah, se bem que é muito provável que eu nem precise! Você acha mesmo que se vencer hoje o povo da Inglaterra não vai se importar com o fato de que vocês atacaram a capital sem motivo nenhum e executaram o rei deles?

— Sem motivo nenhum? — repetiu lorde Delacey, com uma risadinha sem humor algum. — Arthur, você sempre foi um energúmeno nesse assunto. O Willard não estava sendo discreto... ele estava *preparando o terreno*. A reivindicação dele ao trono sempre foi tão válida quanto a do rei, e nos últimos anos ele foi recuperando apoio aos poucos.

— Todas aquelas revoltas? No norte? — perguntou Arthur, que tropeçou de novo e foi erguido com um puxão na nuca.

— Ha, ha! Não. Aquilo não era nada. Apenas uma distração. Para desviar a atenção e as tropas do rei para o norte e deixar Camelot indefesa. Aquele idiota do Stafford quase ficou careca, de vez em quando garantia que essa última parte funcionasse direitinho.

— O lorde Stafford? — Arthur tentou se lembrar da última vez que o vira. Foi no Grande Salão, quando o rapaz estava bêbado, melancólico e contou das...

— Sim — confirmou lorde Delacey, com uma satisfação sinistra, enquanto se aproximavam dos limites da floresta. — Sim, sem querer você mostrou que é útil de um jeito que, de propósito, nunca tinha conseguido. Fui obrigado a dar uma embelezadinha de nada para que a verdade a respeito de sua relutância em ser útil para a rebelião não me fizesse passar vergonha. E certamente ajudou o fato de certas facções terem ouvido falar que o príncipe planejava abandonar Camelot, fugir para o litoral e levar todo o dinheiro da Coroa para gastar com *livros*...

— Não foi isso que ele... Meu Deus, seu verme desgraçado, seu...

— Fica quieto, Arthur, você está desperdiçando saliva. Agora que o rei morreu e o herdeiro dele é o próximo...

Arthur respirou fundo.

— E a princesa?

— Certeza que a sua *nubente* está a salvo. Ela vai ser útil... inclusive, acho que o Willard planeja se casar com ela.

— Entendi — disse Sidney, com a voz carregada, de trás de Arthur. — Que se foda.

Houve uma arfada e o som de algo se esmagando, como se alguém tivesse batido o nariz contra alguma coisa duríssima; Arthur tinha fortes suspeitas de que essa coisa fosse a testa de Sidney. Um tumulto começou logo em seguida, durante o qual um dos guardas que segurava Arthur de pé abandonou o posto para manter Sidney contido. Com um repentino aumento de cinquenta por cento de liberdade, Arthur finalmente conseguiu se virar para trás e avistar o castelo.

Havia soldados em armaduras correndo e cavalgando em sua direção, com espadas e rostos ensanguentados. Sidney, depois de ter sido duro na queda, estava no chão de novo. Como não via nenhum motivo que impedisse seu pai de simplesmente mandar que o matassem dessa vez, Arthur fez a primeira coisa que lhe veio à cabeça e soltou todo o peso do corpo para que o único guarda o segurando o deixasse cair na mesma hora. Então, se jogou em cima de Sidney, e os dois grunhiram com o impacto.

— Arthur, será que *dá* para... Ora, olá, meu lorde!

O rosto de Arthur estava enfiado em algum ponto entre os ombros e a orelha de Sidney, mas, ao ouvir cascos se aproximando e a reverência bajuladora de seu pai, se esforçou para se virar e dar uma olhada nos recém-chegados.

O infame lorde Willard, com uma capa escura esvoaçante na altura dos ombros, estava montado em um enorme cavalo cinza sem um único respingo de sangue ou terra. O Faca vinha junto, encharcado de entranhas dos pés à cabeça. Horrorizado, Arthur observou enquanto centenas de outros homens saíam do bosque mais além, todos com armaduras, armas e bem ávidos para a batalha. Lorde Delacey tinha deixado o filho esparramado no chão para ir conversar com lorde Willard num tom egocêntrico e sussurrado.

— E o que é que a gente vai fazer agora, merda? — perguntou Arthur, com a voz abafada pelo peito de Sidney e sentindo que não havia mais esperança.

Se o rei realmente estivesse morto — e se tivessem pegado Gabriel e Gwen também —, então já não havia mais o que fazer.

Era inimaginável.

— *Agnes* — gemeu Sidney. — Eu nunca nem... nunca nem dormi com ela, Art. Eu me *apaixonei*, que nem um bocó, e agora vou morrer sem ter visto nada além de um peitinho desde a primavera...

— Pelo amor de Deus, Sidney, cala essa *boca* — grunhiu Arthur. Então rolou para o lado e acabou olhando para o céu nublado enquanto a chuva caía com suavidade sobre seu rosto. — Merda. A coisa está feia mesmo.

— Talvez... Talvez eles não tenham morrido. Não são idiotas. E esse grupo voltou fugindo, então não venceram na primeira investida. E... e o nosso grupo tem um *castelo*.

— Mas eles não estavam prontos para uma batalha — respondeu Arthur, baixinho. — Estavam prontos para uma festa.

— Olha, isso não significa que...

— Arthur — vociferou lorde Delacey, cutucando o rosto do filho com a ponta da bota. — Levanta. E você também, rapaz. — Ele se abaixou para que ninguém além dos dois pudesse ouvi-lo e, com um sorriso extremamente ameaçador estampado no rosto, sibilou: — *Subam num cavalo e não tentem dar uma de espertinhos.* — Voltou a se levantar. — O rei continua vivo, mas não importa.

Arthur trocou um olhar desesperado com Sidney. Se o rei continuava vivo, então ainda havia motivo para acreditar que todos os outros continuavam também.

— Ficaremos na linha de frente — continuou seu pai. — Liderando o lor... o *rei* Willard para a glória. É uma honra imensa.

Em seguida, ele saiu para encontrar o homem que estava trazendo seu cavalo.

— Eles estão vivos — disse Sidney. Arthur fez um joinha desanimado.

— Mas também... linha de frente.

E Arthur apontou o polegar para baixo, fazendo um gesto negativo, que era mais apropriado.

— O Willard só está na expectativa de que nós, os Delacey, morramos primeiro — disse Arthur, com desgosto, enquanto se esticava para desamarrar Sidney, o qual, assim que se libertou, passou o braço ao redor do ombro de Arthur e o ajudou a se levantar. — Para não ter que convidar meu pai para os jantares dançantes.

Lorde Delacey os encarou com um olhar afiado, mas não havia mais ninguém os impedindo de sair dali. Parecia inútil; afinal, depois de tudo o que seu pai havia feito, quem no castelo não teria deduzido que os dois haviam virado a casaca? Provavelmente seriam mortos na mesma hora.

Alguém lhes trouxe armaduras, as quais foram distribuídas a eles às pressas. Arthur deixou que Sidney o vestisse. Tentou ajudar com as fivelas, mas percebeu que suas mãos estavam trêmulas demais e exaustas de fazerem um monte de nada. Ficou repassando na cabeça as opções que tinham. A primeira, e a mais óbvia: poderiam, *sim*, fugir correndo. Dar no pé assim que recebessem cavalos, escapar e esperar em algum lugar seguro até que soubessem quem saiu vencendo. De qualquer jeito, ele provavelmente passaria o resto da vida fugindo, já que seria considerado um traidor por qualquer lado que reivindicasse a vitória.

Segundo: poderiam ficar e cuidar dos próprios pescoços. Caso saísse *vivo*, o que era tão improvável que chegava a ser hilário, Arthur supunha que teria que simplesmente aceitar qualquer que fosse a vidinha miserável que seu pai e Willard lhe oferecessem a partir de então.

Mas seria uma vida na qual Gabriel estaria morto, assim como o rei e talvez Gwen... então nenhuma das duas primeiras opções serviria.

— Eles acham que eu sou um traidor — disse Arthur, de repente, enquanto Sidney guiava um cavalo branco lustroso em sua direção e lhe entregava as rédeas. — Por causa do que eu falei para o Stafford. Deve ser por isso que não queriam me ver. Eles acham que eu faço parte de tudo isso.

— Eu também estava pensando nisso — comentou Sidney, desanimado, antes de pegar um cavalo para si.

— Merda — disse Arthur para o animal, que, encarando-o com um olhar malévolo, parecia estar torcendo para que ele não fizesse nada capaz de levá-los para a morte.

— Então... a gente vai fugir? — perguntou Sidney, enquanto encarava a fileira que se formava com cavalos recém-chegados, os quais, nervosos, revirando os olhos e agitando os cascos, eram instigados em direção ao caos adiante.

— Não posso — respondeu Arthur, com uma careta. — Você bem que devia, Sid. Mas eu não posso.

— Deixa de ser ridículo — disse Sidney, sem paciência para conversa-fiada enquanto fazia carinho no topete castanho de seu cavalo. — Até parece mesmo.

— Hummm. Acredito que seria uma excelente hora para eu ter a minha primeira ideia.

— Pois é, continua se concentrando nisso aí — disse Sidney, e uniu as mãos para ajudar Arthur a subir na sela.

Arthur quase caiu, mas com certo esforço conseguiu se assentar no cavalo, mesmo sem garantia alguma de que continuaria ali.

Ele estava pensando, pensando e pensando. Depois de certo tempo, tudo pareceu tão evidente que chegava a ser risível.

— Você sabe qual foi o primeiro indício de civilização que as pessoas demonstraram?

— Quê? — perguntou Sidney, distraído, enquanto lhe entregava uma espada. Tentou dar um escudo também, mas Arthur não deu conta do peso, então ficou para o guarda-costas mesmo.

— A Ashworth me contou quando eu era pequeno — continuou Arthur, todo trêmulo, embainhando a espada na terceira tentativa. — Dizem que o primeiro indício de civilização foi um fêmur curado.

— Que história é essa? — perguntou Sidney e, com um grunhido, montou no próprio cavalo.

— É um osso da perna.

— Eu sei que é um *osso*...

— Só me pergunta por quê, Sid. Estou tentando chegar em algum lugar aqui. Me dá esse mimo nos meus momentos finais.

— Certo. Por quê?

— Porque — disse Arthur, enquanto o próprio lorde Willard avançava para o fronte — é uma lesão séria. Não se cura sozinha. Outras pessoas precisam cuidar do doente, levar comida e proteger a pessoa durante o processo, quando, na realidade, deveriam mesmo era só virar as costas e deixar o sujeito morrer. Eles precisam fazer sacrifícios que não têm a menor lógica para sua sobrevivência individual. Precisam desafiar toda a racionalidade, por amor.

Dois porta-estandartes foram para ambos os lados de lorde Willard segurando bandeiras vermelhas finas com uma torre preta estampada em cada uma. Perto da área do torneio, Arthur conseguia ver as tropas do rei se unindo e formando fileiras de homens disciplinados com a cabeça erguida. Também quase conseguia ver o rei, percebeu — os bandeirantes faziam com que fosse fácil identificá-lo, enorme sobre o cavalo mesmo de tão longe. Ao lado dele, havia alguém com uma armadura dourada leve e lustrosa, se inclinando para a frente para acalmar o cavalo agitado que estava montando.

Arthur teve a impressão de que provavelmente também sabia quem aquela pessoa era.

— Eu acho — disse Sidney, apreensivo — que esse papo de fêmur é simbólico. Porque você não quebrou o fêmur. E... isso não tem como ser um bom sinal.

— Olha — disse Arthur baixinho. — Se for para a gente morrer, então acho que deveríamos entrar para a história como réprobos por todas as coisas questionáveis que a gente *realmente* fez, não concorda? Não como dois traidores que apoiaram o desgraçado do meu pai.

O olhar de Sidney estava firme. Ele assentiu apenas uma vez.

— Você não precisa me seguir, Sid — exclamou Arthur, que, com a manopla, se esticou para cobrir a mão de Sidney. — Parte de mim inclusive preferiria que você não me seguisse.

— Quantas vezes vou ter que falar — respondeu Sidney, irritado — para você deixar de ser *ridículo*?

— Foi o que eu pensei — disse Arthur, incapaz de evitar o sorriso carinhoso para Sidney, e sentindo um embrulho no estômago ao se perguntar se aquela seria a última vez. — Nesse caso, Sidney Fitzgilbert... decidi fazer uma série de escolhas questionáveis para tentar limpar meu nome perante quem eu amo, o que provavelmente culminará na nossa morte certa.

— Olha — disse Sidney, chacoalhando os ombros e então se ajeitando sobre a sela, o queixo erguido de um jeito desafiador. — Que bom que você avisou dessa vez. Normalmente você só vai lá e faz.

34

Gwen estava num parapeito, esperando.

A rainha tentara convencê-la a ficar do lado de dentro. Mesmo que conseguissem avistar tudo com bastante clareza das muralhas do norte, ela dissera que ficar vendo não traria nada de bom e que seria melhor se ocupar com outra coisa até que a notícia da vitória da realeza chegasse. E apontara que, no fim das contas, estava chovendo.

Gwen a ignorara, e agora a rainha estava em pé, de costas para o campo e de vez em quando perguntava para a filha o que estava acontecendo enquanto se recusava a olhar por si mesma.

Lorde Willard parecia ter mais homens, mas, pelo que a princesa conseguia ver, estavam atrapalhados. Aparentemente, apesar de terem sido *eles* que organizaram a emboscada, os traidores estavam tão convencidos de que teriam sucesso logo de início que não haviam pensado que iriam precisar de uma segunda investida para qualquer coisa além de entrar a cavalo e aproveitar a vitória.

Os homens do rei, por outro lado, haviam entrado em formação imediatamente. Tinham marchado para fora pela área do torneio, parado todos ao mesmo tempo e, então, se dividiu em regimentos distintos, com algumas dezenas de metros os separando dos oponentes. Ela conseguia ver o pai em sua armadura escura e envolto em uma capa azul, sentado ereto e firme sobre a sela. Ao lado, estava Gabriel e, até mesmo de tão longe e com tanto metal os separando, Gwen sabia que o irmão estava paralisado de pavor.

Ele treinou para isso, pensou a princesa, com veemência. *Pode até ser que não goste, mas ele não é um espadachim ruim... Ele vai odiar e depois vai voltar para me contar tudo.*

Com o pai ela não se preocupava. Era para isso que ele tinha nascido. Era um sujeito enorme, inabalável e completamente implacável. Iria atravessar o fronte inimigo como se eles fossem manteiga e voltar com histórias dramáticas para contar.

— Ainda não começaram, não é? — perguntou sua mãe, numa voz que tentava parecer calma mas traía certo medo.

Era como se ela estivesse falando de uma partida do torneio, e não de uma batalha de verdade, o que deixou Gwen com a impressão de que estava perdendo o juízo.

— Não — respondeu Gwen, enquanto roçava a alvenaria com os dedos e, ao senti-la se despedaçar um pouquinho sob as mãos, torceu para que isso não fosse um mau presságio.

Estava toda encalorada, como se estivesse com febre, e seus pulmões pareciam ter encolhido, inúteis. Não havia mais para onde ir, nada para fazer além de assistir e sentir cada segundo de medo. As tropas inimigas estavam longe demais para distinguir indivíduos específicos, mas ela sentia uma pontada aguda de raiva sempre que imaginava Arthur entre eles.

Não, pensava. *Arthur não vai lutar coisa nenhuma. Porque lá no fundo, debaixo de todos aqueles truques e charme, ele é um covarde da cabeça aos pés.*

— Por que eles ainda não começaram? — perguntou a rainha, soando como se o atraso a afetasse pessoalmente.

Gwen suspirou e mal conseguiu disfarçar a frustração.

— Sei lá, mãe. Não sei como nada disso funciona. Nunca fiz essas coisas antes. Não sei se estão esperando algum tipo de sinal. Talvez estejam esperando trombetas. Talvez fiquem entediados de esperar, desistam e se virem para ir embora.

— Não seja sarcástica — vociferou sua mãe, e Gwen fechou os olhos e respirou bem fundo para não começar a gritar, porque nunca mais pararia.

Quando tinha onze anos, o pai partira para lutar em um conflito no sudeste. Não tinha sido uma tentativa tímida de conquistar o poder ou uma revoltazinha rapidamente resolvida com firmeza e novas promessas de apoio e lealdade. Os barcos haviam chegado do sul, e simplesmente não pararam mais de vir.

Quando ele contara as histórias mais tarde, deixara de lado as partes mais horrendas. Contara a ela apenas da coragem de seus homens nas praias, e o fato de que, quando acabou, a maioria das navegações com pretensão de ancorar no litoral se virou e disparou de volta pelo canal.

Mais tarde, um cavaleiro que bebera vinho demais no banquete da vitória revelara a Gwen as partes que ela não deveria saber. Eles tinham massacrado tanta gente naquela praia que quilômetros de areia tinham ficado manchados de sangue. Seu pai se posicionara nas águas rasas e calmas do mar, envolto pelos borrifos salgados que lhe emaranhavam o cabelo e a barba, e matou e matou até que a água que o cercava ficasse quente e vermelha de sangue.

Daquele momento em diante, ela passara a observá-lo durante o café da manhã, quando lia perto da lareira ou jogavam xadrez juntos na sacada coberta e, às vezes, ele parecia ter se dividido em dois; era como se um dos olhos de Gwen conseguisse ver seu pai gentil, sisudo e marcado pelo tempo, e o outro visse um homem com os olhos arregalados pelo desejo de matar, forte e mortal a ponto de mudar a cor do próprio oceano. Ela nunca conseguira conciliar essas duas imagens de um homem só.

Gwen sabia o motivo de sua mãe não querer assistir, mas era por essa mesma razão que ela *precisava* ver; precisava ter certeza de que esse segundo homem ainda existia. Mesmo que seu pai parecesse humano e falível, o *rei* era diferente. O rei manteria todos a salvo e traria cada um deles de volta para casa.

Os homens de lorde Willard pareciam inquietos. Dava para notar um único cavaleiro cavalgando ao longo da retaguarda, provavelmente levando uma mensagem. Eles tinham perdido a vantagem do ataque-surpresa e talvez subestimado quantos guardas haveria no torneio ou quantos espectadores lutariam de volta, em vez de fugirem; muitos deles eram homens do rei, tinham jurado lealdade assim como qualquer cavaleiro ou lorde do reino, e portanto ajudaram a repelir os intrusos com fosse lá o que tivessem em mãos.

— Está começando — disse a rainha, baixinho.

Gwen estremeceu. Não tinha percebido que a mãe se aproximara e ficara ao seu lado.

— Como a senhora sabe? — sussurrou a princesa.

— Dá para sentir — respondeu a mãe. — Olhe.

Um único cavaleiro do fronte de Willard tinha saído de posição para fazer algo muito esquisito. Ele tirara o capacete, jogara-o na grama e, inexplicavelmente, parecia estar lutando para arrancar uma das bandeiras do porta-estandarte.

— Mas qual poderia ser o sentido disso? — perguntou Gwen.

O homem obteve sucesso em sua tarefa bem quando outros se aproximaram para intervir e, na mesma hora, instigou o cavalo branco adiante, se afastou da formação, acelerou e cavalgou sozinho rumo a Camelot. Outro cavaleiro tentara segui-lo, mas pelo jeito outra pessoa agarrou suas rédeas para puxá-lo para trás e os dois ficaram brigando enquanto o sujeito que supostamente iria seguir o primeiro fugitivo tentava se libertar.

— Não sei — respondeu a rainha. — Talvez seja algum tipo de... truque? Uma distração?

Gwen não conseguia entender como aquilo poderia ser um truque, mas como distração com certeza servia. Não havia ninguém se mexendo, nem do lado de seu pai nem do lado de lorde Willard. Estavam todos assistindo ao solitário cavaleiro galopar pelo campo com a bandeira fluindo pelo ar acima.

— Ele não tem a mínima chance — comentou a mãe de Gwen, com desdém.

A princesa era obrigada a concordar. Ele estava sozinho e completamente desprotegido. Independentemente do que estivesse tentando fazer, seria suicídio.

Assim que o rapaz chegou ao ponto intermediário entre os dois exércitos improvisados, fez algo ainda mais peculiar. Ergueu o estandarte — seus braços pareciam trêmulos, a bandeira se inclinava no ar enquanto ele tentava mantê-la lá em cima — e então, todo dramático, jogou-o no chão à frente, onde o tecido foi imediatamente pisoteado na lama escura sob os cascos de seu cavalo.

— Ai, meu Deus — disse Gwen, quando o indivíduo chegou mais perto, ainda cavalgando com determinação em direção às linhas de frente do outro lado.

— Não tem problema — disse a mãe, tocando no braço da filha. — Olha. Os arqueiros vão derrubá-lo.

— Não — disse a princesa, tão inclinada por cima do parapeito que corria o risco de cair e morrer. — Não, mãe, eu acho que... meu Deus do céu, acho que é o *Arthur*.

O cavaleiro, cujo cabelo escuro e mal cortado ficou visível ao abaixar a cabeça e partir direto para Gabriel, nunca teve chance.

Ela viu o irmão se virar para o pai e o ouviu gritar alguma coisa, mas o rei já havia dado o sinal. Gwen não soube dizer qual dos três arqueiros acertou o alvo, mas o cavalo se assustou, as rédeas foram arrancadas de suas mãos e Arthur caiu no chão escuro e implacável.

35

Os cavalos com aqueles cascos gigantescos iriam chutar o crânio de Arthur se ele não se mexesse nos segundos seguintes. O rapaz tivera o mesmo pensamento e tentara convencer o corpo a fazer alguma coisa a respeito. Corpo esse que, como já tinha desistido muito antes de o pisoteamento iminente entrar em questão, não respondeu.

Seus ouvidos zuniam pelo impacto do tombo. Mais do que ouvir, dava para sentir as centenas de homens correndo e galopando em sua direção de ambos os lados. Os dois grupos iriam se chocar exatamente onde ele estava, deitado com a boca cheia de lama e uma ardência no braço que coisa boa não poderia ser.

— *Levanta* — gritou alguém. Arthur ficou meio irritado (será que não percebiam que ele estava tentando?). Lógico, era um tentar puramente mental, que não se manifestava em nada físico, mas era a intenção que contava. — Puta que *pariu* — continuou a voz.

Arthur recuperou os ânimos. Ele conhecia muito bem esse xingamento.

Sidney agarrou-o pelos ombros e o içou para fora da lama. Então o empurrou em direção ao cavalo, mas, apesar de Arthur se esforçar para ser útil em meio àquele terror, deve ter sido como tentar direcionar um homem feito de sacos de batatas.

— Está tudo bem — disse Sidney, nitidamente em pânico. — Você está bem, a flecha só passou de raspão. É só a gente...

Arthur não teve a chance de ouvir o plano que Sidney elaborara no meio segundo antes de os dois exércitos ameaçarem convergir para eles, porque, de repente, a tal convergência virou o momento presente. Sidney se jogou sobre Arthur para tirá-lo do caminho quando um cavalo quase o derrubou. Incapaz de fazer nada além de se preparar, ele sentiu o amigo levantar o escudo sobre os dois enquanto o mundo desabava.

— Temos que nos mexer — gritou Sidney.

Parecia que as espadas se digladiavam logo ali em cima, acentuadas por gritos, berros e sons terríveis que só podiam ser de ossos e órgãos sendo violentamente desmantelados.

— Encontra... o Gabriel — conseguiu dizer Arthur, mas Sidney não estava ouvindo.

Ele tinha colocado a cabeça por cima do escudo e acabou envolvido em combate com um estranho. *Por que é que estão fazendo isso?*, pensou Arthur, histérico, e então: *Acho que aquele sujeito ali me deu sua sopa num jantar mês passado porque não gostava de ervilhas.*

Sidney conseguiu dar um bom golpe e o homem, atordoado, cambaleou para longe com a espada erguida como se fosse protegê-lo sozinha. Agora chovia com mais força. O chão estava escorregadio e inclemente; e o céu, num tom furioso e amarelado de cinza.

— Vamos dar o fora daqui — disse Sidney. Ele estava com o cabelo grudado na cabeça e ficava com os olhos indo para lá e para cá o tempo inteiro, à procura da ameaça seguinte. — Vem... Se a gente conseguir chegar na borda da...

— Sid — chamou Arthur, rouco, quando Sidney conseguiu passar um ombro por baixo de seu braço e começar a arrastá-lo. — Bridget.

— Quê? — perguntou Sidney, preocupado.

Era apenas uma questão de tempo até mais alguém perceber que os dois precisavam de uma bela esfaqueadinha.

— A *Bridget* — gritou Arthur, insistente, e Sidney finalmente se virou para olhar.

Bridget lutava contra sir Marlin. Os dois estavam a pé, e o Faca, por mais inconcebível que fosse, estava ainda mais coberto de sangue do que antes. O incrível era que Bridget parecia ilesa.

— Ela está sem armadura — disse Sidney, com a voz um tanto fraca.

Era verdade; ela vestia uma túnica branca, tinha um colar pendurado no pescoço e estava com respingos de lama até a metade das calças. Enquanto, de um lado, o Faca estava maníaco e de olhos arregalados, de outro, a cavaleira, com a expressão calma e focada, se movia apenas o necessário. E ela estava empunhando...

— É a Nona Excalibur, porra. — Arthur chegou a se engasgar quando a viu levantar a espada para repelir outro ataque eufórico.

— Ela perdeu o juízo — disse Sidney. — Ela está fora da casinha, vai acabar...

O pé de Bridget ficou preso na lama, o que a fez tropeçar; o Faca aproveitou a vantagem e conseguiu derrubá-la. A cavaleira caiu com tudo e, mesmo por cima do caos da batalha, eles ouviram o agourento som de metal contra osso. Arthur viu a Nona Excalibur escapar de lady Leclair.

— Droga — exclamou Sidney. — Merda. Certo. Só... fica aqui.

Ele enfiou o escudo nas mãos de Arthur, que prontamente tombou no chão enquanto tentava com muito afinco fingir que já estava morto.

Com a visão meio obscurecida, viu seu amigo se lançar entre o corpo prostrado de Bridget e a lâmina do Faca. Sidney podia até não ser um combatente de torneio, mas quando soltava as amarras era, sim, algo admirável. Sir Marlin tentou uma defesa ligeira e imoral, um movimento que talvez tivesse desequilibrado alguém que estivesse jogando limpo, mas Sidney simplesmente cravou os calcanhares na terra e sorriu como um cachorro que foi provocado.

No golpe seguinte do Faca, Sidney se abaixou, foi em direção à perna dele e, enquanto sir Marlin tentava recuperar o equilíbrio, a espada de Sidney acertou o alvo. O Faca cambaleou para trás enquanto agarrava a lateral do corpo, de onde, por entre o espaço da armadura, começava a borbulhar um sangue escuro que ia escorrendo sobre os pretensiosos detalhes feitos de obsidiana.

— Ela está viva? — gritou Arthur, usando os cotovelos para se apoiar.

Sidney foi conferir e o encarou com um olhar sombrio sob o capacete, mas então sua feição mudou e ele avançou em sua direção como um touro e com os olhos fixos em um ponto atrás de seu ombro.

Arthur se virou e se deu conta de que o rei da Inglaterra estava a menos de três metros de distância. Quase tão encharcado de sangue quanto o Faca, mas não parecia ter sido ele quem sangrara. O homem estava determinado e irradiando poder quando desferiu a espada longa no ombro de alguém. Ele deveria estar cercado por seus próprios homens, mas em meio ao caos da batalha parecia ter acabado lutando sozinho.

Por um instante Arthur ficou confuso, mas então viu o que Sidney vira: o Faca não tinha saído cambaleando para morrer educadamente. O homem estava, na verdade, bem ao lado do rei, sem capacete, com a espada erguida e pronta para atacar.

— *Vossa Majestade* — vociferou Sidney, ao mesmo tempo que Arthur conseguiu dar um grito sem palavras, mas já era tarde demais.

Foi quase casual o jeito com que a espada do Faca deslizou para dentro da armadura do rei, como se ele só tivesse decidido fazer aquilo no último segundo.

De início, o monarca pareceu não notar. Terminou de lidar com o sujeito à sua frente, e então vacilou. Mais do que tudo, pareceu ficar um tanto surpreso quando se virou ligeiramente para tentar ver quem o tinha esfaqueado.

Sir Marlin puxou a espada no mesmo instante em que Sidney enfiou a lâmina direto em seu pescoço. Havia tanto sangue que o cavaleiro deve ter morrido antes mesmo de chegar ao chão. O instinto de Arthur foi desmaiar e sua visão ficou embaçada, mas, com os olhos fixos no pai de Gwen, ele foi capaz de manter a consciência.

O rei caiu de joelhos. Alguns de seus homens tinham começado a gritar uns para os outros e a abrir caminho à força para se aproximarem. Quando, engatinhando sobre as mãos e os joelhos, Arthur chegou, o rei já tinha caído estatelado no chão com um singelo suspiro de complacência.

— Vai ficar tudo bem — disse Arthur, feito um idiota, enquanto puxava a cabeça do pai de Gwen para seu colo com braços que mal pareciam conectados a seu corpo. — Só... aguenta um minutinho, está bem? O senhor é o homem mais *teimoso* do mundo e consegue aguentar firme só por mais um ou dois minutinhos, porque depois... porque aí alguém vai aparecer para ajudar. — Raios atravessaram o céu e iluminaram o rosto pálido do rei sob o capacete. Seus olhos pareciam estar perdendo o foco. Ele ergueu bruscamente uma das mãos, e Arthur a agarrou. — Me escuta. Só... Só me escuta. Eu estou aqui. A Gwen e o Gabriel nunca que vão me perdoar se o senhor não voltar vivo, então só... só *aguenta firme*.

— Gwendoline e Gabriel — disse o rei, baixinho.

Arthur poderia jurar que o primeiro trovão ressoou no exato momento em que ele morreu.

36

Mesmo que tudo fosse pelos ares hoje, Gwen fora presenteada com um pequeno consolo para chamar de seu: Arthur não os traíra. Pelo menos, não de propósito. Só um palerma teria cavalgado sozinho para o meio de um campo de batalha para provar isso, mas ele sempre fora exatamente esse tipo inacreditável de cabeça-oca.

Gwen vira quando o segundo cavaleiro (que era Sidney, ela tinha certeza) se desvencilhara e atravessara a planície a cavalo, segundos antes de lorde Willard dar o comando para que seus homens atacassem. Os dois exércitos se chocaram quase no mesmíssimo lugar em que Arthur tinha caído; e de imediato ele foi engolido e virou nada além de uma das centenas de cabeças escuras naquele caos.

Agnes apareceu no parapeito. Gwen esperava que ela fosse chorar, mas em vez disso a dama de companhia, com o rosto lívido e resoluto, só se aproximou.

— Não era o Arthur — disse a princesa, baixinho.

— Não — repetiu ela simplesmente.

— Mas você tentou me avisar, e eu não ouvi.

— Tentei. — Agnes deveria estar muito brava (poderia ter se revoltado contra Gwen por tê-la impedido de ter um último vislumbre de Sidney), mas simplesmente esticou o braço e pegou sua mão. — Mandaram o restante dos homens para a batalha, e estão evacuando as pessoas para a cidade e mais além. Não tem mais praticamente ninguém no castelo, tirando a guarda.

Gwen assentiu. Era impossível afastar o olhar do campo de batalha, mas era uma visão verdadeiramente grotesca. Enquanto lutas de torneio às vezes eram graciosas, quase bonitas, esse conflito era irracional e feio. Ela tentava não prestar atenção em nada específico, mas ao procurar aqueles que amava seus olhos por vezes pousavam em alguma silhueta portando aquela armadura pesada e cambaleando sem gracejo algum para tentar atacar ou se defender, que acabava sendo atingida e tombava no chão.

Gwen tinha torcido para que, em algum momento, alcançasse um nível tão alto de ansiedade que ficasse dormente, a ponto de incapacitar seu corpo de continuar absorvendo, mas ela ainda sentia tudo. Cada fôlego parecia relutante em trazê-la qualquer alívio que fosse, e cada grito lá debaixo a deixava ainda mais nervosa. Estava começando a ficar tonta. Fazia certo tempo que estava de pé, andando para lá e para cá, mas agora se sentou e colocou a cabeça nas mãos.

— Meu Deus, quando é que isso vai acabar? — disse ela, baixinho. — Não aguento mais.

— Logo — respondeu Agnes, muito embora não soasse muito convincente. — Logo mais. Você me ouviu, eles mandaram mais homens... Vão facilmente dominar o inimigo, e depois acabou.

Com os olhos marejados e de repente sentindo uma gratidão tão grande por Agnes que era até difícil suportar, Gwen olhou para ela.

— Obrigada por ficar aqui. Eu sei que você não precisava.

A dama de companhia deu um sorriso amarelo e apertou o ombro da princesa para tranquilizá-la.

— Imagina.

Alguém pigarreou, e Gwen viu um mensageiro parado na porta. Ele não parecia ter mais do que doze anos. Estava coberto de lama e tão exausto que quase caiu ao fazer uma reverência.

A rainha emitiu um ruído abafado e sufocado, e Gwen a olhou, preocupada. Ela tentou se levantar, mas, pálida e abatida, caiu de volta na cadeira.

— O que foi? — perguntou a princesa, olhando da mãe para o mensageiro e depois para a mãe de novo. — O que foi? Você nem sabe o que ele vai dizer. *Não* sabe.

Sua voz parecia esquisita até para seus próprios ouvidos, como se estivesse implorando (embora não soubesse para quem).

— Precisam das senhoras — disse o menino, num tom trêmulo. — Lá embaixo. Por favor, Vossas Altezas.

— Não — respondeu a rainha. — Vou ficar aqui.

— *Mãe* — exclamou Gwen, irritada, e se levantou. — Onde? — perguntou ao rapazinho.

— Na... Na sala de guerra. Falaram para... Mandaram levar vocês duas, senhoras.

— Bom, mas eu não vou — disse a rainha, e lançou um olhar fulminante para o garoto como se ele tivesse feito algo para ofendê-la. — Não vou receber ordens de um... de um...

— Foi o capitão da guarda, Vossa Alteza — respondeu o mensageiro, rápido. — Sir Hurst. E o mago, mestre Buchanan.

— Eu *não* vou — repetiu a rainha, quase gritando.

A princesa não entendia, mas não iria desperdiçar nem mais um minuto tentando compreender.

Quando saiu às pressas com Agnes atrás do rapazinho, ela ouviu a mãe começar a chorar.

A sensação que teve foi a de que a jornada até a sala de guerra levou uma eternidade. Seus passos ecoavam de forma arrepiante pelo castelo praticamente vazio. Quando chegaram, encontraram sir Hurst, mestre Buchanan e um punhado de outros serviçais de pé ao redor da mesa. Todos com feições fúnebres. Sir Hurst estava imundo, pois tinha acabado de voltar da luta.

— Mas... cadê todo mundo? — perguntou Gwen, com a impressão de que os presentes constituíam uma tentativa bem fraca de formar um conselho de guerra.

— Lutando — respondeu o capitão da guarda, bruscamente. — Cadê a rainha?

— Ela não quis vir. Não entendi o porquê, ela só começou a gritar, então se vocês puderem me falar de uma vez do que isso se trata para eu voltar e...

— Vossa Alteza, lamento informar, mas o rei morreu — contou o mago, devagar e num tom gentil, mas ainda assim nada do que ele falara fez sentido. O homem a analisava de perto com um olhar pesaroso; Gwen simplesmente o encarava. — Seu pai — continuou, como se quisesse eliminar qualquer dúvida. — Ele caiu em batalha, pelas mãos de sir Marlin. Esse garoto foi testemunha.

Ela mal tinha conversado com o mestre Buchanan antes. Parecia absurdo que fosse ele quem estivesse lhe contando isso naquele momento.

— Não é... — começou Gwen, mas sem a menor ideia do que dizer em seguida.

Seu coração batia muito, muito rápido. Ouviu-se um barulho esquisito na sala, acompanhado pela sensação de que ela estava vendo o cômodo de um ponto muito distante.

A dormência pela qual passara tanto tempo ansiando finalmente veio quando ela sentiu que estava cambaleando para o lado e foi segurada pelas mãos dos homens de seu pai. Percebeu, de um jeito um tanto distante, que os odiava por terem feito com que fosse ali; por terem feito com que ela escutasse aquilo. Eles a ajudaram a se acomodar numa cadeira. Nem mesmo tocar os braços do assento fez com que a situação parecesse real.

— Só porque ele caiu — disse Gwen, sem saber ao certo se alguém conseguiria escutá-la com todo aquele zunir esquisito e abafado —, não significa que morreu.

— Sinto muito, Vossa Alteza — respondeu sir Hurst —, mas é verdade. E precisamos tomar uma decisão agora. O paradeiro do príncipe é desconhecido. Ninguém o viu desde que a batalha começou. Temos que deduzir que... Normalmente, haveria uma clara ordem de comando, mas fomos pegos de surpresa, então temos que nos virar. A rainha tem a autoridade, mas a senhorita falou que ela não quer vir...

Gwen olhou para as mãos. Pareciam tão idiotas. Aquelas unhas curtas e esfarrapadas... Mãos que nunca tinham feito nada de valor na vida.

— Que decisão?

— Estávamos ganhando — explicou o mestre Buchanan. — Mas a notícia da morte do rei deve ter se espalhado. E sem o seu irmão... Nossos homens estão perdendo, Vossa Alteza. Desanimaram porque acreditam que já não há mais o que fazer. Estão com medo.

— Nós poderíamos mandar a guarda do castelo — sugeriu sir Hurst. — Nossos últimos cinquenta homens, mais ou menos. Não é algo que vá necessariamente virar o jogo, mas talvez levante os ânimos dos nossos soldados. É disso que eles precisam. Mas, se formos por esse caminho, a cidade e o castelo ficarão completamente indefesos caso o inimigo atravesse os frontes que nos restam. Não sabemos quais são os planos deles se vencerem.

— Quem é que decide isso? — perguntou Gwen, sem enrolação.

Os dois sujeitos trocaram um olhar, e então o capitão da guarda, visivelmente frustrado, se afastou.

— A senhorita — respondeu o mestre Buchanan. — Na ausência de todo o resto... é a senhorita quem deve decidir.

A princesa o encarou. Ela olhou para além dele, para o brasão da família na parede, tão familiar que já nem o via mais direito: um leão, um falcão e um cálice. Depois olhou para o mapa à frente, para as antigas formas e linhas da Inglaterra, para todos os caminhos e estradas que, por fim, levam a Camelot. Ela queria voltar para seus aposentos, trancar a porta, subir na cama e acordar num mundo em que seu pai estivesse vivo; em que Gabriel estivesse exausto, mas acenasse para a irmã a caminho do café da manhã; em que Bridget a estivesse esperando nos estábulos; em que Arthur batesse em sua porta para trocar provocações e histórias no fim do dia.

Tinha tudo sumido por completo, essa vida... e, ainda assim, caso vacilasse agora, perderia muito mais.

— Mandem a guarda — disse ela, levantando-se.

— A senhorita tem certeza? — questionou o mestre Buchanan.

Gwen assentiu uma única vez.

— Então a senhorita precisa pegar a rainha e partir agora mesmo — avisou sir Hurst. — Para o caso de o castelo ser invadido.

A princesa meneou a cabeça.

— Ela não vai a lugar algum. E nem eu.

— Vossa Alteza, com todo o respeito...

— Mande a guarda — interrompeu ela, séria, tentando controlar a tremedeira enquanto empertigava os ombros e o encarava olho no olho. — Mas primeiro... preciso que você faça uma coisa para mim.

37

A ATMOSFERA NO CAMPO DE BATALHA TINHA COMEÇADO A MUdar no momento em que o rei caíra de joelhos. Arthur ouviu a consternação ao redor; os gritos de guerra que foram se transformando em berros genuínos de medo. Particularmente, nunca tivera muito carinho pelo rei (nem o *conhecera* direito, na verdade), mas a sensação era a de que, de algum jeito, a Inglaterra tinha morrido em seus braços, de que o país que conhecia se extinguira.

— Solta — dizia Sidney, e Arthur não entendia muito bem. Era para soltar no sentido de extravasar as emoções? Será que Sidney queria que ele chorasse? Mas então se deu conta de que ainda segurava a mão do rei enquanto três de seus cavaleiros tentavam reivindicar o corpo.

— *Gabriel* — chamou Arthur, de repente, quando viu os homens erguerem o cadáver prostrado do rei e então abaixarem a cabeça para atravessar a confusão.

Sidney não estava prestando atenção; alguém havia acabado de tentar esfaqueá-lo e ele estava retaliando à altura. Respingos de lama e sangue atingiram todo o rosto de Arthur quando o homem caiu pesadamente ao seu lado. Ele quase vomitou, mas não tinha nada no estômago, e Sidney o agarrou para fazê-lo se levantar.

— Gabriel — tentou ele de novo. — Cadê o Gabriel? Ele... ele é o *rei*.

— Não faço ideia — grunhiu Sidney enquanto começavam a se mover.

— Precisamos mesmo sair daqui. Já é um milagre do caramba que a gente tenha sobrevivido por tanto tempo com você inútil desse jeito.

Alguns dos homens do rei pareciam estar tentando fugir de volta para o castelo; Arthur viu quando um deles tentou sair do chão, mas voltou com tudo para a terra ao levar uma machadada na parte de trás da cabeça. Para ele, foi como olhar para uma pintura especialmente violenta ou assistir a uma peça. Sua mente não conseguia processar que nada daquilo era real.

— Nada bom — disse Sidney, olhando em volta para o pânico evidente no rosto dos soldados da Coroa. — Merda. A coisa vai ficar feia logo, logo, Art. Está na hora de a gente dar no pé.

— Não — disse Arthur, atordoado, sentindo como se estivesse sonhando. — *Olha*.

Uma nova onda de homens sem manchas de sangue, ilesos, convictos e decididos vinha cavalgando pela ponte levadiça em direção ao caos. A chuva aliviou; as nuvens pareceram se abrir. Liderando-os em sua brilhante armadura dourada e com o capacete reluzindo à luz do sol, estava o rei da Inglaterra, com seu cabelo escarlate.

Vivas eclodiram daqueles que lutavam por Camelot, e foi como se, do nada, tivessem sido inundados por uma nova força. Se antes cambaleavam, agora, de repente, ficaram posturados. Homens que fugiam pararam e voltaram para a batalha. Arthur viu um sujeito que havia sido derrubado e que, para todos os efeitos, parecia mortíssimo, usar o pé para prender o calcanhar de um inimigo e então enfiar a espada em seu pescoço quando ele caiu.

— Está tudo bem — disse Arthur, de olhos arregalados. — Vai ficar tudo bem. E o Gabriel está... espera aí.

O rapaz continuou observando conforme a guarda do castelo (agora tinha certeza de que eram eles) alcançava o conflito e começava a lutar com afinco.

— É — disse Sidney, sério. — Era bem isso que eu estava pensando.

O suposto rei da Inglaterra estava sob uma proteção pesada e não era particularmente muito bom em empunhar a espada — coisa que, pelo visto, ninguém pareceu notar enquanto voltavam a atacar os homens de lorde Willard.

— Que *merda* é essa? — questionou Arthur, num suspiro.

Ele estava tentando não pensar no que esse ato significava (e tentando não deduzir o pior). O que foi ficando mais difícil a cada segundo.

— Olha, ela está se virando — disse Sidney. — Acho que...

Algo gigantesco os atingiu pelas costas e os lançou de bruços na lama. Arthur sentiu uma dor lancinante quando o pulso ruim, valente como era, tentou impedir a queda. *Vê se não quebra, seu braço de merda*, pensou, furioso, enquanto flexionava os dedos e se dava conta de que, pelo visto, ainda funcionavam. O cavalo que os acertara pareceu ter lidado superbem com o incidente; o animal se levantou às pressas e saiu galopando do campo de batalha, rumo à segurança das árvores.

Deitado na lama mais uma vez, Arthur se perguntou por que é que os bardos e os guerreiros aparentemente sempre deixavam essa parte de fora das histórias de guerra. Lutar não era nada além de sangue, lama, cair e cair de novo até alguém enfiar uma faca nas costas do oponente para mantê-lo derrubado para sempre. Ele sentiu alguma coisa na boca e, horrorizado, cuspiu (mas era apenas o pingente de seu colar).

— Sid — chamou Arthur, num tom meio incompreensível. — Já era para eu ter morrido.

— Já mesmo — grunhiu Sidney, rolando para perto.

— Pois é. Foi o que eu pensei. E não foi você que me disse que esse colar era...

— Não é por causa dessa porcaria de colar — exclamou Sidney, entre dentes cerrados. — Não estou fazendo tudo isso para você dar o crédito para uma joiazinha de merda. *Sou eu*. Sou eu quem está te protegendo. Levanta.

Arthur não estava lhe dando ouvidos. De olhos entreabertos, encarava uma silhueta escura que aparecera do nada ao lado de sua cabeça.

— Esse... Esse pássaro parece que está agitado ou é impressão minha?

— Os pássaros nem têm como parecerem agitados.

O corvo em questão estava de pé bem ao lado de Arthur, fazendo uma dancinha estranha: ficava virando a cabeça de um lado para outro, dando uns pulinhos para longe e depois voltando.

— Ah — exclamou Sidney. — Esse pássaro está mesmo parecendo agitado até *demais*.

Logo em seguida, a ave alçou voo e foi-se embora mergulhando baixo sobre as pilhas de espadas descartadas e corpos destroçados. Enquanto a observava partir, Arthur viu algo cintilando em meio à lama sob o rastro que o corvo deixara.

— Eita, porra — disse.

— Eita, *porra* — concordou Sidney, com muito mais emoção. Alguém tinha acabado de tentar matar Arthur mais uma vez, o que estava ficando cada vez mais perigoso, e ele se levantara com dificuldade para repelir o inimigo. — Sai *logo* daqui, Art.

Lá no fundo, Arthur sabia que Sidney estava falando para que se afastasse o máximo possível do conflito. Tinha noção de que estava mais atrapalhando do que ajudando e de que, fora do caminho, Sidney poderia até sobreviver (que sobreviver que nada, Sidney iria é *arrasar*) a essa batalha. Arthur deveria estar fazendo tudo o que podia para chegar até a extremidade do campo e depois ir ainda mais para longe.

De propósito, decidiu interpretar errado as instruções de Sidney.

Arthur sempre soubera que não era uma boa pessoa, até mesmo sem que seu pai vivesse repetindo isso. Os recentes atos de suposta bravura, concluiu ele, haviam sido o último recurso de um homem desesperado. Não era a valentia que lhe passava pela cabeça enquanto rastejava — e era rastejar de verdade, com lama até os cotovelos, mais parecendo uma criatura do pântano do que uma pessoa — em direção à coisa que ele tinha certeza de que havia visto no meio do campo. E não estava fazendo isso porque era *corajoso*, e sim por razões puramente egoístas.

Se Gabriel morresse, e se Gwen partisse também, já que havia vestido uma armadura emprestada e se atirado no meio do calor da batalha, Arthur jamais poderia repreendê-los por tê-lo julgado tão mal. E isso realmente seria *inaceitável*.

Quando chegou ao corpo de Gabriel, ele estava quase todo coberto pelo cadáver de alguém que morrera ali havia pouco tempo. Arthur usou o último resquício de força que tinha para empurrar o morto e se preparou para o que estava prestes a ver.

Um dos braços de Gabriel estava tão desfigurado sob a armadura amassada que mal parecia ser um membro de seu corpo. O outro, teoricamente, continuava segurando a espada, mas já sem firmeza na empunhadura. Sua pele estava pálida, o que deixava o tom cobre de seu cabelo, preso em redemoinhos emaranhados sobre a testa, incrivelmente brilhante. Seus olhos estavam fechados quase por inteiro e apenas uma pequena lua crescente da parte branca era visível.

— Gabriel — grasnou Arthur. Alguém passou aos tropeços e, por instinto, Arthur se jogou sobre o corpo machucado do rei para que ninguém o visse. — *Gabriel*.

Ele não disse nada. Não se mexeu. Arthur não sabia ao certo se estava sendo positivo demais ou se Gabriel estava, de fato, respirando.

Alguém caiu ali perto. Arthur ficou vendo o sangue escorrer como uma cascata da boca aberta de um homem e encharcar sua barba, até que se virou e, enfim, sentiu lágrimas quentes arderem em seus olhos.

— Porra, Gabriel — exclamou Arthur, engasgado, e olhou ao redor à procura de Sidney, mas não viu ninguém que reconhecesse. — Mas que inferno, eu já passei por isso hoje e não quero passar de novo. É sério. Só... deixa para morrer depois. O Sidney não dá conta de arrastar nós dois para fora daqui, e aí ele vai ficar um porre, mas eu sei que vai acabar fazendo a coisa certa, mesmo que acabe morrendo. Ele é um babaca, é teimoso e um pé no saco, mas... mas eu o amo. Então não morre, porque aí vai valer a pena quando ele te resgatar em vez de mim, e eu prometo que vou ficar aqui deitado na... na lama, na merda e no sangue e... e que eu vou morrer quietinho, eu juro.

Arthur se apoiou sobre os cotovelos e encarou o rosto inerte de Gabriel. Um rosto tão bonito. Era realmente uma pena que nunca mais fosse ver aquela carinha.

— Gabriel — chamou Arthur, enquanto chacoalhava Gabriel com delicadeza e suas próprias lágrimas foram deixando marcas pela lama e nas bochechas do monarca. — Você é o *rei*, Gabriel. Seu pai morreu, e eu simples... Todo mundo precisa que você se levante, que fique vivo e que seja o rei. Eu sei que não faz muito o seu tipo, mas olha só... agora já é tarde demais para isso.

— Excelente — disse uma voz estranhamente calma de algum lugar acima da cabeça de Arthur. — Eu estava quase desistindo de ter esperança, mas... pelo visto você o encontrou para mim.

Lorde Willard estava ali, com a espada erguida. Arthur nem se deu ao trabalho de reconhecer sua presença. Mais uma vez, procurou por Sidney (que sempre estava por perto, mesmo quando parecia impossível), mas gelou quando avistou seu melhor amigo a três metros de distância, com o cenho franzido em concentração e ainda digladiando com outro combatente. Longe demais para ser útil agora.

— Desculpa — disse Arthur, fraco, mais para Sidney do que para qualquer outra pessoa.

Então roubou mais um segundo e o usou para encará-lo enquanto desejava que os dois pudessem se ver pela última vez e que, de algum jeito, fosse capaz de transmitir tudo o que queria dizer com apenas um olhar. Mas Sidney não se virou.

Arthur pressionou a testa contra a de Gabriel, fechou os olhos e esperou pelo golpe fatal.

Que não veio.

Ouviu lorde Willard emitir um som esquisito (ridículo, na verdade; uma mistura de divertimento e surpresa) e, quando se virou para entender o que havia acontecido, viu algo que soube que lembraria pelo resto de sua vida: lady Bridget Leclair, coberta de lama dos pés à cabeça, se atirando contra lorde Willard com a Nona Excalibur erguida sobre a cabeça. Arthur nem viu onde ela o acertou. Ficou encarando o rosto da cavaleira; será que ele já tinha morrido e Bridget viera para arrastar todos eles para a próxima vida?

Esperou que o lorde fosse se levantar de novo. Que o homem se levantaria e então eles começariam todo esse teatro de novo, com as dores, as lágrimas, a morte e o tombo. Parecia que aquilo nunca iria acabar, que ficariam ali para sempre, presos num purgatório feito de lama revirada e pegajosa.

Mas tinha acabado, *sim*. Porque o lorde não se levantou. A menos que Arthur estivesse muito enganado, lorde Willard tinha morrido.

Com o peito arfando, Bridget ficou parada, encarando-o como se também não conseguisse acreditar. Arthur ouvia Sidney gritando alguma coisa, mas era algo que parecia banal. Ali, com o que restava da nobreza e com os últimos vestígios do golpe despedaçados à sua frente, *tudo* parecia banal.

Mesmo assim, Sidney estava sendo insistente e, conforme foi chegando mais perto, Arthur percebeu o que é que seu amigo estava gritando.

— Bridget... *porra*, Bridget... *na sua esquerda*.

38

— Ai, meu Deus — exclamou Gwen, pegando o capacete de Gabriel e se inclinando pela lateral de seu cavalo emprestado. — Acho que vou vomitar.

— Vomita — incentivou Agnes. — Você está no seu direito.

Guardas estavam ajudando a princesa a desmontar. Tinham cavalgado de volta até a área do torneio e, em meio ao caos, saíram sem que ninguém percebesse, tão rápido quanto haviam chegado. Ela mal conseguia processar o que acabara de acontecer; tudo existia apenas em lampejos ligeiros, vislumbres aterrorizantes de armas, sangue, vivas e cavalos apavorados, e ficara feliz da vida por deixar aquele horror para trás.

Os guardas voltaram para a batalha e deixaram Agnes e Gwen na entrada da arena, com bandeiras, estandartes e flores, de quando os espectadores fugiram ou entraram para a luta, abandonados e pisoteados sobre o terreno que as cercava. Mais para a frente, havia corpos também. Gwen se esforçou ao máximo para não olhar.

— Deu certo — disse Agnes, ajudando-a a tirar a armadura com dedos atrapalhados. — Fiquei assistindo daqui. Deu *certo*.

— Eu sei — respondeu a princesa, removendo o peitoral que não lhe servia direito. Ela estava com roupas de pajem por baixo, a primeira coisa que tinham arranjado em tão pouco tempo. — Só posso esperar que... só posso esperar que funcione.

Caso contrário, logo seriam assassinadas ou presas. Não havia mais ninguém para protegê-las, nada entre elas e as tropas de lorde Willard. O mestre Buchanan havia ficado no castelo, fazendo companhia à rainha, à espera de descobrir quem viria para ficar em seu posto; seu capitão provisório, com cinquenta por cento de chances de que ele estava prestes a afundar junto com seu navio.

— Você viu...? — começou a perguntar Agnes, cheia de esperança, mas Gwen a interrompeu com um menear da cabeça.

— Não vi ninguém — respondeu Gwen, amargurada. — Eu nem conseguia ver direito para além do capacete do Gabriel. *Queria* ter visto, mas... não. Nada.

— Entendi. Você quer voltar lá para cima?

— Não. Vou ficar aqui. Quero ver como essa história vai terminar.

Ela estendeu uma mão e Agnes a pegou.

Uma corneta soou, assustando Gwen. Logo em seguida, veio uma grande e exausta comemoração. A esperança e o medo apertaram seu coração com tanta força que a princesa mal conseguia respirar.

Trocou um olhar com Agnes, que, como se também não conseguisse acreditar direito, perguntou baixinho:

— Será que... será que acabou?

— Vem — respondeu Gwen com uma coragem fingida, apertando ainda mais a mão da amiga. — Vamos lá ver.

Ela tentou caminhar devagar, como se sua avidez fosse afastar qualquer boa notícia, mas Agnes ia tão rápido que estava praticamente a arrastando. A princípio, quando emergiram no topo da colina, foi difícil determinar quem havia declarado a vitória; todos pareciam iguais: vestindo armaduras, ensanguentados e cobertos de lama.

De cima de um cavalo, alguém gritava ordens, e os ânimos de Gwen se levantaram quando ela viu quem era. Sir Hurst, cavalgando devagar pelo campo, mandava que encurralassem os prisioneiros e ajudassem os feridos.

— A gente venceu — disse ela, baixinho. — Agnes... a gente venceu.

Havia um grupo de homens muito abatidos sentado no chão, sob a mira de espadas que vinham de todas as direções. Gwen percebeu que o lorde Stafford e o lorde Delacey estavam entre eles, estranhamente limpos e parecendo perturbadíssimos. Imaginou que tinham decidido ficar a uma distância saudável do conflito e então se renderam cedo.

— Não consigo vê-los — disse Agnes, soltando a mão de Gwen. — Talvez a gente devesse sair e começar a conferir em... Você sabe, pode ser que eles estejam caídos machucados em algum lugar, ou...

— Agnes — disse a princesa, com gentileza, mas nada a fazia parar.

— Eu não posso simplesmente voltar para o castelo e esperar... Sinto muito, mas para mim não dá, eu preciso saber...

— Não, *Agnes*. — Sua a voz soou como uma risada alta, e ela ergueu a mão para apontar enquanto lágrimas começavam a escorrer por seu rosto. — *Olha*.

Quatro silhuetas vinham devagar colina acima, na direção das duas. Estavam todos completamente imundos e mal era possível distingui-los através da lama, mas Gwen os reconheceu de imediato.

Sidney segurava Arthur, que mal parecia consciente. Arthur, por sua vez, usava um de seus braços para fingir ajudar Bridget, que, de algum jeito, meio que carregava Gabriel. Estavam em uma condição absolutamente miserável.

E Gwen nunca ficara tão feliz na vida em ver alguém.

Sir Hurst também os vira. Imediatamente, homens saíram correndo até Gabriel e gritos de espanto e triunfo viajaram pelo campo.

Nenhum dos soldados foi mais rápido do que Agnes e Gwen. Elas tinham corrido com tanto ímpeto que quase os derrubaram.

— Gabe — disse a princesa, chorando largada enquanto tocava o rosto do irmão. — Ele...?

— Ele está vivo — respondeu Bridget, rápido, quando dois homens da guarda real os alcançaram e, com gentileza, pegaram o rei de seus braços. — Eu acho que ele vai ficar bem.

Sidney precisara soltar Arthur para que pudesse agarrar Agnes com as duas mãos, e o coitado despencou de lado sobre Bridget, que conseguiu mantê-lo mais ou menos ereto.

— Ai, graças a Deus — exclamou Gwen, aos prantos.

Dividida entre abraçar Bridget ou Arthur, Gwen acabou decidindo se jogar em meio aos dois ao mesmo tempo. Foi desajeitado, confuso, e no mesmo instante ela já ficou com a boca cheia de lama e cabelo, mas sentiu a cavaleira lhe dar um beijo na lateral da cabeça e ouviu Arthur emitir um ruído esquisito e sufocado em seu pescoço, o que a fez rir de puro alívio.

— Arthur — exclamou a princesa, com a boca abafada contra ele. — Você está chorando? Está chorando por que me ama e por estar tão feliz em me ver?

— Meu Deus do céu — respondeu Arthur, com a voz embargada. — Estou chorando porque acabei de participar de uma merda de uma batalha. Foi uó. Eu odiei cada segundo e *não* recomendaria para nenhum amigo meu. E, sim, acho que... acho que dá para dizer que estou chorando porque te amo e por estar tão feliz em te ver. Sua *tonta*.

Gwen os soltou e, com a manga da blusa, limpou o rosto enlameado e todo marcado por lágrimas enquanto Arthur ia aos tropeços atrás de Sidney.

De repente, ficaram apenas a princesa e a cavaleira, suadas, imundas e em silêncio; uma esperando pela outra. Havia tanto que Gwen queria dizer. Só não sabia por onde começar.

— Você empunhou a Excalibur.

Com uma expressão de culpa, Bridget olhou para a espada em sua mão.

— Não foi de propósito. Eu só precisava... pegar emprestada.

— Esse é o principal motivo que faz as pessoas puxarem espadas de pedras, sabia? — disse Gwen, rindo através das lágrimas. Continuava se sentindo leve de tão aliviada. E decidiu usar o clima em sua vantagem. — Bridget... estou me achando uma trouxa completa. As coisas que eu achei que importavam, elas simplesmente... Me desculpa por ter sido tão egoísta. Eu queria muito você na minha vida, mais do que já quis qualquer coisa, e...

— Por favor, para de falar — disse Bridget, surpreendendo-a a ponto de fazê-la ficar quieta. — Não quis ser grossa. É só que eu iria preferir se a gente... se beijasse agora, e conversasse depois.

Gwen ficou boquiaberta por um instante e então olhou ao redor. Quem não estava inconsciente, estava se reunindo ao redor de Gabriel. Não havia ninguém prestando a menor atenção nelas. Mal conseguiu assentir antes de Bridget a envolver com os braços e a tirar do chão enquanto a beijava, com vigor e sede, e então a colocar de volta no chão.

De algum lugar atrás das duas, Arthur pigarreou e disse:

— Olha para a esquerda, Gwendoline.

Quando se virou, viu que um cavaleiro vinha em sua direção e tentava chamar-lhe a atenção.

Ele gesticulou para onde Gabriel fora deitado sobre uma espécie de maca improvisada. Havia alguém amarrando um torniquete em seu braço ensanguentado, mas sem passar muita esperança quanto ao resultado.

O rei abriu os olhos.

— Gabe — exclamou ela, correndo para se ajoelhar na lama ao lado do irmão. — Ô, meu Deus. Gabe, eu sinto muito mesmo, mas o pai... nosso pai morreu. — Ele não estava muito consciente, mas pareceu absorver as palavras e assumiu uma expressão completamente perdida enquanto Gwen caía no choro de novo. — Gabe, vai ficar tudo bem e *você* vai ficar bem, mas é que eu acho que preciso te contar que... que você é o rei.

Com lágrimas brotando e escorrendo pelas bochechas, Gabriel sustentou a troca de olhares com a irmã e... então, do nada, virou a cabeça para o lado e vomitou.

O capitão da guarda, que estava pertíssimo da cabeça do rei e dera um passo habilidoso para sair da trajetória do vômito, colocou as duas mãos em concha ao redor da boca para que sua voz chegasse longe.

— O rei morreu — berrou ele. — Vida longa ao rei.

Gwen nem tinha percebido as outras pessoas se aproximando, mas de repente o grito já se espalhava ao seu redor. Quando se virou, viu que todos estavam se ajoelhando. Até mesmo alguns dos feridos, sem equilíbrio, também tentavam, apoiando-se uns nos outros para se prostrarem sobre a terra. Arthur se jogou no chão de pronto, aparentemente contente por ter uma desculpa para poder ficar ali. Bridget enfiou a Nona Excalibur na lama à sua frente antes de fazer o mesmo. Sidney e Agnes, os dois chorando copiosamente, tinham ficado se beijando com bastante entusiasmo, mas Sidney logo se abaixara junto com Agnes para prestar respeito.

Gabriel soltou um suspiro, e Gwen pegou sua mão boa.

— Eu queria muito que as pessoas não tivessem acabado de me ver vomitar — disse ele, a voz baixa e exausta.

39

ESCRITO COM UMA CALIGRAFIA EXCELENTE, EM TINTA PRETA, no mais chique dos pergaminhos e cuidadosamente dobrado a ponto de ainda estar imaculado quando foi entregue:

> Bridget,
> Eu até diria que Camelot ficou quieta sem você, mas, é lógico, Arthur está aqui, então momentos de paz são raridade para mim. Ainda não nos desgrudamos por nada; parece até que alguém, a qualquer momento, vai entrar arrombando a porta. Agora que Gabriel não está mais acamado, voltei para meu antigo quarto e tenho certeza de que Arthur ficou feliz da vida com isso, já que eu estava atrapalhando as visitinhas noturnas dele.
> O clima continua bem esquisito por aqui. Gente de toda parte está vindo jurar lealdade ao Gabriel, coisa que, em circunstâncias normais, pareceria exagero, mas que agora é reconfortante. Ele quase morre de vergonha quando as pessoas insistem em se ajoelhar e beijar o anel, como dita o costume. Diversos cultistas vieram; imagino que sejam os que Willard não conseguiu convencer a trair meu pai. Eles parecem horrorizados pelo que aconteceu aqui e fazem questão de enfatizar que não participaram do golpe. Acreditam que Willard nem mesmo era um cultista de verdade

e estava simplesmente se passando por um para angariar pessoas para sua causa. É algo que me reconforta, acho. Saber que não vai se repetir.

Espero que não tenham se importado muito com o seu atraso para chegar ao torneio. Com tudo o que aconteceu, bem que deveriam abrir algumas exceções.

Estou com saudade. Tomara que você vença.

Gwen

Num garrancho escrito no que parecia ser metade de um anúncio de PROCURADO, em duas cores diferentes de tinta:

Gwen,

O início do torneio foi adiado em respeito aos últimos acontecimentos. Perdi minha primeira justa e fiquei me sentindo uma estúpida, mas o Neil falou que é por causa da altitude. Eu disse que é só um morrinho, mas ele insiste que a altura atrapalha o cérebro. Para mim o cérebro que está com problema é o dele, isso sim.

Alguém (o Neil) fez fofoca sobre a batalha, o Willard e a Excalibur para todos os amiguinhos escudeiros dele, e agora todo mundo fica me olhando como se eu fosse cuspir fogo ou sair voando por aí. Sério, é irritante demais, porque ninguém conversa normal comigo ou me diz onde é que o ferreiro está.

Já consigo sentir a nova estação chegando. Nunca fiquei tão feliz em ver a geada no chão.

Continuem se apoiando uns nos outros. Daqui a pouco já estou de volta.

Bridget

40

O Dia de São Martinho veio surpreendentemente fresco e ensolarado naquele ano, e Arthur acordou de bom humor.

Ele sabia que não era o caso de Gabriel, mesmo com todos os esforços de Arthur para animá-lo na noite anterior. Inclusive, na última vez que o vira, Gabriel parecera estar apavorado, quase a ponto de vomitar. Não era uma expressão inédita (aquela feição estivera estampando bastante seu rosto no decorrer dos últimos três meses) e, na opinião de Arthur, tratava-se de um infeliz, porém necessário, subproduto da missão de tentar mudar o mundo para melhor.

Depois da batalha, Gabriel fora levado para os aposentos reais com Gwen e não havia ninguém por perto para explicar que Arthur deveria ter autorização para visitá-los. Ele passara dias enlouquecendo aos poucos até que, numa noite, Gwen batera à sua porta, abraçara-lhe até doer e dissera que sua presença havia sido solicitada.

Quando entrou, Arthur foi recebido pela visão de Gabriel acamado, machucado, destruído, cercado por uma porção de poções e líquidos e enfaixado dos pés a cabeça. Logicamente, não ficou surpreso ao ver que o braço do rei havia sido amputado na altura do cotovelo e que o ferimento estava envolto numa compressa de ervas, mas ainda assim foi um tanto chocante.

— Oi — disse Gabriel, com a voz ligeiramente fatigada. — Pega aqueles papéis na mesa para mim, por favor? Com cuidado. São muito delicados.

Arthur obedeceu e, com cautela, colocou as folhas no colo dele. Então se sentou na cadeira ao lado da cama.

— Depois que você achou aquelas cartas — começou Gabriel, olhando para o pergaminho em vez de para Arthur. — Mandei-as para Tintagel e pedi aos estudiosos que procurassem outras. Foi bem mais fácil, eu acho, uma vez que eles sabiam o que buscar. A maioria foi queimada muito tempo atrás, mas ontem fiquei sabendo que já encontraram algumas. Essa aqui — disse, puxando uma da pilha — é de Arthur Pendragon. Falando para o sir Lancelot du Lac com todas as letras que estava apaixonado por ele.

— Que bom — respondeu Arthur, sem saber ao certo para onde a conversa estava indo.

— Faz dias que eu não durmo direito. E talvez eu mude de ideia quando não estiver tão... delirante. Mas meu pai passou a vida inteira sem nunca se posicionar a respeito de nada em específico para manter o país feliz e mesmo assim... mataram ele por causa disso. — Gabriel parou para respirar. — Se for para eu morrer nesse trabalho, Arthur, então quero morrer sabendo que fiz o melhor que pude. E, se ficar imitando meu pai, eu não vou conseguir fazer isso, porque eu *não sou* o meu pai. Quero ser fiel a quem sou de verdade, e fiel à Inglaterra e... bom, como você falou, ou melhor dizendo, gritou, quando me deu essas cartas pela primeira vez, a gente já tem vivido todo esse tempo de acordo com os ideais de Arthur Pendragon. Acho que chegou a hora de as pessoas saberem disso. Acho... que chegou a hora de fazer as coisas de um jeito diferente.

Arthur ficou atônito por um momento antes de se recompor.

— Quanto tempo você acha que consegue ficar sem dormir? Até quando você aguenta? Porque, olha, você nunca falou algo que fizesse tanto sentido.

Como se a dor tivesse voltado para atormentá-lo, Gabriel fez uma careta ao colocar a carta de Arthur Pendragon de lado.

— Não estou te contando isso porque eu... espero alguma coisa de você, Arthur. Só queria que você soubesse.

Levemente tomado de orgulho, Arthur se aproximou e fez carinho no braço não enfaixado de Gabriel.

— Dorme um pouco. Eu volto amanhã para a gente conversar mais.
— Arthur saiu enquanto Gabriel voltava a se acomodar nos travesseiros, mas então parou à porta. — E... eu não acharia ruim, sabe. Se você tiver criado expectativas. Inclusive, eu faria o meu melhor para superar cada uma delas.

Voltara no dia seguinte, e os dois se falaram mais um tantinho. Conforme Gabriel foi ficando mais forte, os encontros foram ficando mais frequentes, e numa tarde no fim de setembro, enquanto Arthur lia para ele um tomo arturiano que a sra. Ashworth lhe enviara de casa, Gabriel fechara o livro e os dois partiram da conversa para os beijos.

Ainda assim, seguiram sem pressa. O choque do golpe havia deixado os irmãos bastante inseguros, sem foco e muito, muito tristes.

Arthur, lógico, não os culpava por isso — na verdade, achava que os dois estavam indo muitíssimo bem para quem perdera o pai na violência repentina da batalha. Gabriel, em particular, havia começado a lidar com mais calma com seu novo cargo.

Ele montou um novo conselho, com alguns rostos inéditos e outros já conhecidos. Falava o que pensava; ouvia. Sempre que não entendia alguma coisa, pedia para que repetissem em termos que lhe fizessem sentido (o orgulho era deixado à porta e tudo era cuidadosamente debatido e votado). Arthur imaginava que parte da nova equipe de Gabriel, perplexa com essa abordagem, provavelmente achava que ele estava aturdido devido aos ferimentos e ao luto. Eles não sabiam que era assim que Gabriel teria encarado seu reinado independentemente das circunstâncias.

Quando chegou a hora de lidar com os prisioneiros de batalha, que, de acordo com a tradição, deveriam ser executados, seu jeito mais quieto e gentil de governar certamente foi questionado. Gabriel os espalhara por toda a Inglaterra sob o cuidado dos vassalos em que seu pai mais confiara, e incumbira-os de dívidas e de trabalho forçado, mas por períodos tão curtos que sir Hurst chegara a sair furioso de uma reunião, tomado por desgosto.

Arthur defendera que o antigo lorde Delacey merecia uma sentença mais longa, e Gabriel simplesmente o encarara, sério. Aquele olhar, Arthur se deu conta, ele tinha herdado do pai.

Ultimamente, Arthur caminhava muito devagar. Nunca se recuperou direito do ataque na área externa da estalagem ou de ter ficado doente por tanto tempo, e alguns dias o simples ato de sair da cama já lhe dava a impressão de estar rastejando através de uma lama espessa e implacável. Hoje, por sorte, não era um desses dias. O castelo estava movimentado com todos os envolvidos nos preparativos para o banquete do Dia de São Martinho e com o discurso que Gabriel planejava fazer para a população no encerramento do evento.

Quando Arthur chegou ao jardim de rosas murado, deu um chutezinho na porta para abri-la e quase caiu quando Lúcifer passou correndo. O gato se distraiu imediatamente com uma abelha e pulou para dentro dos arbustos.

— Lúcifer — chamou Arthur, num tom ríspido. — Essa aí é perigosa.

— Ele nunca vai pegar ela — disse Gabriel, erguendo a mão para proteger os olhos do sol do fim de novembro.

O discurso em seu colo estava cheio de marcas de manuseamento, mesmo que a última versão tivesse ficado pronta apenas na tarde do dia anterior.

— Ai de vós, homens de pouca fé — disse Arthur, parando para dar um beijo nos cachos de Gabriel. Ele estava, como já era de esperar, uma pilha de nervos. — Oi, Sid... Agnes. Estou aqui, viu? Não precisam se levantar.

Sidney estava sentado no banco do outro lado, sussurrando algo no ouvido de Agnes e fazendo-a ficar cada vez mais corada. Ele mostrou o dedo do meio sem nem pestanejar.

— Ainda sou eu que pago o seu salário — disse Arthur, num tom ameaçador, e se sentou pesadamente ao lado de Gabriel.

— Eu salvei a sua vida mais ou menos umas oito mil vezes — respondeu Sidney, com a sobrancelha arqueada. — Você me deve muito. Você está tão endividado comigo que chega a ser *constrangedor*.

Arthur levantou as mãos, exasperado, e olhou para Gabriel em busca de apoio. Não foi surpresa nenhuma ver que ele estava com o cenho franzido, encarando o discurso mais uma vez.

A porta foi aberta com tudo e bateu contra a parede. Sidney e Agnes nem se deram ao trabalho de olhar, mas Arthur acenou para Bridget enquanto ela atravessava o pátio com uma expressão de poucos amigos.

— Que vestido bonito — disse ele, ciente de que estava forçando a barra.

— Você está forçando a barra — disse Bridget, que ao se sentar o encarou com um olhar assassino. — Eu teria continuado com o pé na estrada se alguém tivesse me avisado que eu teria que usar vestido. Cadê a Gwen?

— Com a nossa mãe — respondeu Gabriel, ainda estudando o discurso. — Elas começaram a jogar xadrez pela manhã. Acho que nenhuma das duas gosta muito, mas sabe como é... estão tentando.

— Então deixa eu ver se entendi — disse Arthur, devagar. — O vestido, muito embora seja, é óbvio, um símbolo duradouro da sua submissão sem fim, é um mal necessário para te deixar mais feminina e respeitável hoje, levando em consideração todas as coisas extremamente inapropriadas que você planeja fazer de agora em diante.

— Não vem com palavras como "submissão" para cima de mim agora, não — disse Bridget, com uma mão na testa. — Prometi para a Gwen que eu me comportaria da melhor forma possível.

— Ainda bem que eu não prometi nada do tipo — comentou Arthur, num tom despreocupado.

Incisivamente, Gabriel olhou para cima, tirando os olhos do discurso.

— Arthur. Você não está falando sério, né? Você sabe como hoje é importante. Juro que não consigo pensar em mais nada de cabe...

— Gabe — disse Arthur, colocando uma mão no joelho dele. — Só estou brincando.

— Ah — respondeu Gabriel, com uma feição preocupada. — Então não brinca.

— Justo — exclamou Arthur, quando a porta foi aberta de novo. — Acho que nem vai ser muito difícil me controlar... sua irmã está aqui e eu posso torturar ela em vez disso.

— Chega de tortura — disse Gwen, e foi imediatamente até Bridget, que a pegou no colo e deixou a princesa esconder a cabeça em seu pescoço.

— *Meu Deus*. Como estou feliz por você ter voltado mais cedo.

— Então... as coisas não estão indo bem com a sua mãe?

— Não. Mas acho que ela não tem culpa. Ela ficou em choque. Era de imaginar que algo como... como o que aconteceu com nosso *pai* colocasse tudo em perspectiva, mas pelo visto não. Se bem que hoje ela perguntou por você, então deve estar tentando se acostumar.

— Você precisa ser gentil com ela — disse Gabriel, e Gwen bufou.

— Eu *estou* sendo. Para você não tem problema, porque até mesmo agora ela continua agindo como se você fosse a reencarnação do Arthur Pendragon. Você não erra nunca.

— Que idiotice — disse Arthur. — A gente sabe muito bem que a Bridget é que é a reencarnação do Arthur Pendragon.

— Pode ir parando com essa piada — disse Bridget, fazendo careta para ele. — Quanto mais você fala disso, mais as pessoas olham desconfiadas para mim. E já tem gente o bastante me tratando estranho aqui sem ficarem achando que eu estou prestes a pegar a espada de novo e desafiar o rei pelo trono.

— Ai, não me deixa com vontade — exclamou Gabriel, sarcástico. — A não ser que você vá me desafiar mesmo.

— Você é um bom rei — comentou Arthur. — É, sim. Um rei incrível. O melhor. Quer dizer... — corrigiu-se ao ver a princesa o encarando com uma expressão para lá de tensa. — Você fica lá no topo, junto com os melhores.

— Nosso pai estaria muito orgulhoso de você, Gabe — disse Gwen, baixinho.

Gabriel fechou os olhos e então colocou o discurso no banco ao seu lado.

— Depois de hoje, ele não ficaria, não.

— Você não tem como saber disso — argumentou Gwen. — Ninguém aqui tem.

— Nossa mãe vai colapsar — disse Gabriel, todo receoso.

— Eu já falei para ela ficar sentada.

Ele suspirou.

— Que citação você acabou escolhendo, no fim das contas? Das cartas?

— Hum... — Gabriel folheou as páginas. — "Para ser valente de verdade, primeiro é preciso sentir medo... E para sentir medo é preciso ter algo que você não suportaria perder."

— Ficou bom — opinou Arthur. — Ainda acho que você devia ter escolhido aquela parte sobre as mãos *fortes e habilidosas* do Lancelot.

— Ainda dá tempo de te apagar desse discurso.

— Você não faria uma coisa dessas — disse Arthur, despreocupado. Em seguida colocou um braço ao redor da cintura de Gabriel e sorriu quando o rei não o tirou dali. — Você me acha charmoso demais.

— Quando vierem tomar o meu reino, aí eu te conto se o seu charme valeu a pena.

— Por favor, parem de flertar — pediu Gwen. — Vocês estão me deixando com dor de cabeça.

— Você está sentada no colo da Bridget — apontou Arthur. — E eu consigo ver nitidamente a mão dela na sua coxa.

— Chega — disse Gabriel de repente, se levantando. — Não aguento mais ficar aqui sentado ouvindo isso. Vou lá no pátio sul ensaiar antes que comecem a deixar o povo entrar. Vocês vêm?

— Sim — respondeu Gwen, também se levantando.

— Sid? — perguntou Arthur.

— Aham, aham — disse Sidney, e estendeu a mão para ajudar Agnes, o que era totalmente desnecessário. — Óbvio. Todo mundo vai. A gente não perderia isso por nada.

— Acho que eu vou desmaiar — comentou Gabriel.

Arthur deu uma leve sacudida nele, olhou para o sorriso nervoso de Gwen lá atrás e para o rosto de Bridget, resplandecente de determinação. Gabriel estava pálido como se tivesse visto um fantasma e segurava o discurso com a mão trêmula, mas Arthur não estava preocupado.

— Vai nada. Você vai ser incrível. Vai ser um idiota corajoso e brilhante. Vai chocar o país inteiro, mas eles vão aceitar quando entenderem que, tirando a sua inclinação a cavalheiros de cabelo escuro e cheios de malandragem, você é o monarca mais justo e calmo que já usou uma coroa. E pensa só no seguinte: vamos para Tintagel daqui a uma semana.

Essa viagem vai dar um tempinho para o povo daqui se acostumar sem que a gente tenha que ver todo esse processo. — Gabriel deu um sorriso fraco e forçado. — Isso aí. Agora vamos nessa. Queixo erguido, ombros para trás. Vamos lá mostrar uma nova Inglaterra para esse povo.

Gwen se desenrolou de Bridget pelo tempo necessário para dar um abracinho apertado e ligeiro em Arthur enquanto caminhavam.

— Até que foi muito bom, viu. Na próxima, quem sabe, só não chama ele de idiota.

Arthur a apertou também e então colocou a palma da mão na testa dela para empurrá-la.

— Ah, mas para você nunca está bom, né? É não faz isso, não faz aquilo. Agnes, não sei como você espera passar por essa porta sem *parar* de beijar o Sidney. Em algum momento vocês vão ter que se largar. Enquanto estamos nessa onda de fazer discursos, acho que a gente devia criminalizar *esse* casal aqui. Alguém pegou o Lúcifer? Ele precisa ir, ele *ama* banquetes... Não olha para mim assim, Gwendoline. Ele é um valiosíssimo membro da família real...

Da coroa de pedra, no topo da estátua de Arthur Pendragon, uma corva estranhamente familiar deu uma piscadela, balançou as asas escuras e então saiu voando em direção ao reluzente céu da manhã.

Agradecimentos

Este livro ganhou vida em 2020, o ano que passamos do lado de dentro. Eu o escrevi no meu flat em Londres, com as portas da sacada esgarçadas para deixar um pouco de ar entrar, enquanto digitava em rompantes entre conversas de se acabar de rir com novos amigos e noites vendo fileiras de satélites passando lá em cima como se fossem estrelas cadentes. (Eram, na verdade, experimentos de bilionários vilanescos da indústria da tecnologia, mas era só semicerrar os olhos e então: corpos celestes!) Este é um livro meio estranho. Me diverti muito escrevendo-o. Agradeço de um jeito quase assustador às pessoas que deram uma chance para ele.

Gratidão a Chloe Seager, minha agente, que quebra tudo como profissional, mas sem nunca perder a pose; a Sylvan Creekmore, que me abriu as portas, e a Vicki Lame, que nos levou até a linha de chegada na Wednesday Books; e a Hannah Sandford, por ter dado um lar maravilhoso para Gwen e Art no Reino Unido.

Agradeço também a Fliss Stevens, Katie Ager, Jadene Squires, Nick de Somogyi, Anna Swan, Nina Douglas, Beatrice Cross, Mattea Barnes, Alesha Bonser, Laura Bird e Michael Young neste lado do oceano; e, no outro, a Vanessa Aguirre, Rivka Holler, Brant Janeway, Soleil Paz, Michelle McMillian, Meghan Harrington, Eric Meyer, Adriana Coada, Melanie Sanders, Kim Ludlam, Tom Thompson, Dylan Helstien, Britt Saghi, Emma Paige West, Michelle Altman e Amber Cortes.

Minha imensa gratidão a Olga Grlic, Natalie Shaw e Thy Bui pelas belíssimas capas, e a Alice Oseman, Rainbow Rowell, Becky Albertalli, C. S. Pacat, Greya Marske, Ava Reid, Arvin Ahmadi e Laura Nicolle Taylor por terem lido as provas e também pelas palavras gentis.

Agradeço a Nick e Hannah, que têm que morar comigo, e aos meus pais, que *também* tiveram que morar comigo por certo tempo, mas acabaram escapando. Agradeço a Photine, o primeiro e maior fã de Gwen e Art, e aos amigos e leitores Rosianna, El, Maggie, Dervla, Alice e Ava; e aos meus colegas de fandom, que me ajudaram a superar as piores partes daquele ano. Um buquê de ratos para o meu grupo de escrita. Um beijinho no nariz para o meu gato e para quem mais quiser também, especialmente se eu tiver me esquecido de te agradecer com palavras.

Este livro foi composto na tipografia Minion Pro,
em corpo 11,5/16, e impresso em
papel off-white no Sistema Cameron da
Divisão Gráfica da Distribuidora Record.